Über dieses Buch Der fünfzigste Geburtstag von Hubert Fichte ist Anlaß genug, mit einem Materialienband denen eine Hilfe zu geben, die sich näher mit seinem Werk beschäftigen wollen. Seit seinem ersten Buch *Der Aufbruch nach Turku* (1963) bis heute ist viel und kontrovers über Hubert Fichte geschrieben worden; dies allerdings häufig in den eher flüchtigen Medien der Zeitungen und Zeitschriften.
In dem Teil *Rezensionen* werden die wichtigsten Besprechungen zu den einzelnen Büchern und Theaterstücken wieder zugänglich gemacht.
Der *Bildteil* von Leonore Mau enthält viele Fotos zum Werk und zur Person des Autors, die zum Teil zum ersten Mal publiziert werden.
Und in den *Essays* über Hubert Fichte – mit Originalarbeiten von Gisela Lindemann, Jürgen Martini und Hanns-Josef Ortheil – wird auf die Entwicklung des Autors und auf die Bezüge innerhalb seines Werks eingegangen.
Den Band beschließen eine ausführliche biographische Skizze, eine Primärbibliographie und eine ausgewählte Sekundärbibliographie.

Hubert Fichte.
Materialien zu Leben und Werk

Herausgegeben von
Thomas Beckermann

Fischer Taschenbuch Verlag

Originalausgabe
Veröffentlicht im Fischer Taschenbuch Verlag GmbH
Frankfurt am Main, März 1985

Umschlaggestaltung: Jan Buchholz/Reni Hinsch
Umschlagfoto: Leonore Mau
Satz: Fotosatz Otto Gutfreund, Darmstadt
Druck und Bindung: Clausen & Bosse, Leck
Printed in Germany 1985
1880-ISBN-3-596-26497-9

Inhalt

Vorbemerkung

Hubert Fichte ist ein vielgerühmter, aber immer noch zu wenig bekannter großer Einzelgänger unserer Literatur und dies von den Romanen *Das Waisenhaus* und *Die Palette* an. Schon die früheren Verlagswechsel deuten darauf hin. Aber er hat weder wie Thomas Bernhard, Herbert Achternbusch oder Peter Handke auf sich aufmerksam gemacht durch Prozesse, öffentliche Diskussionen und »Beschimpfungen«, noch ist er – welch ein Glück – verstummt wie Ror Wolf (für den ich hoffe, daß dies nicht endgültig ist). Er ist unbeirrbar seinen Weg, schreibend, gegangen, sich immer nur um sich selbst und die Welt kümmernd, ohne sich irgendeiner Tendenz, Richtung oder Mode anzuschließen. Dies war eine extreme Anstrengung, bei der ihm nur wenige Kritiker – die Auswahl der Texte sowie die Bibliographie beweisen dies – die Treue hielten. Sicherlich ist dies ein Grund, weshalb ihm nicht schon anläßlich seines Romans *Versuch über die Pubertät* der Büchner-Preis verliehen wurde.

Von Anfang an hat er sich mit seltener Ausschließlichkeit um die Herkunft und ihre Zerstörung, um Gewalt und Gefühle, um das sich verändernde Ich in einer sich verändernden Welt gekümmert. Es wird ihm nicht leichtgefallen sein, dabei viele soziale und ästhetische Tabus zu mißachten. Immer radikaler faßte er seine Themen, und immer radikaler wurden seine Mittel der Darstellung. Auf ganz eigentümliche Weise gelingt es ihm, den Essay, das Interview, den Bericht und die Recherche ins Erzählen zu integrieren.

Wie hierzulande kaum jemand wandte er sich dem Fremden und Andersartigen zu in der Politik, der Religion, der Moral, dem Sozialverhalten, der Literatur und den Lebensformen; bis hin nach Afrika und Lateinamerika, bis hin zu Lohenstein und Platen, bis hin zu Leopold Senghor und Salvador Allende und bis hin zum Sadismus und den Ledermännern. Folgerichtig spaltete sich auch bei ihm das Schreiben auf. Aber es führte nicht wie bei Peter Weiss,

Uwe Johnson oder Christa Wolf zu Erzählung oder Roman einerseits und zu »Notizbüchern«, »Begleitumständen« und »Voraussetzungen« andererseits. Neben seinen poetischen wie wissenschaftlichen Reisen durch die Welt in *Xango, Petersilie* und *Lazarus und die Waschmaschine* schreibt er seit 1974 an dem vielbändigen Roman *Die Geschichte der Empfindlichkeit* (auf dessen Erscheinen wir allerdings noch einige Zeit warten müssen), seiner subjektiven Geschichte der Bundesrepublik Deutschland.

So versteht sich dieser Band als Zwischenbilanz eines längst nicht abgeschlossenen Schreibens; als hilfreiche Zusammenstellung eines zum Teil entlegen erschienenen Materials über Hubert Fichte. Die Rezensionen über die Erzählungen und Romane, Interviews und ethnopoetische Schriften halten die allmähliche Wirkungsgeschichte fest, aber auch die kontroverse Diskussion und die Akzentverschiebungen in der Lektüre seines Werks. Und die ausführlicheren Gesamtdarstellungen oder Einzelanalysen – mit Originalbeiträgen von Gisela Lindemann, Jürgen Martini, Hanns-Josef Ortheil – vollziehen diese weitausgreifenden literarischen Bewegungen nach von einem, der von Schrobenhausen, vor allem aber von Hamburg-Lokstedt auszog, um die andere Welt und Wirklichkeit zu erfahren und von ihr zu berichten. Leonore Mau hat diese »Welt«-Reise von Hubert Fichte im Bild festgehalten.

Allen Beiträgern möchte ich danken. Besonders herzlich Hubert Fichte und Wolfgang von Wangenheim für ihre Ratschläge und Hinweise und Gisela Behr für die unermüdliche redaktionelle Mitarbeit.

Thomas Beckermann

I

Rezensionen

Über »Der Aufbruch nach Turku« (1963)

HORST BIENEK

Vor dem Haus der Kindheit

Nach der ersten Geschichte *(Schnaps in Savoyen)* glaubt man, da singt jemand sein Lied nach alter Schelmenweise; hat man die zweite *(Ein glücklicher Liebhaber)* gelesen, fühlt man sich in die Kinowelt der calle majore versetzt, das berühmte Thema wird hier noch einmal, nur mit umgekehrten Vorzeichen, gleichsam exposéhaft und simplifiziert nacherzählt. Nach dieser handfesten Psychologie ist man jedenfalls erstaunt, in der vierten Erzählung *(Elvire)* die seltsame Geschichte eines noch seltsameren Mädchens, das in seinem Zimmer Schlangen hütet, zu lesen; ein Stück spröder, gleichwohl anziehender, suggestiver Prosa. Wenn auch die Stilmittel der ersten Arbeiten recht verschieden sind, wenn sie auch manchmal noch unsicher und zaghaft benutzt werden, so haben doch diese Texte einen erfrischenden, naiven, unbekümmerten Reiz.

Was danach kommt, ist künstlerischer, stilisierter, blasser. Vielleicht kann uns noch jene Erzählung *(Pfauenraub)* ein gewisses Interesse abgewinnen, in der ein Zwölfjähriger einen ausgestopften Pfau raubt, dann aber, mitten in einer hellen Winternacht, nicht weiß, was er mit dem auffälligen Tier anfangen soll. Vielleicht ergötzt man sich in *Schlechte Zeiten* an dem beliebten makabren Humor, denn hier wird eine Begräbnisgesellschaft während der Friedhofszeremonie von Räubern geplündert und wahrhaft bis aufs sprichwörtliche Hemd ausgeraubt – aber da ist bereits der Einfall gewichtiger als die Ausführung.

Die meisten, vor allem die späteren Erzählungen spielen in jener Zwischenwelt, die von der Kindheit zum Erwachsensein führt, da alles noch in der Schwebe, im Ungefähren, im Unbestimmten verharrt. Seine Figuren sind für die Kindheit meist zu alt, zu erfahren, zu reif, für die Welt der Erwachsenen aber noch zu jung, auch nicht vorbereitet genug; in dieser Mitte leben sie, von dorther beziehen sie ihre Spannungen. Im Grunde gehört der Schnaps trinkende Ernest ebenso dazu wie der vom Erlebnis des ersten Flakeinsatzes fixierte Dietrich, wie der den *Aufbruch nach Turku* unbewußt nachvollziehende Axel. Sie haben sich von ihrer Kindheit oder von ihrem Kindheitstrauma nicht befreien können. Das ist ohne Zweifel, wie könnte es bei einem Erstlingswerk anders sein, wohl auch ein autobiographisches Motiv.

Der junge Autor vom Jahrgang 1935, der zunächst (wie der Verlag mitteilt) als Schauspieler, dann als Hirt in der Provence, dann als landwirtschaftlicher Praktikant in Schweden tätig war, gewinnt unsere Sympathie dadurch, daß er sich in seinen Erzählungen der Schwachen und Gescheiterten, der Ängstlichen und Furchtsamen annimmt. Freilich sind dabei seine Mittel noch etwas grob und aufdringlich, wo doch die leisen, subtilen Zwischentöne seiner unvollkommenen Welt eher angemessen wären. Es ist alles noch etwas vordergründig; die knappen, harten, spröden Sätze sind zwar nicht mehr an Hemingway, aber doch an seiner Schule orientiert, die Pointen sind zu bewußt, zu laut aufgesetzt. Sein ›naiver‹ Psychologismus erweist sich, näher besehen, als recht vereinfachend; es genügt eben nicht, einen Menschen allein durch bestimmte Gesten (so zum Beispiel Kenneth, der sich ständig kratzt) zu charakterisieren, das gewinnt auch nicht an Bedeutung, wenn es mehrfach wiederholt wird. Und dann denken seine Personen zuviel, sie denken über ihre Verhältnisse, und sie wissen mehr, als ihnen der Autor zugestehen darf.

Hubert Fichte hat sich mit seinen Geschichten an die Welt der Halbwüchsigen herangetastet, man möchte ihm zugestehen, daß er es nicht getan hat, weil sie gerade zur literarischen Mode geworden ist. Ein sicheres Gefühl für Wirkung, für das literarische Gewerbe ist ihm jedenfalls nicht abzusprechen. Aber das wieder drängt ihn in die Nähe der psychologischen Zeitungsstory. Sie muß er vermeiden, wenn er seinen eigenwilligen Weg, der in seinen besten Erzählungen sichtbar wird, mit Erfolg weitergehen will.

KARL KROLOW

Bruchstücke einer zeitgenössischen Autobiographie

Die Erzählerdebüts scheinen jetzt bei uns einander mit einer Schnelligkeit zu folgen, die früher und bis vor kurzem nur bei Poeten bekannt war. In jeder Buchsaison taucht eine Anzahl neuer Namen auf, die ihren Verleger gefunden haben. Hubert Fichte, ein achtundzwanzigjähriger Hamburger, ist einer von diesen Neuen. Wer aufmerksam die Tagespresse und Zeitschriften verfolgt, kannte ihn von Veröffentlichungen seiner Erzählungen her. Im Zusammenhang mit einer Tagung der Gruppe 47 fand man ihn unter den Teilnehmern und Lesenden aufgeführt.
Die Erzählung hat in Deutschland einen erstaunlichen Reichtum der Ausdrucksweisen entwickelt. Die Sammlungen mit bekannten und unbekannten Erzählern machen darauf in steigendem Maße aufmerksam. Aber während in Anthologien und einzelnen Zeitschriftenveröffentlichungen der junge Erzähler mehr oder minder im Schutze eines Ensembles publiziert, muß er mit einem ersten, eigenen Band Farbe bekennen. Er kann die Grenzen seines Talents nicht verbergen und hat andererseits die Chance, seine Vorzüge angemessen zu zeigen.
Beides trifft auch für den Erstling Hubert Fichtes zu. Er bringt eine kräftige Begabung für die kurze Erzählung, die Situationsgeschichte, mit. Solange er sich an dieses Genre hält (und er tut das weithin, bis auf wenige umfangreichere Texte seines Buches *Der Aufbruch nach Turku*), setzt er den angesammelten Schatz an Erfahrung in die rechte literarische Münze um, schreibt er eine griffige, eher kompakte als bewegliche Prosa, versteht er es, auf engem Raum seine Personen (Arbeiter, junge Leute, Kinder,

Alltagsmenschen) mit ein paar Gesten und Äußerungen handeln zu lassen. Er bietet nicht mehr auf, als der Knappheit eines Textes zugestanden werden kann, ohne ihn mit unnötigem und unglaubwürdigem ›Anspruch‹ zu belasten.
Fichtes Prosa treibt – wo sie ihre besten Seiten zeigt – keinerlei Aufwand. Sie nimmt gleichsam Berichte, Erzählungen, Gespräche, Situationen von außen her auf und gibt sie in Form einer zurückhaltend pointierten Geschichte weiter. Besonders gut gelingt ihm das in den kurzen Stükken des ersten Drittels seines Bandes *(Schnaps in Savoyen, Ein glücklicher Liebhaber, Pierres Begräbnis)*, die in einem nicht näher gekennzeichneten (provenzalischen) Süden spielen. Überhaupt nimmt Fichte Landschaften wichtig. Sie nehmen einen nicht lediglich atmosphärischen Platz bei seinen Stoffen ein, sondern bedingen bis zu einem gewissen Grade die Verhaltensweise der Menschen, bedingen die Handlung, ohne daß man sagen könnte, daß der Autor sie aus ihnen entwickle. Eine mediterrane Gewitterlandschaft wird auf diese Weise ebenso überzeugend wie ein Hamburger Gartenstück oder eine skandinavische Szenerie.
Was der Fichteschen Prosa fehlt (es ist kein Mangel!), ist eine Tendenz zum Extremen, zur Überstilisierung, zur literarischen ›Figur‹, zu der gerade derart kurze Prosa herausfordert. Seine Prosa hat keine Auftritte, setzt sich nicht in Positur und schnurrt nicht wie eine gut funktionierende Mechanik ab. Vielmehr hält sie eine Mitte ein: Der Humor als Element *(Ein glücklicher Liebhaber)*, gar der bösartige, schneidend schwarze Humor (*Schlechte Zeiten,* eine Geschichte aus der Schwarzhändlerzeit der ersten Nachkriegsjahre), bleibt in Grenzen. Das gilt auch für Fichtes Neigung, das Todesproblem, Vergänglichkeit in seinen Arbeiten zur Sprache zu bringen. Nicht wenigen von ihnen ist diese Vergänglichkeit, die jähe Sterblichkeit des Menschenwesens, imprägniert. Aber es bleibt jeweils bei der verhaltenen Einwirkung dessen, was Hubert Fichte wichtig ist. Das norddeutsche Naturell des Verfassers vermeidet die Aufdringlichkeit sowohl vom Literarischen, Artifiziellen her wie vom aufgegriffenen Gegenstand.
Diese Prosaniederschriften sind, unter anderem, Bruch-

stücke, Momentaufnahmen einer zeitgenössischen Autobiographie: erinnerter Kriegskindheit mit Bombenangriffen und Evakuierung, Notzeit des Hungerns und Frierens, Zeit des unruhigen Unterwegsseins auf unserem Kontinent, Begegnung mit den Menschen verschiedener Landstriche, Beteiligung an fremdem Dasein, fremder Verstrikkung, Schilderung eines unbedeutenden Lebens und Geschicks (der Freitod jenes Zöllners aus Prüfungsangst, hinter der Aufstiegs- und Lebensangst steht, im Beitrag *Der Freihafen*). Was diesen jungen Autor anzieht, ist das Zufällige, ein wenig Lächerliche, niemals zu Bewältigende derartiger Leben. Mit ihnen steht er in karger Sympathie. Die unverkennbare Sprödigkeit im Stellungnehmen ist bei einem gar nicht intellektuellen Erzähler wie Fichte absichtslos. Sie entspricht seinem Temperament, dem er zuweilen etwas zu stark nachgibt und das der künstlerischen Durchführung der Konzeption gelegentlich im Wege steht. Der Mangel an verbaler, konzeptioneller Attraktion wird auf diese Weise spürbar, was wohl auch die Vorzüge der kürzeren gegenüber den längeren Erzählungen erklärt.

Über »Das Waisenhaus« (1965)

HELMUT HEISSENBÜTTEL

Strategie der Erzählkunst

Wenn man ein einfaches Trinkglas vor die Augen hält und hindurchblickt, so bleibt alles, was man vorher gesehen hat, erhalten, aber nicht in der gleichen Form, Farbe und Zusammensetzung. Die Rundung des Glases nimmt keinen von den sichtbaren Gegenständen weg, aber sie verändert die Verhältnisse der Gegenstände zueinander und verschiebt die Akzente, nach denen sie angeordnet sind. Ein optischer Täuschungsvorgang also. Ein Trick, an dem sich zeigen läßt, wie weit unsere Auffassung von der uns umgebenden Welt abhängig ist von der Regularität der sinnlichen Wahrnehmung. Eine Erinnerung überdies daran, daß andere Zusammensetzungen, Formierungen, Strukturierungen der sinnlich wahrnehmbaren Teile denkbar sind.

Dieses Bild fiel mir ein beim rückerinnernden Nachdenken über den ersten Roman Hubert Fichtes, *Das Waisenhaus*. Manches darin erscheint auf den ersten Blick plan erzählt, optisch ungebrochen. Anderes widerspricht diesem Eindruck. Sucht man den ersten gemeinsamen Nenner, der zur Hand ist, den des Perspektivismus, so bleibt man weiterhin irritiert. Es ist nicht einfach eine psychologische oder handlungsbedingte Perspektive, welche die Erzählung bestimmt. Der achtjährige Junge, aus dessen Sicht berichtet wird, müßte deutlicher werden. Die Umgebung, das Waisenhaus, die Erinnerungs- und Wunschbilder des Jungen, sind ja an manchen Stellen überaus deutlich, aber dann verwischen sie wie ein Spiegelbild in bewegtem Wasser. Was Perspektive sein könnte, wird nicht konsequent durchgeführt. Selbst wenn man an die Stelle des Begriffs Perspektive den vielleicht genaueren des eingegrenzten Bewußtseins setzt, kommt man nicht weiter.

Die Erzählung Fichtes folgte nicht einer veränderten Situation des Bewußtseins oder der unvollkommenen Einsicht einer erfundenen Figur; sie wird, so könnte man sagen, lediglich dadurch angeregt, in sich selber, in ihrer sprachlichen Formulierung autonome Veränderungen vorzunehmen. Das Bild von der die Akzente verschiebenden Rundung des Wasserglases führt nicht in den (einmal weiter verfeinerten) psychologischen Roman zurück. Es installiert das Gerüst einer neuen Welt. Die Elemente, die der Vorstellungs- und noch mehr der Redewelt des Jungen entnommen werden, dienen nicht der psychologischen Analyse oder der Kritik an bestimmten Verhältnissen, sie werden benutzt als Partikel, aus denen sich etwas Neues aufbaut.
Ich sollte hier sagen, was die Erzählung zum Inhalt hat. Aber ist dieser Inhalt loszulösen von dem Erzählvorgang, von der sprachlichen Arbeit, wie ich sie eben zu skizzieren versuchte? Ein achtjähriger Junge nimmt Abschied von dem katholischen Waisenhaus, in dem er, Sohn eines jüdischen Vaters, als protestantischer Zögling ein Jahr lang, etwa 1942, untergebracht war. Er nimmt Abschied, um zu seiner Mutter in eine, jedenfalls über die Dauer der Erzählung: ungewisse Zukunft zurückzukehren. Im Abschied mischt sich der unmittelbare Vorgang des Weggehens mit Bildern und Vorgängen aus der Tagesrealität des Waisenhauses und aus der Erinnerungs- und Wunschwelt des Jungen. Aus dem Rahmen einer auf einfache Linien typisierten Konfliktsituation im Deutschland der Kriegsjahre fällt der Blick auf veränderliche und auf sozusagen zeitlose Fakten und Abläufe. Am Objekt orientierte Schilderung mischt sich mit frei bewegter. Beide schieben sich ineinander. Wie mit dem fast unmerklichen Ruck, mit dem ein Kaleidoskop gedreht wird, verändern sich die Bilder.
Man könnte von einem Gedankenspiel reden, wie Arno Schmidt es genannt hat; Ausweg, wo der Konflikt nicht zu bewältigen ist. Aber es handelt sich nicht eigentlich um die Flucht in die halluzinative Phantasievorstellung, sondern um eine Umorientierung der Axiome. Man könnte sagen, diese Erzählung versuche ein Gegenbild zur verstörten Welt zu gründen; die unter der Herrschaft des Dritten Reichs undurchdringlich verkehrten Maßstäbe fänden

in ihr ein heilkräftiges Korrelat. Aber das würde den Sinn der Erzählung bereits vergröbernd fälschen. Die Antithesen von verstört und heil, wahr und falsch, richtig und verlogen werden unterlaufen. Die gelungene Erzählung überhebt sich der Antithesen. Sie bestärkt eine Hoffnung, die eine bloß psychologische, kritische oder auf tragische Verwicklung gerichtete Erzählung nicht einlösen könnte. Auch die Einstufung ins bloß Autobiographische entfällt von selbst.

Wenn dennoch Mißverständnisse in einer der angedeuteten Richtungen laut werden sollten, so würde ich das auf etwas zurückführen, was Hubert Fichte nur sehr positiv angerechnet werden kann. Seine Erzählweise zeichnet sich aus durch äußerste Zurückhaltung und Sparsamkeit in der Verwendung der Mittel. Seine große Begabung, so scheint mir, bestätigt sich darin, daß er seine Ziele mit fast unmerklichen Bewegungen zu erreichen sucht. Daß er Nuancen beherrscht und sich innerhalb dieser Nuancen mit großer Sicherheit bewegt. Wo das anders scheint, wie in der Episode zu dem von Höllerer angeregten und herausgegebenen Gemeinschaftswerk *Das Gästehaus*, liegt der Unterschied im Stoff, im Repertoire der verwendeten Sprachfelder. Auch dort findet sich bei genauem Zusehen die gleiche Leichtigkeit und Präzision in der nur gradweisen Verschiebung wie im *Waisenhaus*. Diese Treffsicherheit wird niemals Selbstzweck. Sie dient der Strategie einer neuen Erzählung. In dieser Strategie einer neuen Erzählung wird das getan, wonach alle Kritiker laut schreien; es wird auf literarische Weise das erfaßt, was unsere Welt heißt.

GÜNTER BLÖCKER

Stil der Entfremdung

Gisela Elsner, Peter Faecke, Christian Grote und nun Hubert Fichte – das sind vier jüngere deutsche Erzähler, denen bei aller Verschiedenartigkeit eines gemeinsam ist. Jeder von ihnen hat, auf seine Weise, versucht, sein Verhältnis zur Umwelt und zur historischen Stunde in dem Material auszudrücken, das ihm am nächstliegenden, sichersten und verfügbarsten zu sein schien: der Kindheit. Dieser Rückgriff bedeutete nicht etwa – und das gilt, wenn auch mit Unterschieden, für alle diese Fälle – ein Wegtreten ins Private, sondern eher eine Intensivierung der historischen Optik. Unschuld hat schärfere Augen und ein zarteres Gewissen. Von diesem Faktum und den ihm innewohnenden künstlerischen Möglichkeiten haben namentlich Gisela Elsner und Peter Faecke überzeugend Gebrauch gemacht – Gisela Elsner mit den pointierten Mitteln perspektivischer Verzerrung und alptraumhafter Kontrastwirkungen zwischen der Welt der Kleinen und der Großen (der *Riesenzwerge*); Faecke auf entspanntere, epischere Art, indem er einen jungen Menschen (unter dem Blick des *Roten Milans*) über sich selbst nachdenken und ihn des Verlusts seiner Kindheit innewerden ließ.
In welche Richtung Hubert Fichte geht, sagt der Titel seines Buches. Das Wort Waisenhaus zeigt nicht nur den Schauplatz an, es steht für jede Art von Fremdheit und Unzugehörigkeit (um die durch allzu hingebungsvollen Gebrauch fast schon ins Anheimelnde verfälschte Floskel von der ›Verlorenheit‹ zu vermeiden). Fichte arbeitet mit strategischer Zielstrebigkeit auf den Effekt äußerster Abgesondertheit hin. Sein Held, ein achtjähriger Junge, ist das uneheliche Kind eines jüdischen Vaters und einer nichtjüdischen Mutter. Der Vater ist verschwunden, die Mutter hat die Herkunft des Jungen einigermaßen verschleiern können, fühlt sich jedoch ständig von Entdekkungen bedroht. Zwar findet sie nach unruhiger Wanderschaft (es ist die Zeit der Bombennächte) in der Verwal-

tung einer kleinen Stadt Arbeit, aber das Kind muß sie weggeben: den protestantischen Jungen in ein katholisches Waisenhaus.

Fichte erzählt das nach dem Gesetz des fruchtbarsten Augenblicks. Er spult das jammervolle Geschehen nicht in einem dünnen Handlungsfaden vor uns ab, sondern drängt es – überaus wirkungsvoll – in die Sekunden des ersehnten Abschieds zusammen. Der kleine Detlev kann das Waisenhaus endlich verlassen, er darf zu seinen Großeltern nach Hamburg; und nun steht er da, der Junge mit dem blassen Gesicht, den dicken Lippen, dem fliehenden Kinn und den zu großen Ohren (»Deine Ohren sind so groß wie Judenohren«, sagt eine sadistische Lehrerin zu ihm), gewaschen, gekämmt, in seinen Sonntagsstaat gezwängt, und wartet auf die Mutter, die ihn abholen soll. Ein Moment freudiger Erregung und ängstlicher Beklommenheit zugleich, in welchem sich die Gedanken – Wochen und Monate buchstäblich an den Schlag einer Wimper bindend – zurückwenden: zu dem Tag des Eintritts in das Waisenhaus, den ersten Begegnungen mit den Kameraden, mit den Schwestern, zu den Schwierigkeiten mit der ›neuen‹ Religion, aber auch zu den Flötenstunden bei der Mater Cäcilia, die ihm Dinge zeigt, »die noch nie ein Protestant gesehen hat«, zu den kleinen Freuden also und den großen Schmerzen des Waisenhausalltags und schließlich zu jenem feierlichen und für den Jungen doch nicht recht verständlichen Augenblick, wo die Mutter ihm eröffnet, »Dein Vater ist Jude«.

Dieses Geschiebe und Gedränge von Erinnerungen hat, so wenig es sich zur säuberlichen Chronologie ordnet, gleichwohl sein inneres Gesetz. Der Erzähler gewinnt es aus der Beschaffenheit seiner Hauptfigur. Wie er mit großer Hartnäckigkeit immer wieder zur Ausgangssituation des wartenden Kindes zurückkehrt, um dem Gedankentreiben seinen Ordnungspunkt anzuweisen, so findet er immer neue Wendungen, mit denen er uns, wenn das Wort erlaubt ist, über die ›technischen‹ Abläufe im Innern seines Helden ins Bild setzt. Etwa: »Detlevs Gedanken laufen schneller hintereinander her. Geräusche, Gerüche mischen sich mit den Worten, Wörtern, Wortfetzen, Buchstaben.« Oder: »Detlev denkt nicht alle Wörter zu Ende. Die

Bilder liegen wie Hauchbildchen übereinander. Die Linien durchkreuzen sich in verschiedener Stärke.« Und am Schluß, als der Kleine schon fürchtet, die Mutter habe ihn vergessen: »Die Wahrnehmungen von Detlev beschleunigen sich. Er erinnert Teile von Bewegungen, einzelne Leute. Seine Lippen zucken, als wollte er noch einmal die vergangenen Worte aussprechen . . .«

Alles das charakterisiert die Methode. Hinzu kommt die hier wohlbegründete Technik der Assoziationen. Vom Weihrauchgeruch rankt sich die Sehnsucht des wartenden Jungen zum Bittermandelaroma des Grießkuchens, den die Großmutter zu backen pflegte (und vielleicht wieder backen wird!); von den weißen Taschentüchern, die sich bei einer parteioffiziellen Totenfeier »wie zerbrochene Eierschalen« vom Schwarz der Trauerkleider abheben, stellt sich – kindlich abstrus – eine Gedankenverbindung zu den Eierschalen her, die der Großvater den Hühnern unter das Kartoffelfutter mischte. Verschiedene, nicht selten konträre Bewußtseinsfelder schieben sich ineinander. So enthält die Wunschvorstellung, in Hamburg mit dem Steinbaukasten spielen zu dürfen, zugleich Destruktionsgelüste. Das Haus, das Detlev im Geiste baut, gleicht dem Waisenhaus, und er baut es nur, um es in einem wahren Vergeltungstaumel zu zerstören.

Möglicherweise hört sich das alles ein wenig nach jenem Binnenrealismus an, der uns Zusammengekochtes als den Gipfel literarischer Küchenkunst empfehlen möchte. Doch Hubert Fichte ist ein disponierender Erzähler, er rührt nicht zusammen, er setzt gegeneinander. Es ist erstaunlich, wie fest er den jeder Gefahr subjektiver Aufblähung und des Entgleitens ins Diffuse ausgesetzten Stoff in der Hand hat, wie durchsichtig und überschaubar er die vielfältig ineinandergekeilten Vorgänge hält. Dazu trägt nicht wenig der Umstand bei, daß sich der Erzähler die leidige Bequemlichkeit des Ich-Vortrags versagt. Zwar bleibt er durchweg in der Perspektive seines kindlichen Protagonisten, aber die subjektive Realität wird objektiv ausgeformt. Fichte gibt den Kosmos eines Achtjährigen, aber er braucht nicht mit der verstellten Stimme eines Achtjährigen zu sprechen. Er kann, wenn es nottut, das Sprachmaterial psychologisch einfärben, aber er braucht es nicht durchgängig zu tun – er wird nicht zum Gefangenen einer Rollenprosa. Auf diese Art gelingt dem Autor, was das Sujet ihm nahelegt und was sein Formwille ihm abverlangt: der vollkommene Stil der Entfremdung. Keine Identifikationskünste, kein Mitschwimmen im Bewußtseinsstrom, freilich auch nichts vom Baumeisterglück einer dreidimensionalen zweiten Wirklichkeit. Weder Nachschöpfung noch Neugründung, sondern Umstrukturierung. Die Wirklichkeit beharrt auf ihrem Materialcharakter. Mit diesem Material operiert der Autor, und zwar so, daß die Operationen als solche erkennbar bleiben.

Das gilt nicht zuletzt auch für die sehr zahlreichen Dialoge. Es fällt auf, wie wenig ›natürlich‹ sie sind. Auch das gesprochene Wort ist für Fichte vor allem Kunstmaterial. Es gehört dem Erzähler und dann erst dem, der es spricht. Erst aus der Zuordnung und Zusammensetzung der disparaten Sprachelemente ergibt sich die ›Aussage‹, nicht aus dem einzelnen Satz, dem der Autor keine absolute Offenbarungsmacht zuerkennt. Kindliche Wendungen (»Warum schreibt man Waisenhaus mit ai?«, »Ob der liebe Gott auf den Abort muß?«) gehören ebenso wie das Verlautbarungsdeutsch der Epoche oder nachgeplapperte Floskeln aus der Sprache der Erwachsenen (»Das Kohlepapier muß wegen Spionagegefahr nach dem Gebrauch vernichtet werden.«) zu dem Sprachbestand, aus dem der Verfasser, durchweg mit überlegenem Kalkül, seine Wahl trifft.

Bei aller Sprödheit und verweigernden Strenge ist Fichte zum Glück jedoch undoktrinär genug, gelegentlich auch Sprachfügungen von überraschendem impressionistischem Schmelz in das kantige Erzählgebilde einzulassen. Wie die Schwestern, Schleier hinter sich herziehend, durch das Stiegenhaus schweben, wie eine von ihnen sich »in der Schwärze des Korridors auflöst«, wie (in der Vorstellung des bedrückten Kindes) die große Treppe in der Eingangshalle von Tag zu Tag dunkler und niedriger wird – das wird man so rasch nicht vergessen. Ebensowenig wie die Reaktion des Jungen auf das für ihn inhaltlose Wort ›Jude‹. Für ihn sind das Buchstaben, sie sind das einzig Wirkliche daran, und so ergreift er sie und schmückt

sie unbefangen nach den Eingebungen seiner Kinderphantasie aus: »Detlev sah ein großes goldenes J. Die Vögel saßen auf dem Querbalken des Buchstabens und sangen. Die Äpfel wurden reif, die Pflaumen und die Reineclauden. Das U war die Elbe im Sonnenlicht ...«
Keine Frage, hier kündigt sich eine erzählerische Handschrift an, von der in den Erzählungen des 1963 erschienenen Bandes *Der Aufbruch nach Turku* noch kaum etwas zu spüren war. Hubert Fichte (1935 im Brandenburgischen geboren) gehört weder zur Gilde der klapperdürren Registrierer, noch ist er ein kritischer Realist im Sinne der alten oder irgendeiner neuen Schule. Sein Kritikertum ist total. Es äußert sich als perfekte Distanz. Die Welt liefert dem skeptischen Geist nur noch Spielmaterial, und die Figuren, die er daraus formt, zeigen uns an, wie es um die Welt bestellt ist.

WERNER WEBER

Hubert Fichte: »Das Waisenhaus«

Aus einem Brief, der im Rahmen der Erzählung mitgeteilt wird, erfährt man, in welche Zeit die Ereignisse gehören: »Der Brief des Großvaters steckte in einem gelben Umschlag. Die Mutter nahm ihn heraus, wechselte die Brille; sie las laut vor. – Hamburg-Stellingen, den sechsten Oktober neunzehnhundertzweiundvierzig ...« Es ist Kriegszeit. Eine Frau verläßt mit ihrem kleinen Sohn die Stadt Hamburg. In einem süddeutschen Ort kann sie eine Stelle in der öffentlichen Verwaltung finden. Schwieriger ist es für sie, eine Wohnung zu bekommen. So zieht sie in ein bescheidenes Zimmer und gibt den Sohn Detlev ins Waisenhaus der Stadt. Die Luft in einer kleinen Stadt sei gesünder, sagt sie – und: »In Hamburg müssen wir uns nicht nur vor den Bomben fürchten. Auch hier sollten wir stille sein. Nichts sehen. Nichts sagen. Die Leute wollen keine Mutter mit einem solchen Jungen ohne Vater – oder mit einem solchen Vater.« Was das für ein Vater gewesen ist und was das für ein Junge ist, das wird im Erzählen angedeutet, mit mehr oder weniger offenen Worten gestreift, und einmal wird es deutlich gesagt: »Dein Vater ist Jude... Er wohnte nebenan. Ehe wir heiraten konnten, mußte er fliehen.« Und bald darauf: »Ich weiß nicht, ob er heil nach Schweden gekommen ist. Gott sei Dank, heiße ich nicht wie er und du heißt nicht wie er.« Und dann: »Du bist ein Halbjude.« Darum also, nicht nur wegen der Bomben, ist die Frau mit dem Kind in die süddeutsche Stadt ausgewichen. Und nun ergibt sich etwas Merkwürdiges, etwas, das für die Gestalterkraft des jungen Erzählers Hubert Fichte zeugt: Man hat die Zeit der nationalsozialistischen Barbarei und des Kriegs in kräftigen Bildern gegenwärtig, als sei alles breit in Worten hingemalt worden; doch dann zeigt sich, daß der Erzähler nur sparsam da und dort ein Zeichen setzte – und meist mit einem Anflug des Harmlosen, das erst beim zweiten Hinblick das Schlimme offenbart. Hubert Fichte erinnert keine Kriegsszenen, keine Aufmärsche; aber bei Gelegenheit erzählt er, was das Kind Detlev im Schaufenster des Spielzeugladens so spielzeugsauber aufgebaut und angeordnet sieht: »Deutsche Landser waren auf einer grünen Matte im Vormarsch. Einige von ihnen rissen eine Handgranate in die Höhe. Zwei hielten eine Fahne voran... Detlev erkannte deutlich das Blut an den Kopfverbänden der feindlichen Partisanen. Ein angloamerikanischer Fallschirmjäger wurde abgeführt... Aus dem Hinterhalt wurde ein tapferer deutscher Soldat von einem feigen Partisanen angegriffen... Vor dem Verbandsplatz bellte ein Sanitätshund. Er hatte eine rote Zunge.« Das sind ein paar Zeilen in einem Buch von annähernd zweihundert Seiten, und solche Zeilen wirken wie ein Tropfen starken Farbstoffs in einem Gefäß klaren Wassers. Die Erzählung ist gefärbt mit dem Stoff der Katastrophenjahre.

Und jetzt ist zu sagen, was denn eigentlich erzählt wird. Die Antwort darauf wird wohl zugleich eine Auskunft über den schwierigen Entwurf sein, an den sich Hubert Fichte bei der Arbeit halten mußte. Es geht darum, in Sprache zu fassen, was dem Knaben Detlev durch den Kopf fährt und durchs Gemüt zieht, während er auf dem Balkon des Waisenhauses die Mutter erwartet, die jeden Augenblick herkommen wird, um ihn heimzuholen. In einem nur wenige Minuten großen Zeitgefäß fließt der Lebensstoff eines Jahrs zusammen, und er soll Sprache werden. Der Knabe steht auf dem Balkon und wartet; er beschmutzt sich am Geländer eine Hand mit Vogelkot. Es geht gegen Abend. »Nach dem Essen wird die Mutter Detlev holen kommen und mit ihm die Nacht hindurch zu den Großeltern nach Hamburg fahren.« So steht es am Anfang der Erzählung. Und am Schluß: »Detlev wartet auf seine Mutter. Ehe sie ihn abholen kommt, soll er ein letztes Mal mit allen Waisenhauszöglingen Abendbrot essen.« Es ergibt sich da (wie nicht selten in der gegenwärtigen Erzählkunst) die Offenheit der Abschiedsstunde, die Offenheit zwischen dem Nichtmehr und dem Nochnicht; und da stürzen das Erlebte aus der Vergangenheit und das Erhoffte oder Befürchtete aus der Zukunft herein auf den Platz der Gegenwart und behelligen einen in den Abschied ausgesetzten Menschen. Plötzlich wird eine Gebärde unverwischbar zeichenhaft: Detlev, auf dem Balkon, »spreizt den Daumen von der Hand ab, zwischen den Fingern zerreißen die Fäden aus Vogelkot.«

Ist das nicht gemäß dem alten Muster der Rahmengeschichte erzählt? Knabe auf dem Balkon, am Anfang, am Schluß – und zwischendrin die Geschichte oder die Geschichten, die er denkt und fühlt oder die ihn heimsuchen. Das würde, von der Technik her, erfordern, daß wir dann und wann an den Rahmen erinnert werden. Hubert Fichte versäumt es nicht; das Situationswort »Balkon« fällt immer wieder. Und nun steht oder fällt wohl eine Geschichte in ihrer Qualität unter anderem dadurch: Ist in der Rahmensituation ein mühsames Getue oder fügt sich's einigermaßen natürlich, ja spannend. Bei Hubert Fichte wird die Sache mindestens klug, beinah virtuos geregelt, und wem Klugheit und Virtuosität allein noch nicht viel und schon gar nicht alles bedeuten, der wird wohl durch die Sauberkeit des Denkens und durch den Anstand im Fühlen, welche bei Hubert Fichte in allem mitwirken, zum Vertrauen in jene Klugheit und Virtuosität geleitet werden. Statt Klugheit und Virtuosität könnte man auch sagen: nüchterne Sorgfalt. So entsteht dann (was den Stoff betrifft) eine Geschichte, der man den Titel eines frühen Hesse-Buchs geben könnte: *Unterm Rad*; aber jetzt werden die Qualen und die Nöte eines Zöglings erzählt mit den Zweifeln gegenüber der ›fließenden‹ Sprache – mit den Zweifeln, welche die jungen deutschen Erzähler seit Weyrauchs Stichwort »Kahlschlagprosa« noch nicht wieder losgeworden sind.

Bei Hubert Fichte wird die Gestalt des Satzes mitbestimmt durch den Ort, von dem die Sprache ausgeht: vom Kind oder vom rückblickenden, überblickenden, mitdenkenden Erwachsenen; und auch das knappe Zeitgefäß, in welchem so viel gelebte Zeit doch Sprache werden soll, mag zu einem Stil der Knappheit, einem Stil der Notiz und der Chiffre viel mehr als zu einem Stil des geräumigen Satzes verleiten. Das alles ist einzusehn. Aber vielleicht ist es nicht gut, wenn man bei der Arbeit eines Erzählers etwas ›einsieht‹; denn das heißt, daß man vorher gestört worden ist und bei der Störung stutzte und sich wohl auch ärgerte. In den guten Fällen der Kunst braucht es kein Einsehn. Aber hier, zum Beispiel, braucht es eins: »Anna. Ob Anna die Krämpfe kriegt, wenn ich wegfahre? Anna kommt in die Hölle. Sie hat es selbst gesagt. Annas Augen sind braun. Da ist nichts Weißes an den Rändern. Ich möchte immer in Annas Augen sehen. Annas Augen sind fromm. Anna kommt in die Hölle. Gleich sind Annas Augen für immer weg. Ich fahre mit Mutti nach Hamburg zurück.« In solchen Gelegenheiten zeigt sich bei Fichte keinesfalls das Unvermögen, die Sätze größer und reicher anzulegen; es scheint sich dann nur der Irrtum durchgesetzt zu haben, die Sprache selber müsse so kindlich oder dümmlich oder eilig sein wie das Leben, von dem sie erzählen soll. Das Kindliche, Dümmliche wird erträglich durch die Intelligenz des Satzes, der uns das Kindliche, Dümmliche mitteilt; das Eilige wird atemnehmend durch die ausgebaute Ruhe der Sprache, welche dem Eiligen Ausdruck gibt. Ich könnte mir denken, daß ein Mann von der Sensibilität und der hohen künstlerischen Aufmerksamkeit Hubert Fichtes bald merken wird, wieviel das Hecheln in der Sprache zustand bringt und wieviel das Atmen.

Über »Die Palette« (1968)

DIETER E. ZIMMER

Fichte und Beat

Dichterlesung ohne Verlegenheit

Die »Palette« lag am Gänsemarkt; der »Star-Club« liegt an der Großen Freiheit, in St. Pauli. Die »Palette« war jahrelang eine Enklave innerhalb der gutgewaschenen und gutversorgten und steifen Hamburger Gesellschaft: der Treffpunkt, das Obdach der Hamburger Gammlerjugend; im »Star-Club« wurden einst die Beatles groß. Die »Palette« ist längst zu; der »Star-Club« floriert. Wohl sind Beat und Gammel nicht identisch – Affinitäten aber bestehen, und so versammelte sich am letzten Sonntag im »Star-Club« unter anderen auch die ehemalige »Palette«-Belegschaft, um zu hören, was einer, der einmal zu ihnen gehörte, inzwischen aus jenen Gänsemarkt-Jahren gemacht hat: Hubert Fichte las aus seinem Romanmanuskript *Die Palette*; die Reproduktion maß sich mit dem Original.
»Beat und Prosa« hieß die Veranstaltung, Plakate im grellsten Purpur hatten dazu eingeladen, im Namen von Rowohlt, der Fichte verlegt und das Ganze kurzerhand in seine Regie übernommen hatte, nachdem es zwischen seinem Autor und dem Schutzverband Deutscher Autoren Nordwest, für dessen Serie »Dichter auf dem Markt« Fichtes Lesung ursprünglich gedacht war, im Anschluß an Peter Rühmkorfs jazzdurchsetzten Auftritt vor der Hamburger Börse über die Frage einer Vorzensur der Texte zum Streit gekommen war. »Beat und Prosa« – ob das gutgehen könne, das war die Frage.
Würde sich das Beat-Publikum bereit finden, einen nicht unkomplizierten Prosatext anzuhören? Oder würde, wie damals bei Rühmkorf, doch nur das übliche, das sowieso literarisch interessierte Publikum erscheinen und sich

den Beat von Ferre Grignard & Co. und Ian and the Zodiacs nicht gefallen lassen?
Wäre das überhaupt zu vereinbaren: laute Musik und leise Literatur? Würden vielleicht die Leute von der »Palette« dem einstigen Kumpel verdenken, daß er jetzt, in ähnlichem Milieu vor ihnen, über ihnen stand, während drei Fernsehkameras surrten, Blitzlichter blitzten und fünfzehn Mikrophone sich anstrengten, das alles zu verstärken und festzuhalten? Würde es also betretene Enttäuschung geben oder Radau? Und war das ein schlechter Einfall, Beat und Prosa zusammenbringen zu wollen?
Es war kein schlechter Einfall. Einige Hundert fanden keinen Einlaß mehr und mußten umkehren, zwölfhundert standen schweißgebadet und hörten sich verständnisbereit an, was Fichte ihnen vorlas: von Jäcki und Jürgen und Heidi und Ramonita und Loddl, von ihrem Leben zwischen Dammtorbahnhof und Hafenkrankenhaus, inmitten einer auf Ordnung bedachten Gesellschaft, die Jugendgefängnisse einrichtet und pünktlich Zeitungen erscheinen und Milchwagen verkehren läßt, unter deren Räder man kommen kann, in ihrer Mitte und doch in einer Welt ganz für sich, von dem Mann, der Lydia heißt und eines Morgens nackt mitten auf der ABC-Straße liegt. »Der Milchwagen kommt die ABC-Straße hoch. Er fährt schnell. So früh am Morgen ist sonst niemand in der ABC-Straße zu sehen. Der Milchwagen bremst vor dem nackten Mann. Die Milchflaschen zerspringen. Die Milch spritzt auf das Pflaster. Lydia schwimmt in Vollmilch. Lydia steht auf und sucht seine Sachen.«
Hier, im »heiligen Sanktus-Paulus-Village«, erschlug der Beat die Prosa nicht; beide koexistierten, mehr: sie machten gemeinsame Sache, sie dementierten das angebliche Schisma zwischen der Sub-, der Pop-Kultur, die ihre Kleidung und Sprache und Umgangsformen hat, und der seriösen, der höheren, der dunkel gekleideten »eigentlichen« Kultur.
Dichterlesungen ist sonst oft ein Element der Verlegenheit eigen, herrührend aus der Anstrengung, die es kostet, sich zu einer feierlichen Kulturtat aufzuschwingen. Das war auch auf dem »Markt« kaum anders gewesen – der Markt war eine Fiktion, man war unter sich, es hätte ebensogut

das Auditorium Maximum oder der Saal der Patriotischen Gesellschaft sein können. Rühmkorf war sich der Kluft zwischen Kultur und Alltag bewußt, gerade sie bildete den Hauptgegenstand seiner Gedichte, sie versorgte ihn mit ironischen Pointen: die einzige Brücke schien die der Ironie zu sein.
Hier, im »Star-Club«, wurde eine andere Form ausprobiert, und sie funktionierte: nicht Jazz, sondern Beat; nicht Markt, sondern Schuppen. Die Diskrepanz schien fast ausgelöscht. Der Dichter fand zwanglos ein neues Publikum.

REINHARD BAUMGART

Eine wüste Idylle

Literaturkritiker müßte man sein, ein Profi mit nur professionellen Interessen, der täte sich leicht mit diesem Buch. Er würde erst kurz beschreiben, was drin vorkommt (Gammler, Ganoven und Hamburg), dann ausführlicher, wie es gemacht ist und warum es heutzutage so oder doch so ähnlich gemacht werden muß, darauf Exkurs über die Fortschritte des Autors (dessen Früheres neben der *Palette* tatsächlich aussieht wie säuberliche Etüde) und schließlich ein öffentliches Hadern darüber, ob das Geschriebene eher mit Note Eins oder Eins-minus zu bewerten wäre.
Ganz unrecht hätte ein solcher Profi oder neuerdings Fachidiot nicht: als Schreibkunstwerk könnte der Roman sich auch neben der *Blechtrommel* behaupten, ist außerdem zehn Jahre jünger und folglich weiter. Mir allerdings hat sich nach jeder halben Stunde Lektüre neu die (meinetwegen: blauäugige) Gretchenfrage gestellt, ob Kunst zu nichts weiter da sei, als mit Kunstgriffen Kunst hervorzubringen, etwas zeitgemäß witzig Schönes, dem berühmten interesselosen Wohlgefallen zum Fraß vorgeworfen, ob Literatur nicht mehr sein kann oder sollte als eine Summe genauer Sätze.
Denn Genauigkeit ist Fichtes Trumpf. Drei Jahre lang, läßt

er uns wissen, hat er tagtäglich Zeit unter Hamburgs Gammlern in der damaligen »Palette« abgesessen. Er sagt leider nicht, ab wann er nur noch hinging, um Schreibmaterial zu sammeln. Denn das Erlebte wird ganz von selbst fast Literatur, wenn man es nur noch erlebt mit dem Vorsatz, daraus Literatur zu machen.

Jedenfalls kennt er, was er aufschreibt, und diese Sachkenntnis macht ihm ein lockeres Handgelenk. 360 Seiten lang wird ein gutes Jahr »Palette«-Zeit protokolliert, quatscht und agiert eine Raritätenschau am Rand der Gesellschaft: Preludinschluckerinnen, toupierte Knaben, High-Spezialisten, Männer in Tüll und Seide, Wittgensteinleser vor der Musicbox, Berufssyphilitiker, das alles Coca-Cola-Nachmittage lang oder nachts versprengte Bürger abstaubend, auf Ostermarsch oder eher aschgrauen Orgien, ziellos bewegt, bunt, monoton.

Fichte stellt keine Fabel, keine Konflikte, wendet keine Psychologie auf. Er macht Inventar: ein Jahr »Palette« eben, aber auch das nicht kontinuierlich vorgeführt, sondern in splitternden Reihungen, in kurzen Szenen- und Reflexionsschüben. Er legt ein Mosaik aus, dreht Kaleidoskop. Dagegen wirkt die Erzählweise von Grass oder Johnson schon altmeisterlich. Fichte beschreibt nichts, erzählt nichts nach. Er läßt die Sache in ihren eigenen Wörtern zu Wort kommen, spielt das Medium.

Unaufhörlich beschert er dem Leser, der schließlich nicht in der »Palette« eingesessen hat, ein So-war-das-also-Gefühl. Man lernt also, fragt aber zwischendurch schon: wozu? Daß alles so genau stimmt, ist das womöglich auch Luxus? Gut, die Typen sagen also »pofen« und »toff«, das ist authentisch. Doch wenn sie statt dessen ›schwiemeln‹ sagen würden oder ›spick‹ (was alles nicht ›stimmen‹ würde), wäre das nicht als Wortmusik genauso toff? Andererseits: Zur bloßen Information über Hamburgs Gammler würde ich doch lieber Wortwörtliches vom Tonband samt soziologischer Analyse lesen.

Wozu also der effektvolle Aufwand an Kenntnissen und Arrangement? Wie uns der allgemeinverbindliche Appell dieser Spezialstudie verkauft werden soll, ahnte ich: als Herausforderung der spätbürgerlichen Gesellschaft natürlich. Im Klappentext las ich es dann, nicht im Buch.

Fichtes Gammler spielen nämlich geschlossene Gesellschaft. Selten weht ein Luftzug Außenwelt in die wüste Idylle.

War die »Palette« dem Autor also nichts weiter als eben ein dankbares, ein exotisches Sujet? Könnte man dieses hochtrainierte Schreibtalent überallhin auf eine Schule des Lebens schicken, ob unter Fernlastfahrer oder zur Mafia nach Sizilien, und käme es immer mit einer gleich glänzenden Schularbeit zeitgemäß erzählender Prosa wieder? Wäre ihm denn alles nur Material und darüber hinaus gleichgültig? Vorlaute Fragen, aber ich bin sie lesend nicht losgeworden.

Dabei tritt dieser Hubert Fichte sogar als Erzähler und Zentralfigur im eigenen Buch auf. Er schiebt keinen Stiller-, Matzerath- oder Kristlein-Strohmann vor, wenn er von sich selbst redet. Rücksichtslos wie er haben bisher nur Henry Miller oder Genet die eigene Person dokumentiert, sicher kein deutscher Autor, und bei Fichte kommt das alles ganz ohne Druck und exhibitionistische Gockelei, zutraulicher und sympathischer, als sich sonst nackte Bekenntnisse lesen.

So treuherzig-persönlich der Autor vom Rand des Protokolls auf uns einspricht, so neutral und anonym bleibt dieses Protokoll selbst. Dort am Rande sinniert er ausführlich, auch darüber, daß er ja immer nur als Mitgammler und Mitläufer danebenhockte, als Hospitant mit Schreibabsichten. Da macht es ihm auch Skrupel, daß er auch dann noch zuschaut und wohl schon an literarische Verwertbarkeit denkt, wenn einige einen zusammenschlagen.

Doch zu mehr als Skrupeln am Rande gedeiht das nicht. Auf das Erzählte greift der eigene Standpunkt nicht über. Da feiert immer nur das Material sich selbst. Unverbindlichkeit, Rücksichtslosigkeit, so sieht Fichte, ist die Pointe aller Beziehungen in der von ihm beobachteten sozialen Gruppe. Sein Schreibprogramm nimmt dieses Verhaltensprogramm auf, mit Genuß.

Stoff breitet sich also aus. Was ihm fehlt, ist das Thema. Schließlich, auch dieses Nur-zuschauen-Können, dieses ratlos genaue, kunstvoll gleichgültige Notieren wäre ein Thema gewesen, nach Hemingway und Camus und Weiss

kein nagelneues, aber auch zu ihm hat sich Fichte nicht entschließen können. Sein Mut bleibt Artistenmut.
Was ihm schließlich gelingt, ist die Herstellung einer präzis detaillierten Wahrnehmungsoberfläche, geistesgegenwärtig und bewußtlos, das reine Schreibkunstwerk, nicht mehr, nicht weniger. Staunen werden darüber jene halblinken Literaturpropheten, die Faktentreue, Milieugeruch, Recherche am Tatort als Vorbedingungen gerade des Engagements gepredigt haben. Fichte ist diesen Weg so kühn wie musterschülerhaft zu Ende gegangen, ohne das verheißene Ziel zu erreichen. Sein Buch liest sich wie ein Modell für die Zerstreutheit und Unverbindlichkeit einer nur auf den Reizwert des Genauen eingeschworenen Schreibkunst. Realismus als l'art pour l'art, das gibt es also auch.

HELLMUTH KARASEK

Gammler – zu Prosa kleingehackt

Dante war bekanntermaßen nicht in der Hölle, bevor er das Inferno beschrieb. Hubert Fichte dagegen war in der »Palette«, einem Hamburger Lokal, das nicht nur gesitteten Bürgern als eine Ausgeburt der Hölle vorkommen müßte. Und zwar war Fichte dort drei Jahre lang, so ziemlich Abend für Abend: wie er in seinen *Nachwörtern* gesteht und nachrechnet, für runde achthundert Mark monatlich Vorschuß vom Rowohlt-Verlag: »Bei zweihundert Stunden im Monat macht das Stundenlohn vier Mark.«
Fichte berichtet das nicht, um auf das relativ bescheidene Los des Schriftstellers mitleiderregend aufmerksam zu machen: die *Nachwörter*, die zum Roman gehören, sollen vielmehr das Erzählte noch einmal versachlichen, verfremden. Der Autor will dem entkommen, was er »fiction« nennt; er weiß gleichzeitig, daß die Nichtfiktion, in eine erzählte Fiktion gebracht, wieder zur Fiktion wird. Und was hier so ein bißchen verwirrend klingt, macht auch die

Palette ein wenig verwirrend. Fangen wir also schön geduldig der Reihe nach an:
Das jedenfalls möchte Fichte als Erzähler nicht sein: ein über allen Wassern schwebendes Erzähler-Ich, das weise, verständnisvoll lächelnd (alles verstehen, heißt alles verzeihen) in die Hirne, Herzen und Handlungen seiner Figuren blickt. Der Grund dafür ist schon allein der, daß Fichte zu Recht meint, das Gammlermilieu der »Palette« ließe sich auf diese Weise nicht schildern. Oder, genauer: schildern allein hülfe in diesem Falle so gut wie nichts. Fichte also beteiligt sich, gammelt mit, kokst mit, ist ›high‹ und ›down‹ wie die Kundschaft der »Palette«, erlebt deren Razzien, Sauf- und Kotztouren, schlüpft in seinen Helden »Jäcki«. Zeichnet er auch ein Selbstporträt, indem er Jäcki zeichnet?
Aber Fichte will dann doch wieder Erzähler sein. Oder, der's mit Wörtern schafft, was die anderen erleben. Der nicht selbst Rauschgift nimmt, sondern darauf aus ist, daß die Wörter Rauschgift werden. »Stoff«, »Schnee«, wie das im Fachjargon heißt: »Ich säße lieber über meinen Zetteln, setzte Austern an die Wände, kratzte Miesmuscheln ab, verwandelte das Zimmer in Hamburg in die Felsen von Sesimbra mit den Zetteln von meinem Buch. Zettel abnehmen. Neue Zettel annageln. Stoff aus Wörtern. Schnee aus Wörtern. Wörter aus St. Pauli.«
Einer, der mitmacht, der ›in‹ ist – und der doch in dem Augenblick ›ausgestiegen‹ sein muß, weil er an Rowohlts Vorschuß, an sein Buch, denken muß – das ist die Crux, die der Autor der *Palette* offen vor uns eingesteht. Aber da er vor uns, den Lesern, nicht mit gezinkten Karten spielt, tut er es dann nicht vor dem Milieu? Was man auch alles über die *Palette* sagen mag, auf jeden Fall zersplittert sie in widerspruchsvolle Einzelheiten, auf die sich zusammen kein Reim machen läßt.
Da sind die Teile, die wie protokollarische Stenogramme wirken. Fichte, der den Outsidern der »Palette« hört und ›mitschreibt‹: »Ein Typ in Paris brachte den Spruch: Dergln ist die schönste Landschaft. Das war der gleiche Typ, der in Lyon in zwei Tagen tausenddreihundert Miese zusammengekreidet hat. Kauft sich ein Moped, fährt nach Hamburg zur Palette, wieder zurück, schmeißt das Ding in

die Seine: Jetzt hab ich Hämorrhoiden!« Solche Gammlergeschichten, deren Pointe die rotzige Pointenlosigkeit ist, gibt es in dem Buch zuhauf. Was die Aufzeichnung eines bestimmten, neuen Rotwelsch, eines Jargons halberwachsener Außenseiter anlangt, leistet Fichte, sogar mit Einschüben von »Paletten«-Abcs, Beträchtliches.
Dann gibt es die Passagen, in denen die Wörter die Wirklichkeit »zu Schnee« machen wollen, wo die Räusche der »Palette« zu Räuschen der Sprache werden sollen: »Nicht über Halleluja und Barbara berichten. Sie nachmachen in Wörtern.« Hier strandet der Autor weitgehend an Subjektivismen, die sich dem Leser nur partikelweise aufschließen, die das Buch über weite Strecken zu einem mühsamen Geröllhaufen von Einzelheiten machen. Sauf- und Gammelabende, in Subjektivbildern überhöht – da empfiehlt sich dann doch wohl der direktere Weg der Aneignung; das Buch vermittelt von Hamburger Verruchtheit soviel wie Sexfilme von Sex: der Voyeur sieht nicht den Gegenstand seiner Schaubegierde, sondern hört nur den Wortsalat desjenigen, der sich für ihn an das mühselige Geschäft des Voyeurtums machte. Fichte, der die Probleme selbst unerschrocken erkennt, deutet diese Möglichkeit selbst an: »– daß vielleicht jeder Chronist an der Palette scheitern muß ... – Die Schreibmaschine oder der Kugelschreiber ... wären gezwungen, eine kleingehackte, den Ereignissen und Personen nachhetzende Prosa zu erzeugen, die in dem Geschriebenen nicht den Eindruck der Vielfalt hervorrufen könnte, sondern auf die Dauer nur den Eindruck der Langeweile.« Ich weiß, es ist unfair, in solche Achillesfersen zu stechen, noch dazu, wenn Autoren so offenherzig auf sie aufmerksam machen. Trotzdem möchte man diesem Fichte-Geständnis nur nachseufzen: »That's the problem!«
Nun ist Fichte aber über manche Strecken seiner *Palette* sowohl dem Haschisch-Prinzip wie auch der Stenogramm-Methode untreu geworden. In einem Kapitel, das die Schwangerschaft einer »Paletten«-Besucherin schildert, bricht durch Schnoddrigkeit, medizinische Genauigkeit und blasphemische Schocktherapien so etwas wie ein Pathos der Verlorenheit und Sinnlosigkeit. Aus dem »Schnee« ist eine gute, alte Erzählerperspektive geworden, Fichte

arrangiert auf einmal, um anzuprangern, er kontrastiert, um zu entlarven; er räumt bei dieser gräßlichen Menschwerdung alle begütigenden Floskeln mit weher Direktheit beiseite.
Und während er sonst versucht, die »Paletten«-Welt nicht mit moralisierenden Erklärungen zu behelligen, setzt er in einem Abschnitt, der *Synoptische Splitter* heißt, auf einmal doch manch begründendes ›Weil‹. Er blättert in der Vergangenheit der Ganoven herum, sieht, wie sie in ihrer frühen Kindheit Kriegsende, Brutalitäten, Unaufrichtigkeiten der Eltern, Morde, Sadismus und politische Charakterlosigkeit erlebten. Kurz: Fichte liefert dann plötzlich doch so etwas wie Begründungen für eine neue »Lost Generation«. An einer anderen Stelle im Buch gibt er für diese Generation auch gleich noch eine Art Schlüsselparabel:
Da liegen zwei miteinander im Bett, und neben ihnen läuft das Wasser über, das sie auf den Gasherd aufgesetzt haben, und löscht die Flamme. Das Zimmer aber hat kein Fenster. Und sie sind doch zu faul, aufzustehen. Obwohl sie in Gedanken sich nicht vormachen, daß sie »aus Liebe« nicht aufstehen oder aus sonstigen Gründen. Und wäre der Autor nicht gekommen, den Gashahn abzudrehen, so stürben sie noch heute. – Guter, alter Hemingway, an solchen Stellen merkt man, was Fichte erzählen würde, wenn er immer so erzählte. Während er sonst, wo er sich ungerührt gibt, dann doch nur Räuber und Gendarm spielt. Denn eine noch so verrufene, verruchte Welt, sie wird heimelig und vom Weihrauch des »Es war einmal« durchzogen: Kindheiten und Gammlerlaster, das macht dann keinen großen Unterschied, höchstens für Staatsanwälte, die nach unsittlicher Literatur fahnden. Und es macht auch keinen Unterschied, daß Fichte sich auch gegen diese Fiktion wehrt, indem er sein Honorar ins Feld führt, den Verlag, für den er die Gegenwart zu wehmütiger »Paletten«-Vergangenheit umackert.
Bleibt nachzutragen: Wie waren die Gammler der »Palette«? Sie fuhren mit Mopeds durch die Straßen, kauten dabei Schokolade weich, ließen die beim Überholen aus ihrem Mund gegen die Windschutzscheiben der Autos oder auf die überholten Motorradbräute kleckern. Sie waren vor-

wiegend Päderasten. Sie kamen, waren sie Mädchen, mal eben in einer Schwulenkneipe nieder. Sie warfen einen Mitgammler mal eben von einer Balustrade runter, waren leicht gelangweilt, als der Herabgeworfene ihnen nachher im Krankenhaus immer wieder versicherte, er nehme es ihnen überhaupt nicht übel. Sie trieben es immer wieder, jeder mit jedem, sie soffen, sie übergaben sich, sie nannten die Hamburger Polizisten »Senatscowboys« . . . Aber alles in allem: der Autor gehört zu wenig zu ihnen, um ihr Villon, ihr Genet zu sein. Und er gehört zu sehr zur Palette, um ihr Joyce oder auch nur ihr Döblin zu werden. So schreibt er ein bißchen Lausbubengeschichten, die sich gewaschen haben, und ein wenig betreibt er poetische LSD-Übungen mit Wörtern aus Kunstschnee. Per Saldo setzt er sich, hochbegabt natürlich, zwischen sämtliche Stühle eines Lokals namens »Palette«.

WOLFGANG NAGEL

Stoff aus Wörtern

»Jeder Besuch in der Palette ist ein Roman«, sagt Hubert Fichte gegen Ende seines Buches. Drei Jahre lang hat er fast täglich die Hamburger Kellerkneipe »Palette« besucht; er hat zwischen Gammlern, Rauschgiftsüchtigen und Geschlechtskranken gesessen, zwischen Prostituierten, Strichjungen, Homosexuellen, Lesbierinnen und Transvestiten, so lange, bis er von sich am Ende sagen kann: »Ich bin die Palette.« Täglich hat er Erlebnisse und Erfahrungen aufgezeichnet für seinen Roman: »Ich fange an zu schreiben, verändre die Namen der Palettianer, tausche Namen aus, denke mir Personen aus zu den Namen.« So hören wir in unverbindlicher Folge und Wiederkehr von Liana Pozzi, Ziffra und Loddl, von Do you know Basel, Reimar Renaissancefürstchen, Schudl, Viertripper, Enoch und Ramonita, von der Blume zu Saaron. Cartacalo/la, Trippersusi und Halleluja . . . Zwischen ihnen allen sehen wir Jäcki, den Erzähler und die Tarnkappe des Autors;

denn Hauptfigur und Autor haben zu viel gemeinsam, als daß man ihre Identität bestreiten könnte: sie zeigen beide Erfahrungen als Schauspielschüler und Landwirtschaftspraktikanten, können Aufenthalte in Frankreich und Schweden vorweisen und interessieren sich für Medizin, Literatur und Musik. Fichte hat seinem Helden einzig voraus, daß wir ihn bereits als Autor zweier mit Preisen ausgezeichneter Bücher kennen: 1963 erschien sein Erzählungsband *Der Aufbruch nach Turku* und zwei Jahre später der Roman *Das Waisenhaus*. Außerdem hat eine Lesung aus den Manuskripten der *Palette* im Hamburger »Star-Club« (auf einer Philips-Schallplatte anzuhören) nachdrücklich auf den Autor aufmerksam gemacht, bevor der Roman fertig war.
Fichte hat sich in das portugiesische Fischerdorf Sesimbra begeben, um seine Erinnerungen auszuwerten: »Ich schreibe auf, was ich über die Palette weiß und führe Jäcki herum.« Jäcki ist Mitglied einer Gruppe, deren Anhängerzahl sich laufend ändert.
Eine Handlung gibt es nicht, kein roter Faden treibt die Geschichte voran, es werden nur Bruchstücke dargeboten, Episoden, Momentaufnahmen, Materialien – fast »ein Roman in Katalogform ... ein Roman nur aus Empfindungen ... nur aus Erzählungen der Gammler über Gammler ... nur aus ausgedachten Vorkommnissen«. Und die sind keineswegs ganz harmlos: Im Botanischen Garten schlachten die Gammler einen Schwan, sie plündern Süßigkeitsautomaten, spielen in einem Warenhaus über die Verkaufstische hinweg Ball, zeigen sich in einem Ostermarsch als Atomwaffengegner, sie feiern Orgien, fahren auf einigen Motorrädern an die Ostsee, wo sie Strandkörbe in Brand stecken und einen Nudistenstrand unsicher machen, und immer wieder hocken sie in der »Palette«, dem Mittelpunkt ihrer Welt. Sie sind auf der Suche nach einem unbekannten Glück, das sie in der bürgerlichen Welt nicht finden können und in ihrer Welt gewiß nicht finden werden. »Das Wort Glück«, heißt es einmal, »kann Barbara mit nichts in Zusammenhang bringen.« Und an anderer Stelle lesen wir: »Eigentlich müßte ich traurig sein. Meine Freundin ist heute im Feenteich an Darmverschluß gestorben.« Sie können auch nicht »traurig sein« – die Sexualität,

auch die gleichgeschlechtliche, hilft ihnen über vieles hinweg und ist ihnen ein notdürftiger Ersatz für das verlorene oder nie gekannte Glück.
Jäcki erlebt diese Welt größtenteils als Unbeteiligter, er nimmt nur wahr, steht »zwischen alt und neu«, zwischen »Urteil und Abwehr ... zwischen Sentimentalität und Abgebrühtheit« und letztlich zwischen bürgerlicher Welt und Hamburger underground. Um seinem Stoff gerecht zu werden, übernimmt Fichte das Vokabular der Gammler und Beatniks; sein Stil ist vielschichtig: da gibt es Gynäkologisches und Altphilologisches; Romanisten, Soziologen, Verhaltensforscher und Literaturkenner kommen auf ihre Kosten; Fichte liefert Stenogramme, Telefonate, Briefe, komplette Erzählungen, Gedichte, Statistiken, Milieustudien und Palettenalphabete. Die Begründung finden wir auf einer der ersten Seiten: »In der Palette gibt es alles«, und auf allen Gebieten kennt sich der Autor aus. Er spart nicht an prominenten Namen, Schriftsteller werden genannt, hauptsächlich französische und deutsche: Proust, Genet, Gide, Camus; Borchert, Jahnn, Arno Schmidt, Kasack (»das ist ein Bekleidungsstück«), Wittgenstein, Thomas Mann, Walter Jens, Heißenbüttel, Weyrauch, Peter Huchel; Personen des öffentlichen Lebens werden bemüht: »Schudl begegnet auf der Straße prominenten Persönlichkeiten: Adolf Hitler, Thomas Fritsch, Mao Tse Tung, Marlene Dietrich, de Gaulle, Augstein, Soraya, Adenauer, Eichmann; ... Willy Brandt, Gustaf Gründgens, Gina Lollobrigida.«
Bei der Schilderung der Palettianer übernimmt Fichte nicht die Rolle eines Berichterstatters oder Kommentators, er bleibt innerhalb seines Stoffes. Dies ist um so angenehmer, als er es versteht, zum Leser Abstand zu wahren. So wirken etwa die Obszönitäten, die massenhaft erscheinen, kaum anstößig, sie sind entschärft und gewinnen dadurch erst wirkliche Bedeutung. Das ist ein Verdienst der Sprache. Selbst wer den Roman vom Thema und der Form her nicht mag, wird ihn aufgrund seiner Sprache zu den wichtigen Werken der Nachkriegsliteratur zählen. Sie hebt ihn ganz entscheidend ab von anderen Werken, und wenn auch zu vermuten ist, daß diese Sprache ohne die Arbeiten anderer Autoren – Arno Schmidt sei erwähnt –

nicht entstanden wäre, so steht doch fest, daß sie Fichtes eigene Errungenschaft ist, das Ergebnis harter Fleißarbeit und außerordentlicher Akribie. Sie allein gibt dem Roman das absolut Unkonventionelle.
»Stoff aus Wörtern. Schnee aus Wörtern. Wörter aus St. Pauli.« Das heißt, daß Stoff und Wörter identisch sind, die Wörter entstammen dem Vokabular der Leute von St. Pauli. Die Dinge und Personen werden nicht beschrieben, sie sind selbst Wörter: »Ein Roman, der die Dinge nicht benennt und die Vorkommnisse, sondern ersetzt: Heidi und Barbara als Wörter selbst. Nichts über Halleluja und Barbara berichten. Sie nachmachen in Wörtern. – Ein Wort nimmt Schnee. Wörter mit roten Augen. Albinowörter. Wörter mit einer eingefärbten weißen Strähne im Haar. Zebrawörter. Wörter, die auf dem Kopf gehen. Wörter ohne Unterleib. Wörter mit einer Hand aus Leder. Wörter mit vom Knie an nix mehr. Ein Warzenwort. Buckelwörter. Kinderlähmungswörter. Drei Wörter sind betrunken. Wörter leben unter falschem Namen.«
Es kommt Fichte sehr zugute, daß sein Wortschatz über den Duden und auch über den Küppers hinausgeht, außerdem sind seiner Phantasie beim Erfinden neuer Wörter keine Grenzen gesetzt. Seine Sprache wirkt ganz unverbraucht; herkömmliche Wendungen, Werbetexte, Slogans stellt er durch Wortspiele, denen es nicht an Witz und Originalität fehlt, in Frage, oder er macht sie lächerlich. Wesentliche Impulse bekommen diese Wortspiele durch die Assoziation; Assoziationen sind es häufig auch, die für den Fortlauf der Geschichte sorgen. Immer wieder ergeben sich Wortspiele, wenn unsere Wörter in der Sprache der Gammler eine andere Bedeutung bekommen haben: »Stoff aus Wörtern. Schnee aus Wörtern« – da ist Stoff zunächst Stoff, ist aber auch synonym mit dem Wort Schnee, wenn es die Bedeutung »Rauschgift« annimmt.
Assoziationen führen auch dazu, neue Möglichkeiten aufzuzeigen, sprachliche Möglichkeiten: »Die Fensterscheiben in den grauen Wänden spiegeln das kalte Blau des Himmels, das stählerne Blau, das eiskalte, das englische, das des Himmels.« Und inhaltliche Möglichkeiten – im 52. Kapitel werden beispielsweise die Formen des Wiedersehens erörtert: »das Schreiwiedersehen ... das große

Highwiedersehen ... das Downwiedersehen ... das Hamburger Palettennovemberwiedersehen ...« Ein ganzes Kapitel ist nur als Möglichkeit gesehen: »*Angenommen*, das Wunder des Lebens in der Wilfredo-Bar«, es steht im Konjunktiv. Aus ähnlichen Gründen wechselt der Autor häufig ganz unvermittelt und kühn die Perspektive und überspringt zeitliche Zwischenräume.

Mit dieser neuen Sprache und einem ganzen Katalog von Stilmitteln, die der Autor fraglos sicher beherrscht, gelingt es ihm, die Welt, die er darstellen will, sehr kurz und sehr genau zu charakterisieren. Seine Bilder sind einfallsreich, treffsicher und originell. Bei einer Beschreibung geht es Fichte aber nie um Vollständigkeit, er begnügt sich mit wenigen Details. Den Anschein, sein Roman sei realistisch, will er nicht aufkommen lassen. Alles sei Fiction, sagt er, erfunden, erdichtet, »alles Wörter«.

Was gibt uns Fichtes Roman außer den sprachlichen Neuerungen? Unentbehrlich ist er als Hilfeleistung bei dem Bemühen um Verständnis für eine kleine, aber nicht unauffällige oder unwichtige Bevölkerungsschicht. Fichte wirbt nicht für sie, er beschönigt nichts und führt nicht direkt Anklage gegen die bürgerliche Welt – allein durch die Kontraste kommt sie zum Ausdruck.

Was ist negativ an der *Palette*? Die ›Formlosigkeit‹ des Romans erweist sich bei zweiter gründlicherer Lektüre als scheinbar: Fichte hat seine 76 Kapitel nach sehr genauen Regeln komponiert. Freilich sind sie ungleich in der Qualität. Einiges – besonders in der ersten Hälfte – ist mißlungen; da wird die Geduld des Lesers allzu sehr beansprucht, da kann der Autor der Monotonie nicht immer aus dem Wege gehen; vereinzelt scheitern Wortspiele und Neubildungen.

Die größten Schwierigkeiten aber, meine ich, macht die Unverständlichkeit vieler Stellen. Fichte setzt zu viel als bekannt voraus. Um alles verstehen zu können, brauchte man solide Kenntnisse der französischen Sprache (einschließlich Argot!), der englischen und vor allem der Gammler-Sprache. Wer hier nicht genügend Einblicke hat, der »schnallt bei dem Geseibel bald ab«. Einige Passagen bleiben ohne Ortskenntnisse unverständlich; auch auf wissenschaftlichen Gebieten müßte der Leser be-

schlagen sein. Noch dazu läßt Fichte soviel Persönliches in den Roman einfließen, daß es wohl nur einen gibt, der wirklich alles restlos versteht: er selber.
Ein schwieriges Buch also, das vom Leser sehr viel Konzentration, Geduld, Toleranz und Bereitwilligkeit fordert.

WERNER WEBER

Hubert Fichte. Zu seinem Roman »Die Palette«

1965 ist Hubert Fichtes Roman *Das Waisenhaus* erschienen: Geschichte der Frau, welche während des Krieges mit dem Kind aus Hamburg wegzieht, in einen süddeutschen Ort. Sie findet da keine Wohnung, nur ein Zimmer; sie gibt das Kind ins Waisenhaus. »Dein Vater ist Jude. Er wohnte nebenan. Ehe wir heiraten konnten, mußte er fliehen«, sagt sie. Sie wisse nicht, ob er heil nach Schweden gekommen sei. »Gott sei Dank, heiße ich nicht wie er, und du heißt nicht wie er.« Im Roman *Das Waisenhaus* wird in Sprache geholt, was den Knaben dort beschäftigt, während er auf dem Balkon des Waisenhauses nach der Mutter ausschaut, die ihn bald abholen wird. Blick vom Balkon; Überblick, Distanz zu dem, was ist und geschieht.
Jetzt ist Hubert Fichtes zweiter Roman da: *Die Palette* (Name eines Hamburger Kellerlokals). Darin sagt »der Autor«: »Ich schreibe auf, was ich über die Palette weiß und führe Jäcki rum.« Über seinen Standort meldet er, er sitze in Sesimbra, Portugal, auf den spitzen Felsen und denke, während ein Fischer im Ruderboot mit gleichmäßigen Schlägen vorbeifährt, an die »Palette«: er sehe die »Palette« in Beziehung zu den Fischern am Strand – »es ergeben sich Überschneidungen«. Und über Jäcki wird gesagt: er sei »von einer unehelichen Mutter als Sohn eines Juden« zur Welt gebracht worden; Jäcki, der Halbjude, ist eben aus Pierrevert zurückgekommen, nach Hamburg. – Wie dort, im Roman *Das Waisenhaus*, auch

hier Distanznahme. Der Halbjude Detlev, der Knabe im Waisenhaus, ist zum jungen Mann Jäcki geworden; aus ihm löst sich der Autor ab und macht sich selber in Jäcki zur Figur, die man bewegen kann, als wäre sie Geschöpf und nicht ›Ich‹.

Was im Roman *Das Waisenhaus* erst in Spuren zu sehen war: Klugheit, Könnerschaft, sauberes Denken, verläßliches Fühlen – das zeigt sich im Roman *Die Palette* im Unmaß der Eruption. Fichte ist jetzt der reichste unter den jungen deutschschreibenden Erzählern, an Stoff und an Sprache. Und Fichte ist der am meisten gefährdete unter ihnen. Vielleicht ist das, was er im Roman *Die Palette* getan hat, eher ein Lauf durch Fegfeuer denn ein geleistetes Kunstwerk. Aber etwas ist es sicher nicht: es ist keine selbstgefällige Kunstwerkelei; kein modisches Schweinischtun. Nicht obszön; aber grausig.

Jäcki sagt: »Komm mit mir in die Palette. Die kennst du nicht? Das ist das tollste Lokal der Welt. In der Palette gibt es alles. Die Palette ist das Beste, was es in Hamburg gibt. Es lohnt sich, wieder in Hamburg zu leben, weil es die Palette gibt.« In der »Palette« gibt es nicht einfach »alles«; in diesem Kellerlokal – Treffpunkt der Gammler, der Verlorenen, Verzweifelten, Verkommenen – gibt es nur alles Verkehrte, Versaute, Gewalttätige in Sachen Sexualität, Essen, Trinken, täglichem Tun und Lassen; von Drogenessen bis Selbstverstümmelung alles, was auf die Liste des halbweltlich Ekelhaften und Gräßlichen gehört. Ich sagte: grausig; aber nicht obszön. Denn nirgends und in keinem Augenblick steht der Autor listig lüstern neben den Sachen, grinsend genüßlich. Er erleidet die Sachen selbst, ist in sie verhängt, in sie ausgesetzt – wie sehr: das beweist seine Anstrengung, den Abstand zu schaffen, sich selber als Geschöpf zu nehmen und dieses Geschöpf wie etwas Fremdes vor sich hinzustellen.

Die Palette: das Brett, auf welchem der Maler die Farben liegen hat; »Die Palette«: der Ort, an dem das Leben das Grelle, Dumpfe, Stinkende, Abscheuliche zusammengehn läßt. Aber die Hauptsache heißt: Angst. Die Leute, die hier aneinander und durcheinandergeraten, leben den totalen Verlust der Ordnungen vor; Anarchie, so, als ob das Dasein selber seine Krankheit vorzeigen und durchstehn sollte,

verschuldete und nicht verschuldete Krankheit – Fatales im genauen Sinn.
Die Hauptsache heißt Angst. Angst ist leere Zeit. Die Leute in der »Palette« trauen dem ›Vorher‹ nicht, dem ›Jetzt‹ nicht, und sie trauen nicht einem ›Nachher‹. Sie liegen im Leeren. Da steht: »Erst die Sehnsucht. Die Enttäuschung. Die Langeweile. Und es langweilt Jäcki, wieder aufzubrechen, wie er sonst aus den Langenweilen aufbrach ... Auch Aufbrüche werden langweilig. Die Palette als delikatere Form der Langenweile unter allen möglichen Zeiten.«
Hubert Fichtes Roman *Die Palette* ist ein wühlendes Fragen nach Lebenszeit, umstellt von leerer Zeit. Oder Ewigkeit? Zu lesen: »Die Zeit an der Holstenstraße ist beim Terrorangriff stehen geblieben auf viertel nach vier. Die Zeit brannte mit der Uhr und der Holstenstraßenkirche auf. Die Handwerker nehmen die Zeiger ab. Auf dem Zifferblatt bleibt gar keine Zeit mehr zurück ... Ist die Ewigkeit die Kirchturmuhr an der Holstenstraße, nachdem die Handwerker, die Zeiger im Arm, wieder auf der Erde sind? Oder alle Zeit bleibt auf dem Zifferblatt zurück. Die ganze Zeit. Auch eine Ewigkeit? ...« Solches Fragen wird zum kritischen Begegnen; Gegner sind die Ältern. Ihre Ordnung sei Unordnung, falschspielerisch als Ordnung behauptet. Nun beschreibt Hubert Fichte, nein: er schreibt die Verzweiflung der durch Schein und Schwindel verletzten Jungen, welche denken mögen, daß es vielleicht eine Ehre sei, im Verbrecheralbum zu stehen – »wenn du bedenkst, wer alles nicht drin ist wegen Amtsmißbrauch, Mord, Lüge, Raub, Folter, Massenmord, Meineid, Mißbrauch des Richteramtes, Mißbrauch des Lehramts. Es ist wirklich eine Ehre, wenn du drinstehst, weil du einen Einbruch begangen hast.« Aber Hubert Fichte hat nicht den Roman der verlorenen Generation geschrieben: *Die Palette* ist der Roman der verzweifelten Generation, die an den Rand geht; nicht um sich ins Leere zu kippen, sondern um in der radikalen Selbstgefährdung herauszubekommen, worauf Verlaß wäre und womit man frisch ansetzen könnte. In ihrem ekligen Elend ist »Blaue Blume«. In ihrer Garstigkeit romantisch Zartes. In ihrer Schnauzigkeit versteckt sich Gefühl, Mitgefühl – und auch Gefühliges. Hin-

ter der vertracktesten Schweinerei ist Sehnsucht »So hold und schön und rein«.
Hubert Fichte schüttet das freilich fast zu mit dem Schutt, den er maßlos heranträgt. Oder eher noch: der Schutt kommt über ihn. Wäre die Hälfte des Romans schon das Ganze gewesen? Oder wäre das Doppelte noch nicht das Ganze? Die offene Katastrophe des Stoffs ist wiederholt in der offenen Katastrophe der Form. Hubert Fichte schreibt gegen die Unmöglichkeit des Schreibens; diese Unmöglichkeit wird ihm zum Thema: »Ich werde jetzt alles sagen. Ich muß jetzt reden, reden und jetzt dies noch und das noch und noch eine ganze Passage und schnell noch alle Einwände . . .« Und weiter: »Zur Not kann man zwei Wörter nebeneinanderlesen und begreifen, wie man brüllen und trampeln kann zur gleichen Zeit, der Aufzähler kann immer nur ein Wort zur Zeit schreiben.« Und: »Geschichten werden nebeneinanderher erzählt.« Und dann sucht der Erzähler erzählend im Grunde das eine Wort, in dem alles gefaßt wäre. Dem hastet er nach; vergißt den Satz; spuckt Wort für Wort; stellt Wörter-Reihen zusammen; kommt in den Sog eines Satzes, der sich selber zu verschlingen scheint; neben der Notiz die Schliere. Was will er? Zuletzt wird es gesagt: »Einen Roman, der die Dinge nicht benennt und die Vorkommnisse, sondern ersetzt.«
Sprache als Gegenstoff. Das ist es, wodurch der Stoff, das bare Eklige in diesem Roman überwunden wird. Und nun zeigt die Sprache, zeigt der Gegenstoff deutlich, was schon den Stoff bestimmte: Supernaturalismus, der zum Surrealismus wird. Fichte geht so nah an die Sache, daß sie sich, so in der Nähe, selber entstellt, fremd und unheimlich wird. Fichte geht, bildlich genommen, so nah an die Sprache, daß auch sie vor lauter Nähe fremd wird: Umgangssprache in Hochsprache und Fremdsprache gemischt; Wörter geöffnet, so daß sie mehrsinnig spielen; Kalauer und schmucke Gemeinplätze, ironisch ausgesetzt (nichts unterläuft diesem Schreiber; was er gibt, das wollte er geben). Sachen, so genau genommen, daß sie phantastisch werden; Wörter, so genau genommen, daß sie sich unversehens zersetzen und viele Geschichten durch sich hindurchziehen lassen; Zitate und Anspielungen.
Es ist klar, was in diese Geschichte zwischen Schelmen-

roman und Märchen hereinwirkt. Ohne Joyces Erfindungen ist sie nicht zu denken; ohne Genets Durchbrüche nicht; ohne Döblins Deutsch nicht (bei den verfehlten Stellen dachte ich an Fallada). Und Ingmar Bergmans *Schweigen* gehört dazu. Aber inmitten solcher Bedingungen setzt sich das Vermögen Hubert Fichtes durch: in einer Fegfeuer-Geschichte, die manchen stören wird. – Man muß diese Störung ernstnehmen.

MARCEL REICH-RANICKI

Gammler, Gauner, Ganoven

Nichts leichter, als sich von diesem Roman degoutiert abzuwenden; nichts einfacher, als ihn zu verwerfen. In der Tat gehen seine Schwächen auf keine Kuhhaut. Billig sind die Argumente für ein Plädoyer gegen Fichte, und die Zitate drängen sich geradezu auf.

Denn kein Verlaß ist auf diesen Autor: weder auf seine Sprache noch auf seine Orthographie, weder auf seinen Geschmack noch auf seine Psychologie, weder auf seinen Takt noch auf seine Intelligenz. So mag, wer das Buch attackiert oder ablehnt, in hohem Maße recht haben.

Aber Fichte gehört nicht zu jenen jüngeren deutschen Schriftstellern, die sich, fleißig und clever, einen Stoff aussuchen, weil er ihnen einen raschen literarischen Erfolg zu versprechen scheint; vielmehr haben hier Thema, Milieu und Gegenstand ihren Autor gefunden, wenn nicht gar ihr Opfer. Ich kann mir nicht vorstellen, daß Fichte in diesen Jahren etwas anderes hätte erzählen können als das, was er hier erzählt hat.

Zugleich bestätigt sein Buch eine zwar uralte Einsicht, die jedoch bei uns, zumal unter dem Einfluß jener, die sich Avantgardisten nennen, oft genug in Vergessenheit gerät: daß es nämlich nicht genügt, schreiben zu können, um zu verfassen, was als Roman gelten soll. Man muß auch noch viel erlebt und viel gelitten haben. Und es genügt nicht, viel gelitten zu haben: Man muß auch noch fähig und bereit sein, sich auszuliefern und sich preiszugeben. Denn machen wir uns nichts vor: Das Romaneschreiben war und ist ein schamloses und oft peinliches und bisweilen grausames Geschäft.

Tatsächlich liegt uns ein schamloses und oft peinliches und bisweilen grausames Buch vor.

Der Gänsemarkt mit dem kleinen Lessingdenkmal und der großen Aufschrift: »Seid nett zueinander!«; der Stephansplatz mit dem Botanischen Garten, dem »Urwald aus der Gründerzeit«; das Thalia-Theater und das Springerhaus; die Michaeliskirche, Othmarschen und das Falkensteiner Ufer; der Freihafen und die Bahnhöfe, die Bars und Kneipen, Parks und Kaufhäuser; die Alster und die Elbe; der Jungfernstieg und die Reeperbahn; »das Heilige Sant Paulus Village«; der Geruch der Eidelstedter Fischmehlfabrik und die Ausdünstungen des Eppendorfer Krankenhauses; die Sirenen der Peterwagen, in denen die »Senatscowboys« sitzen, und die Stille des ungejäteten Judenfriedhofs in Altona. Das ist Fichtes Szenerie.

Doch all diese Elemente, oft in seinem Buch erwähnt und benannt, aber nicht eigentlich beschrieben, oft mit einem raschen und nervösen Blick bedacht, aber nie geduldig oder gar genüßlich betrachtet, ordnen sich um einen ruhenden Pol, an dem es unruhig zugeht, um das Zentrum des ganzen Romans: Ein Kellerlokal ist es, eben die »Palette«.

Dort trifft sich Fichtes episches Personal: Gammler, Gauner und Ganoven, Nutten, Strichjungen und Zuhälter, Lesbierinnen und Schwule, Onanisten und Exhibitionisten, Alkoholiker und Narkomanen, Desperados und Selbstmörder, Clochards und entlassene Häftlinge, »Männer on the Rocks« und biedere Herren, die mit «Bluejeansboys« in unbelebten Hausfluren verschwinden.

Sie alle verkehren in der »Palette«: der Maler Halleluja, ein Epileptiker, den es reizt, seine Pillen nicht zu nehmen, um fallen und das Bewußtsein verlieren zu können; Barbara, die sich mit einem Mann im Bett nach Mädchen und mit einem Mädchen im Bett nach Männern sehnt; Reimar Renaissancefürstchen, der in den Knast kommt, weil er ein Bandgerät »abgestaubt« hat; das unglückliche Dienstmädchen Anne, das die Schlafmittel der gnädigen Frau stiehlt;

Jürgen, der wegen Exhibitionismus in der Verbrecherkartei steht und immer das Bürgerliche Gesetzbuch in der Tasche trägt; Nina, ein »Hüftenweib«, »Arschmädel« und »Schenkelprachtkerl« im »piafschwarzen Kunstseidenkleid«; Heidi, die Gedichte über Regen und leere Straßen schreibt, obwohl es selten regnet und die Straßen gar nicht leer sind; die Trippersusi, die so heißt, weil sie auf einer Party ein halbes Dutzend Herren angesteckt haben soll.
Was sich in der »Palette« abspielt, ist nicht unbedingt appetitlich. Fichte denkt nicht daran, seine Leser zu schonen: »Ilse liegt in ihrer Kotze«, »Helga, der Klempner, haut Wilboxer den Pfennigabsatz auf den Kopf. Nina fällt in die Pfütze. Margrit beißt Bensdorf. Raschie und Rolf treten sich gegenseitig in die Klunkers ... Raschie knallt Helga die Haut an der Braue auf und das Blut verklebt Helgas Wimpern.«
Also kein Buch für zarte Gemüter. Aber der, mit dessen Augen hier das Leben gesehen wird, der junge Jäcki, ist ein zarter und weicher Mensch, empfindsam und verletzlich. Er, das uneheliche Kind, der Halbjude und »Halbgammler«, steht zwischen den Welten: »Zwischen Sensibilität und Abgebrühtheit«, zwischen Traum und Realität, zwischen den Geschlechtern. Und vor allem: zwischen der »Palette« und der Außenwelt. Er gehört dazu, er macht mit, indes verliert er nie die Distanz. Er kann es nicht unterlassen, alle und sich selber zu beobachten und sich zu wundern.
Denn mag dieser Jäcki alles immer nur zur Hälfte sein, eins ist er gewiß ganz: ein Literat – und obendrein einer, der fortwährend vom Mitleid überwältigt wird und bei dem die Tränen locker sind.
Nein, nicht das Vulgäre und Obszöne, nicht das Derbe und Brutale gefährdet Fichtes Roman, sondern weit eher das Sentimentale. Wie alle harten Männer unserer neuen Literatur, wie Arno Schmidt, Günter Grass und Uwe Johnson, wie Schnurre, Lenz und Eisenreich ist auch er zunächst einmal ein Idylliker, ein zärtlicher Chronist und ein herzlich-liebevoller, wenn auch lakonischer Milieuschilderer, kurz, ein Heimatdichter: »Um drei Uhr morgens schläft der Stephansplatz im vorigen Jahrhundert – eine Postkarte aus Jäckis Omas Fotoalbum ...«

Oder: »Ein Hinterhofkrankenhaus, eine Kapelle, ein Luftschutzbunker, der mannshoch, Mülleimer vor der drucksicheren Tür. Gegenüber, im Herzen von Hamburg, drei Schritte von der Hauptfinanzkasse entfernt, eine Zeile Chaplinstummfilmslums. Dazu ein regnerischer Nachmittag. Die Fensterscheiben in den grauen Wänden spiegeln das kalte Blau des Himmels, das stählerne Blau, das eiskalte, das englische, das des Himmels.«
Zwischen Sachlichkeit und Innerlichkeit, zwischen betontem Understatement und schluchzender Klage, auf dem schmalen Grat zwischen herber Großstadtpoesie und barer Sentimentalität bewegt sich Hubert Fichte nicht ohne Charme und Grazie: »Es ist Herbst. Jäckis rostiger Infantilherbst. Eidelstedt. Drachensteigen über Scherbenhalden. Der Nebel weht durch den Volkspark. Die Blätter der Kastanienbäume werden in die Konservendosen gestopft. Die Räucherlaternen qualmen Achten in die Luft. Die Minderjährigen gehen im Mitschnackerwetter Laterne. Der Herbst, wo die Haare wachsen. Kurt Schitzel geht mit Heidi Ellermann eingehakt vorbei. Der Kohlenkellerherbst.«
So elegisch sieht Fichte auch seine Figuren. Initiative und Aktivität kann man ihnen nicht absprechen. Sie räumen Süßigkeitsautomaten aus, sie nehmen an Ostermärschen teil, sie feiern eigenartige Kollektivorgien, sie machen einen nächtlichen Ausflug an die Ostsee und zünden Strandkörbe an, sie klettern über den Zaun des Botanischen Gartens und schlachten einen Schwan. Was wollen sie eigentlich?
»Das Wort Glück«, heißt es, »kann Barbara mit nichts in Zusammenhang bringen.« Und Fichte scheut sich nicht, eine andere seiner Gestalten den simplen und banalen Satz aussprechen zu lassen: »Ich wollte mal die wahre, die geistige Liebe kennenlernen und lernte nur die käufliche Liebe kennen.« Das ist alles – und es gilt für sie alle zugleich.
Sie sehnen sich nach etwas Glück. Aber was das Wort bedeutet oder bedeuten kann, wissen sie bestenfalls aus Filmen. Salonfähig sind diese Menschen durchaus nicht, sie reden grob und ordinär, sie benehmen sich brutal, sie halten sich viel auf ihren Zynismus zugute. Aber wovon sie

immer wieder träumen, ist nichts anderes als eben »die wahre, die geistige Liebe«. Oder kürzer: die Liebe.
Um zum Augenblick zu sagen, verweile doch, du bist so schön, wären sie bereit, jeden Pakt auf Erden zu unterzeichnen. Nur ist leider nirgends ein Mephisto zu sehen. So nehmen sie Preludin und Pervitin, und die Walpurgisnacht, die ihnen niemand bieten will, bereiten sie sich selber, mitten in der würdigen Hansestadt Hamburg – so gut sie es können. Freilich können sie es nicht. Denn sie sind nicht reif – weder für die Liebe noch für das Leben überhaupt.
Daher ist ihre ganze Sexualität unendlich traurig und allen Anstrengungen zum Trotz auch langweilig. Daher fehlt ihren Orgien jegliche Pikanterie, ihre Spiele geraten makaber, ihre Erprobungsriten muten lächerlich an und kindisch. Nicht etwa, daß wir es mit Jugendlichen zu tun hätten. Sie sind meist schon Ende zwanzig oder auch über dreißig. Nur daß sie allesamt nie mit ihrer Pubertät fertig zu werden vermochten.
Ihr scheinbar so trotziger Rückzug in die Unterwelt inmitten der Großstadt ist somit, genau betrachtet, weniger Protest gegen die Gesellschaft als eine Notlösung, eine Flucht, an der sie leiden und mit der sie sich nicht abfinden können. Wie Barbara, das Mädchen »mit den Nummern vor sechzigjährigen Väterlichen«, heiraten und ein Kind haben und eine Housewarmingparty geben möchte, so wünschen sie sich alle insgeheim ein geregeltes, ja wahrscheinlich sogar ein bürgerliches Dasein.
Gewiß, *Die Palette* enthält viele, leider allzu viele vornehmlich registrierende und katalogisierende Kapitel. Dennoch wäre es ein geradezu haarsträubendes Mißverständnis, wollte man Fichte mit jenen sterilen Schreibern und Pseudoromanciers verwechseln, deren Ehrgeiz es ist, nur auf das Inventarisieren erpichte Texte zu liefern. Sprache um der Sprache willen, Kunst um der Kunst willen ist diese Prosa am allerwenigsten.
Fichte verweist – zunächst behutsam und zurückhaltend und später immer deutlicher und nachdrücklicher, etwa in den eingeblendeten Lebensläufen – auf den historischen und sozialen Hintergrund, auf die Fakten und Umstände, die die Schicksale und Charaktere seiner Figuren

bedingt oder zumindest auf sie entscheidend eingewirkt haben.
Keinen Zweifel läßt Fichte aufkommen, daß diese mehr oder weniger pervertierten Typen als bedauerliche Produkte einer pervertierten Epoche gesehen werden sollten. Schließlich sind sie in den dreißiger Jahren geboren, schließlich stammen ihre entscheidenden Eindrücke aus der Zeit unmittelbar nach dem Zweiten Weltkrieg. Nicht darum geht es, ob sie tatsächlich im Chaos aufgewachsen sind. Nur: Sie kannten keine Erzieher oder, häufiger noch, Erzieher, die für sie längst und mit Recht jegliche Autorität eingebüßt hatten.
Die gesellschaftlichen Verhältnisse von gestern sollen und können nicht den Fall und den Verfall der Fichteschen Helden rechtfertigen, wohl aber erklären und veranschaulichen, warum sie dem Sog der Abgründe meist nicht zu widerstehen vermochten. Und die moralische und auch politische Ordnung in der Bundesrepublik unserer sechziger Jahre, gibt uns der Roman zu verstehen, war nicht eben dazu angetan, den Gefährdeten und Ausgestoßenen die Rückkehr aus den Randbezirken des Daseins zu erleichtern. Einem der jungen Leute, der bekennt, wegen sittlicher Verfehlungen in der Verbrecherkartei zu figurieren, sagt Jäcki: »Vielleicht ist es eine Ehre, drinzustehen, wenn du bedenkst, wer alles nicht drin ist wegen Amtsmißbrauch, Mord, Lüge, Raub, Folter, Massenmord, Meineid, Mißbrauch des Richteramts, Mißbrauch des Lehramts.«
Wäre also *Die Palette* ein Roman über noch eine verlorene Generation? Ich weiß, das ist ein oft mißbrauchtes, ein vielleicht schon abgenutztes Wort. Aber nicht die deutschen Schriftsteller sind schuld, daß sich in Deutschland seit über einem halben Jahrhundert die verlorenen Generationen auf die Hacken treten.
Allerdings ließ sich Fichte gelegentlich zu einer Verherrlichung des Anrüchigen hinreißen, die doch etwas naiv anmutet; hier und da glaubte ich, die vertrauten Takte der *Dreigroschenoper* zu hören. Auch hat es ihn gelockt, die in der Hamburger City angesiedelte Vorstadtwelt ein wenig mit jenem nicht nur exzentrischen, sondern auch exotischen Reiz auszustatten, der es bedauerlicherweise

jenen leicht macht, die das Milieu der »Palette« am liebsten als eine Ausgeburt der schriftstellerischen Phantasie abtun würden.
Aber wir sollten nicht verkennen, daß das, was sich auf der literarischen Landkarte auf dem Schnittpunkt verschiedener Koordinaten befinden mag – irgendwo zwischen Döblins Berlin, Millers Paris und Brechts Soho, zwischen Grass' Danzig-Langfuhr und der niedersächsischen Welt Arno Schmidts –, zugleich seinen realen Platz auf der politischen und geographischen Landkarte Westdeutschlands hat. Fast möchte ich sagen: Was sich jetzt, im Winter 1968, in den Universitätsstädten der Bundesrepublik abspielt, steht in einem ursächlichen Zusammenhang mit jenen Phänomenen, die Fichte zeigt.
Dennoch ist die Frage nicht von der Hand zu weisen, ob es ein unbedingt glücklicher und ergiebiger Einfall war, die Zeichen der Zeit sowohl im Brennspiegel des Kellerlokals »Palette« als auch aus seiner Perspektive zu suchen.
Offenbar hat sich in dieser Hinsicht der Standpunkt des Autors schon während der Arbeit an dem Roman nicht unwesentlich geändert. Am Anfang hieß es knapp und stolz: »In der Palette gibt es alles.« Und Jäcki meinte: »Was kann man mit seiner Zeit besseres anfangen, als in die Palette gehen?« Aber siebzig Seiten vor Schluß lesen wir: »Die Palette bietet Jäcki keine Überraschungen mehr. Jäcki bietet in der Palette keine Überraschungen.«
Die Sätze deuten, versteht sich, nicht nur Jäckis Entwicklung an, sondern auch diejenige Fichtes: Er scheint im Laufe der Jahre der Welt der »Palette« entwachsen zu sein. Nicht zufällig spielt das Kellerlokal im letzten Drittel des Romans schon eine weit geringere Rolle. Im Vordergrund stehen jetzt in sich geschlossene Prosastücke, die zu den besten Teilen des Buches gehören: die parodistische Schilderung der Arbeit einer Pressephotographin, die Stichworte aus dem Nachruf für einen Journalisten, »der es gerade bei Springer zu was gebracht hatte«, die mit schreiendem Understatement geschriebenen Kurzbiographien, die Berichte der Oma und schließlich und vor allem der Höhepunkt der *Palette*, die düster-glanzvolle Geschichte der Schwangerschaft Heidis und ihres Embryos, dessen Leben bedroht ist.

Auch Fichtes Schreibweise verändert sich deutlich – und keineswegs zum Nachteil – im letzten Drittel des Buches. Was er angestrebt hat, sagt er uns am Ende selber: »Einen Roman, der die Dinge nicht benennt und die Vorkommnisse, sondern ersetzt... Nichts über Halleluja und Barbara berichten. Sie nachmachen in Wörtern.« Die Methode, die dies ermöglichen soll, ist zwar mitnichten eine Nachahmung der Prosa Arno Schmidts, dessen hier mehrfach und dankbar gedacht wird, wäre aber wohl kaum ohne sein Vorbild entstanden. Fichte zerlegt konsequent – oft allzu konsequent – den Erzählfluß, er löst die Welt in Partikel auf, er läßt sich von den Nuancen und den Details faszinieren und bisweilen auch überwältigen. So setzt er seinen Roman aus vielen einzelnen Wahrnehmungen und Momentaufnahmen zusammen, aus immer wieder eingeschobenen knappen, nie geschwätzigen Reflexionen und aus unmittelbaren Äußerungen der Figuren und Dialogfetzen, die in der Regel wie Zitate angeführt werden.
Die Skala dieser Prosa reicht, wie häufig in solchen Fällen, vom rühmlichen Manierismus bis zur ärgerlichen Manieriertheit. Und auch einer anderen Gefahr, von der eine derartige epische Komposition meist bedroht wird, kann Fichte streckenweise nicht entgehen: der Gefahr der Monotonie. Sie macht sich vor allem da bemerkbar, wo er Material sammelt, statt es zu verwerten.
Aber in jenem letzten Drittel, wo er die »Paletten«-Sicht oft ignoriert und gelegentlich sogar verwirft, erzählt er ungleich lockerer und souveräner: Aus den einzelnen Punkten und kurzen Abläufen ergeben sich dann Linien, aus den Bruchstücken und Augenblicksbildern Entwicklungen. Verblüffend die akustische Reizbarkeit dieses Schriftstellers, seine Empfänglichkeit für den Slang und den Jargon, für den (oft erschreckenden) Verbalschutt der Epoche.
Trotzdem und eben weil Fichtes artistische Fähigkeiten unzweifelhaft sind: Müßte er seiner künstlerischen Individualität Gewalt antun, um etwas mehr Respekt vor der deutschen Sprache zu haben? Könnten wir nicht, beispielsweise, auf den Komparativ »frauer« verzichten? Leidet Fichtes Ohr überhaupt nicht, wenn er schreibt: »Über die Windsberge gerilkt, gebrechtet, gejahnnt, gemillert, ge-

genetet, getollert«? Hält er es für eine schriftstellerische Leistung, ein halbes Dutzend Wörter zu einem angeblich neuen zusammenzufügen, wozu ja das Deutsche in der Tat verführen mag, was indes unendlich leicht ist? »BisdreiSchrittvorsBettMänner«, »Sankt Paulivordirhaben-Gefühl«, »FilmundFrauarchitekturbeilageklinkerhaus«, »babybadewannenplastiküberwölbter Gänsemarkt«. Das sind, mit Verlaub, Kindereien.

Doch welche Bedenken es auch sein mögen, zu denen Fichtes Sprache Anlaß gibt – der fundamentale Impuls, der ihre Fragwürdigkeit mitverschuldet hat und dem sie zugleich ihre Qualität verdankt, ist unübersehbar: »In Maulbec hatte er eines Nachts geträumt von dem Allesaussprechenkönnen: ›Ich werde jetzt alles sagen. Ich muß jetzt reden, reden und jetzt dies noch und das noch ... Wellen von Worten. Die eine ist noch nicht zurückgeflutet, da schlägt die nächste schon drauf.‹«

Es ehrt Fichte, daß er in dem Bedürfnis, alles auszusprechen, vor nichts zurückgeschreckt ist. Daß er versucht hat, wie es gegen Ende heißt, »das Innerste öffentlich« zu zeigen.

Jäckis Sexualleiden, seine ambivalenten Gefühle sowohl zu Frauen als auch zu Männern, sein qualvolles und doch auch wieder glückliches Schwanken zwischen Maskulinität und Feminität hat Fichte nicht ganz zu beglaubigen vermocht. Aber wer hat dies je gekonnt oder auch nur versucht?

Wie gesagt: ein anfechtbares Buch. Indes es erweitert unsere Erfahrung. Und stößt in bisher unbekannte oder unerforschte Bereiche vor. In Bereiche, die nur der Schriftsteller bewußt machen kann.

WALTER JENS

Das ist nicht nur ein Roman

Gewiß, die Fehler bieten sich an: Manche Kapitel sind überflüssig; manche stehen nicht an ihrem Ort, manche sind beliebig vertauschbar, manche haben Exkurs- und Füllselcharakter. Dem Autor fällt zuviel ein; der Leser spürt schon nach wenigen Seiten: Hier ist jemand am Werk, der sich restlos verausgabt und alles anbringen möchte, was er erlebt, gesehen und gelesen hat – von Proust bis hin zu Greta Stolterfoth (der Buchhandlung am Rothenbaum), von Sacha Guitry bis Springer, vom Ostermarsch bis zu Heidelbergs Waffenstudenten.

Nichts darf fehlen, ein Dreißigjähriger macht reinen Tisch, assoziiert manchmal manisch drauflos, erzählt, was ihm einfällt, bleibt nie in der Bahn, springt ab und sitzt noch gar nicht im Sattel, verirrt sich und behält doch den Ariadne-Faden im Blick, kommt von der Weltbeschwörung zum Seelengeständnis, schmuggelt Privatestes in Lehrbuchabschnitte ein, wird unverständlich, spricht einmal ausschließlich für Altphilologen (der Gammler-Vater Loddl im Licht der aischyleischen Theorie, daß die Mutter unwichtig sei), ein anderes Mal, von kalzinierten Embryos redend, für Gynäkologen, dann wieder (beispielsweise, wenn für ›masturbieren‹ der Ausdruck »die Uhr aufziehen« erscheint) für Kenner der Umgangssprache vom Rang eines Küppers.

So viele Fehler – und doch ein großes, bewegendes, erhellendes Buch. Ein Roman, der von phantastischen Einfällen, Wortspielen, syntaktischen Zaubereien und den verwegensten Raum- und Zeitsprüngen strotzt – und zugleich ein Werk, das vom Geist des wissenschaftlichen Zeitalters geprägt ist. Eine Ballade, die niemals in den Traktat-Ton verfällt und dennoch die Unterweisung durch Arbeiten auf den Feldern der Soziologie, der Verhaltensforschung oder Medizin nicht verleugnet.

Ein ernster, kenntnisreicher und sprachkundiger Mann, begabt mit erstaunlicher Einbildungskraft, hat ein Buch

geschrieben, das nicht schildert, sondern interpretiert – einen Roman, der Resultate der Wissenschaften so anschaulich und spielerisch bestätigt, ergänzt und erweitert, daß er seinerseits zum Ansatzpunkt neuer wissenschaftlicher Überlegungen werden könnte.
Dabei ist das Thema keineswegs neu: Es geht um einen Initiationsprozeß, die Lebensunterweisung, die einem jungen Ästheten, Träumer und Zuschauer namens Jäcki im Kreise der Gammler, Schwulen, Drogenfresser und Trinker zuteil wird. Die Lehranstalt heißt »Palette«, ist ein verifizierbares Hamburger Etablissement und zählt, hundert Schritte vom Gänsemarkt entfernt, zu ihren Schulmeistern so erfahrene Kräfte wie Tripper-Susi, Schudl, Fensterputzerkarl oder Do You Know Basel – Personen, die der Verfasser abwechselnd aus sehr großer Nähe und riesiger Ferne beschreibt, denen er hier auf den Pelz rückt, um sie dort, mit Sternenaugen betrachtet, wie winzige Puppen tanzen zu lassen.
Einmal läßt er sie eine Weile lang laufen und tut so, als seien sie ganz unter sich, diese gammelnden Dauerredner zwischen Gänsemarkt und Pinnasberg, ein anderes Mal unterbricht er plötzlich die Handlung, sagt »stop« oder »bis hierhin und keinen Schritt weiter«, gibt einen Kommentar in der ersten Person Singularis (etwa: Warum ich soviel erzähle, was scheinbar gar nicht zur Haupthandlung paßt, oder: Weshalb ich nicht bei der Stange bleiben mag), steuert Persönliches aus Frankreich oder Schweden bei, legt Rechenschaft ab über die von ihm gewählte Erzählperspektive, erläutert, nicht nur am Schluß, sein Verhältnis zu den Figuren, unterscheidet zwischen realem und fiktivem Geschehen, läßt beiläufig wissen, daß die »Paletten«-Welt sich aus dem portugiesischen Sesimbra – dort sitzt der Autor und schreibt – anders ausnimmt als damals in Hamburg, und fährt fort, die Geschichte eines jungen Mannes zu erzählen – sein Großvater mag Thomas Manns Hans Castorp, sein Vater Martin Walsers Hans Beumann sein (er selbst, der Hans von heute, nennt sich Jäcki), der in diesem Buch so lange Hauptfigur bleibt, wie der Erzähler einen Cicerone braucht, mit dessen Hilfe er die Sitten und Gewohnheiten des »Paletten«-Volks darstellen kann.

Ein Fremder also muß Wegführer sein – einer, der eingewiesen wird, Stufe für Stufe, und den Leser an seinen Eroberungen teilnehmen läßt; ein auskunftbereiter Mensch, der bald dazugehört, aber Distanz bewahrt, einer, der abhängig und unabhängig zugleich ist: ganz wie der Autor, ein Süchtiger, der aufhören und beschreiben kann, wie das ist, wenn man süchtig ist und doch aufhören kann.

Jäcki, der Beteiligt-Unbeteiligte, Jäcki, der sprachgewaltige Denkspieler (»Er denkt, er stellt sich vor, er empfindet, fühlt, empfindelt, imaginiert, magaziniert Imaginationen, Vorstellungen ...«), Jäcki, des Autors Ebenbild, und die Stadt Hamburg begegnen einander: Das ist das alte Lied vom Fränze Bieberkopf und der gewaltigen City Berlin, das alte und das neue Lied; denn auch Fichte zitiert und montiert, zählt Straßenbahnstationen auf, trägt Lebensläufe vor, rhapsodiert eine Daten-Synopse: Figuren der Weltgeschichte als Franz-, als Jäcki-, als Reinhold-, als Schudl-Trabanten; macht die »Palette«, wie Döblin den Alex, zum Zentrum der Welt, imitiert Nachrufe und Werbetexte, stellt Redensartlichem nach, gibt Slogans dem Gelächter preis, hat seinen Spaß mit der Syntax, den Spaß des Carl Sternheim, mischt kurze stichomythische Zeilen unter gewaltige Rodomontaden vom Schlage der Verfluchungsrede, die der Ausrufer Otto Bröckelmann in einem Bumslokal ›orbi‹ und mehr noch ›urbi‹ zur Beherzigung hält.

Und dann die Absprünge, das Sichlosschnellen und Zurückkehren der Gedanken, der jähe Wechsel zwischen Irdischem und Kosmischem, Materialem und Spirituellem: vom Stephansplatz mit einem Salto geradenwegs unter die Sterne; dann die Vertauschung von Realem und Potentiellem, ein bis zur Erschöpfung durchgeführtes Möglichkeitsspiel, an dessen Ende alles mit allem kommuniziert – und dennoch sind die Regeln streng, ist die Konsequenz von Sprung zu Sprung durchweg plausibel, wird nicht gemogelt.

Wie Jäcki nur eine Mittlerfigur ist, dienlich, um die Geschichte der outcasts in der *Palette* zu erzählen, die Ballade von jenen Gammlern und Träumern, die von »Infriedenundfreiheit« und »Stuckartundglobke« genug

haben, so ist die *Palette* nur ein Vorwand, um, durch die Darstellung der Gegen-Welt, einen Bezirk zu entlarven, in dem die Phantasie, der Große Traum und die Größere Hoffnung kein Heimatrecht mehr besitzen, weil die Spielordnung feststeht und die Worte, sanktioniert von denen, die herrschen, nach Maßgabe des Reglements ihren Nuancenreichtum verloren. Indem Fichte seinen puerilen Alt-Gammlern ein vieldimensionales Denkvermögen und, als Ausdruck dessen, vieldimensionale Wörter leiht (»betrunkene, Schnee nehmende, auf dem Kopf gehende, aus der Emigration heimkehrende, geschlechtskranke Wörter«), denunziert er die Eindimensionalität der bürgerlichen Gegenposition. Sein Buch, so grell, pittoresk und privat es sich gibt, ist ein politisches Buch – *Die Palette* als Entsprechung zum *Treibhaus*! (Nach Koeppenscher Resignation die Fichtesche Provokation: Jäcki, der Gammler, der kein Gammler mehr ist, als Keetenheuves Widerpart!)
Nach der Resignation die Provokation? Ist das richtig? Ja? Aber was hat dann das Jäcki-Ich des Erzählers, was hat jener »Palette«-Beschreiber, der, indem er schreibt, aufhört, zur »Paletten«-Welt zu gehören, was hat der Berichterstatter am Ende des Buches ausgerechnet an portugiesischen Stränden zu suchen? Wieder einmal einfaches Leben unter den Fischern und Bauern? Das kleine Glück, ein bißchen Franziskaner-Seligkeit, am Meer? Welch ein seltsam-melancholischer Schluß nach so viel brisanter Provokation – welch ein Finale in Moll, wenn man an Döblins großen Schlußgesang denkt. Franz Bieberkopf, wie man weiß, reiht sich ein in die Phalanx all jener, die da, fidebum, fidebum, der neuen Zeit entgegen marschieren; Jäcki aber, das Jakob Ich, geht auf Thunfischfang im Reich Salazars. Ist die Rebellion also in der »Palette« stecken geblieben?
Ein Fragezeichen steht am Ende eines Buches, aus dem ich viel gelernt habe: sachlich, politisch und sprachlich. Ein bisher dunkler, allein wissenschaftlichen Erhebungen zugänglicher Bezirk wurde erhellt; Denkprozesse am Rande der Gesellschaft gewannen Anschaulichkeit; eine Subkultur stellte sich vor, in ihrer Genese und ihren Ritualien; ein deutscher Schriftsteller fand das Thema, das nur

er bewältigen konnte – dank seiner Kenntnisse, seiner Intelligenz und seiner Sprachkraft.

Im Hinblick auf Fichtes Klugheit und auf seine Formulierungskunst bin ich anderer Meinung als Marcel Reich-Ranicki: Ich kann mich nicht erinnern, in den letzten Jahren ein Buch gelesen zu haben, in dem Vorstellungs- und Möglichkeitsspiele (Formen des Wiedersehens: Seite 209; Aspektveränderungen einer Dreiergruppe: Seite 200) sprachlich derart vielfältig durchgeführt wurden; ich erinnere mich auch nicht, ein Kapitel vom Rang der letzten Heidi-Passage (die Hochschwangere hält ihren Magna-Mater-Einzug in der »Palette«) oder des Embryo-Abschnitts (Traktat, Litanei, Melodram, Lehrbuch-Passage, Joyce-Rhapsodie – alles zugleich!) gelesen zu haben; ich bin lange nicht einem Schriftsteller deutscher Sprache begegnet, der sowohl den Lyrismus (leise und unsentimental, die Darstellung des Altonaer Judenfriedhofs) wie den Slang, die Parodie so gut wie die atmosphärische Schilderung (in Pavese-Farben geschildert: die Strandkorb-Orgie an der Ostsee!) oder die Kunst der blitzartig-exakten Beschreibung beherrscht: »Die Buchstaben« des Wortes Dampfbad auf einem baufälligen Haus »sind auf Taille geschnürt und tragen Vatermörder«.

Hier werden Denkprozesse sprachlich adaptiert und soziologische Phänomene poetisch verwandelt; hier gewinnt ein Stück Realität zeichenhafte Anschaulichkeit, hier wird nicht naturalistisch geschildert und frei von der Leber erzählt, sondern in Zungen geredet: ekstatisch, mannigfaltig und präzise.

Ich halte diesen Roman, der kein Roman ist und nicht nur von Jäcki und der »Palette«, sondern von Denk- und Vorstellungsweisen, jenem ›high‹ und ›down‹ der Einbildungskraft berichtet, das sich heute in Gegenbezirken entwickelt und zerstörerisch wirkt – ich halte diesen Anti-Roman für ein bedeutendes Buch, ein Buch, das an seinen besten Stellen etwas von der schrecklichen Größe des Djuna Barnesschen *Nightwood* hat. Ein Buch, das nicht nur Belletristik ist.

HELMUT HEISSENBÜTTEL

Hubert Fichtes »Palette« wiederlesend

Als Hubert Fichtes Roman *Die Palette* zuerst erschien, war ich enttäuscht und habe das zum Ausdruck gebracht. Warum war ich enttäuscht? Mein Erwartungshorizont, oder wie sagt man, war, ich will nicht sagen, zu hoch, aber jedenfalls falsch gespannt gewesen, durch Gespräche mit dem Autor, durch eine Vorstellung von Chronik der Blumenkinderepoche, durch Vorstellungen eigener Realisierungsansätze, durch den umfassenden Prospekt, den ich mir anhand der Zettel, die Hubert Fichte an die Wand geheftet hatte, gebildet hatte, durch eigene tastende Versuche, einem solchen Thema näher zu kommen usw. Ich hatte eine andere literarische Erwartung, als ich sie in dem, was ich las, erfüllt finden konnte. Ich hatte, das ist mir, Hubert Fichtes *Palette* wiederlesend, als erstes deutlich geworden, überhaupt noch eine feste Vorstellung von angemessener Schreibweise und literarisch-künstlerischem Fortschritt.

Habe ich das heute nicht mehr? Ist im Wiederlesen Hubert Fichtes *Palette* ein Prüfstein für mich selber geworden? Ja und nein. Ich habe damals nicht genug beachtet, was ich mir doch immer als Vorsatz vorgehalten habe: ein Buch aus seinen eigenen, in ihm angelegten Voraussetzungen zu lesen, nicht Fremd- und Außenerwartungen daran anzulegen. Dieses Buch wiederlesend habe ich es gleichsam ganz neu entdeckt, bin ich wie zum erstenmal seinen Wegen und Irrwegen gefolgt, habe ich mich einsinken lassen in die Struktur der Redeweise, die seine Erzählung bestimmt, eine Struktur, die nun, zehn Jahre später, bereits historisch geworden ist, historisch, aber nicht fremd.

Hubert Fichtes *Palette* wiederlesend wird mir zweierlei deutlich: wie hier ohne Vergleich sprachlich, im Vokabular wie in der erzählten und umgesetzten Vorstellungswelt, einer bestimmt eingegrenzten Vorstellungswelt, eine ganze Generation dokumentiert wird. So war das, kann man heute sagen. Das sind die Sätze und Satzfolgen,

mit denen das, was so war, ausgedrückt werden konnte. So und nicht anders. Nie, so scheint es mir heute, war die Sicherheit Fichtes so überzeugend, vielleicht in *Xango*, aber dessen Erfahrung weist in eine andere Richtung. In eine andere Richtung? Ist die Erfahrung der afroamerikanischen Riten nicht auch die Konsequenz dessen, was in der *Palette* begann? Eine Generation, die der Kindervorstellung noch nicht entronnen, schon Entscheidungen traf, die weit über die Grenze der kindlichen Phantasie hinausreichten. Das noch Eingefaltete unlösbar gemischt mit dem schon brutal Aufgeschlagenen. Wie bei Proust der Geschmack des Kindheitsgebäcks eindringt in die bittere Erfahrung des Erwachsenseins, der Charlus-Welt, so bleibt hier der Rest Waisenhaushalluzination stehn, ist Jäcki noch beides, der im abgeschlossenen Phantasieraum Vegetierende und der Erfahrung Machende, Machenmüssende.
Zugleich sehe ich heute deutlicher, wie sehr dieses Buch zum erstenmal den literarischen Kontur seines Autors gezeichnet hat. Dies ist Fichtes Buch. In diesem Buch hat sich ausgebildet, was er an Thematik und an Mitteln besitzt, was ihn angeht und was er zu bieten hat. Manches, auch das habe ich damals im Vor-Urteil gesehen, ist natürlich noch unaufgedeckt, unausgewickelt, ist noch wie verpuppt, kann sich später erst entfalten. Aber der Umriß ist da, ist scharf abgezeichnet gegen das, was zur gleichen Zeit erschienen ist. Unter den Büchern der sechziger Jahre, die das enthalten, was man die Erfahrung dieser Zeit in der BRD nennen könnte, nicht nur enthalten, sondern auf eine ganz und gar eigentümliche Weise literarisch umgesetzt haben, würde ich heute Fichtes *Palette* an erster Stelle nennen.
Als Jäckis Großmutter stirbt, stirbt die magische Kindermärchenwelt. Jäcki denkt: »Dann werden die Heinzelmännchen kommen mit den Dreispitzen und dich nicht weit von der Fuhlsbütteler Rollbahn in keinem durchsichtigen Sarg tragen und du wirst nicht mehr sagen: Danke, danke! Wasser, Wasser. Wie schön. – Und du wirst nicht wieder aufwachen und durch die Julius-Vosseler-Straße gehen wie James Bedford vielleicht in hundert Jahren.« Steckt nicht in dieser Umkehrung der Märchenphantasie

der Ursprung der Suche, die Fichte in den letzten Jahren fremdesten und geheimnisvollsten Riten und Mythen hat nachforschen lassen? Ist nicht das, was er an verlorener Zeit hat aufholen wollen, zugleich ein Weiterstreben in die zu findende oder zumindest zu ahnende Heimat, den Urgrund des Geheimnisses, von dem im sogenannten realen Leben immer nur ein Zipfel zu fassen ist?
»Aber, wenn es nun immer kälter wird, denkt Jäcki sich, keine Sommer mehr, minus 91 Grad, die Welt so kalt wird wie der Sarg von James Bedford und auch die Sonne den Wärmetod stirbt, unser Sonnensystem so kalt wird wie der Sarg von James Bedford, alles Eis ist und alles am absoluten Nullpunkt und es immer noch kälter wird, was es nicht gibt, und neben dem Sarg von James Bedford einfrieren Cartacalo/la – die es nie besonders warm hatte – und Igor und die Blume zu Saaron und Hans und Do you know Basel und Barbara und Heidi samt Familie und Bernhardt samt Familie, einfrieren und der Schnee in ihren Taschen einfriert und das Quittengelee in Jäckis Omas Bonzenschrank, die Zeit einfriert – dann, denkt Jäcki, explodiert das Eis vor Kälte und die Timelessness hört wieder für eine Zeit auf.« Welch eine verzweifelte und sofort und unbedingt bis ans äußerste Ende drängende Sehnsucht, so sehe ich heute, steckt nicht in solchen Sätzen!

Über »Detlevs Imitationen ›Grünspan‹« (1971)

ANTON KRÄTTLI

»Detlevs Imitationen ›Grünspan‹«

Schnell wechseln die Moden der Literatur. Wer sich zu sehr darauf einläßt, läuft große Gefahr, mit einem der wechselnden Trends identifiziert und übers Jahr schon abgeschrieben zu werden. Ohne Pause signalisieren die Auguren Grenzverschiebungen und Umbrüche, und nur der Betrachter, der Distanz bewahrt, durchschaut das verwirrende Spiel. Hubert Fichte macht sich in einem köstlichen kleinen Kapitel seines neuen Romans darüber lustig. Schriftsteller müssen, so sagt er da, 1944 von Osten kommen und nach Osten wieder gehen, »vom Schwerttod wie eine volle Kornähre gemäht werden, in die Stille horchen« – 1946 »sich gegen Kalligraphen wenden und die Sklavensprache zu roden beginnen, als Kahlschläger in Sprache, Substanz, Konzeption von vorne anfangen«. 1966 müssen Schriftsteller »nicht ohne offene politische Stellungnahme arbeiten« – 1967 »einen möglichen Endpunkt literarischer Entwicklung fixieren« – 1969 schlicht und einfach immer noch »vorn sein«. Vermutlich ließe sich nachweisen, daß alle diese aneinandergereihten Aussagen über das, was Schriftsteller von Jahr zu Jahr äußern, unzähligen Verlagsprospekten, Klappentexten und Rezensionen von 1944 bis 1970 entnommen sind. Fichte montiert Formulierungen, die er vorgefunden hat, kommentarlos zu einer Kette. Der Kommentar besteht in der Zusammenstellung, die sichtbar werden läßt, wie absurd und widersprüchlich die Parolen sind, die dem literarischen Geschehen als Etiketten dienen sollen. Auf den anderthalb Seiten des kleinen Kapitels darüber, was Schriftsteller müssen, gibt er im Stenogrammstil eine Geschichte der deutschen Nachkriegsliteratur.

Der Bruch, das Inkongruente, der Widerspruch: das ist das Grundmuster des Romans *Detlevs Imitationen ›Grünspan‹*. Er beginnt mit Erinnerungen. Der Knabe reist mit der Mutter, die ihn im Waisenhaus abgeholt hat, nach Hamburg zu den Großeltern, »vom Schnee in die Tarnung«. In kurzen Kapiteln hält der Erzähler Augenblicke aus jenen Tagen und Wochen in Hamburg fest. Die Umwelt, die Mahlzeiten, die Realitäten einer Kindheit im Krieg sind gegenwärtig. Fichte identifiziert sich sprachlich mit seinen Figuren, auch mit den Klischees des geschichtlichen Augenblicks, und das gibt seiner Prosa die unverwechselbare Präsenz. Nicht aus zweiter oder dritter Hand erfahren wir, was der Knabe Detlev im bombenbedrohten Hamburg empfindet und erlebt, sondern aus erster Hand, und das heißt zugleich: in der ganzen Unmittelbarkeit und Zusammenhanglosigkeit, die das Leben kennzeichnet.
Die Welt der Großeltern, die er liebt, bleibt dem Knaben fremd. Es gibt keine Kontinuität, die von der alten Zeit zur verstörten Gegenwart führt. Alles steht abrupt nebeneinander. Der Knabe besucht mit der Mutter das Deutsche Schauspielhaus und schnappt Bruchstücke einer Kultur auf, die ohne Beziehung zur schrecklichen Wirklichkeit ist. Nach dem Zusammenbruch kommen die amerikanischen Befreier. Man muß sich wieder umstellen. Die Mutter wird arbeitslos. Detlev, als Statist und später als Schauspieler in verschiedenen Inszenierungen beschäftigt, taucht in die Welt der Gammler, Transvestiten und Rocker ein. Ein paar Verse aus Goethes *Iphigenie* klingen nach, ein paar Namen und ein paar Werktitel, Scherben aus einer verlorenen Welt. Die Bombennächte räumten mit dem Rest auf. Der Tierpark ist zerstört. Über die organische Veränderung an Leichen, die im Feuersturm lagen, werden Sektionsprotokolle zitiert.
Für Fichtes Erzählweise ist typisch, daß sie auf Reflexion beruht. Er wahrt, bei aller imitatorischen Direktheit der Darstellung, kühle Distanz und fragt sich zum Beispiel: Wer bin ich denn, wenn ich »Ich« sage? Entscheiden Sie sich? Wollen Sie Jäcki oder Detlev sein? Jäcki, die Hauptfigur des vorangehenden Romans *Die Palette*, ist eine von Detlevs Imitationen. Hubert Fichtes Welt hat Brüche. Er macht nicht den untauglichen Versuch, sie zuzukleistern

oder die Welt wieder zum Stimmen zu bringen. Aber die Brüche sind ihm Anlaß zu kritischer Reflexion. Am überzeugendsten ist er da, wo er die Bruchstellen sichtbar macht. Er tut es nicht, indem er moralisiert oder elegisch wird: das liegt ihm ganz fern. Er zwingt sich und seinen Leser zur vorurteilslosen und nüchternen Betrachtung der Lage.

PETER SAGER

Wörter mit Echo

Detlev ist angekommen. Die »Palette« ist zu, und Jäcki verkehrt jetzt im »Grünspan«. Alte Bekannte für den, der sie kennt. Detlev, das war jener achtjährige Junge aus Hubert Fichtes erstem Roman *Das Waisenhaus* (1965), der gegen Kriegsende das bayerische Scheyern verläßt und von seiner Mutter nach Hamburg zurückgeholt wird. Jäcki, so hieß die Hauptfigur in Fichtes zweitem Roman *Die Palette* (1968), benannt nach einem inzwischen geschlossenen Gammlertreff und Beatschuppen in Hamburg.

Ein Fortsetzungsroman also? Der dritte Teil einer Romantrilogie? Ein autobiografisches Resümee?

Nein, so einfach macht es Fichte dem Leser nicht und sich selbst am wenigsten: »Sie und ich und Detlev und Jäcki und Jäckis Ich und Detlevs Ich und mein Ich und Ihr Ich.« Wörter mit Echo, ein Satz wie ein Spiegel: alles ist, was es ist, und dazu, was es scheint, einmal und doppelt, der eine und der andere und am Ende derselbe – aber wer nun eigentlich?

Diese Spiegelsatztür führt mitten hinein in den Roman. Sie findet sich im 34. Kapitel, einem kleinen Kabinettstück poetologischer Selbstparodie und ironischer Leserverführung: »Aber Jäcki und Detlev sind doch zwei Figuren aus Fleisch und Blut?«, läßt der Autor den fiktiven Leser fragen – »Oder ist das Ganze nur ein Spiel mit Namen?« Und dann, als letztes, des Rätsels rätselhaftere Lösung: »Jäcki ist eine von Detlevs Imitationen!« Sehe jeder, wo er bleibe, und wer liest, daß er nicht hereinfalle in dieses Vexierspiel von 12 mal 12 Kapiteln.

Einer, sein Name sei Detlev, ist angekommen. In Hamburg, wo die Schuljungen damals »Sturzkampfbomber« spielten, wenn Arthur Harris' Geschwader sie nicht gerade wirklich in die Bunker trieb. »Hamburg muß doch nun bald mal kaputt sein«, und Detlev registriert im Luftschutzkeller, wie Oma anfängt, »persönlich mit dem lieben Gott zu reden«, Opa »Oho Mariaha hilf« singt und daß die Käsetorte durch das Wohnzimmer rollt. Kinderoptik, naiv und neugierig, genau und grotesk in ihrem Realitätszugriff. Rote Grütze, die schmeckt, und Frau Wichmann, die ein Bein verliert. Dieser Detlev gehört in die Reihe jener frühreifen literarischen Knaben wie Blechtrommler Oskar (bei Grass) und der altkluge Bürger Clemens (bei Herhaus).

Detlev plappert die Wörter seiner Umgebung einfach nach. Jäcki prüft diese Wörter; Jäcki reflektiert, was Detlev erlebt hat; »Jäcki will alles über den Terrorangriff lesen«.

Daneben Zitate faszinierter Historiker, für die das Schreckliche nichts als des Schönen Anfang war: »The city was burning well as a really brilliant jewel of flame.« Sätze von Irving, Caidin oder Malaparte, korrigiert von den Einsatzerfahrungen des Oberbrandrats Brunswig (»Marcel Proust in der Feuerwehruniform«).

Hier, in der Konfrontation und Brechung der Sprachformen des Mediziners und des Historikers, des Arbeiters und des Dichters, in der Synopse verschiedenartiger Erlebnisweisen leistet Fichte sein Bestes: auf der Suche nach einem Stück verlorener Zeit, nach verbrannten Zeugen, nach Wörtern, die zeugen könnten für diese Zeit. »Gibt es einen Ausdruck dafür?«

Fichte bietet viele an und bootet sie alle wieder aus: dokumentarische Zitatencollage als Annäherung an eine Wirklichkeit, die mit den Mitteln und Metaphern der Literatur nicht zu fassen ist. Sprachsplitter einer Scherbenwelt. An kompositorischem Geschick, an sprachlicher Intensität und Ausdrucksbreite steht diesem 17. Kapitel über die Bombardierung Hamburgs und ihre Folgen bei der Zivil-

bevölkerung nichts Vergleichbares in Fichtes Roman an der Seite.
Es ist, nun noch erweitert und differenziert, dieselbe dokumentarische Sprachbesessenheit, die ihn die genauen ›Wörter für St. Pauli‹ finden ließ, jenen Beat-Jargon des »Palette«-Milieus, der auch im »Grünspan«-Revier kräftig anklingt.
Die »Palette« ist indes schon so sehr vorbei und Geschichte, daß Igor, »der Stiefelinhaltausrülpsende«, im soziologischen Seminar einen Vortrag über sie hält. Was ist aus der »Paletten«-Generation geworden? Heidi hat ihr drittes Kind. Reimar Renaissancefürstchen ist geschieden, Schusch lebt in einer Kommune, und die »Blume zu Saaron« hat eine Überdosis Narkotikum genommen. Die bunten »Paletten«-Illusionen – zerronnen. Jäcki, allein oder mit Zuhälter Wolli, reflektiert diese Situation: »Brüder, sind wir der Liebe denn näher?!« Ironisiertes Pathos. ›Empfindsamkeit‹, durchaus zugegeben und gleichzeitig gebrochen und überdeckt.
Sätze über sexuelle Praktiken, über politische Verbrechen. Unrecht und Folter: das ist Jäckis Welt, an der Detlev nur am Rande teilnimmt. Detlevs ästhetische Gegenwelt ist das Theater: wo er anfing als Statist und Knabendarsteller am Besenbinderhof und an Ida Ehres Kammerspielen, wo er das Mammutbaby in *Wir sind noch einmal davongekommen* spielte und den Johnny in Saroyans *Mein Herz ist im Hochland*. In diesem etwas langatmigen und zerfahrenen Hauptteil versucht Fichte eine Art Nachkriegsgeschichte des Hamburger Theaterlebens: Authentizität auch hier, in den Namen der Stücke und Schauspieler, im Milieu und im Bühnenjargon.
Detlevs Imitationen. Das ist nicht nur der Rollenwechsel auf der Bühne, das ist weit eher der ständige Wechsel der Redeformen und Blickwinkel, sein Versuch etwa auch, ›die Sätze der Gebildeten zu imitieren‹. Diese Passagen nähern sich Stellen in Handkes *Quodlibet* oder dem Zitatprinzip von Heissenbüttels *d'Alembert*. Aber Fichtes Redeteile und Satzmuster sind nicht bloße Sprachhülsen und Leerformen; sie transportieren noch Geschichten, die Leiden des jungen Detlev etwa oder Bilder einer Kriegs- und Nachkriegskindheit.

Fichtes Stilreservoir ist beträchtlich: Iphigenie-Verse und Spott- und Nonsensreime, Dialekt und Argot, Parodie klassischer Versmaße und Wittgensteinscher Satznumerierung, Schlagertext und Kirchenlied, Schüler- und Erwachsenenton, Modewörter der Linken und Parolen der Rechten, Homo-Jargon und Wissenschaftsdeutsch. Detlevs Imitationen: Sprachrollen werden übernommen, probiert und gewechselt, Situationen werden austauschbar oder transparent (so taucht immer wieder das Ödipus- und Orest-Motiv auf – die Mutter hat den Vater, der Jude war, nicht geheiratet, also getötet in den Augen des Sohnes).
»Jeder Satz ist eine Lüge«, sagt Jäcki, schreibt Fichte. »Lüge ich? Wessen Lüge bin ich?« Das ist am Ende nicht bloße Erzählerkoketterie mit dem Produkt der eigenen Fiktion, sondern die Aufforderung, Detlevs Imitationen und Jäckis Irritationen nachzugehen als den Perspektiven einer Komplementärfigur.

BIRGIT LAHANN

Verworrene Entwicklungsjahre

Detlev ist Jäcki ist »Frau Holle« ist Erzähler ist »Medea« ist Fichte. Imitationen. Spiegelbilder. Vexierspiele. Im 34. Kapitel läßt der Autor den Leser hinter die Kulisse seiner Absicht blicken: »Sie und ich und Detlev und Jäcki und Jäckis Ich und Detlevs Ich und mein Ich und Ihr Ich.« Verirre sich getrost ein jeder im Labyrinth der anonymen Identität.
Man schreibt das Jahr 1943, und Detlev – nehmen wir einmal an, es sei Detlev – ist mit seiner Mutter nach Hamburg gekommen. Sie ziehen zu Oma und Opa nach Lokstedt. Hamburg wird bombardiert. »Wenn ich überlebe, will ich ein unsterblicher Dichter werden«, sagt der frühreife Detlev. Opa sitzt im Schattenmorellenbaum, als es Fliegeralarm gibt. Im Bunker singt er vom Strand und von der Nordsee Wellen. »Vatl, sing nicht, andre müssen sterben«, sagt Oma, die Krach mit Detlev hat, weil er seine Nasen-

popel in einem Fläschchen aufhebt. Sirenen heulen und Bomben fallen, die Käsetorte rollt durchs Zimmer und Hühner brennen so leicht, weil sie Federn haben. »Hamburg muß doch nun bald mal kaputt sein.«
Fichte als Erzähler will kein zuverlässiger Chronist sein. Er rekonstruiert lediglich das Erlebnis von den Bombennächten, indem er einzelne Reflexe skizziert, so wie sie von einem kindlich-naiven Gemüt hätten wahrgenommen sein können. Der Autor imitiert als Erzähler den elfjährigen Detlev, und Detlev imitiert Jäcki und Jäcki den Erzähler, der Fichte imitiert und von Detlev nachgeahmt wird. – Es scheint also ganz so, als seien dem Erzähler die Figuren entglitten, als hätten sich diese im Zuge einer antiautoritären Behandlung selbständig gemacht und spielten nun mit ihrer Freiheit das große Leserverwirrspiel. Aber das täuscht.
Es ist ein bewegliches System kunstvoller Balance, in dem sich jeder einzelne Vorgang zu einem Ganzen integriert. Denn am Ende verschmelzen die Figuren, die sich im Verlauf des Romans schrittweise aufeinander zubewegt haben, zu einer einzigen Imitation.
Detlev ist zu groß für sein Alter, außerdem ist er altklug. Er schwätzt vom ›Schönen‹ und kultiviert die Empfindsamkeit, Marcel Proust hat er auch schon gelesen: »Ich hätte mich kringeln können, wie der Erzähler als Kind den vornehmen Swann imitiert.« Spiegelbilder. Detlev schnappt Wörter von den Erwachsenen auf, die er nicht ›zu Ende‹ denkt, aber er sammelt sie, wie andere Oblaten sammeln. Jäcki sammelt auch Wörter, haufenweise, seitenweise; aber er prüft sie, er will alles genau wissen: über die Gewalt, über die Folter, über den Terrorangriff, über sexuelle Praktiken. Kann Detlev Jäcki sein? Oder hat Detlev vielleicht zwei Vornamen? »Oder ist das Ganze nur ein Spiel mit Namen?« fragt Fichte als Erzähler, indem er den fragenden Leser imitiert. Nein. »Jäcki ist eine von Detlevs Imitationen.«
Detlev und Jäcki sind aber auch die Imitationen ihrer Namenspatrone aus Fichtes ersten beiden Romanen, aus dem *Waisenhaus* und der *Palette*. Detlev ist nur ein paar Jahre älter geworden und Jäcki hat das Lokal gewechselt. Er ist von der »Palette« in der ABC-Straße nach St. Pauli

gezogen in den psychedelischen Schuppen »Grünspan«, wo er immer noch mit den ›Drop-outs‹ der Gesellschaft, mit Transvestiten und Strichern und Zuhältern und Gammlern und Haschern verkehrt. Der Palettenkellner ist jetzt im »Grünspan«, Loddl und Reimar Renaissancefürstchen sind geschieden und die Blume von Saaron hat Selbstmord gemacht. Und was hat sich sonst noch geändert? Die politische Aktivität hat nachgelassen. Die Diskussion über die Notstandsgesetzgebung im Hamburger Schauspielhaus hat die Protestbewegung und die Kulturrevolution keinen Schritt weitergebracht. Jäcki meint: »Das Bewußtsein der Schwäche ist eigentlich auf St. Pauli die einzige Sicherheit. Ich brauche mich nicht auf die unendlichen Möglichkeiten der Brutalität, sondern nur auf den sehr kleinen Spielraum der Gewaltlosigkeit zu konzentrieren.«

Jäcki und die Welt der ›lost generation‹ hier; Detlev und die künstliche Welt des Theaters dort. Der Krieg war zu Ende und »der Drogist verkaufte Mutti wieder die Monatsbinden Camelia, als hätte er nie das Wort ›Gestapo‹ in den Mund genommen«, und Detlev hilft Geld verdienen. Er ist Statist an den Kammerspielen bei Ida Ehre. Einer unter vielen. Bis Detlevs Mutter die Prinzipalin auf der Toilette anspricht. Von da an spielt der Junge richtige Rollen. Und *Iphigenie auf Tauris, Nathan der Weise, Liliom, Medea, Frau Holle* und *Antigone* – die gehören auch zu Detlevs Imitationen. Das Theater begeistert ihn. Warum soll er sich vom lockigen Bühnenarbeiter nicht durchkitzeln lassen? In Giraudoux' *Der trojanische Krieg findet nicht statt* spielt Detlev den »Frieden«. Er muß fast nackt auftreten. Im Haar trägt er Goldstaub, und der läßt sich schlecht wieder ausbürsten. »Grünspan«, rufen sie ihm in der Schule nach. »Detlev hat Grünspan auf dem Kopf.« Ein alter homosexueller Regisseur schenkt Detlev Bonbons. Aber die wirft er weg. Der Alte könnte sie unsittlich berührt haben – vorher. In der Schule trägt er die Stöckelschuhe seiner Mutter. Und im Theater wird er beinahe das Opfer eines Sittenstrolchs. Der dicke Statistenführer hatte ihn schon auf die Schulter geküßt.

Verworrene Entwicklungsjahre, genießerisches Beobachten des eigenen Körpers. Das geht bei Fichtes Imitation

Detlev nicht ohne Eitelkeit, nicht ohne ein gewisses Vergnügen am Andersartigen vor sich. Detlev ist schön. Detlev vergrößert seine Augen mit Belladonna, Detlev ist ein Narziß, der sich nicht im Wasser, sondern nackt im Spiegel betrachtet. »Ich kann mir die Freiheit, wenn ich ehrlich bin, nur als eine gigantische, weltweite Verschwulung vorstellen«, sagt Jäcki, Detlev – Fichte?

HANS-PETER KLAUSENITZER

Nur das Lokal gewechselt

Hubert Fichtes Imitationen

Kriegsdienstgegner Jäcki dergelt, kokst und berbert wie einst in der »Palette«, wo die Dippergemeinschaft der Gammler, Schnorrer und Protestmarschierer durchging, diesem »Nonplusultra des Pluralismus«. Der Sound der Outcasts klingt heute aber anders, der Stoff aus Wörtern hat sich verändert.

Igor, der Stiefelinhaltausrülpsende, referiert im soziologischen Seminar über das berühmte Kellerlokal hundert Schritte vom Hamburger Gänsemarkt entfernt – »da duldete die irrepressive Toleranz die repressive Intoleranz«.

Heidi dreht einen Fernsehfilm über ihr Leben, und Loddl läßt sich von ihr scheiden. Schusch lebt in einer Kommune, seine Frau erwarb in Nordengland ein Häuschen für die Emigration. Die Blume zu Saaron beging Selbstmord, und Hammed macht seine müde Mark jetzt im »Grünspan«, einem psychedelischen Laden, wo der Rest aus der »Palette« herumsitzt. Jäcki trifft sich mit Wolli und Goldhämsterchen im Porno-Underground von St. Pauli, schwärmt mit Reimar Renaissancefürstchen, der in Berlin eine Minderjährige laufen läßt, von alten Zeiten, als es auf der Großen Freiheit noch nicht so gefährlich war.

Er erinnert sich auch detailliert an die Erlebnisse des achtjährigen Detlev im katholischen Waisenhaus, an

Bombennächte in Hamburg, Übungen mit der HJ, er rekonstruiert Gespräche mit den Großeltern und der Mutter, erzählt Episoden aus der Laufbahn des Schauspieleleven Detlev mit dem Grünspan im Haar, des jungen Helden, der die Imitationen auf der Bühne satt hat, sich Jäcki nennt, dann die Rolle seines Lebens spielt: des streunenden Beobachters und Erzählers.
Wie Detlev wurde Hubert Fichte aus Hamburg nach Bayern evakuiert, kehrte in die zerbombte Hafenstadt zurück, wurde Schauspieler, dann Landwirt. Unstet wie Jäcki reiste er nach Frankreich, Schweden, Finnland und Portugal, dort verwertete er die Stichwort-Zettel und Protokolle, das Palette-Abc und Tonbandaufnahmen zu einem Beat-Roman von rhapsodischer Weitschweifigkeit.
Fichte lebte in Italien, Marokko, Ägypten, und nun tauchte er in Brasilien unter. Fichte gehört nicht zu den Schreibtisch-Autoren, imaginierend oder akademisch experimentierend, er muß erlebt haben, was er beschreibt, das Leben in allen Schichtungen, Färbungen, in seinen oft absurden Formen und Deformationen ausgekostet und wieder verdaut haben – dann ordnet er das Material, komponiert die duften Worte aus dem Underground nach Klangwert und Rhythmus, die stelzfüßigen Formulierungen der Soziologen, Schlagwörter und Schlagzeilen der Presse, das Durchhalte- und Nachkriegsvokabular, die Zitatsprache des Theaters und all das zufällig Gehörte. Das reiht sich zu Substantivketten, gliedert sich in einhundertfünfzig Kurzkapitel von der Länge eines Satzes bis zu mehreren Seiten, parodiert Wittgensteins System, mit Dezimalzahlen das logische Gewicht einzelner Sätze festzulegen. Silbengestammel ersetzt die Beschreibung der Lichteffekte mehrerer Projektoren, das Gedröhn übersteuerter Psychedelic-Musik, das Schreien und Zucken im »Grünspan«.
In den stilistisch provozierenden Passagen des Buches setzt Fichte sein Konzept aus der *Palette* um, einen Roman zu schreiben, »der die Dinge nicht benennt und die Vorkommnisse, sondern ersetzt: Heidi und Barbara als Wörter selbst. Nichts über Halleluja und Barbara berichten. Sie nachmachen in Wörtern.«
Sprache als Stoff und Thema soll sowohl in der *Palette* als

auch in *Detlevs Imitationen* für sich stehen, Eigenheiten erkennen lassen, durch die Geschichte geprägt weiterwirkend die Denk- und Sprechgewohnheiten beeinflussen. Fichtes Imitation der Wirklichkeit durch Wörter übertrifft den Anlaß und Gegenstand der Beschreibung, nicht als Kopie, sondern in realistischer Vereinfachung als Poesie des Authentischen.

Die Ausdrucksmittel Hubert Fichtes entwickelten sich aber ebensowenig wie die Figuren, die er aus den vorhergeschriebenen Romanen übernahm, möglicherweise haben sie ihren Endpunkt erreicht. Jäckis Vokabular ist toff, es hat sich seit Kriegsende durch wechselnde Stile in der Literatur, durch modische Philosophien, Eintagsschlager, durch Hektik und entschiedene Gesten der Verweigerung blankgeschliffen. Ein Wort ersetzt oft eine ganze Geschichte, gibt ein Signal. Das bewährt sich bei der Diskussion mit Bühnenarbeitern des Hamburger Schauspielhauses. Auch mit Goldhämsterchen Christina, die jede Nacht ein paar Riesen anschafft, kann er sich durch Chiffren verständigen (wenn der Leser einen Dolmetscher braucht, hat er was versäumt).

Ebenso geläufig wie Zuhälterjargon oder SDS-Phraseologie sind ihm die Termini der Literaturkritik, parodierend liefert Fichte die Chronik deutscher Nachkriegsästhetik. Durch Verkürzung der Argumente für die kahlgeschlagene, montierte, verfremdete, sprachskeptizistische, naturwissenschaftliche, registrierende, engagierte, dann wieder nur berichtende, eschatologische, provozierende und schließlich verkäufliche Prosa werden Postulate und literarische Programme lächerlich. Die Kritik dekuvriert sich als zeitlich sehr begrenzt geltende Zustimmung oder Ablehnung einzelner Berufsleser, die den Tageskurs der Autoren zu beeinflussen oder gar festzulegen glauben. Fichte kennt sich zwar an der literarischen Börse aus und weiß, was gefragt ist, nutzt das aber nicht spekulativ, sondern satirisch aus.

So meditiert er in der Wittgenstein-Parodie: »Über das Schreiben kann ich nichts schreiben, während ich es schreibe, es sei denn, mein Schreiben sage nichts aus über die Beziehungen vom Schreiber zum Gegenstand, sondern schreibt nur über Schreiben – gegenstandslos: Dies ist kein langer Satz, zum Beispiel.« Selbstverständlich äußert sich Fichte mit diesem Satz über seine Prosa und jene Poesie, die man (abstrakt) konkret nennt. Er distanziert sich von grammatischen Meditationen und ähnlichen Stilübungen, wohl wissend, daß viele nichts damit anfangen (können). Auch ohne einen Autor zu nennen, gibt er zu verstehen, wer gemeint ist – so profitiert er vom vorausgesetzten Einverständnis seiner und nicht Heissenbüttels Leser.

Jäckis Denkerlebnisse setzen sich nicht ungestört fort. Erinnerungen aus der Kindheit Detlevs bilden den konventionell formulierten Kontext zur expressiven Stichwortsprache der erwachsenen Mittelpunktfigur. Diese Kindheits- und Pubertätsepisoden, zum Teil aus Fichtes erstem Roman *Das Waisenhaus* bekannt, werden in der Traditionssprache der Erwachsenen erzählt. Detlev übernimmt Redewendungen, Zitate und Ansichten von der Mutter, den Großeltern, später von anderen Beispielfiguren.

Durch den sprachlichen Kontrast Detlevs zu Jäcki markiert der Autor die Entwicklung dieser Doppelfigur. Jäcki trennt sich von den Denk- und Sprachgewohnheiten Detlevs, deshalb wechselt er auch den Namen. Seine Übereinstimmung mit der Mutter schlägt in Aggression um. Erwachsen ist er damit noch nicht, seine Reaktionen sind maßlos, die Worte von der Bewußtseinsindustrie oder der konkurrierenden Manufaktur im Untergrund produziert; er hat sich anderen Vor-Bildern ausgeliefert, poppigen, bunten Antihelden, die ihren eigenen Slang sprechen, und wer da nicht mitzieht, ist nicht »in«. Nur in LSD-Träumen macht sich Jäcki von den unbewußten Abhängigkeiten frei, für eine kurze und flüchtige Zeit.

In der *Palette* kannte er Augenblicke nüchterner Selbsteinschätzung: »Kaputt, denkt Jäcki, ich bin unter Kaputten. Halbehalbe. Keinen Sohn, kein Haus, kein Buch, keine Ehe, keinen festen Freund, keinen Opel Kadett. Aushilfskunstkritiker. Aber er möchte doch auch einen Traum, auch einmal roter Pressezar sein, Sebastian Fischer sein, etwas Tahiti, Droit de l'Homme, Blitzen in den Augen – also doch Oper und deutsches Schauspielhaus. – Man wird schließlich älter.«

Auch klüger? In diesem Fall ist es zu bezweifeln. Jäcki hat nur das Lokal gewechselt und ein paar Wörter, damit er toff ist, wenn er bafelt. Er geht mit der Zeit, aber er verpaßt seine Zeit, erzählt alte Geschichten, läßt Detlev aufleben, steht still. Hubert Fichte hat nichts Neues zu berichten, er liefert die Imitation früherer Erfolge. Es wird Zeit, daß er Detlev/Jäcki pensioniert. Sein letztes Buch bleibt hinter den vorausgeschriebenen Romanen zurück.

GÜNTER BLÖCKER

Detlev und Jäcki, übereinander kopiert

Avanciert und unterhaltend – das braucht, wenn es zuweilen auch so scheint, kein Widerspruch zu sein. Der Grad der Lesbarkeit richtet sich dabei nach dem Vermögen des Autors, seine Lebenserfahrung und seine Formvorstellungen in ein überzeugendes Verhältnis zu bringen. Der nur den Setzkasten in Bewegung setzende Formimpuls langweilt à la longue. Erst wo Formphantasie als eine Art des Weltbegreifens, ja des menschlichen Verhaltens überhaupt erkennbar wird, bleibt auch die Faszination auf ein dem formalen Wagnis sonst eher abgeneigtes Publikum nicht aus.
Hubert Fichte hat dafür mit seinen beiden Romanen *Das Waisenhaus* (1965) und *Die Palette* (1968) eindrucksvolle Beispiele geliefert. Allein unter dem Aspekt des Abweichens von der tradierten Romanform betrachtet, mochte namentlich *Die Palette* auf den ersten Blick befremden. Als Transporteur einer neuen Unbefangenheit, eines ideologiefernen, sich unablässig am Konkreten orientierenden Weltgefühls jedoch wirkte die von dem Autor entfaltete Technik der knappen Erzähl-Spots, des Springens von einer kleinsten Erzähleinheit zur anderen, der Stenogramme, Vokabelketten und Variationsreihen, der Summierung von Spontan-Akten zu einem kalkulierten Ganzen denkbar selbstverständlich, unprovokant, ja anheimelnd.

In dem Roman *Das Waisenhaus* war Fichte dem Bewußtseinsmechanismus eines Achtjährigen gefolgt. »Detlev denkt nicht alle Wörter zu Ende. Die Bilder liegen wie Hauchbilder übereinander. Die Linien durchkreuzen sich in verschiedener Stärke.« Diese Methode hatte er dann in der *Palette* in größerem Maßstab angewandt, aber nie unkontrolliert und selbstzweckhaft, sondern strikt auf den vom Titel signalisierten Ordnungspunkt bezogen: auf den Hamburger Gammlerkeller gleichen Namens als den symbolischen Ort einer ganzen Generation von Verweigerern und Gesellschaftsflüchtigen.

Doch der Autor tat noch ein übriges. Er ließ es weder bei der sensitiven Sprachmimikry bewenden, in der er Meister ist, ein Virtuose der erlauschten und zärtlich nachgebildeten Tonfälle, noch beim impressionistischen Widerschein oder bei der kecken Collage – er bezog auch Elemente des Entwicklungsromans in sein weitmaschiges Organisationssystem ein und gab ihm damit noch einen zusätzlichen Halt und dem Leser eine zusätzliche Möglichkeit, sein Verlangen nach Identifikation und kritischer Teilhabe zu befriedigen. Nicht nur in neutraler Auffächerung, sondern auch in einem, wenn auch fragmentarisch bleibenden personalen Bezugspunkt, einem rudimentären Romanhelden namens Jäcki, wurde uns das »Palette«-Erlebnis und seine prägende Kraft nahegebracht.

Diesem Jäcki begegnen wir nun ebenso wie seinem Vorgänger, dem kleinen Detlev aus dem *Waisenhaus*, in Hubert Fichtes neuestem Roman wieder. Detlev ist inzwischen nach Hamburg zurückgekehrt, das Waisenhaus und die Klosterschwestern mit ihren wehenden Schleiern sind nur noch eine trübe Erinnerung. Doch an die Stelle der Ängste und Bedrückungen des Waisenhausdaseins treten jetzt neue, sehr konkrete Nöte. Man schreibt das Jahr 1943. Detlevs Mutter hat Mühe, sich und den von einem jüdischen Vater stammenden unehelichen Jungen den Zugriffen des Staatsapparats zu entziehen, und außerdem – Hamburg ist zum Ziel der Fliegerangriffe geworden. Fichte beschreibt die Bombennächte nicht, er gibt sie – seiner Methode getreu – im kurzen Reflex wieder: die Apokalypse, wie sie sich im Gehirn eines Kindes spiegelt.

Eines Kindes freilich, das bald ein Erwachsener sein und sich bewußt und kritisch Rechenschaft über das Erlebte und seine Ursachen ablegen wird.
Und hier nun liegt – thematisch wie formal – der entscheidende Einfall der Erzählung. Sie errichtet einen in beiden Richtungen begehbaren Spannungsbogen zwischen den vierziger Jahren auf der einen und den fünfziger und sechziger Jahren auf der anderen Seite. Unmittelbare Erfahrung und nachträgliche Reflexion bewegen sich in Fichtes Romankonstruktion schrittweise aufeinander zu – auch personal. Das heißt: Detlev und Jäcki werden mehr und mehr zu ›einer‹ Figur, zu einer Doppel-Person, deren verschiedene Namen nicht verschiedene Menschenwesen, sondern verschiedene Bewußtseinsstufen anzeigen. Das ist ingeniös erdacht und nicht minder ingeniös durchgeführt. Während in Detlevs Kopf die Eindrücke strudeln, bemüht sich Jäcki – zwanzig Jahre später –, alles über die Vergangenheit zu erfahren. Er sucht die Orte der einstigen Zerstörung auf, befragt Augenzeugen und studiert die einschlägige Literatur. Beide Vorgänge sind mit kontrapunktischer Schärfe gegeneinander gesetzt und zugleich erzählerisch auf das reichste ausgestattet: graphische Linienführung bei stärkster Herausarbeitung der sinnlichen Details.
Man könnte einwenden, daß der Autor hier gewissermaßen Reste seiner beiden vorangegangenen Romane verwertet. Aber dieses Übereinanderkopieren zweier Lebensläufe ergibt am Ende doch etwas ganz Neues. Hier dokumentiert sich eine Zwischengeneration, die Hitler zwar noch am eigenen Leibe erfahren hat, ohne jedoch – das ließ das offenkundige Debakel der Endphase nicht mehr zu – nachhaltig von ihm infiziert worden zu sein; eine Generation, die sich nicht abstrakt in die Zukunft hinein projiziert, sondern Geschichte mit sich trägt und sie nicht zu verleugnen gedenkt. Als das genuine Formtalent, das Hubert Fichte ist, macht er das in dem Aufeinanderzu und schließlichen Einswerden seiner Doppel-Biographie sinnfällig – sinnfällig bis in die Details auch der unbelebten Welt. So etwa, wenn er – wiederum aus Detlevs Perspektive – den Gang zum Wirtschaftsamt nach der Währungsreform beschreibt und dabei beklemmend spürbar

werden läßt, was alles in den steinernen Falten dieses Gebäudes an Vergangenheit nistet.
Der Knabe Detlev imitiert, wie der Titel des Buches zu verstehen gibt, das Leben, bis er selber ein Stück ausgewachsenes Leben, bis er Jäcki ist. Auch er findet seine »Palette«, sie heißt nur anders, »Grünspan«, und liegt in St. Pauli, am unteren Ende der Großen Freiheit. Und auch die Akzente haben sich ein wenig verändert: Anachoretentum und Hippie-Lyrik werden durch APO-Töne vervollständigt. Doch weder der Autor noch sein Doppel-Held sind im landläufigen Sinne ›engagiert‹. Für sie findet die Revolution im Intimbereich statt; oder mit Jäckis Worten: »Glaubst du nicht, daß eine milde und nicht mehr rückgängig zu machende Zersetzung des Unbewußten eine tiefere Veränderung hervorruft? Ich kann mir die Freiheit, wenn ich ehrlich bin, nur als eine gigantische weltweite Verschwulung vorstellen.« Auch das ist, wenn man so will, ein politischer Satz, der – etliche Seiten vorher – sinnreich ergänzt wird durch den Seufzer: »Das Natürliche – was für ein Zwang.«
Diesem Natürlichen, das sehr viel mehr umfaßt als die Ansprüche des Körpers, ist Hubert Fichtes Roman gewidmet. Gewidmet mit so viel intelligentem Überschwang, so viel Frische, Formsinn und Sprachphantasie, daß dem Rezensenten nur der eine Wunsch übrigbleibt, der Autor möge all das in seinem nächsten Buch mit dem gleichen Elan hinausentwickeln in Bereiche, deren Quintessenz nicht nur St. Pauli heißt.

LOTHAR BAIER

Die eigenen Anfänge imitiert

»Was soll denn nun werden mit dem schönen vielen Material?« schrieb Hubert Fichte in den *Nachwörtern* zu seinem Roman *Die Palette* und kündigte gleichzeitig an, was daraus werden könnte: noch ein Roman. Drei Jahre danach ist der Roman (der dritte) fertig geworden: *Detlevs Imitationen »Grünspan«*.

Mit diesem neuen Buch hat Fichte ein Dokument der Bedingungen vorgelegt, die einen Schriftsteller zum ›Literaturproduzenten‹ machen; das heißt zu einem Mann, der mit seinen Materialien und Methoden ökonomisch umgehen muß. Auch mit seiner Zeit, denn Hubert Fichte hat (wie er in einem Rundfunkinterview sagte) während der Arbeit an diesem Roman von den Vorschüssen seines Verlegers Ledig-Rowohlt gelebt. Der Ökonomie des Schreibens zuliebe hat Fichte aber nicht nur die übriggebliebenen Materialien zu *Die Palette* benutzt, sondern auch sie selbst als Material behandelt, und den ersten Roman *Das Waisenhaus* dazu. Die Rationalisierung macht auch vor dem Gewerbe des Schreibens nicht halt. Wer überleben will, muß scharf kalkulieren.

Für den Leser Fichtes bedeutet das zunächst, daß die Unterschiede zwischen älterer und neuerer Produktion verschwimmen. Liest man *Detlevs Imitationen »Grünspan«*, *Die Palette* und *Das Waisenhaus* parallel, dann weiß man oft nicht, welchen Roman man gerade gelesen hat. Der Detlev aus *Grünspan* ist die älter gewordene Hauptfigur des *Waisenhauses*, und Jäcki, der *Paletten*-Chronist, wird auch jetzt als Erzähler und zentraler Erzählgegenstand herangezogen. Jäcki und Detlev sind aber auch zwei Namen für etwas, das sich eindeutig nicht benennen läßt und doch als etwas Konkretes wahrgenommen werden will.

Zur Orientierung: »Palette« heißt ein Kellerlokal an der Hamburger ABC-Straße, das zu dem Zeitpunkt, als es durch Hubert Fichtes Roman auch außerhalb Hamburgs berühmt geworden war, nur noch als ein Mythos existierte. »Grünspan« ist eine Beatkneipe in St. Pauli, die nach der »Palette« zu einem weiteren Gammlertreffpunkt wurde. Der Leser, der Fichtes *Palette* kennt, begegnet jetzt alten Bekannten: Hammed, der »Paletten«-Kellner, kellnerte dann im »Oblomow«, als der »Oblomow« wegen Rauschgift und Minderjährigen geschlossen wurde, kellnerte er im »Grünspan«, ging wegen Gehaltserhöhung in einen anderen psychedelischen Laden und kellnert wieder im »Grünspan«. Und Loddl ist geschieden, Heidi handelt mit Drogen, Reimar Renaissancefürstchen ist geschieden, die Blume zu Saaron hat Selbstmord begangen, und Jäcki, der »Paletten«-Cicerone, schreibt Features und Hörspiele,

spielt Discjockey und berichtet über Arbeitnehmer. Die alte Paletten-Herrlichkeit, das Gammeluniversum, das Rotwelschland und der Preludin-Kosmos, sie alle sind entschwunden.
Es lag nicht nur am Präsens, daß der Leser Fichtes glauben konnte, in der *Palette* ganz dicht dran zu sein, mit den Wörtern auch einen Rhythmus eingehämmert zu bekommen. Die Instrumente sind zwar immer noch da, aber jetzt wird statt Beat und Rock das Lied von der Juliška aus Budapest darauf gespielt. Oder sie bleiben ganz beiseite, und der *Grünspan*-Erzähler verfällt in den vergleichsweise gemütlichen Ton, der im *Waisenhaus* an der Tagesordnung war. Während sich der Leser auf die Distanz zwischen *Paletten*-Zeit und Kriegsende einstellen muß, redet ihn der Autor über diesen Abstand ständig hinweg.
Es wäre aber darauf angekommen, den Leser für diese Zwischenzeit ausdrücklich zu interessieren. Das, was Jäcki, den Erzähler, in die »Palette« hineinzog, konnte auch andere anziehen, gleichgültig ob aus eher voyeuristischen oder eher soziologischen Motiven. Auf *Detlevs Imitationen »Grünspan«* könnte nicht einmal ein historisches, allenfalls ein entwicklungspsychologisches Interesse neugierig machen: was war mit Jäcki, bevor er sich unter die Transvestiten und Stricher vom Gänsemarkt mischte, oder, was die andere Seite der *Grünspan*-Medaille betrifft, was ist aus Detlev geworden, nachdem er (am Ende des *Waisenhauses*) mit seiner Mutter aus Bayern nach Hamburg abgereist war?
Hitlerjunge ist er noch kurz vor Kriegsende geworden und dann Statist an einem Behelfstheater: und der Goldstaub, den man ihm als dem Frieden-Darsteller in Giraudoux' *Der Trojanische Krieg findet nicht statt* in die Haare streut, ist zu Grünspan oxydiert: also war es kein Goldstaub, sondern eine Imitation. Von daher erklärt sich der Romantitel, es bleibt aber unklar, was denn die Übereinstimmung von Grünspan auf Detlevs Kopfhaut und dem Namen eines Lokals in St. Pauli bezeichnen soll. Es bleibt weiter rätselhaft, welche Erhellungen sich Fichte davon verspricht, daß er die Zeit des Zusammenbruchs und des Wiederaufbaus noch einmal mit Aufbruchspathos, Einblicken in kleinbürgerlichen Opportunismus und Borchert-Assoziationen

illustriert. Sein Hamburg-Lokstedt wird zu einem neu aufgelegten und ziemlich bläßlich ausgefallenen Danzig-Langfuhr, und es fehlt auch nicht der obligatorische Rock, unter den der junge Detlev kriecht.

Palette-Leser sind ein wenig im Vorteil, sie kennen die Namen schon, die in den Jäcki-Abschnitten auftauchen, sie wissen über einen Mythenvorrat Bescheid, der sich zwischen Französischer Revolution, Proust und Sartreschem Existentialismus ausbreitet. Auch in der Schreibtechnik gibt es keine Überraschungen: Reihungen, Aufzählungen und unverbundene Hauptsätze dominieren in den Jäcki-Absätzen, während die Detlev-Passagen vorwiegend in dem knappen Dialogstil des *Waisenhauses* geschrieben sind. Nur Jäckis Einschätzung der Lage im »Kiez« hat sich etwas gewandelt: »Das Bewußtsein der Schwäche ist eigentlich auf St. Pauli die einzige Sicherheit. Ich brauche mich nicht auf die unendlichen Möglichkeiten der Brutalität, sondern nur auf den sehr kleinen Spielraum der Gewaltlosigkeit zu konzentrieren.«

Nun hat auch Fichtes Jäcki mitbekommen, daß die Ostermarschzeit vergangen und daß im Hamburger Schauspielhaus vergeblich über die Notstandsgesetze diskutiert worden ist. Was sich aber verändert hat im Under- wie im Overground, was nach dem Abflauen der Protestbewegung passiert ist und sich auch in manchen Beatschuppen bemerkbar macht, das wird mit einer Sammlung kulturkritischer Bonmots unter den Tisch geredet: »Es ist schick geworden, sich in allen Theatern der Hansestadt über schwule Stücke aus England zu amüsieren.« Dabei hätte Fichte das Zeug dazu, um mit seinen kurz angebundenen, reaktionsschnellen Sätzen zu zeigen, was da mit der Kulturrevolution schiefgegangen ist, was einige Leute dazu gebracht hat, ihre eigene politische Aktivität hinterher als ›politischen Trip‹ zu verharmlosen und sich mit makrobiotischem Proviant und Räucherstäbchen in nachmittäglich verlassene Beatlokale zurückzuziehen.

Dieser Roman scheint mir das Zeugnis einer Verlegenheit zu sein, vielleicht einer nicht nur individuellen. Einzelne traktatähnliche, gewitzte Passagen täuschen nicht darüber hinweg, daß *Detlevs Imitationen* auf großen Strecken an einen Reader's Digest aus *Waisenhaus* und *Palette* erinnern, vermehrt um viel schönes Material, das beim letzten Mal unbenutzt geblieben war. Es ist ein Buch, das wie wenige die Spuren nicht nur seiner literarischen Herstellung trägt, ohne sich über seine Ausfälle und Leerstellen mit öliger Selbstironie hinwegzulügen.

BEATRICE VON MATT

Sprachgebrauch als Ritual der Wiedererweckung

Detlev ist der Name von Hubert Fichte, des wortmächtigen Prosaisten, Kinder-Ich, und dieser Siebenjährige hatte den Roman *Das Waisenhaus* (1965) bestimmt. Er bleibt die Grundfigur in *Detlevs Imitationen »Grünspan«*, 1971 erstmals bei Rowohlt erschienen und 1979 neu herausgekommen bei S. Fischer.

Als Erwachsener hat Detlev einen anderen Namen: Jäcki. Es sind äußerlich und innerlich zwei verschiedene Figuren, und beide treten hier auf – abwechslungsweise, ohne je zusammenzukommen, da Zeit sie trennt.

Ich bin, was ich erfahre. Ich bin, was mir unter die Haut geht: »Ich kann mir nicht vorstellen, nichts zu empfinden«, heißt es bei Fichte im Roman von 1974, *Versuch über die Pubertät*, der demnächst ebenfalls im S. Fischer Verlag wiederaufgelegt wird. Alles nicht Durchempfundene ist Imitation und notgedrungen modisch deformiert: Sprache in den meisten Fällen, Gedanken, Ideale. Aber wann empfindet einer voll, konzentriert – ohne den Beigeschmack von Kopie? Als Kind dann und wann (mehr als Detlev also denn als Jäcki). In ekstatischer Liebe. Im momentanen Erfassen des andern, was jedoch »unaushaltbare Schmerzen« bereiten könne.

Meistens aber ist das Ich eine bloße Vorstellung, ein Bild, das im Tod auseinanderbricht. »Warum interessieren Sie sich für die Toten?« fragt der Gerichtsmediziner den Ich-Helden von *Versuch über die Pubertät*: »Ich interessiere mich nicht touristisch für die Toten, sondern für das Aus-

einanderfallen des Bildes, das mich ausmacht.« (»Touristisch« heißt hier »exotisch«; Fremdes als Fremdes feiernd und damit als etwas ganz anderes von sich fernhaltend, obwohl es ja nur Verwandtes, Menschliches und nichts gänzlich Fremdes gibt unter Menschen.) Und Fichte kommt zu einem seiner vielen vorläufigen Schlüsse: Dieses Bild, das mich ausmacht, ist im Grunde nichts als erstarrtes, angelagertes Material, nichts als eine Ablagerungsstätte. – So wird in *Detlevs Imitationen* die Existenz eines individuellen Ichs, dessen konkreteste Sensationen – Rückkehr mit der Mutter aus dem Münchner Waisenhaus zu den Großeltern in Hamburg – hinreißend vermerkt sind, dann unversehens fast höhnisch in Zweifel gezogen. Das Ich wird alles und nichts und so zur Fratze. Es zieht den Pailletten-Hosenanzug eines lesbisch gewordenen operierten Transvestiten an, schminkt sich um zum Damenimitator Cartacalo und imitiert den Knaben Detlev, der seinerseits, kulturbewußt erzogen, *Iphigenie auf Tauris* imitiert. Die vielen Individualitäten, die ins Spiel kommen, erweisen sich als bloße Fassaden, eine schiebt sich vor die andere, und die auf Tigerlook zurechtgemachte Dame fragt u. a. auch den Leser: »Wenn ich ›ich‹ schreibe, denken Sie an sich oder an mich? ... Ich? ... Sie und ich und Detlev und Jäcki und Jäckis Ich und Detlevs Ich und mein Ich und Ihr Ich...«
Von Fichte oft thematisierte Bisexualität mit Tendenz zu ausschließlicher Homosexualität vervielfacht zudem Ich-Erfahrungen bis zur Auflösung der Person. Multiple Welten haben die Grundfigur, die Urfassung – wenn eine solche überhaupt einst da war – verbogen, erdrückt.
Oder doch vielleicht nur verschüttet? Diese Frage plagt Fichte auch sonst und gibt seiner Arbeit den schöpferischen Impuls. Gebannt verfolgt der Leser die schonungslose Suche nach einem originalen Kern. »Urgesichter«, »Ururmuster«, »Urururformen« glaubt der Autor etwa plötzlich auf afroamerikanischen Wandmalereien im Norden Harlems zu entdecken. Solche Subkulturen bringen für ihn vereinzelte und dadurch abgestorbene geistige Manifestationen unbekümmert zusammen und damit zum Leben. Am dringlichsten aber jagt er nach der Urfassung seiner selbst und deutet in *Detlevs Imitationen* an,

wie es kam, daß der eigentliche Detlev in und an Detlev, aber auch durch Zeitumstände kaputtgegangen ist.
Letzteres läßt sich datieren: Bombenangriff auf Hamburg im Frühsommer 1943. »Nun ist alles anders«, heißt es zu Beginn des Berichts über die Katastrophe, bei der jegliche ordnende Eingrenzung und Zuteilung, jede Selbst- und Fremderkenntnis zerstört worden ist: »Das Badezimmerfenster liegt im Rhododendron. Zebras laufen die Karlstraße herunter ... Elefanten und Büffel auf der Kaiser-Friedrich-Straße« – der Zirkus Hagenbeck ist auch getroffen worden. Opas Quitte, später »Wunderbaum des Lebens« genannt, ist zerrissen, wenn auch erst nach dem Krieg vom »deutschen Bausparer« mit den Wurzeln entfernt. (Ein schöner Mann ist bei Fichte »schön wie eine Quitte«.)
Im Bombardement sind auch die Wörter kaputtgegangen: »Jetzt ist auch das Wort Weihnachten kaputt« – denn Kugeln zur Erleuchtung von Bombenzielen sind für das Kind brennende Tannenbäume. »Über das Wainachtän im Mund legt sich der Geschmack, den die Luft um die verfaulenden Krüppelglieder hinterläßt. Die Verbindung dieses Geschmackes und der Laute des Festes und des Geruches der Teile der Verkrüppelten bedeutet für Detlev, daß es aus ist, daß es nie wieder etwas geben wird.« Auf diesen Bomben-Mai folgt nie mehr ein Dezember.
Detlev hatte ja kurz zuvor die Mutter in dieses nun verlorene Paradies zurückgezwungen. Aber selbst in jenem gehaßten Waisenhaus, wo er als Halbjude versteckt worden war, war die Sprache noch ganz gewesen, d. h. sinnliche Welt war durch Wörter noch abgedeckt. So etwa hatte sich für Detlev die Erklärung seiner Mutter, sein Vater sei ein Hamburger Jude, der nebenan gewohnt habe, noch unmittelbar verkörpert und mit den Erinnerungen an den Garten der Großeltern verbunden. Darüber steht im *Waisenhaus*: »Dein Vater ist Jude. Detlev sah ein großes goldenes J. Die Vögel saßen auf dem Querbalken des Buchstaben und sangen. Die Äpfel wurden reif, die Pflaumen und die Reineclauden. Das U war die Elbe im Sonnenlicht. Das U war voller Wasser. Goldene Dampfer fuhren über das U. Möwen flogen darüber, und auf der Elbbrücke dampfte die Lokomotive ... Die Hortensien morgens um sechs

im Vorgarten, naß und golden, waren das D und das E. Dein Vater ist Jude. Er wohnte nebenan.«
Aber jetzt ist jedes von früher übriggebliebene Wort zu voll für die zersplitterte und zusammengeschrumpfte Umgebung: »Die Wörter fühlen sich zu dick im Mund an.« Mit Hilfe der Bezeichnungen hatte das Kind bisher gerochen, gefühlt, geschmeckt, auch die Zerstörung. Und da paßt nun tief innen nichts mehr zum andern. Erst Jäcki wird in diesem Roman wieder wirklich sprechen, wenn auch nur mit Hilfe von Rationalisierungs- und Abstraktionskrükken. Für den Autor Hubert Fichte persönlich läßt sich wohl zuverlässig höchstens im Schreiben das Verwüstete gelegentlich wiederherstellen. Da sind durch den Willen und durch den Zwang des Festhaltens vergleichende Rückgriffe gefordert. Erst bewußt Erinnertes ermöglicht wahre Erfahrung. Die Erinnerung kann in *Detlevs Imitationen* so lauten: »Stundenlang Rosa. Rothenburgsort ... Keine Aufbauten mehr. Keine Kinderspielplätze ... Die Tarnungen ... haben sich aufgelöst in Flächen, die an den Horizont stoßen, von kalkigem, blutigem Rosa.« Im Aufsatz *Wo die Kunst schwarz ist. Anmerkungen zum Leben und zur Kultur der Afroamerikaner in New York* heißt es dann, daß ihn, Fichte, damals im zerbombten Rothenburg »das fleischige Rosa der zermahlenen Ziegelsteine« entsetzt habe. »Dies Rosa finde ich in South Bronx wieder. Halden voller Rosa und den Zerstörungswind, ausgebrannte Straßenzüge ...« Schreiben also garantiert eine gewisse Kontinuität des erfahrenden und sich mitteilenden Ichs.
Die Mitteilung selber bewirkt dann nicht etwa eine Reduktion des Geschehenen, sondern steigert dessen Verwirklichung: »... durch Mitteilung entsteht keine Verminderung der Bilder, sondern eine Verdoppelung«, steht in *Versuch über die Pubertät*. Notierte Wirklichkeit wird nicht abgewaschen und weggespült, sondern bleibt gewissermaßen festgenagelt, hier etwa die Grauenhaftigkeiten im Sezierraum.
Der Autor ist sich freilich bewußt, daß Schreiben auch »Wegspiegeln«, ein Wegoperieren von lebendigen Zellen, bedeuten kann. In guten Momenten aber gleicht es durch sein Nichts-auslassen-Wollen, durch sein Nebeneinan-

derstellen von Unvereinbarem den »wilden Gesamtkonzepten«, den »bedrohlichen Gesamtbildern« der New Yorker Sgraffiti. Solchen entsprechen die Außenseiterwelten der *Palette*, des *Versuchs über die Pubertät*, des großartigen, stilistisch aber distanzierter organisierten *Wolli Indienfahrer*. In diesen Werken wird der Untergang von 1943 gelegentlich rückgängig gemacht. Dem Schreiben kann bei Fichte in den versessen konkreten Wiedergaben, aber auch in den oft unnachahmlich auflebenden und wieder abebbenden Rhythmen etwas anhaften von der magischen Gewalt alter festlicher Rituale (vgl. seine Berichte in *Xango*), wo die Sinnlichkeit rauschhaft gesteigert zum Glühen gebracht, aber auch – in einem ganz unbürgerlichen Sinn – geordnet und aufgehoben ist.

DIETER E. ZIMMER

Genauigkeit, ein Versteck

Gespräch mit Hubert Fichte

Wie ist der Titel Ihres neuen Romans zu verstehen? »Grünspan« – das ist ein Beatschuppen auf der Hamburger Großen Freiheit. Aber »Detlevs Imitationen«? Wen imitiert Detlev? Von wem wird Detlev imitiert?
HUBERT FICHTE: Detlev imitiert Mozart, Kleist, den »Frieden«, das »Mammutbaby«, das »Christkind« und die »Marquise von O.«. Ich imitiere Detlev. Das Buch ist eine Auseinandersetzung zwischen zwei Figuren: Detlev und Jäcki; zwischen zwei Sprachschichten.
Sicher werden Sie zu hören bekommen: das hatten wir ja alles schon. Detlev – den kennen wir aus dem »Waisenhaus«; und auch über ein Hamburger Lokal haben Sie schon einmal einen Roman geschrieben, die »Palette«. Wiederholen Sie sich?
H. F.: Detlevs Imitationen beginnen dort, wo das *Waisenhaus* aufhörte. Das *Waisenhaus* spielt im Frühsommer 1943. *Detlevs Imitationen* 1943 bis 1949. Die *Palette* war ein

Versuch über eine Gruppe von Hamburger Gammlern. *Grünspan* ist ein Versuch über Theater, Szenisches, Tanz auf St. Pauli.
Sie schreiben also an einem einzigen Buch, einem roman fleuve, von dem es bisher nur Bruchstücke gibt?
H. F.: Ja. Roman fleuve? »Fluß ohne Ufer«? Vielleicht »Roman delta«.
Und wie müßte der heißen?
H. F.: »Die touristische Entwicklung in der zweiten Hälfte des zwanzigsten Jahrhunderts.«
Wie bitte?
H. F.: Von Ausnahmen abgesehen, gibt es zwei Gruppen von Leuten: die mit Touropa reisen und die vor Hunger Militärkantinen plündern. Es geht mir darum, die Entwicklung eines Mitglieds der ersten Gruppe zu schildern und seine Reaktion auf die zweite.
Diese schroffe Gegenüberstellung von Detlev- und Jäcki-Passagen, Lokstedter Kleinbürgertum und St. Pauli, Kindheit und Gegenwart, diese Brüche jetzt statt der Kontinuität des »Waisenhauses« und dem zersplitterten, aber geraden Verlauf der »Palette« – was ist damit beabsichtigt?
H. F.: Daß die beiden Welten sich beliebig gegenüberstehen, kann wohl nicht behauptet werden. Der linearen Schilderung einer jugendlichen Entwicklung steht die Analyse eines Zustands gegenüber, der durch diese Entwicklung bedingt wurde. Mir sind die beiden Welten eigentlich noch zu deutlich verbunden. Das dem Schein nach Disparate hat einen hohen ästhetischen Reiz, auf den ich immer wieder der Einfachheit halber verzichtet habe. Drei Beispiele: Detlevs Bilderbuchwelt geht 1943 in Trümmer – die Sprache der ersten 24 Seiten des Buches geht in Trümmer durch eine Passage über Verfolgung und Marter von Afrikanern, die Zitate aus dem faschistoiden Film *Africa Addio* enthält; an die Diskriminierung des Halbjuden Detlev schließt sich die Diskriminierung der Neger an. Detlev wird von seiner Mutter aufgeklärt – Jäcki erlebt zwei extreme Verhaltensweisen der Sexualität, die mit einer gewissen Art von Aufklärung ein Ganzes bilden. Detlev rekapituliert vor Harriet Moll das Theater der Nachkriegszeit – Jäcki die Postulate der Dichtkunst von 1944 bis 1970.

Wie verhält sich Jäcki zu Detlev, wie verhalten sich beide zu Hubert Fichte?

H. F.: Namen sind schwierig. Als ich das *Waisenhaus* schrieb, suchte ich einen Namen, den eine Mutter 1935 einem Halbjuden gibt. Nicht gerade Siegfried und auch nicht Ephraim. Detlev schien mir auf eine diskrete Art »arisch«. Als ich die *Palette* schrieb, dachte ich weniger an Jacqueline Kennedy als an einen Schulkameraden. Jetzt saß ich da mit Jäcki. Und Detlev. Es gibt Leute, die werden von verschiedenen Personen mit verschiedenen Namen gerufen. Oder im Konfirmationsunterricht anders als auf der Universität. Mein Verhältnis zu Jäcki und Detlev? Wenn man von Fetischisten umgeben ist, spricht man von Fetischisten. Die Afrikaner in Bahia benutzen blonde Zelluloidpuppen, lassen sie taufen oder durchstechen sie mit Nägeln, schlagen ihnen die Hände ab oder opfern sie als Votivgaben. Versucht man, aus Votivgaben Personen zusammenzusetzen, fehlen meistens die Oberarme und die Oberschenkel, Münder und Augen existieren doppelt, auch der Magen, einmal innen, einmal außen, die Geschlechtsteile fallen zu groß aus.

Sie haben mir einmal gesagt: Sie möchten eine Art Naturgeschichte der Sensibilität schreiben. Was heißt Sensibilität für Sie?

H. F.: Empfindsamkeit. Das, was mich reagieren läßt, was über das Unbewußte hinausgeht und noch nicht zur Informationstheorie gehört.

Und was könnte der Gebrauchswert für den Leser sein?

H. F.: Darauf könnte ich antworten: Was ist der Gebrauchswert der Tagebücher von Paul Léautaud? Oder: Gebrauchswert interessiert mich nicht. Oder: Selbsterkenntnis. Oder: Einwickelpapier. ›Gebrauchswert‹ ist doch kein Kriterium für einen Versuch.

Wieso kommen Sie immer wieder auf die Homosexuellen zu sprechen, selbst in diesem schaurigen Kapitel über die Luftangriffe auf Hamburg?

H. F.: Es ist kein Hobby, homosexuell zu sein, und 1943 bedeutete es in vielen Fällen das Konzentrationslager. Es gibt wenige Untersuchungen über die Homosexualität im Dritten Reich. Da wollte ich etwas Quellenmaterial liefern.

Wäre es ganz falsch, Gewalt und Brutalität als die eigentlichen Bezugspunkte Ihrer Bücher zu sehen?
H. F.: Nein.
Stehen Ihre Beschäftigung mit den Typen von St. Pauli, mit Zuhältern und Mördern, Ihre langen Aufenthalte in Portugal und Marokko und jetzt in Brasilien damit im Zusammenhang?
H. F.: Die »Typen von St. Pauli« sind für mich keine Typen, sondern meine Freunde. Ich habe Mörder und Zuhälter interviewt, weil ich wissen wollte, wie sie zu Mördern und Zuhältern geworden sind. Erst jetzt, wo mir mit zunehmender Beschäftigung immer unklarer wird, aus welchen Impulsen gewisse Schwadrone handeln, fällt mir ein, daß in meinen Aufzeichnungen Gewalttätige sich selbst interpretieren und vielleicht typisch sind.
Wie stehen Sie jetzt, als Autor, den Freunden aus der »Palette« und aus St. Pauli gegenüber da?
H. F.: Ich habe niemanden verraten und niemandem geschmeichelt. Es hat sich niemand bei mir beklagt, daß er entstellt worden sei. Gelegentlich werde ich angegriffen, daß ich bürgerlicher lebe als Figuren meiner Bücher. Vielleicht: Ich habe eine ägyptische Vase. Keine Waschmaschine, kein Auto. Ich lebe in einer Mietwohnung, ohne Sparkonto, ohne Lebensversicherung, ohne Krankenversicherung, ohne Bausparvertrag, ohne Kinder, in wilder Ehe und mit Schulden.
Hat die Wahl einer kindlichen Hauptfigur Sie gehindert, erwachsene Einsichten über die Erfahrungen dieses Kindes zu äußern?
H. F.: Ich glaube nicht, daß in einem Roman Ansichten über Erfahrungen geäußert werden sollten. Ich habe versucht, Detlevs Erfahrungen darzustellen und dazu, wie schon im *Waisenhaus*, verschiedene Perspektiven benutzt. Ich schreibe von innen, von oben, aus der gleichen Ebene. Es sind künstliche Perspektiven. Perspektive ist immer etwas Künstliches und etwas Erwachsenes.
Sehen Sie in Jäckis und Detlevs speziellen Erfahrungen einen stellvertretenden Sinn?
H. F.: In dem Augenblick, wo Sie mich fragen, muß ich vielleicht eine stellvertretende Bedeutung von Jäcki und Detlev zugeben. Stellvertretung aber hat mich nicht be-

schäftigt, als ich das Buch geschrieben habe. Einen symbolischen Sinn hat es sicher nicht.

Ihre letzten beiden Romane sind in meist kurze, unverbundene Szenen aufgesplittert – Sie sprechen von »takes«. Ist das rein pragmatisch so gekommen, oder entstammt diese Zersplitterung einer bestimmten Theorie?

H. F.: Bis jetzt war es mir nicht möglich, eine größere Arbeit anders als aus Splittern zusammenzusetzen.

Ihre Rechtschreibung ist nicht die offizielle. Aus Nachlässigkeit? Aus Absicht?

H. F.: Die Orthographie ist die Erziehungsanstalt des freien schriftlichen Ausdrucks. Es soll Korrektoren geben, die über der Orthographie das Lesen verlernt haben. Wenn es sie nicht gäbe, würde jeder in jedem geschriebenen Satz die Entwicklung seiner Sprache und die Strukturen seiner Intelligenz dokumentieren – wie Friedrich II., wie Quirinus Kuhlmann, wie noch Goethe und Schiller gelegentlich.

Diese Tätigkeit hat ja inzwischen gleichsam ihre Selbstverständlichkeit, ihre Unschuld, eingebüßt. Also: Warum schreiben Sie Romane?

H. F.: Weil ich nie etwas anderes wollte, weil ich nichts anderes kann. Weil ich glaube, daß es im Augenblick nicht zu viel deutsche Literatur gibt, sondern zu wenig, und daß wir Gefahr laufen, in ein bücherloses Halbalphabetentum zurückzufallen. Weil es vielleicht einige Leute gibt, die sich für das interessieren, worauf ich sie aufmerksam machen möchte, und um mich über mich selbst zu verständigen.

Und was machen Sie zur Zeit in Brasilien?

H. F.: Morgens um sieben stehe ich auf. Das Leitungswasser ist etwas gelblich, und ich sage mir, daß eine gewisse Anzahl von Mikroben auch als Prophylaximpfung aufgefaßt werden kann. (Der diensttuende Arzt in der Autopsie des Rodrigues-Instituts spült sich die Hände ohne Seife ab.) – Schwimmen. – Schreiben. Einmal ohne Abliefertermin. Essays. Experimente. Palimpseste. – Dann essen. – Dann *Mathematik für Physiker* von Günther. Und ich verstehe immer noch nicht, warum $f(x) = x^2$ nicht surjektiv ist. – Dann Portugiesisch. Unregelmäßige Verben. Ein Buch über ABC-Tests. Einen Polizeibericht über die Jagd nach »Lampion«. *Os Sertões* von Euclides da Cunha. Gegen zwei, drei Mittagessen. Wir lernen mit dem roten Öl der Afrikaner umgehen und mit Kokosmilch. Dann raus. Zu Jorge Amado, wo ich aufpassen muß, daß ich rechts gehe, sonst nehme ich links den Lieferanteneingang; da treffe ich den amerikanischen Konsul und den argentinischen Konsul, nette Leute, amerikanische Bankiers, die Blüten der Gesellschaft. In die Bibliothek. In die Autopsie. Ins Kino, um zu sehen, was ich nicht sehe. – Dann gehe ich in die Absteigen. Ich interviewe die Arbeiter aus den Dürregebieten, Bettler, Busfahrer, Dienstmädchen, Studenten. – Dann fahre ich nach Hause. – Lesen: Edison Carneiro, Vivaldo Costa Lima, Ruth Landes, Pierre Verger. Zeitungen. – Die Animisten bringen alles durcheinander. Hinter den kleinbürgerlichen Fassaden gibt es Blutkammern. Vier Tage lang trommeln sie uns in die Ohren. Ich halte Leonore Mau den Blitz. Opfertiere kaufen. Ich finde mich mit drei Ziegen in einem Volkswagentaxi wieder. Oder ich fahre 22 Stunden mit dem Bus in den Nordosten. Wo jetzt die zweite Ernte vertrocknet und die verhungerten Kinder ohne Särge beerdigt werden. – Abends esse ich einen Bohnenkloß auf der Straße oder etwas Wurst und Brot zu Hause. – Um zwölf gehe ich ins Bett. – Wie Sie wissen, verbirgt man sich hinter nichts so gut wie hinter der Genauigkeit.

Über »Versuch über die Pubertät« (1974)

HARTMUT ENGELHARDT

Was will Fichte?

Fichtes Buch ist der Versuch, sich ein Ich erreichen zu lassen, das weder gebildet wird durch die Imitation dessen, was gesellschaftlich als »Ich« verlangt ist, noch durch die nur als Fiktion mögliche Einverleibung der Welt, deren Identifikation mit dem Ich. Weil die Welt vom Homosexuellen primär als Widerstand erfahren wird, ist bei ihm über das übliche Maß hinaus die Anstrengung gesteigert, sich mit ihr zu versöhnen, oder, indem die Mimikry sich uminterpretiert, im Gewaltstreich die Verachtung der anderen so auf sich zurückzubeziehen, daß sie, scheinbar freiwillig übernommen, positiv gesetzt, die Existenz pathetisch definiert. Beides wäre, nach Fichtes Sprachgebrauch, pubertär, es wären jeweils verschiedene Ritualisierungen, die es dem Ich ersparten, zu ›seinen‹ Erfahrungen zu kommen, indem sie sie künstlich vorzeichnen. Das Buch macht diese Künstlichkeit, die aussehen kann wie Leben, und die Kritik an ihr zum Thema. Daraus, daß Rituale bei Künstlern besonders sichtbar werden, während sonst ihr Künstliches eher verschleiert bleibt, erklärt sich, daß gerade die rituellen Gesten von Künstlern vorgeführt werden; freilich in einem Medium, der Kunst, das selber, ohne daß Fichte es wohl zugeben möchte, rituelle Züge trägt und deren Kritik in eine Selbstkritik münden lassen müßte. Wird das erzählende Ich zu Anfang des Buchs von der Autopsie eines Leichnams angestoßen, den rituellen Körper des eigenen sinnlichen Bewußtseins endlich zu zerschneiden und das Bild, das das Ich und nicht zuletzt seine Sexualität ausmacht, auseinanderfallen zu lassen, so soll das Buch in seinem Verlauf dieses Sezieren darstellen. Doch zugleich produziert es selber einen ritu-

ellen, wie Fichte in einem Interview sagte, idealen Körper. Fichtes erster Roman, der ›Ich‹ zu sagen wagt, muß als Roman dieses Ich als künstlich geben, in Anführungsstrichen; wie Baudelaire und Genet wußten, werden die Entritualisierungen der Sexualität in der Literatur erst recht zum Ritual des Sexus. Fichte, der sich immer dann, wenn er, vom archaischen Charakter der Sexualität verführt, sie religiösen Zeremonien – sei es afroamerikanischen oder denen des Katholizismus – anähneln will, sich in neue Bildergefängnisse, die er doch gerade verlassen wollte, verirrt, sieht das in seinen Porträts sehr wohl. Mag er auch wie Hans Henny Jahnn sexuelle Probleme als Mythos darstellen und ihnen so letztlich entfliehen wollen, indem er sie verfälscht und soziabel macht, sein Porträt Pozzis zerstört, obwohl sehr taktvoll, die mythischen Bilder, indem er sie dem Alltag aussetzt. Sie werden ebenso traurig und schäbig wie jene nur leichter enttäuschbaren Bilder vom Homosexuellenparadies Nordafrika, von denen im Buch der sechzigjährige Rolf spricht und die ihm – so sehr hat er sich reduziert – noch verheißungsvoll erscheinen.
Fichte schreibt von Pozzi: »Er leitet nicht mehr aus der Wirklichkeit Romane ab, sondern er versucht, seine Romanideen in Wirklichkeit umzusetzen.« Das ist nicht nur für Pozzi kennzeichnend, sondern für das Personal des Romans, insofern es sich in Rituale, Zeremonien einschnürt, überhaupt. Bei Pozzi, dem Schriftsteller, Alex, dem Regisseur, liegt das nahe: sie unterwerfen die Wirklichkeit der Kunst so weit, daß beide ineinander übergehen, einander auch ersetzen können; ein Reflex darauf, daß die Homosexualität als eine nicht ›natürliche‹, sondern künstliche Sexualität selber, wenn sie sich vollende, eine Kunst sei. Zum beherrschenden Gestus wird nicht der des Poseurs, sondern der des Schauspielers, der sich als Rolle spielt. Seine Intelligenz ist, wie Fichte in anderem Zusammenhang mit einer brillanten Sentenz sagt, »Identifikation mit der Welt als Imitation selbst«. Das erlaubt soziologische Durchblicke. Indem Pozzi und Alex sich – also das, was scheinbar am wenigsten Imitation ist – spielen, schärfen sie nicht nur das Bewußtsein, wie abgeleitet noch die persönlichsten Gesten sind, literarische Zitate nämlich – ihr Rollenbewußtsein läßt sie, gerade wenn sie sich nicht

falsch moralisierend ›expressionistisch‹ darüber hinwegsetzen, erkennen, wie sehr auch andere in ihre Rollen erstarrt sind, wie wenig dagegen individuelle Freundlichkeit hilft: »Den freundlichen Gast behandeln die Kellner mit der Empörung, die sie an ihm vermissen, denn sie verstehen, feiner als der expressionistische Dichter, daß es eine Güte im Restaurant gibt, die nicht mehr wert ist als das Zuckerl für den Seelöwen in Hagenbecks Tierpark. Alex W. Kraetschmar behandelt die Kellner als Kellner und nicht als Ebenbürtige, denn als Ebenbürtige wollen sie als Kellner nicht behandelt werden.« Konservatives, die Anerkennung der Rolle, verbindet sich insgeheim, wie häufiger, mit Anarchischem: Die Kellner haben das Recht, Menschen zu sein, also nicht mehr Kellner, sollen aber deshalb nicht behandelt werden, als ob sie so Menschen seien.

Modeln die Personen sich und ihre Welt rituellen, verinnerlichten Bildern gemäß, so wird für Alex, der dem arbeitslosen Erzähler und seiner Mutter Essen mitbringt, das gemeinsame Mahl zum déjeuner à l'herbe, für die Mutter, die sich nicht im Kunstritual zitiert, sondern im kleinbürgerlichen, das Scham vor der eigenen Armut vorschreibt, zum Genanten – die Bilder sind noch als Zitat eine Beherrschung der Natur und deren Steigerung. Ja als Äußerstes können sie Natur so dressieren, daß sie, obzwar synthetisch, unwillkürlich, natürlich erscheint: »Die künstlichen Paradiese Baudelaires als Kleists zweite Unschuld.« Naturbeherrschung, die in Unschuld enden soll, wird aber zweideutig. Am eindringlichsten führt Fichte das in Abschnitt 4 des Buches vor, der wie schon Abschnitt 2 eine andere Pubertät als die in 1, 3 und 5 beschriebene Fichtes zeigt. Die kühle Prosa dieses Abschnitts, die jene gelegentlich allzu kultiviert-schöngeistige Technik des Pointillistischen der fichteschen Teile, jene Assoziationsvirtuosität, die, wie es Jahnn manchmal gelang, gleichsam aus Wörtern das schöpfen möchte, wovon diese reden, weit überragt, gibt den Sadomasochismus als Ritual, sich und die Welt derart anzueignen, daß absolute Beherrschung und die damit verschwundene Unschuld gleichermaßen möglich sind. Sadistisch ist die im Sexualakt symbolisierte Unterwerfung des Anderen; als – wenn auch uneingestandenes – Flehen um Liebe kann sie sich in masochistische Unterwerfung verkehren. Dabei ist der sadomasochistische Akt, das, was aussehen möchte wie ein Ausschweifen der wieder unschuldigen Natur, von einer Dramaturgie geregelt, die alle Körperreaktionen lenkt bis zur Formalisierung. Spielen die Beteiligten, dem Kodex gemäß, ihre künstlichen Rollen, so wird der Akt zur gegenseitigen Beherrschung, nicht zur Beherrschung des einen durch den anderen. Zu Recht vereinigt Fichte Sadismus und Masochismus in einer Person. Die Auseinandersetzung des Lebens mit sich selbst spielt sich als Theaterstück ab, ist selber ein Ritual, das deshalb aber der Kunst zugänglich ist.

Auf der sadomasochistischen Szene ist der Indifferenzpunkt von Herrschaft und Unterwerfung das Opfer: Die Selbstzerfleischung steht für die Herrschaft des Ich über sich selbst und bedeutet doch zugleich seinen Tod. An diese Zweideutigkeit bleibt auch die Zerstörung des rituellen Körpers durch das Buch gebunden: »Ich lebe weiter in einer ganz säkularisierten Welt«, heißt sein Schluß. Nur dann wäre das so, wenn Fichtes Schreiben, diese doppeldeutige Aufgabe seiner selbst, abbräche, was er, für den Leser ein Glück, nicht plant. Solange die Sprache, gleichsam magisch, den rituellen Körper zu zerstören sucht, ist sie vielleicht ein Gegenzauber, indem sie sich ihm aber anverwandelt, doch ein Zauber, und es gilt: »Wenn die Litanei in die Nähe von körperlichen Abbildungen gewählt wird, verwandelt sie sich selbst in Zärtlichkeit, Begierde, in mehrgeschlechtliche Körper, und Hermaphroditen bewegen sich aus dem Mund heraus und zu den Augen wieder herein. Schlimmer: Mund und Ohren fallen ab, und ich werde blind.« Sehen Sezierer und Sezierter sich so ähnlich, »daß es wirkt, als schneide ein bleiches Double des Toten sich selbst auf«, so kann man das umdrehen und meinen, beide lebten noch und alles begänne, mit dem neuen Buch, von neuem.

K. H. KRAMBERG

Die zerstückelte Mutter

Wer Hubert Fichtes auch in diesem Buch noch heiles Erzähl-Ich, den jungen Jäcki, bisher nur für eine à la mode geschminkte Kunst-Figur hielt und seine oft kruden Stimmungsbilder aus dem pädagogischen Underground Hamburgs, der »Palette« eines Lokalbummlers, zuschrieb, wer bis zu diesem Buche nicht wahrnahm, daß Fichtes literarische Arbeit intime Lebensbeschreibung und Konfession herrischer Leidenschaft ist, den kann der *Versuch über die Pubertät* nur schockieren.

Romanheld Jäcki, der einen Brief an seine Mutter im Text (versehentlich?) mit dem Vornamen Hubert unterzeichnet, wollte nicht nur ein ›schönes‹ Buch schreiben (»die Schönheit ist ein Fabeltier mit drei Beinen, einem moralischen, einem instinkthaften, einem mathematischen – ein gütiges, geschminktes Monstrum«); er entwickelt in sich nicht nur die Freiheit, das Diskrepante stehenzulassen (das tat er schon früher), sondern er macht hier erstmals und unverrückbar von der durch geltendes Recht einer halben Emanzipation zugeführten Besonderheit seines privatesten Lebens Gebrauch. Hubert Fichtes *Versuch über die Pubertät* ist die Selbstdarstellung eines männlichen Homosexuellen.

Die kritisch emanzipatorische Tendenz dieses »Versuchs«, seine gesellschaftliche Moral, erdrückt zwar das Lebensspiel der Romanhandlung nie, aber man spürt sie auf beinahe jeder Seite. Gleichsam direkt manifestiert sich das in zwei Einschüben, *Die andere Pubertät* betitelt, in welchen der Verfasser die Erlebnisberichte eines sechzigjährigen Angestellten und eines jugendlichen Straftäters zu Protokoll gibt. Fichte läßt diese Zeugen, deren Aussagen auch sprachlich den Eindruck erwecken, der Autor habe sie nicht geschrieben, sondern in Gesprächen auf Tonband genommen, die beiden Extrempositionen jenes Outsidertums vertreten, das Jäckis Roman-Ich mit Literatur überwindet.

Der Sechzigjährige erscheint hier als der anpassungsbereite, von der Denkungsart her durchaus gesellschaftskonforme Bourgeois im Ausnahmezustand. Er gleicht einem fröhlichen Trinker, den die Verhältnisse zwingen, in einer trockenen Gegend zu leben. Er kauft sich seine ›Genüsse‹ auf den Schwarzmärkten ein, sucht das geschmuggelte Glück. Er weiß bei alledem nicht, wie unfrei er ist, er verkörpert den Antityp dessen, was der Jäcki in Fichtes Roman, nachdem er seine Pubertät hinter sich hat, sein wird und sein will.

Der junge Zeuge definiert sich zunächst als das Produkt eines schlechten Milieus. »Unehelich« geboren, von klein auf erziehungsgestört, das Opfer vieler Neurosen. Im Rausch des Mutterhasses hat er als Halbwüchsiger eine Frau, die ihn »haben« wollte, getötet und zerstückelt. – Erst nach seiner Entlassung aus dem Zuchthaus entdeckt er seine Art Liebe und übt sie mit Befriedigung aus. Strenger Vorsatz: nie wieder eine Straftat begehen, denn das Gefängnis ist das Schlimmste für einen Menschen. Zu »sich selbst« findet er in einer Gesellschaft von »Sympathisanten«, die (wie er) das Leder und schwere Motorräder lieben. Er übernimmt aus diesem Kreise Sexualpraktiken, die man wohl objektiv abstoßend und ekelerregend nennen dürfte, wenn sie den Partnern sadomasochistischer Spiele nicht subjektiv süß und tief beglückend erschienen. – Der Zeuge hat inzwischen geheiratet; eine Frau, die ihn »braucht«; deshalb liebt er sie, sagt er. Sein Vorbild ist der Pastor Herbert Degenhard, »der jetzt bald sterben wird«; denn: »Dieser Mann hat uns einfach das Gefühl gegeben, Menschen zu sein, Persönlichkeiten zu sein, Individuen zu sein, Einzelwesen mit einem Gesicht – das können wir doch alle erreichen, daß wir den Leuten, die uns begegnen und denen es vielleicht dreckiger geht, ein Gesicht zuerkennen, ein Leben zuerkennen, eine Stimme zuerkennen.«

Als Leser Hubert Fichtes schließe ich nicht aus, daß dieser gefährliche und gefährdete Junge im Sinn des *Versuchs über die Pubertät* seine Reifeprüfung bestand und für den Autor, der ihn sprechen läßt, fast den Idealfall einer möglichen Menschwerdung darstellt. Ich gehe auf dieses Protokoll bei weitem ausführlicher ein, als es seinem Volu-

men in Fichtes erzählendem Kontext entspricht. Aber für Leser, die, wie auch ich, nur ästhetisierend an Phänomene herangehen können, die für den Autor Gegenstände besitzergreifender Leidenschaft sind, öffnet sich damit sozusagen die Tür, durch welche man die Innenwelt dieses schwierigen und kunstvollen Buches schnell und sicher erreicht.
Diese Innen-Welt, will meinen: die beschriebene Lebenskunst der Romanfigur Hubert Fichte, modelliert sich nach einem leiblichen und geistigen Vorbild, das für »Jäcki« und in der Geschichte der neueren deutschen Literatur die genialische Inkarnation eines zeugenden Urnings darstellt. Der geniale Urning – wer dieses Wort nicht kennt, möge es bitte im Duden nachschlagen –, der Urning Hans Henny Jahnn, Dichter der Stadt Ugrino (seine endlich gesammelten Werke erschienen vor kurzem im selben Verlag) wird in Fichtes *Versuch* unter dem Namen des Churfürsten Pozzi als Mentor des Jungen lebendig. So lebendig hat diesen großen Verkannten, diesen berühmtesten Unbekannten unserer ›engagierten‹ Literatur, keiner, der ihn kannte, geschildert. Hubert Fichtes *Versuch über die Pubertät* ist das beste Buch über Hans Henny Jahnn, das ich kenne. Es erübrigt geisteswissenschaftliche Studien, die längst fällig wären.
Dankbarkeit ist kein Thema, Huldigung kein Motiv für Autoren mit Zukunft. Jäcki schrieb, seine Geschichte zu Ende erzählend, eine Geschichte, aus der man lernt, was erlebte Autorität ist. Jäckis Autor hat seine Pubertät überwunden; der junge Mann, der bei Hans Henny Jahnn lernte, was Kunst ist, ist nicht sein Schüler geblieben. Auch nicht sein Erbe. Hier bahnt sich Nachfolge an.

FRITZ J. RADDATZ

Ein Haarsieb aus Neugier und Entsetzen

Nicht ist dieses Buch: Fickfibel, Schwulentratsch, Flekkenpapier; es sei denn, man ließe Proust und Genet dafür gelten. –
Dieser Roman ist »erbrechenartige Erinnerung«, perfektes Beschreibungsritual, unerbittlich bis zur Gnadenlosigkeit – eine artistische Glanzleistung. Es hat die scheinbare Mühelosigkeit hauchfein geäderter Blätter, deren lyrische Zartheit und fremde Arithmetie. Der Zuruf des Beginns: »Setz doch dein Ich in Anführungsstriche – nenn dich ›Roman‹« schafft jene analytische Distanz, die eines verrät: Grundgestus von Fichtes Prosa ist Angst. Der entspringt diese nur bei oberflächlicher Betrachtung manieriert wirkende Additionstechnik seines Stils, jene steife, raschelnde vokabuläre Zeremonie, die Welt durch ein Haarsieb von Neugier und Entsetzen wahrnimmt – nein, ›falsch‹ nimmt – und das heißt, sich ihrer erwehrt, indem sie formalisiert: »Ich okuliere durch meine Erzählung Realität.«
Fichte benutzt die »Litanei«, um eine Vergiftung durch Wörter zu erreichen; dieser Vorgang ist einer sowohl des Bewußtwerdens wie der Bewußtlosigkeit: »Der Sinn sackt zurück und die Wörter selbst fliegen hoch und winken Nebenwörter herbei, saugen sich voll und fallen wieder herab, nicht weit entfernt von dem Ort, wo sie hochgestiegen sind ... Wenn die Litanei in der Nähe von körperlichen Abbildungen gewählt wird, verwandelt sie sich selbst in Zärtlichkeit, Begierde, in mehrgeschlechtliche Körper, und Hermaphroditen bewegen sich aus dem Mund heraus und zu den Augen wieder herein. Schlimmer: Mund und Ohren fallen ab und ich werde blind.«
Fichtes überwältigende Begabung ist – Nervosität. Ihr verdankt sich der vibrierende Tanz von Annäherung und Entfernung, der Wortkult von Pinzettenpräzision und Pincenez-bewehrtem Bösen Blick, der bis ins stilistische Detail die Spannung dieser epischen Kunst produziert: »So

imitieren, daß ich bin, was ich imitiere.« Das könnte noch intelligente Kokettiergirlande sein, käme als nächster Satz nicht ein Wort: Liebe.

Fichtes nahezu zwanghafte ›Recherche de l'Innocence perdue‹, Suche nach der verlorenen Unschuld, ist die Suche nach einem Glück, das er als nicht einlösbar gleichzeitig denunziert. Wann immer dieses befremdliche Schneckensystem – von dem man nicht weiß, schleicht sich einer an oder davon – Emotion einläßt, wird sie in der Lauge der Fragwürdigkeit geätzt: »Empfinde ich gar nichts? Sind meine Riten, mein Fußpilz, mein Individuum, mein Gluck und Glück nur ein Modell aus sehr feinem Schnee und Quarz – mechanisch? Empfindlichkeit eine quasisyntaktische Aussage?«

Daher der zitternde Bogen, der Gewalt und Zärtlichkeit des Buches überspannt, der Liebe zum Gallert und Tod zu Auffahrt und Erektion macht: »Das einzellartige Darmhafte, die verdauungsnahe Meuchelmordparaphrase.«

Es ist Fichtes weitester Aufbruch, sein am besten gelungenes Buch. Was bei der *Palette* noch gelegentlich glitzernd blenden mochte, was bei *Grünspan* wie Etuden klang, das wird hier sehr ernsthaft, sehr bitter, grandios vorgeführt. Gewiß, auch hier stört noch gelegentlich falscher Zungenschlag, auf den »Kollegen Grass« oder das affektierte »Contenu Mental« würde man gern verzichten; doch das Ganze ist ein gelungener Kraftakt: Einübungen zur »Vorzeit« des Menschen, Nachschleifen eines Prägestempels, der eines Tages sagbar macht: »Ich habe sehr früh gewußt, daß meine Mutter eine Abtreibung vorgenommen hatte, weil sie mich nicht haben wollte, und das ging schief, dann kam ich dennoch.«

›Vorgeschichte‹ aber auch im ethnologischen Sinne: die Erfahrung mit lateinamerikanischen Initiations-Riten, die gar nicht exotische, vielmehr – so Mythisches Wirklichkeit ist – sehr reale Mischung aus Blut und Sperma, aus Betörung, Bezauberung und Fluch: das hat Fichte hier eingebracht in eine Phantasmagorie von surrealer Vielfalt. Das ist nicht Touropa-Scharnow-Vaudou, nicht Nachwippen der Rolling Stones, die 1968 an einer Candomblé-Zeremonie in Rio teilnahmen; es ist novellistisches Zu-Ende Denken des Satzes aus einer früheren Eindrucksbeschreibung: »Im Vaudou heißen die höchsten Einweihungsgrade ›La Prise des Oreilles‹ und ›La Prise des Yeux‹ – man gibt den Eingeweihten neue ›Ohren‹ und neue ›Augen‹.« Der weiße Neger und der Schriftsteller Pozzi aus Hamburg, der südamerikanische Seziergehilfe und der alternde Schauspieler Alex, der Mörder aus der schwulen Lederbar und der uneheliche homosexuelle Mischling ersten Grades – lauter Ichs? Ein Ich? »Und diese meine Ichs nudeln mein Ich gelegentlich so dünn, daß man kaum noch Christbaumsternchen aus mir stechen könnte ... die Welt ist Ich.«

Lebensläufe also? Wegläufe, um zu überleben, eher.

Fichtes Technik des unvermittelten Nebeneinander von Zeiten, Orten, Personen produziert nicht etwa bloße Virtuosität; schafft vielmehr eine Austauschbarkeit, die die Dimensionen des Porträts verläßt und den Archetyp einholt. »Der Mensch ist nichts«, so spricht nicht nur einer, der seziert, so heißt plötzlich einer – und so heißt es. Figuren, Bewegungen, Satzstücke gehen ineinander über, Fuß und Wimper, Glied und Lippe gehören nie einem Menschen. Diese Erzählhaltung ermöglicht es, ständig Partikel der Realität ab- und aufzulösen durch Unwirkliches. Scheinbar ›brave‹ Erzählpassagen, ein Essen im Wartesaal, eine Theaterprobe, ein Besuch im Leichenschauhaus werden sehr allmählich, kaum merkbar, ver-rückt. Es ist ein analytischer Realismus.

Gewiß, immer wieder der neue Beginn: »Eine andere Pubertät«; immer wieder Auftritt neuer Personen in züchtigender Wortregie. Aber sind es Personen, sind es nicht eher ›Möglichkeiten‹, sinnlich erfahrbar gemachte Variationen der einen großen Motivik, die sich durch Fichtes Schreibexekutionen – seinen roman-fleuve? – zieht: Die Entwicklung des Menschen ist eine Entwicklung weg vom ›humanum‹. Prüft man Fichtes Arbeitsmaterial, so bemerkt man, daß ›eine‹ Tätigkeit sich häufig wiederholt: sezieren. Es ist die Negativform von Berühren, letzte – vergebliche – Erreichbarkeit.

So sind die scheinbar erkennbaren Abbilder auch keine Porträts. Hinter dem Herrn Pozzi wird Hans Henny Jahnn sichtbar (den der neunzehnjährige Fichte kennenlernte und dessen Werk zwischen Scham und Nicht-Dezenz ihn beeinflußte), hinter dem mörderischen (und sehr zaghaft-zerbrechlichen) Lederfetischisten ein Mann mit Namen, Adresse und Telephonnummer; doch sosehr das Leben des Hans Eppendorfer in diese erschreckend intensive Passage eingegangen sein mag, die in vorgeblicher Reportage-Nüchternheit Räusche von Blut, Exkrement und Sexualität in der Haltung des Opfers kalligraphiert – es ist eine Figur des Autors, ein Artefakt. Genau diese Kunstdimension, die Perspektive des umgedrehten Fernrohrs – entfernt, aber haarscharf – macht das Unerhörte der Schilderungen erträglich; kein Kitzel bei der Orgie der Ledermänner.

Ist dies das Begriffsmuster des Romans – analytischer Realismus; Berührungsverbot; ziselierte Silhouette statt faßbarem Bildnis – dann gibt das Buch eine Nachdenklichkeit auf, die über es hinausreicht: Gibt es homosexuelle Literatur? Gibt es etwas Spezifisch-Besonderes in den Texten, die dieses Thema greifen wollen – ob bei Proust oder Gombrowicz, Baldwin oder Fichte?

Mir scheint, zumindest ein Element, das oft sogar die epische Struktur gefährdet, ist deutlich: das Überwiegen des Reflektorischen (bei Gombrowicz und Baldwin gar das überwuchernde Essayistische). Dieser *Versuch über die Pubertät* führt eben das vor – die Anstrengung einer übersensibilisierten Intelligenz; Form geworden. Für Fichte ist Liebe Entäußerung, Bedrohung, Gefahr; Suche, dem zu entrinnen, aber hoffnungslos. In einer Passage heißt es: »Gehört es sich nicht eigentlich für einen Gebildeten, daß er sich fürchte? Daß die feinen Verdrängungen, welche die sich feiner und feiner verästelnde Sinnlichkeit bedingt spiegelbildlich dazu feiner und feinere Kanäle voller Furcht stopft? Zärtlichkeit also in der Folter eine Entsprechung hat?« Seinen Mörder läßt er beim Bericht vom phallus-orgiastischen Lederfest Begriffe wie Tempel und Ei wählen – aber die Sehnsucht gilt dem »sich selbst Ausradieren«. Bei einem der Pubertätsversuche – »aber es ist kein angenehmes Gefühl . . . er ist nicht fertig geworden« – stehen die beiden schließlich im Eingang eines Hauses zwischen zwei einander gegenüberliegenden Spiegeln (jene Spiegel, in denen Gombrowicz' »Duelle« stattfinden): Chiffre für die dialoglose Einsamkeit. Gemeint ist die Welt-, Erfüllungs- und Sinnen-Gier, von der Horkheimer spricht, wenn er die Versuchung zu definieren sucht, die in der Umarmung zweier Menschen liegt – ob nicht in ihr die Welt sich verwandelt und bei der Vereinigung sich das völlig Neue ereignet: Sakrileg.

Fichtes Intensität und stilistische Kunst sind immer dort am dichtesten, wo er sich diesem Bereich der Hoffnung nähert – den er zugleich verleugnet. »Ich begehe meine Sympathie zu Gerd Werner wie eine Biene, die ihren Bericht vortanzt« – das formuliert den unbegehbaren Pfad; »Ich sehe das Negativ von Trygves Zähnen« – das meint den ›Eindruck‹ eines begehrten Menschen in ein Brot, also flüchtig. Der Mensch als Petrefakt – der Mensch ist nichts.

Das kleidet sich gelegentlich in die Schärfe des Pamphlets, mit dem etwa der Päderast als jemand charakterisiert wird, der weder seinesgleichen noch überhaupt jemanden liebt, einen Zustand lediglich, den er aufs ridikülste herstellen will, und, hat er das Unfertige ›erkannt‹ – auch die Enttäuschung erreicht hat, da es nicht gänzlich unfertig ist; Erfüllung in der Enttäuschung.

Gedanken eines furiosen Essays. Man kennt derlei aus eben der Literatur, die hiermit erinnert wird. Nicht gemeint sind die Dicta des Oscar Wilde – aber gemeint ist der Unterschied etwa zwischen Fontanes *Effi Briest* und Prousts *Les Plaisirs et les Jours*, beide im Abstand weniger Monate erschienen. Diese Gestik des Hirns, mißtrauend dem Sentiment, ist zugleich Motor einer Prosa, deren Schwingen und Musikalität immer wieder die Hoffnung und Erwartung einzufangen sucht:

»Dieser Augenblick soll ganz da sein.
Wir wollen uns handeln sehen und wissen es.
Wer hebt als erster den Arm und fühlt mit Haut und Haar?
Von einem gefälschten Zittern hängt das Leben ab. In den Augen häufen sich die aufgerissenen Linien der Augen.«

Es ist diese Gebärde des Flehentlichen, die Hubert Fichtes Buch Ernst, Würde und Gelingen gibt.

PETER RÜHMKORF

Auferstehung auf dem Seziertisch*

Wenn der Hoffmann & Campe Verlag in diesem Herbst eine Sammelkassette des immer mal wieder verschollenen Dichters Hans Henny Jahnn herausbringt und mit gleicher Auslieferung einen literarischen Ritualmord, begangen an dem eben frisch Exhumierten, dann sollte man solche Schizophrenie nicht einseitig dem Verlag anlasten. Wo das Interesse für eine bedeutende Subjektivität ganz neu aufbricht, da scheiden sich eben die Geister. Wo literarische Leitfiguren sich stabilisieren, da fallen auch Dissidenten an.

Einer von ihnen ist der ehemalige Jünger Hubert Fichte, der zu Beginn seines Buches *Versuch über die Pubertät* mutwillig und methodisch eine alte Identifikation zertrennt. Freilich kaschiert der Autor den Namen seines Opfers hinter dem Pseudonym Werner Maria Pozzi. Da die Verschlüsselung aber so umfassend betrieben wird, daß nahezu alle Bücher, Lebensdaten, Individualmarotten und Familienfakten per Deckadresse durchsichtig werden, scheint es mir nicht pietätlos, das Maskenspiel als das aufzudecken, was es ist. Schließlich ist Pietät nicht gerade eine brauchbare Kategorie der Kritik und der Ödipuskomplex kein unantastbarer Mythos.

Trotzdem wollen wir Fichtes Zerlegungsgegenstand Jahnn für eine Weile wieder vergessen und den »Roman« genannten *Versuch über die Pubertät* einmal neben andere Bücher des Autors halten. Dabei überrascht an dem zwittrigen Titel noch am wenigsten die Chiffre *Pubertät*. Pubertät war Fichtes Thema bereits in seinem ersten Roman *Das Waisenhaus* gewesen. Sie war das Grundmotiv hinter den wüsten Erprobungsriten und Initiationsexperimenten eines Jugendlichen-Clans in der *Palette*. Und sie beherrschte dann noch einmal ganz die Binnenszenerie in *Detlevs Imitationen »Grünspan«*, dieser hochartistischen

* Abgedruckt mit dem Originaltitel, zudem leicht vom Autor überarbeitet.

Abschiedsvorstellung eines Kinderstimmenimitators. »Detlev überlegt«, so hieß es am Schluß des letztgenannten Buches, »daß er nicht mehr nur ein Kinderdarsteller ist.« »Nicht mehr nur ein Kinderdarsteller«, das machte damals schon gespannt auf künftige Rollenwechsel und die Aussichten des Verfassers im unerbittlichen Erwachsenenfach. Durch welche Münder würde er sprechen wollen, durch welche Masken sich äußern, wenn nicht mehr durch die Schandmäuler seiner schamlosen Unschuldsknaben? Da ein Transvestitenschauspiel unvollendet blieb, hing die Frage nach höher und vielleicht ernster entwickelten Travestien weiter in der Luft.

Mit dem *Versuch über die Pubertät* scheint Fichte der schwierige Übergang zunächst fast stimmbruchlos gelungen. Zum ersten Mal in einem Fichte-Roman schreiben wir gleich zu Beginn das Datum des laufenden Jahres, das heißt, wir begleiten einen Zeitgenossen von mittlerweile vierzig Jahren in das gerichtsmedizinische Institut einer südamerikanischen Stadt. Wie es scheint, hat der reisegierige und welterfahrene Schriftsteller nicht nur neue Themen, sondern auch neue Erzähltöne mit nach Haus gebracht. Wie es scheint, hat sich seine Ansprechbarkeit für das Grauenvolle, aber auch für das Schändliche sensibilisiert und gleichzeitig radikalisiert. Und wenn man sich noch einmal der Abschiedsrede des Kinderdarstellers erinnert, dann scheint es schon einen sehr spezifischen Sinn zu haben, wenn einer derart demonstrativ von der Theatersphäre in den Obduktionssaal überwechselt und den Seziertisch zu seinem Objektträger macht. Wir ahnen: der Mensch, das Ich, das Subjekt wird brüsk aus dem Selbstbespiegelungskabinett, das die Welt bedeutet, herausgerissen und zur Sektion, zur Analyse freigegeben.

»Der Gerichtsmediziner lacht und läßt uns rein. Es ist auf den ersten Blick ein Ägyptisches Museum – Mummies Room.

Aber die Ägypter präparierten Mumien, um den Zauber einige Jahrtausende länger halten zu können, imitierten Haus und Hof und Lebendigsein des Hausherrn, um die Wiedererkenntnis, die Identifikation in alle Ewigkeit zu ermöglichen, während der Gerichtsmediziner die Embryos, Säuglinge, Schädel und Armpartien austrocknet der anderen Erkenntnis, der Analysis halber ...«

Das klingt, wie es so dasteht, sogleich nach Programm. Fichte, der sich ein literarisches Leben lang mit der kunstvollen Mumifizierung von Kinderlauten beschäftigte und die Heranwachsenden-Idiome des randständigen Hamburg mit haltbaren Glasuren versah, trägt hier, an schauriger Stätte, ganz offensichtlich einen überfällig gewordenen Kindertraum zu Grabe. Was allerdings tatsächlich vorgeht – soweit man Phantasiearbeit als Tatsache bezeichnen will –, ist erstaunlicher und komplizierter. Während sich vor den Augen des Beobachters das Bild eines Menschen zerteilt und das Skalpell organische Zusammenhänge zu Anatomiebuchfetzen zerschneidet, schiebt die zwanghaft rückgreifende Phantasie des Dichters dem Sezierer heimlich einen anderen Corpus unter, einen Wechselbalg mit Namen Pozzi, alias Werner Maria Pozzi, alias Hans Henny Jahnn, eine Figur also, von der sich der Autor Fichte trennen möchte wie von einer lebenslangen Obsession und die sich um so plastischer entfaltet, je inniger das Seziermesser ihr auf den Leib rückt.

»Mit einem Taschentuch bedeckt er das Leichengesicht und führt das Messer rund um den fast haarlosen Kopf und klappt die Kopfhaut über die Augenhöhlen bis zur Nase herunter. Und wie man es bei einer Kasperlevorführung in Hagenbecks Tierpark erwartet, holt der milde Mann jetzt einen Fuchsschwanz aus der Laube meines Großvaters und sägt Herrn Pozzi den Schädel auf.«

Was ist passiert? Folgendes ist passiert: Der Schriftsteller Hubert Fichte, der die Welt umsegelt hat, um sich von seiner Kindheit zu verabschieden und sozusagen mannbar zu werden, weicht vor dem Skalpell zurück, das er sich selber zum Abtrennungssymbol gewählt hat, vor dem schmerzenden Subinzisionsmesser, und schlägt mitten auf dem kahlen Betontisch der Anatomie die vertraute Kinderkasperbühne auf. Nun kann das alte Spiel wieder losgehen, das wir bereits aus *Detlevs Imitationen* kennen und das für Fichte nur noch ein Großmutterskat ist, das alte Vexierspiel, das zwischen Gegenwart und Vergangenheit, zwischen Schein und Sein, zwischen dem Ich und seinen Ausstellungen, zwischen Exhibitionismus und Exi-

stenz, zwischen neuem Lebensalter und alter Jugendfrische nicht mehr unterscheiden will, und bei dem es immer fraglich bleibt, wer was wann und wo eigentlich ist.
Fichtes *Versuch über die Pubertät*, der sich in programmatischer Zwittrigkeit auch »Roman« nennt, scheint mir am ehesten noch das Dokument einer mißgelungenen Initiation. Der Abstieg aus dem Kulissenhimmel des Theaters zum Grauensort des Leichenschauhauses entlarvt sich zunehmend als Umdekorations-Nummer. Der blutige Sektionssaal regrediert allgemach zum Privatpanoptikum, in dem dann auch die Gedanken an den hingemordeten Revolutionär Lamarca nicht viel mehr als ein ungehöriges Capriccio sind. Mag man es zuerst vielleicht sogar für einen ingeniösen Kunstgriff halten, daß sich unter dem Skalpell die frühen Lebensschichten nach und nach herausschälen, mag man verwundert und bewundernd zur Kenntnis nehmen, wie sinnreich sich die äußerste Entzauberung zum Auferstehungswunder verkehrt; mit der Zeit wird man allerdings gewahr, daß Hubert Fichte gar nichts mehr zum Auferstehen hat. Nach der grandiosen Pozzi-, sprich Jahnn-Episode, wo ein Sezierer dem anderen aufs Stichwort das Messer in die Hand gibt, zerblättert der autoanalytische Entwurf bald in Episödchen und Anekdötchen. Nicht die Kunst ist dem Hubert Fichte ausgegangen, merkt man, nicht das Artikulationsvermögen, nicht der diabolische Humor und nicht einmal die Puste, sondern ganz einfach nur der Stoff, die Substanz. Ich-und-meine-Kindheit, das reicht als Inhalt anscheinend nicht ein Leben lang und über drei Bücher hinaus, und wer's nicht wahrhaben will, der wird dann vielleicht noch ein fünftes Buch aus dem Taschengrund bestreiten.
Um Fichte davor zu bewahren, muß man ihm, glaube ich, ernsthaft abraten, sich mit magischen Beziehungsphantasien selbst etwas vorzuzaubern. Daß ein Autor versucht, seine subjektiven Neigungen und Reizbarkeiten – und seien es noch so disparate – zu einer persönlichen Ästhetik zu systematisieren, dagegen wird kaum etwas einzuwenden sein. Daß eine so entschieden wie überlegen-provokant ausgespielte Bisexualität sich ihre angemessenen Vermischungstheorien entwirft, halte ich für nur konsequent. Nicht bereit bin ich allerdings, mir ein bloßes Mixtum

Compositum unter den Etiketten »Mischkultur« und »Mischreligion« andrehen zu lassen oder mystisch-akausale Ordnungsprinzipien zu vermuten, wo eine zersprengte Hinterlassenschaft noch gerade eben durch den Buchbinder zusammengehalten wurde.
Ich ergänze und wage vorauszusagen: es ist ganz selbstverständlich, daß ein Sammelsurium aus Memo-Bruchstücken hier und neuen Erfahrungsquanten dort, mit beziehungslos eingeblendeten Interviewprotokollen dazwischen unser neusteinzeitliches Woodoo-Feuilleton zu den interessantesten Zusammenhangsfabeleien veranlassen wird. Der Verlegenheitslösung *Versuch über die Pubertät* wird genau die Aufmerksamkeit zuteil werden, die dem kunstvoll organisierten Bravourstück *Detlevs Imitationen* verweigert wurde.

PETER MICHEL LADIGES

Zerstückelung und Wiedergeburt

Skizze des Komischen bei Hubert Fichte

Über die erste Inszenierung von *Tote ohne Begräbnis* nach dem Krieg in Hamburg schreibt Hubert Fichte in seinem neuen Buch *Versuch über die Pubertät* Roman. »Da spielt der Nachwuchsregisseur den milden, diskussionsbedachten Nachwuchsregisseur, da spielt die jugendliche Heldin die den Kopf hebend Hebende, da spielt das Elefantenbaby rosa den Blondkopf mit was auf der Hinterhand, da spiel ich die bescheidene, kalkulierende, erschreckende Nachwuchskraft ... Die Rollen unter den Rollen lassen in Ritzen und Pausen noch ein drittes Ensemble auftreten: Unter dem falschen Naturalismus von Sartre und der existentiellen Falschheit unserer Kollegialität ist diese dritte, tiefste Aufführung die unnatürlichste – unter unseren späten Make-ups, Hottentottensteißen werden immer unwahrscheinlichere Masken herausoperiert. Je echter, desto künstlicher bewegen sich Lucie, Herr Schleuß, Henri und Sorbier und wir treten gemeinsam auf als Kakadus, Graugänse, Seidenreiher, Kofferfische, deren Schreckmuster den Anfang unserer Empfindlichkeit bedeuten.«

Die Graugänse des Konrad Lorenz kehren in Fichtes *Versuch über die Pubertät* mehrmals wieder. Sie sind für den Autor das Beispiel dafür, »welch ungeheuer große Rolle die Selbstdressuren in der Biologie auch geistig recht tiefstehender Tiere spielen« (Lorenz), und in ihrem Bild erscheinen ihm auch die Prägungen des Ich von der Geburt an wie Ausdrucksbewegungen, die sich als Triebhandlungen beschreiben lassen. Zugleich konfrontierte Fichte die Pubertät, den Abschluß der Prägungen des Ich, wie sie sich im kleinbürgerlichen Milieu des Hamburger Vororts Lokstedt darstellen, mit den schamanistischen Initiationsriten der afroamerikanischen Kulte. Die ethnologische Perspektive macht den Blick frei für die Ritualisierungen, die man bisher nur komisch fand bei den Negern, den Schwarzen, den Afrikanern. Die »Methoden der ethologischen und ethnologischen Feldstudien auf das Lokstedter Innenleben« anzuwenden, heißt, die Komik der eigenen Existenz aufzudecken.

»Das karnevalistische Leben ist ein Leben, das aus der Bahn des Gewöhnlichen herausgetreten ist. Der Karneval ist die umgestülpte Welt«, schrieb der russische Literaturwissenschaftler Michail Bachtin, und: »Der Karneval bildet in einer konkretsinnlichen, in einem Mischbereich von Realität und Spiel erlebten Form einen neuen Modus der Beziehungen von Mensch zu Mensch aus, der sich den allmächtigen sozialhierarchischen Beziehungen des gewöhnlichen Lebens entgegensetzt.«

Das Komische bei Hubert Fichte ist komisch im Sinn solchen karnevalistischen Weltempfindens. Es ist vom Grotesken nicht zu trennen. Wolli, eine der Figuren aus Fichtes vorletztem Roman *Detlevs Imitationen »Grünspan«*, bezeichnet einmal Prousts Recherchen ebenfalls als ein »Werk voller Komik ... Ich hätte mich kringeln können, wie der Erzähler als Kind den vornehmen Swann imitiert.«

Die karnevaleske Dimension des Komischen ist bei Fichte deutlich erst seit *Detlevs Imitationen* nachweisbar. Die beiden ersten Romane *(Das Waisenhaus* und *Die Palette)*

halten sich noch allzu streng an die Fiktion eines ›literarischen‹ Werks. Beide Bücher sind regelrechte Entwicklungsromane, *Die Palette* läßt sich außerdem als Schlüsselroman verstehen.
Detlevs Imitationen brechen nicht nur mit herkömmlichen Erzählformen, sie geben auch die Abgrenzung des Lebens gegenüber der Kunst auf. Diesen Vorgang führt *Versuch über die Pubertät* zu Ende. Die Vorstellung von einer Entwicklung (des Ich, der Person, des Romans) wird aufgegeben zugunsten der Vorstellung von der Existenz als einer theatralischen Prägung, wobei das Theatralische nicht ein vom Leben Abgehobenes darstellt, nicht etwas, das in gewissem Maß einen Gegensatz zu dem bildet, was man das Leben nennt. »Ich bewundere die abgespielten Gesichter und die geschminkten Hände, die falschen Ringe und die angeschabten Nobelgarderoben ... ich bewundre die herrlich verfallenden Schauspieler mit ihren ausgerutschten Betonungen, ihren nicht mehr zu vermittelnden Gesten und ihren Mimiken, die nicht mehr für eine Inszenierung einzubändigen sind. Ich bewundere sie im Keller des Arbeitsamtes mehr, als ich sie je auf der Bühne hätte bewundern können in *Antigone*, im *Prinzen von Homburg*, im *Snob*, und ich möchte sein wie sie: vollkommen kunstvoll, überschichtet, erhaben unmöglich.« Das ist es auch, was er an der Figur des Alex W. Kraetschmar in *Versuch über die Pubertät* so bewundert: »... eines lügt er nicht: Echtheit.«
»Schauspieler und Schriftsteller«, antwortet der Icherzähler von *Versuch über die Pubertät* auf die Frage, was er werden wolle: »Ich kann das nicht trennen.« Die Figuren aus Fichtes Romanen sind keine Erfindungen, der Autor ist ihnen begegnet. Aber so genau auch seine Reportagen sind, er beschreibt nicht die Personen als Existenz, sondern die Rituale ihrer theatralischen Realität. Dieses Theatralische hat nichts zu tun mit einem Welttheater, auf dem zwar Masken auftreten, jedoch hinter ihnen versteckt sich eine Substanz, die also nichts darstellen als bloße Maskerade, jene platonische Vorstellung von den Schatten an der Wand. Das Theatralische im Sinne des Karnevalesken, wie Bachtin es formuliert, war noch bis ins 17. Jahrhundert eine Form des Lebens, die sich

auch der Literatur bemächtigte als einer Form des Lebens.
Nichts wäre widersinniger, als in den Figuren von Fichtes Romanen diese oder jene tatsächliche Person entdecken zu wollen. In dieser Richtung gibt es nichts zu entschlüsseln. Entschlüsseln würde heißen, hinter den Masken, hinter der theatralischen Realität noch etwas anderes fassen zu können: das Echte, das Wahre, das Wirkliche. Diesen Unterschied gestattet die karnevaleske Perspektive nicht mehr. Die Maske ist zwar die Maske, zugleich aber das einzig Wirkliche. Auch die beiden »anderen Pubertäten«, die in das Triptychon des *Versuchs* eingeschoben sind, verwandeln sich im Zusammenhang des »Romans«, obwohl sie aus Interviews mit benennbaren Personen hervorgegangen sind, in theatralisch-karnevaleske Realität. Selbst bei dem Bändchen *Interviews aus dem Palais d'Amour etc.* ist das der Fall, es sind keineswegs etwa Milieuschilderungen.
Hubert Fichtes schriftstellerische Arbeit wird durch seine gedruckten Texte nicht ausreichend repräsentiert. Seit über vier Jahren beschäftigt er sich journalistisch und wissenschaftlich mit den schamanistischen Kulten der afroamerikanischen Mischreligionen, die nach Ort und Form jeweils verschiedene Bezeichnungen tragen: Macumba, Candomblé, Cabocle, Umbanda, Vaudou etc. Er hat zwei Jahre in Brasilien gelebt, ein Jahr auf Haiti, lebt momentan auf Trinidad. Die Ergebnisse seiner Studien wurden im Rundfunk veröffentlicht, eine Abhandlung, *Abo. Anmerkungen zu den rituellen Pflanzen der afrobrasilianischen Religionsgruppe*, über die pharmakologische Zusammensetzung der Initiationstränke in der Zeitschrift *Ethnomedizin* publiziert. Vor allem im haitianischen Vaudou begegnete er dem karnevalistischen Weltempfinden. Er bemerkt dazu am Beispiel der Trance: »Hier in echt und unecht zu teilen, setzt säkularisierte, eurozentrische Werte . . . Die Mischung von echt, traditionsartig, rein, tief, diskret mit unecht, theatralisch, flach, gezielt gehört zum Synkretismus.«
Das Karnevaleske, das die Unterscheidung von echt und unecht aufhebt und die Grenze zwischen Literatur und Leben nicht mehr zuläßt, enthüllt die Fiktion des Ich

schon im Leben (nicht erst in der Form der erzählenden Person des Romans) als theatralische Gebärde, als eine Art Selbstdressur. Was sich dabei verschiebt, ist die Vorstellung von der Identität. Fichte geht davon aus, daß es nur Imitationen gibt, Imitationen, die in Identifikation umschlagen können. »So imitieren, daß ich bin, was ich imitiere, und Imitation wieder für eine Theaterewigkeit umschlägt in Identifikation.« Identität in diesem Moment bedeutet dann allerdings die Auslöschung des Selbst und nicht sein Gewinn. Identifikation ist die Herstellung einer magischen Figur. Auch das ist eine Erfahrung aus der Begegnung mit den ekstatischen Formen der afroamerikanischen Kulte. »Es gibt Zustände, die man nicht lange imitieren kann, ohne von ihnen ergriffen zu werden.« Magic ist Imitation, die so lange wiederholt wird, bis in der Ekstase die Identifikation sich vollzieht.

Im *Versuch über die Pubertät. Roman* ersetzt das erzählende Ich die bisherigen Romanfiguren Detlev und Jäcki. Schon in *Detlevs Imitationen* durchbricht es immer wieder den Text. Zugleich wird zugegeben, daß Detlev eine Vorstellung ist von Jäcki, den Detlev imitieren wird. Das Ich, das schließlich den Roman *Versuch* erzählt, ist keine Maske des Autors mehr, sondern seine Existenz innerhalb der Fiktion, welche die Maske »ich« als Identifikation mit unseren Prägungen bedeutet. Im Schatten von Initiationsriten wird die Komik der Maske Ich beschrieben, die außerhalb der eurozentrischen Perspektive nie diese Gültigkeit sich anmaßen konnte. (Eine Tatsache beispielsweise, die in der afrikanischen Psychiatrie eine entscheidende Rolle spielt.)

Thema des *Versuchs* ist die Pubertät, jene Entwicklungsstufe zwischen 13 und irgendwann, in der die Kindheit, die Zeit der Prägungen, zum Abschluß kommt. Die Initiationsriten lassen den Pubertierenden nicht allein mit sich, sondern verwandeln, was sich bei uns unter der Fiktion des Ich als persönliches Schicksal abspielt, in ein soziales Ereignis. Eine der stärksten Prägungen unseres Verhaltens entsteht nach Freud durch den Verlauf des ödipalen Dramas im 5. Lebensjahr des Kindes. Die Pubertät reduziert sich dann auf das Manifestwerden dieser Prägung. Der *Versuch* bestreitet die universelle Bedeutung des

Ödipuskomplexes, er deformiert den Mythos zu einem Theatercoup. Fichte beschreibt die Pubertät nicht in den Kategorien der Entwicklung, sondern in denen der schamanistischen Initiation: der Zerstückelung und der Wiedergeburt. In Mircea Eliades Untersuchung des Schamanismus heißt es über die Initiation bei den Samojeden: ». . . zuletzt schneiden andere dämonische Wesen seinen Körper in Stücke, kochen diese und tauschen sie gegen bessere Organe aus.« Die Initiation der Ichfigur im *Versuch* vollzieht sich bei einer Inszenierung Alex W. Kraetschmars, die »mir jeden angeborenen, anerzogenen eigenen Ton verfälscht . . . und mir schneidet er, ohne die Nervenbahnen zu unterbrechen, Muskeln und Sehnen heraus, bis wir nur noch ein Gerüst darstellen aus Knochen und Sensibilität, und er setzt uns – Schamane und Akutotrinker in einem – aus durchsichtigem Harz neues Fleisch und neue Häute ein«.

Der Schamane ist ethnologisch eine ambivalente, bisexuelle Figur, der Erfinder des Ich, das sexuell nicht differenziert ist. Mit dem *Versuch* verknüpft Hubert Fichte seine vier Romane zu einem in sich verschränkten Zyklus. Der Jäcki der *Palette* ist die chronologische Fortsetzung der Ichfigur des *Versuchs*. Damit wird eine Gleichzeitigkeit der Romane hergestellt, die die Pubertät als Abschluß einer Entwicklung negiert. Es gibt kein Erwachsensein. Ich ist nur, wo zugleich auch Pubertät ist, Zerstückelung und Wiedergeburt. Die karnevaleske Komik, die dabei frei wird, besteht darin, daß der Autor das erzählende Ich als die dritte Figur einführt, als die Vaterfigur des ödipalen Dramas. »Töten das hassenswerte Ich!« Die Initiation des Ich im »Roman« gelingt ihm nur um den Preis der Kastration, der Vernichtung von Detlev und Jäcki, jener zwei Augen, durch die er bisher die Welt betrachtete. Ödipus blendet sich, um besser sehen zu können. Noch auf so abstrakter Ebene wiederholen sich die Symbole des Karnevals. »Sie schließen stets die Perspektive der Verneinung und des Todes in sich ein.«

DIETER E. ZIMMER

Leben, um einen Stil zu finden – schreiben, um sich einzuholen

Gespräch mit Hubert Fichte

Sie sind noch ein echter ›freier Schriftsteller‹, nirgends unter Vertrag und dazu noch ›Belletrist‹. Wovon lebt solch ein Mensch heute?

HUBERT FICHTE: Ich lebe, wie wohl sehr viele meiner Kollegen, vom Rundfunk, von den Dritten Programmen. Viele der wichtigen Experimente in der deutschen Literatur nach 1945 waren nur durch die Unterstützung des Rundfunks und besonders der Dritten Programme möglich. *Draußen vor der Tür* ist im NWDR uraufgeführt worden, die Gruppe 47 wäre ohne die Dritten Programme nicht denkbar gewesen.

Hat sich nach Ihrer Meinung die Bereitschaft des Publikums, sich mit Büchern wie Ihren zu beschäftigen, in den letzten Jahren verändert?

H. F.: Die Bereitschaft, auf einen Text zu reagieren, der Fiktion und Essay mischt, der also die Reflexion und das Material nicht ausklammert zugunsten der Story, der das Lyrische nicht ausklammert zugunsten des Faktischen – die Bereitschaft, sich mit einem solchen Text zu befassen, scheint enorm gestiegen. Überdies ist eine Literatur, die sich mit der Analyse von Ritualisierungen befaßt, in letzter Zeit aufmerksamer gelesen worden; ich denke an Tinbergen, Castaneda und Lorenz.

Der »Versuch über die Pubertät« nennt sich im Untertitel zwar auch noch Roman, aber er versteckt seinen autobiographischen Charakter weniger als Ihre früheren Bücher. Der, um dessen Pubertät es geht, heißt nicht mehr Detlev oder Jäcki, er heißt unverblümt Hubert. Warum früher die Maskierung, warum gerade jetzt, wo Sie sozusagen in der Selbstentblößung so viel weitergehen, keine Maskierung mehr?

H. F.: Es ging nicht um Maskierung. Es ging um die literarische Darstellung der verschiedenen Häute einer Existenz, die einmal »Jäcki« genannt wurde, einmal »Detlev«. Diese Teile einer Existenz bewegten sich in den drei vorhergehenden Büchern aufeinander zu (eigentlich sind auch die *Interviews aus dem Palais d'Amour* eine wichtige Phase in diesem Vorgang). In *Detlevs Imitationen »Grünspan«* führen beide eine Art poetischen Dialog miteinander vor. In meinem neuen Buch fallen beide in dem Ich-Erzähler zusammen. Pubertät als Auseinandersetzung mit dem Begriff ›Ich‹. Meine Bücher sind keine Maskierung. Sie beschreiben ein Experiment: zu leben, um eine Form der Darstellung zu erreichen.

In Ihren letzten Büchern begegnen sich ja immer zwei Zeiten: In diesem Fall schreiben Sie von Brasilien und Haiti aus über ihre Pubertät in Hamburg-Lokstedt. Wie verhalten sich die beiden Zeitebenen, die sich in dem Roman ständig durchdringen, zueinander? Ist das mehr als ein biographischer Zufall: Sie waren eben in der Karibik, als Sie die Pubertät rekapitulierten? Oder erklärt die Gegenwart beziehungsweise die gerade zurückliegende Vergangenheit die Vorvergangenheit?

H. F.: Diese Vivisektion einer Pubertät, dies Auseinanderfallen kleinbürgerlicher Erlebnisse – wenn ich das der Kürze halber mal so konventionell bezeichnen soll –, dies Auseinanderfallen in Zeremonien, Riten, Formeln, Gesten wurde ausgelöst durch die Autopsie in der *Morgue* von Bahia. Ich habe nicht zufällig schamanistische Praktiken und Mischreligionen studiert. Mir kam es so vor, als sei ein Teil der Existenz des Lokstedter Konfirmanden nicht so fern von Yoruba, Ewe und Fon. Geruchszeremonien, Litaneien, Bildergefängnisse bestimmen den bürgerlichen Pubertierenden ähnlich wie den Novizen in einem Übergangsritus.

Halten Sie es für möglich, daß Sie dieses Verfahren fortsetzen, bis Sie sich selber einholen und, sagen wir, von Nepal aus eines Tages einen Roman über Ihre Zeit in Lateinamerika schreiben, in dem dann auch von der Niederschrift des »Versuchs über die Pubertät« die Rede wäre?

H. F.: Es war meine Absicht, zwei Entwicklungen deutlich zu machen: die Entwicklung Jäcki-Detlevs und die Entwicklung des Schriftstellers, der Jäcki-Detlev analysiert, bis alle drei Figuren in der Stilfigur des Ich-Erzählers zusammenfallen. Ich habe mich nicht nur während des

Schreibens verändert; ich habe mich durch das Schreiben verändert. Es hat eine Art poetischer Lehranalyse stattgefunden. Ich habe die Absicht, ein Buch über einen androgynen Don Quijote zu schreiben – »sich selber einholen«, wie Sie es nennen, das ist es, rund um die Kugel.

In den Roman sind zwei authentische lange Tonbandinterviews eingebaut: eins mit einem jungen Mörder, eins mit einem sechzigjährigen Schwulen. Welche Funktion sollen diese beiden Einfügungen erfüllen? Auch das Interview mit dem Sechzigjährigen nennen Sie »Eine andre Pubertät«, obwohl hier von der Jugend so gut wie gar keine Rede ist. Wieso also Pubertät? Wie weit fassen Sie den Begriff Pubertät?

H. F.: Die Auseinandersetzung mit dem Begriff ›Ich‹, der Übergang zum Erwachsensein, das Verlieren gewisser Spielformen und das Einüben neuer werden verfänglich gemacht durch das, was man ›Zauber‹ nennt und was ich, etwas populärwissenschaftlich, mit ›Magie‹ bezeichnen möchte. (Strenggenommen heißt ›Magie‹ ja eher ›böser Zauber‹.) Magische Zeremonien nun setzen sich aus Riten zusammen, wie das Liebesspiel der Stichlinge. Auch bei den drei alten Männern meines Buches, bei Pozzi, Rolf, Testaniere sind Ritualisierungen zu beobachten. Verengungen, Relikte, Sonderformen, die quasipubertäre Handlungen begleiten und denen oft etwas Irrationales, Religiöses anhaftet. Vielleicht sind die sogenannten Perversionen nichts anderes als säkularisierte magische Rituale? Man könnte bei den drei alten Männern leicht von ›Regression auf das Pubertäre‹ sprechen. Aber ich glaube, der Begriff der ›Regression‹ setzt einen Begriff der ›Identität‹ voraus, der unhaltbar geworden ist.

Der Monolog von Hans in meinem Buch stellt nun genau das Verbindungsglied dar zwischen magischer Realität und Konsumgesellschaft. Hans Eppendorfer hat mir Gelegenheit zu zwei sehr langen Gesprächen gegeben. Ich habe versucht, daraus eine Art Litanei zu machen, in der die rituellen Züge seiner Handlungen besonders deutlich werden sollten. Es ist also durchaus nicht der Text der Interviews. Als ich mich mit Eppendorfers Aussagen beschäftigte und mit dem Kodex der Lederwelt, fiel mir auf, daß es dort fast keine Ritualisierungen gibt, die nicht bereits in religiösen Handlungen der sogenannten ›primitiven‹ Gesellschaften angewendet worden wären. Inzisionen, Urin-Riten, Beschmutzungen der Geheimgesellschaften im Kongo sind die gleichen wie in *The Leatherman's Handbook*. Sadismus jedoch als ›Perversion‹, als sexuelle Verhaltensweise, die den Masochisten sucht und nicht das Opfer, scheint mir erst möglich nach einem Vorgang der Gewissensbildung, der Ausbildung von ›Mitleid‹ und individueller ›Leidenschaft‹. Das »Liebe deinen Nächsten wie dich selbst« wird verkehrt zu »Quäle deinen Nächsten wie dich selbst«.

Warum nehmen Homosexuelle oder andere ›Perverse‹ ihre Sexualität soviel wichtiger als die ›Normalen‹? Oder vielleicht nehmen sie sie nicht wichtiger, nur reden sie mehr davon. Hat das nur exogene Gründe: diese ganze Tradition der Diskriminierung? Oder könnte es auch an der Struktur des Trieblebens selbst liegen? Ist es tiefer, abgründiger, beherrschender?

H. F.: Homosexuelle sprechen nicht mehr von ihrer Sexualität als anders Veranlagte, Verbalsexualisten vielleicht ausgenommen. Es fällt nur mehr auf, weil die Gesellschaft gewöhnt ist, daß nur Heterosexuelle, und nur Männer, von ihrer Sexualität reden. Extraversion, Verbalsexualismus sind Züge, die bei allen sexuellen Varianten auftreten können – und zwar meistens, weil die Betroffenen nicht ›oversexed‹ sind, wie ein New Yorker Arzt es einmal auf eine kurze Formel gebracht hat, sondern ›underfucked‹.

Wo sind denn die Bücher über Homosexualität der großen homosexuellen Autoren der Nachkriegszeit? Die wenigen bedeutenden homosexuellen Liebesgeschichten der neueren deutschen Literatur sind von verheirateten und ›normalen‹ Autoren verfaßt, von Wedekind, Thomas Mann, Bertolt Brecht und Hans Henny Jahnn. Die Behauptung, Homosexuelle nähmen ihre Sexualität wichtiger und redeten mehr davon als die Normalen, ist eine Insinuation, die das hervorruft, was sie zu beklagen vorgibt, nämlich Aussonderung und Psychoneurose.

Ich habe den Eindruck, dem Roman liegt eine Art Theorie über die Pubertät zugrunde, obwohl er sie höchstens andeutet. In ihr spielen die Begriffe Imitation, Ritual, Magie eine zentrale Rolle. Ob Sie diese näher erläutern könnten?

H. F.: Ich meine beobachtet zu haben, daß sich frühpubertäre Entwicklung und pubertäre Entwicklung in einem Wechsel von Imitation der Welt und Identifikation mit der Welt vollziehen – wie ein magischer Ritus auch. Einmal wird das Ich ganz eingeengt, in der Imitation, ich werde dressiert, es besteht die Gefahr, daß mein Ich von der Welt aufgefressen wird, dann wieder setze ich alles, was ich von mir weiß, alles, was ich empfinde, mit der Welt gleich, ich verleibe mir die Welt ein – instinktiv, ich habe den anderen zum Fressen gern, um eine Metapher der Anthropophagie zu nutzen. Orales und Phallisches treffen zusammen, wie es auch der pubertierende Ich-Erzähler meines Buches erfährt, wie es Hans erlebt, als er seinen Mord begeht, wie es die drei alten Männer in ihrer aggressiven Vereinnahmung der Umwelt noch einmal nachvollziehen. Todesangst und Anthropophagie sind auch Hauptmotive der magischen Praktiken, in einigen afrikanischen Geheimsekten wurden Menschen verschlungen, in den afroamerikanischen Religionen spricht der Gott aus den Gläubigen heraus, die Gläubigen vollziehen gewisse Gesten des kollektiven Unbewußten nach, Imitation und Identifikation, Instinkt und Dressur, Ich-Verlust und Einverleibung eines anderen Ich laufen nebeneinander her.
Das klingt alles schrecklich geisteswissenschaftlich. Darum möchte ich hinzufügen, daß ich von diesem Schema Imitation und Identifikation nicht ausgegangen bin. Diese Überlegungen haben sich im Laufe meiner Arbeit ergeben. Es geht mir nicht darum, eine Theorie zu exemplifizieren, es geht mir um sinnliche Erfahrungen, Widersprüche, Reflexion, nicht um Wissenschaft, sondern um Literatur. Romane sollten vielleicht keine Theorie liefern, sondern Theorien in Frage stellen, wenn es hoch kommt, sehr komplexe, artistische Materialien zur Theoriebildung beitragen.
Es werden sich eine Menge Leute in diesem Buch wiederfinden: ein paar Hamburger Theatermenschen, die Angehörigen von Hans Henny Jahnn, dem eine wichtige Rolle in Ihrer Pubertät zugefallen war. Sie verurteilen niemanden; aber boshaft pointiert können Ihre Beobachtungen schon sein. Befürchten Sie Komplikationen?
H. F.: Boshaftigkeit war noch nie eine literarische Katego-

rie. Mir wird niemand vorwerfen können, ich hätte leichtfertig geschrieben, und nur Leichtfertigkeit im Herleihen einiger Charakterzüge oder Fakten könnte wohl verletzen. Zwar habe ich überpointiert, aber nicht aus Maliziosität, sondern um eine groteske Steigerung zu erreichen, die dem Leser einen Eindruck vermitteln soll von der Welt, in der der Pubertierende sich befindet. Wenn die Angehörigen und Freunde der Vorbilder ehrlich sind und nicht boshaft, werden sie feststellen, daß ich keinen Schlüsselroman geschrieben habe, daß ich keine ›pikanten‹ Details einsetze, sondern pikante Details unterschlage, und das nicht aus Gründen der Schicklichkeit, sondern aus Gründen der Komposition. Schemenbildung, Idealisierung, Verzerrung in der Pubertät ist ein wichtiges Thema meines Buches, ihm sind auch die Figuren zum Opfer gefallen, so daß sie mit möglichen Vorbildern nichts mehr gemein haben.

Was treibt Sie nach Westafrika und Lateinamerika, um dort Mischreligionen und Geheimkulte und soziale Verhältnisse zu studieren?

H. F.: Als ich mich vor fast zehn Jahren zum erstenmal etwas genauer mit afrikanischer und afroamerikanischer Kultur befaßte, sollte das ganze eigentlich nicht viel weiter gehen als bis zum üblichen Einfühlen und Anempfinden. Doch nach lyrischen Erfahrungen kamen fast journalistische, und dabei war ich bald mitten in der Ethnomedizin. Ich möchte dem Problem der Bewußtseinsveränderung in Initiationsritualen weiter nachgehen, denn ich vermute, daß es in der afroamerikanischen Kultur ein System des Psychischen gibt, das älter ist als das unsere und vielleicht besser funktioniert, denn schließlich hat es die Afrikaner die Greuel der Versklavung überstehen lassen und läßt sie das unvorstellbare Elend des Neokolonialismus überstehen.

Eine der Fragen, die Sie anderen Menschen stellen, ist, ob sie foltern würden. Könnten Sie foltern?

H. F.: Das ist eine der Fragen, die sich jeder Leser bei der Lektüre des Buches stellen kann. Öffentlich klingt jede Antwort darauf hohl. Hätten Sade oder Artaud gewagt, darauf mit »Ja« zu antworten? Sie spielen mit dieser Frage auf zwei Tatbestände an: auf die existentielle Grenzsituation

(»Schmutzige Hände«) und auf sadomasochistische Szenen. Ich weiß nicht, ob aus Schwäche, Verdrängung oder Sublimierung – seit meinem neunzehnten Jahr befasse ich mich mit Gandhi und versuche, die Forderungen der Non-Violence – vom Fleischverbot und von sexueller Enthaltsamkeit abgesehen – zu erfüllen. Ich bin nicht bereit, diese Einstellung für welche politische Notwendigkeit auch immer zu durchbrechen. Was nun die sadomasochistische Szene anlangt – sie übt keinerlei Thrill auf mich aus. Ich empfinde das als keine Tugend. Der Sadomasochismus ist sehr verbreitet, und die Gesellschaft hat keinerlei Berechtigung, die Intimsphäre von Sadisten und Masochisten zu beschränken, solange gegenseitige Übereinstimmung der Partner herrscht, was praktisch immer der Fall ist.
Ich wurde durch Hans Eppendorfer näher mit den Riten der Lederszene, des S & M-Verhaltens bekannt. Ich habe mit Eppendorfer an einem Lederfestival teilgenommen, und ich muß die Harmlosigkeit des Ganzen betonen, die vergleichsweise Harmlosigkeit. Es waren nicht die 120 Tage von Sodom. Anders ergeht es mir bei religiösen Zeremonien. Ich glaube nicht. Aber ich kann mich nicht entziehen. Das war schon so, als ich aus dem katholischen Waisenhaus kam. Meine Gläubigkeit hatte einen Knacks bekommen, aber mein Interesse an der Schönheit und Faszination von religiösen Zeremonien war da. Ich habe an keiner religiösen Folter teilgenommen, und ich werde es auch nicht tun.
Die Tieropfer werden in den Mischreligionen mit großer Gefühllosigkeit durchgeführt, und ich muß gestehen, daß mich das nicht sehr aufregt. Wer, wie ich, fast zehn Jahre in der Landwirtschaft gearbeitet hat, kennt das schier unfaßliche Maß an Brutalität, das den »glücklichen« Kühen und Hühnern etwa in Schleswig-Holstein zugefügt wird, und er wird sich nicht mehr über ein Bad in Ziegenblut entsetzen.
Damit es ganz klar ist. Die Befassung mit Sadismus und Brutalität in meinen Büchern drückt keine private Neigung aus und keine heimliche Bewunderung, sondern die Obsession durch die Frage: Warum quält ein Mensch den anderen?

Über »Xango« (1976)

RENATO BERGER

Xango – Gott der armen Leute?

»Die afroamerikanischen Religionen sind eine der größten religiösen Bewegungen unserer Zeit«: so steht es auf der Rückseite des Buches *Xango* von Hubert Fichte zu lesen, neben der Bemerkung, daß der afroamerikanische Synkretismus fünfzig Millionen Menschen erreichen dürfte. Wenn man diese Bemerkungen ins Zeitgeschehen einzuordnen sucht, könnte man sagen, daß sie in der Mitte einer riesigen Entwicklung stehen, welche sich in den Begegnungen des Schwarzen Erdteils mit der außerafrikanischen Welt vollzogen hat. »Die afrikanische Religion ist eine primitive Religion, die durch Christentum und Islam abgelöst werden wird«, so würde es beim Aufkommen von Missionierung und Kolonialismus geheißen haben und hieß es auch, wie eine Geschichte voller Arroganz und Grausamkeit von seiten der christlichen Welt gegenüber der afrikanischen bewiesen hat. »Die afrikanische Religion ist eine sämtlichen übrigen Religionen der Welt ebenbürtige und eigenständige Religion, die jene in vieler Hinsicht übertrifft«, so wird es in hundert Jahren vielleicht heißen, wenn der afrikanische Kontinent, den man vor nicht allzulanger Zeit den schlafenden nannte, seine volle Eigenständigkeit gefunden hat und wenn sich diese Bewegung auch auf den afroamerikanischen Sektor ausdehnen wird.

Fichtes Buch ist dem heutigen Zeitpunkt verpflichtet, und dies sowohl bezüglich der Schilderung afroamerikanischer Religionsbewegungen wie bezüglich der sozial-politischen Situation. Das sagt zugleich aus, daß zwischen diesen Bewegungen und der sozialen Lage der Anhänger eine Beziehung bestehen muß.

»Xango« ist der Name für den Gott Shango aus der Religion

der Yoruba, die eine der präzisest durchstrukturierten innerhalb des afrikanischen Kontinents darstellt. Shango ist einer der Hauptgötter, ein »orisha«, des Yoruba-Pantheons, welches den unsichtbaren Obersten Gott Olodumare kennt. Ihm als Ratgeber zugeordnet ist Orunmila, Hüter des Wahrsagekultes Ifa, der noch heute das Leben sämtlicher Yoruba-Gläubigen bestimmt. In Form des Orunmilanismus feiert er seine Auferstehung, und dies ebenso intensiv wie die synkretistischen Religionen, die Fichte in seinem Buch beschreibt. Obatala, der Olodumare beigesellte Schöpfergott, trat während der Sklavenverschleppungen den Weg nach Brasilien an und wurde dort zu Oschala, so wie Shango zu Xango wurde, Gott des Feuers und der Naturgewalten, Ogun zu Ogum, als Gott des Krieges und des Eisens, Eshu zu Exu, Kenner und Beherrscher des Bösen und des Schicksals, Oshun, Göttin der Gewässer, und vor allem Jemanja-Jemanha, die in Brasilien als Göttin des Meeres zur dominierenden Gestalt geworden ist. Das religiöse Fest der Yoruba in Bahia, der »candomblé« – in Rio de Janeiro Macumba, in Nordwestbrasilien Catimbo, in Recife Xango genannt –, vereint sämtliche »orishas-orixas« zu wichtigen Zeremonien und Tänzen in Begleitung zu Trommelrhythmen; die Inkantationen und Lieder enthalten heute noch Wörter, welche in Yorubaland längst vergessen sind.
In Einbeziehung christlicher Elemente, was mehr zur Tarnung denn als legitime Amalgamierung geschah, wurde aus Xango der heilige Hieronymus, aus Ogun der heilige Antonius, aus Eshu der Teufel, was bereits einen interessanten Einblick in die Synkretisierungen ergibt: Eshu in der originalen Yorubareligion kennt das Böse und seine Bedeutung, die es im Leben der Menschen hat. Wer sich mit ihm gut stellt und ihm die nötigen Gesänge und Opfer darbietet, bleibt davor beschützt. Diese wirklichkeitsnahe Einbeziehung des Bösen evoziert Parallelen aus der Tiefenpsychologie. Im brasilianischen »candomblé« steht Exu zwischen Toten und Lebenden und wird stets als erster angebetet, während er im Shango-Kult in Trinidad als Satan zu Beginn der Zeremonien abgefertigt und gleichsam von den übrigen »orishas« zum Teufel gejagt wird.
Ähnliche Verwandlungen haben auf dem Weg des Ur-

sprungslandes in die Verbannung noch in großer Zahl stattgefunden: Während in Westnigeria jedem »orisha« sein eigenes Fest zukommt, meist acht bis zehn Tage lang, findet im »candomblé« eine Art Reigen sämtlicher »orishas« statt. In Trinidad erscheinen die verschiedenen »orishas« während des alljährlich stattfindenden Shango-Festes in einer bestimmten Reihenfolge und in einer bestimmten Funktion, während der Wodu-Kult in Haiti (voudou, vaudoux, vodoo), welcher in Fichtes Buch ebenfalls beschrieben wird, auf einen Schlangenkult aus Dahomey, der heutigen Republik Benin, zurückgeht und im Verlauf der Stammesvermischungen während der Sklavenzeit mit Elementen anderer Kulte verquickt wurde, vor allem mit solchen der Bantu und des Sudan.

Hörbar verwandelt hat sich innerhalb des Shango-Kultes die Anrufung Shangos, die im Originalkult lediglich durch Schütteln der Shangorassel geschieht, während der Wodu in Haiti den suggestiven Ruf Shango! Shango! kennt, der sich so gut für Fernsehreportagen eignet und den Europäern das Gruseln lehren soll. Auf dieser Ebene liegt auch die Tatsache, daß die synkretisierten Kulte eine psychisch-geistige Intensivierung erfahren haben: die Sklaven klammerten sich mit ihrem ganzen Wesen an das einzige, was man ihnen von ihrer Heimat ließ. Heute, einige Jahrhunderte nach den Sklavenbefreiungen, fesselt sie ihre triste sozial-politische Lage an ihre Kulte und läßt sie jene Aspekte betonen, die jenseits des klaren Bewußtseins ins Vergessen führen, wie Trance, Applizieren ritueller Pflanzen, Einweihungsrituale, jedoch meist degeneriert.

Diese drei Kulte – »candomblé« in Bahia, Wodu-Kult in Haiti und Shango-Kult in Trinidad – werden in Fichtes Buch kaleidoskopartig in die sozial-politischen Zustände verwoben, was eine Kontrastwirkung von oft fast perverser Art erzeugt und die Intensivierung der Kulte im ehemaligen Exil offensichtlich werden läßt.

Im Klappentext wird von einer Verbindung zwischen Poetik und Ethnologie gesprochen. Was als Poesie aufgefaßt werden könnte, ist lediglich die Druckweise, ein Satz unter dem andern wie in Gedichtform. Hier eine Szene aus einem Wodu-Kult – aus Platzgründen die Sätze nebeneinander gedruckt: »Händler mit Rum und Holzkohleöfen

machen ihre Stände am Rande der Tanzfläche auf. Hierarchische Begrüßungszeremonien der Gläubigen. Heilige Fahnen werden vorgezeigt. Das Schwanken im tänzerischen Schritt. Aufstoßen. Gesten der Abwehr. Zukneifen der Augen. Aufreißen. Die Arme ausbreiten. Fallen, Verkrampfen des Munds. Wälzen. Den Mittelpfeiler hinauf! Brüllen. Der Gott reißt den Tisch des Händlers um. Holzkohlen sprühen umher. Der Gott wälzt sich in den glühenden Kohlen. Andere fallen wie er. Der Gott geht verkrampfen des Munds. Wälzen. Den Mittelpfeiler hinauf! die linke Hand. Er reißt an den Knochen. Er spricht näselnd Kreolisch und ein gestelztes Französisch.«
Das Untereinanderstellen der lapidaren Sätze erfolgt seitenweise nicht immer klar motiviert. Eine ständige Vermischung von authentischen Kultphasen mit einem Gemisch von degenerierten und exzentrischen Elementen weist auf defiziente Aspekte innerhalb der Kulte hin. Zwei Beispiele für die Trance: »Einer knirscht mit den Zähnen und rollt die Augen. Er ist nicht in Trance, aber es soll eine unheimliche Trance bedeuten.« Oder: »Eine besessene, betrunkene Frau faßt den Stier in die Hoden.« In den legitimen Kulten Afrikas bedeutet Trance nicht geile Entfesselung oder Theaterpose, sondern äußerste Konzentration. Oft ist die Ausdrucksweise frivol: »Der schwule Totengott« – »schamanenhaft tuntig« – »die ganze Stadt wackelt heute mit dem Arsch«, nämlich am Karneval und wohl als besondere Ehrung des afroamerikanischen Tanzes gedacht. Eine penetrante Heraushebung des Sexuellen enthüllt ebenfalls das degenerierende Element: »Die Mädchen strecken sich beim Tanzen auf eine obszöne Art die Zunge heraus«; »Ein meckernder Mann bespringt eine Frau« usw. In Afrika bedeutet das, was wir als obszön bezeichnen, entweder geistreichen Witz, oder es steht im Kontext einer tieferen Bedeutung. Fichte weist auch immer wieder auf das Vorherrschen der Homosexualität innerhalb der Kulte hin – »alle Pais de Santo sind wohl homosexuell« –, ohne daß der Zusammenhang mit den Kulten ersichtlich wird.
Die eingehende Schilderung der Kräuterkunde des brasilianischen »candomblé« führt unmittelbar in unsere Zeit samt deren Erscheinungen, wie Drogen und Betäubungs-

mittel, womit wir unfreiwilligerweise auf derselben Ebene wie die Ärmsten der Armen stehen. Diese Kräuterkunde geht auf die hochentwickelte Heilkunde der Yoruba in Westnigeria zurück. Wenn das Buch lediglich davon handelte, wäre es ratsam, die *Anmerkungen zu den rituellen Pflanzen der afrobrasilianischen Religionsgruppe* im Anhang des Buches zuerst zu lesen, weil dort in einer normalen Sprache über das Thema Klares ausgesagt wird. Außerdem wird die Identität des im Text des Buches geheimnisvoll mit P. bezeichneten und als »weißer Papst des schwarzen candomblé« charakterisierten Pierre Verger gelüftet, einer anerkannten, weltberühmten Kapazität auf dem Gebiet der Erforschung der Sklavenbewegungen.
Fichte beruft sich zwar vor allem auf seine eigenen Erfahrungen, denen er sich mit viel Mut und Einsatzwillen ausgesetzt hat. Eine einleitende Passage darüber ist besonders aufschlußreich im Zusammenhang mit der Tatsache, daß jeder Eingeweihte des »candomblé« der Schweigepflicht unterstellt ist: »Ich selbst bin durch keinerlei Zeremonie oder Wort zum Schweigen verpflichtet. Was ich weiß, verdanke ich meinem Geschick, dem Zufall und meiner Hartnäckigkeit. Geheimnisse zu verletzen, esoterisches Wissen zu profanieren widerstrebt mir – andrerseits haben meine Informanten freiwillig gesprochen, darüber hinaus sickert ein ungenaues Wissen über die rituellen Absude in Bahia durch; die Kenntnis der Veränderung des Menschen durch pflanzliche Stoffe betrifft die Belange unserer ganzen Generation, und schließlich fühle ich mich unweigerlich der Tradition des Wissenwollens und Fragens zugehörig, daß ich eine mögliche Erweiterung unserer Kenntnisse vom Menschen durch atavistische Gefälligkeiten nicht zurückdrängen möchte.«
Diese Stelle weist klar auf den eingangs erwähnten heutigen Zeitpunkt hin, auf die aufklärerische Tendenz im Dienst eines technisch-politischen Fortschritts, welcher auch den bisher benachteiligten Bevölkerungsschichten zur sozialen Gerechtigkeit verhelfen soll. Aufgeklärt, das heißt wissenschaftlich-rational durchleuchtet, soll auch die Frage werden, inwieweit die afroamerikanischen Drogen das Bewußtsein des Menschen zu verändern vermögen oder inwieweit man den Menschen durch sie an seine

Umwelt anpassen kann. Aus der konkreten Wirkung auf die Versuchspersonen, Fichte und seine Frau, Leonore Mau, die als Resultat ihrer Forschungen das Fotobuch *Xango* als Band I der beiden zusammengehörenden Werke herausgegeben hat, läßt sich nicht ersehen, zu welchem Resultat Fichte gekommen ist. Ebensowenig Klares hat sich ergeben im Hinblick auf die Trance, von welcher Pierre Verger sagt: »Man weiß so gut wie nichts über die physiologischen Vorgänge während der Trance.« Eine erste Erfahrung angesichts dieser Phänomene in Afrika ist die: daß sie nur wirken, solange ein Mensch auf der entsprechenden Bewußtseinsstufe steht und an sie glaubt. Angesichts des Buches von Fichte drängt sich die Frage auf, ob durch nüchterne Erforschung auf diesem Gebiet etwas erreicht werden kann oder ob dadurch nicht zerstört wird, was Funktion dieser Phänomene ist. Der Streit zwischen Wissenschaft und Offenbarung dauert offenbar noch immer fort.

HANS MAYER

Die Grenzen der Aufklärung

> »Mein Problem:
> Das ›Natürliche‹ der Aufklärung und das ›Widernatürliche‹ des Rituellen.« Hubert Fichte, *Xango*

Das Erscheinen der beiden *Xango*-Bände – des Buches von Hubert Fichte und des großartigen Bildbandes der Fotografin Leonore Mau, zu dem Fichte die erläuternden Texte schrieb – wurde mit großem Respekt kommentiert. Man bewunderte die einzigartigen Bilddokumente, die Leonore Mau, nicht selten unter Lebensgefahr, aufzunehmen vermochte: etwa die Abbildung sehr geheimer Einweihungsriten, mit einem Milchbad oder auch durch Übergießung mit dem Blut von Opfertieren. Allgemein bestaunt wurde Hubert Fichtes genaue Kenntnis der verzwickten theologischen und ritualen Prozeduren in Brasilien und auf den Inseln der Karibik. Dem Leser dieser Texte wurde überdies Bewunderung abgenötigt für die erstaunliche Sprachbegabung des Autors. In seinen früheren Büchern hatte er über Erfahrungen in Skandinavien berichtet, und man durfte konstatieren, daß er sich im Norden Europas gut auskannte in den Landessprachen. Jüngst erst bewies er bei dem einzigen Interview, das Jean Genet seit Jahren gewährte, daß er auch diesem Franzosen ein ebenbürtiger Partner sein konnte: ganz wie er, vor einigen Jahren, mit dem chilenischen Regierungschef Salvador Allende ein Gespräch in spanischer Sprache zu führen vermochte.

In Brasilien aber muß Fichte nicht nur Portugiesisch sprechen, sondern Brasilianisch. Auf der Insel Haiti zwingt seine Forschungsarbeit dazu, nicht allein in die französische Hoch- und Kolonialsprache sich einzuleben, sondern auch ins Kreolische sowie in jene Sprechweise, die man in Paris ausdrücklich und nicht ohne Hochmut als »petit nêgre« zu kennzeichnen pflegt.

Solcher Hinweis auf die sprachliche Vielfalt des Forschungsbereichs und des Forschers hängt mit der Sache selbst zusammen, die in beiden *Xango*-Büchern visiert werden soll. Der deutsche Schriftsteller Hubert Fichte hatte sich seit Jahren vorgenommen, den Randformen moderner Lebensweise erlebend und beschreibend nachzuspüren. Das Buch *Xango* ist mithin als folgerichtige Weiterentwicklung seiner schriftstellerischen Gesamtimpulse zu verstehen. Weshalb man diese neuen Bände mit den Namen Bahia de Todos os Santos, Haiti und Trinidad nicht als anthropologische Traktate, schon gar nicht als Produkte irgendeiner Reiseschriftstellerei mißverstehen sollte. Es handelt sich um poetische Bücher eines begabten Erzählers.

Seit seinen Anfängen als Schriftsteller, in den Erzählungen des Bandes *Der Aufbruch nach Turku* (1963) und dem Roman *Das Waisenhaus*, das 1965 mit dem Hermann-Hesse-Preis ausgezeichnet wurde, bemühte sich Fichte um eine Erzählform, die in einer durchaus neuen Weise jene immer wieder von Robert Musil angestrebte Verbindung der Exaktheit mit der Ekstase herstellen sollte. In jedem Buch dieses Autors gibt es eine solide dokumentarische

Grundlage: die Welt des Waisenhauses, der Viehwirtschaft irgendwo in Skandinavien, die pubertären und gesellschaftlichen Randexistenzen im Hamburger Lokal »Die Palette«. Als Abschluß (im Jahr 1974) das Buch *Versuch über die Pubertät*, das mit dem Berliner Fontane-Preis ausgezeichnet wurde. Auch hier die dokumentarische Basis, geliefert durch Erinnerungen an die letzte Kriegs- und die erste Nachkriegszeit in Hamburg. Alles genau erinnert oder nachträglich recherchiert. Alles aber zugleich auch poetisch überhöht und mithin verfremdet.
Aus der Begegnung des jungen Dichters mit Hans Henny Jahnn wird die Begegnung mit einem »Herrn Pozzi« – Hubert Fichte ist ein genauer Leser der *Suche nach der verlorenen Zeit* und ein verehrungsvoller Schüler von Marcel Proust. In dem Buch *Xango* werden die Arbeitsprinzipien der früheren gleichsam ›europäischen‹ Bücher beibehalten, um nun eine Welt des – scheinbar – ganz anderen zu evozieren. Abermals die spezifische Dualität der exakten Dokumentation und der erlebten Grenzverwischung zwischen mythischer und aufgeklärter Religiosität. Übrigens führt der Erzähler auch hier, mit neuen literarischen Mitteln und einem scheinbar ganz divergierenden Thema, die epischen Bemühungen eines Robert Musil fort. Im *Mann ohne Eigenschaften* geht es immer wieder um jene Grenzzustände des Seelischen, die Musil bald als den »anderen Zustand«, bald auch als »Mondstrahlen bei Tage« bezeichnet hatte. Allein die Amalgamierung sollte damals noch in der Wirklichkeit des Landes Kakanien gesucht und gefunden werden.
Hubert Fichte hat sich einer Wirklichkeit gestellt, die bessere Arbeitsmöglichkeiten bot bei solcher Grenzgeherei: die afroamerikanischen Mischkulturen mitsamt ihren adäquaten und überaus vielschichtigen Mischreligionen. Anderseits bleibt das Buch dieses deutschen Erzählers bewußt ein Werk der europäischen Literatur. Hubert Fichte verkennt nirgendwo die Bedeutung des scheinbar sehr Fremden, das er mitansehen muß, für ein Verstehen unserer eigenen sogenannt westlichen Zivilisation. Immer wieder kommt er auf die Gemeinsamkeiten zurück. Plötzlich entdeckt er die Verbindung des Atavismus mit dem modernen Kulturphänomen der Allergie. Überdies prä-

sentieren sich in Brasilien wie auf Haiti oder Trinidad die Phänomene einer noch nicht gewagten und bereits hinfällig gewordenen bürgerlichen Aufklärung inmitten einer hochkapitalistischen Dingwelt. Auch Fichte arbeitet, ähnlich wie Uwe Johnson in dem Roman *Jahrestage*, mit der Konfrontation des Geschehenen und des offiziell Berichteten.

Thematisch handelt das Buch von den »afroamerikanischen Religionen«. Nämlich von der wunderlichen und oft sogar spaßigen Vermischung der afrikanischen und lateinamerikanischen Götterwelt mit dem importierten Katholizismus. Unermüdlich zeigt Fichte diesen religiösen Alltag. Ein Priester dieser afroamerikanischen Religion auf Haiti namens André hat etwa folgendes Wochenprogramm: am Dienstag müssen alle Engel geehrt werden; am Mittwoch der Gott Ogum; am Donnerstag wird Erzulie Freda gefeiert, wobei stets mitgeteilt wird, daß das Geschlecht dieser Götter schwankend ist. Es gibt viele androgyne Gottheiten. Der Sonnabend gehört der Muttergottes, der Sonntag der Heiligen Dreifaltigkeit, aber auch dem Gott Damballah. Auch der Gott Chango, der bisweilen auch Xango oder Shango heißt, meist als Donnergott auftritt, wird am Samstag verehrt.

Die Ethnologen und Anthropologen sprechen hier vom Phänomen des »Synkretismus«. Eine Vermischung findet statt zwischen den theologischen Importen aus dem afrikanischen Mutterland und aus der weißen Welt der Eroberer und Kolonisatoren. Immer wieder streben die afro-amerikanischen und die katholischen Heiligen zueinander und dann voneinander weg. Wenn dann noch die Protestanten hinzukommen und die Freimaurer und die historischen Materialisten, ist der Synkretismus, wie Fichte oft sehr humorvoll zeigt, ganz undurchdringlich geworden.

Zumal die Riten und Zeremonien, die Fichte und Leonore Mau erleben dürfen, längst nicht mehr rein und ursprünglich erscheinen. Schaugeschäft und Tourismus haben Spuren hinterlassen. Im Jahr 1968 nahmen die Rolling Stones in Rio an einer Candomblé-Zeremonie teil und kreierten sogleich ein modisches Interesse für diesen scheinbar nur religiösen Synkretismus. Folglich gibt es

seitdem die gespielten und für Touristen inszenierten Riten neben den ernstgemeinten.
Hubert Fichte bemächtigt sich des synkretischen Phänomens in vierfacher Weise. Einmal schildert er die ›religiösen‹ Mischformen. Dann die ›gesellschaftlichen‹ Synkretismen und Vermischungen mit ihren zahllosen Übergangsformen einer »Dialektik der Aufklärung«. Um diesen ambivalenten Zuständen als Schriftsteller zu entsprechen, muß Fichte notwendigerweise auch mit dem ›literarischen‹ Synkretismus arbeiten. Wie schon in seinen früheren Büchern hat er sich ein oft mitreißendes Repertoire der epischen Mischformen erfunden. Es gibt das Interview, die Zeitungsnotiz, die genaue Beschreibung der Riten und Zeremonien, die wissenschaftliche Analyse der verwendeten Kräuter und Sude, die Aufzählung von Götternamen, die lexikalische Benennung von Reizwörtern, auch die lyrische Eskalation. Nicht zuletzt schildert dieses angebliche ›Sachbuch‹ die Problematik des Schriftstellers Fichte bei der Konfrontation mit Xango und den anderen Göttern. Auf der ersten Seite des Kapitels über Haiti heißt es: »Im Gespräch siegen wir an zwei Fronten: über das Sujet und über den Partner; unsere Wörter sind die Franzosen, die die Spanier und die Indianer niedermetzeln. Ich gehe aus Haiti nicht als Sieger hervor. Meine Aufzeichnungen sind die Aufzeichnungen von Irrtümern, Fehlschlüssen, Kurzschlußhandlungen.«
Auch vor dem ›sprachlichen‹ Synkretismus schreckt der Erzähler nicht zurück. Er kann die wissenschaftliche Fachterminologie nicht gebrauchen, kommt jedoch bisweilen nicht ohne sie aus. Die Literatursprache ist gut zu gebrauchen bei den genauen Beschreibungen der ungenauen Verhaltensweisen. Der sprachliche Mischmasch der Menschen, mit denen es Fichte zu tun hat, muß zitatweise angedeutet werden. Bei rüden Vorgängen aber der Gewalt und der Sexualität, woran es nicht fehlen kann, bedient sich Fichte unbeirrt der rüden deutschen und europäischen Ausdrucksweise. An ›unkeuschen‹ Wörtern ist kein Mangel, aber nicht einen Augenblick möchte man annehmen, daß hier einer literarischen Mode gefrönt wird. Der Ausdruck pflegt stets genau der Situation zu entsprechen.

Das Buch *Xango* ist ungewöhnlich. Hubert Fichte ist ein ungewöhnlicher Schriftsteller. Was man trotz allen Preisverleihungen bisher noch nicht begriffen zu haben scheint. Hat man die Texte gelesen und die Bilder lange angeschaut, so kommen einem nachher die literarischen Neuerscheinungen dieses Herbstes, auch die guten, ziemlich schal vor, und recht ohnmächtig.

MANFRED WÖHLCKE

»Hier hilft keiner dem anderen«

Wenn Hubert Fichte mit einer neuen Publikation herauskommt, dann dauert es in der Regel nicht lange, bis sich diejenigen melden, denen er wieder einmal zu nahe getreten ist. Wer wird es dieses Mal sein? Wen wird sich Xango, der mächtige Gott des Donners und des Krieges (der sich, laut Mythos, einer Schildkröte auf den Kopf setzt), dieses Mal als Opfer vornehmen?

Ich sehe vor allem zwei Gruppen: zum einen eine Reihe von aufmerksamen Status-quo-Ideologen und andererseits eine Reihe von Sozialwissenschaftlern, womit keineswegs gesagt sein soll, daß beide immer sauber zu trennen sind. Xango wird sich also jenen auf den Kopf setzen, die in jeder gezielten Kritik an den sozio-ökonomischen Verhältnissen Lateinamerikas eine Bedrohung dessen sehen, was sie für das Abendland oder den Westen halten, und jenen anderen, welche im Verlauf der Positivismus-Debatte Ende der sechziger Jahre als ›Fliegenbeinzähler‹ von sich reden machten.

›Fliegenbeinzähler‹ sind diejenigen akademischen Kollegen, die den Wald vor lauter Bäumen nicht sehen, die – eingezwängt in ausgetüftelte Methodenvorschriften – nur im Rahmen von Theorien (höchstens) mittlerer Reichweite glauben arbeiten zu dürfen, die ›wertbesetzte‹ Begriffe ablehnen und von sich glauben, daß sie diese Begriffe vermeiden können, und die auch wenig danach fragen, wer eigentlich aus welchem Grund was für wen erforscht.

Denn Fichte verstößt so gegen ziemlich alle traditionellen sozialwissenschaftlichen Standards. Das würden jene Kollegen einem Schriftsteller gerne nachsehen, nicht aber, wenn sich dieser Schriftsteller als Anthropologe und Ethnologe sieht, Autodidakt zwar, aber immerhin! Für den eingefahrenen Wissenschaftsbetrieb ist Fichte so eine Art Juckpulver.

Was ist nun das Besondere an diesem Buch? Laut Klappentext soll Helmut Heißenbüttel Fichtes Vorgehensweise als »poetische Anthropologie« bezeichnet haben. Das klingt zunächst sehr geheimnisvoll, trifft die Sache aber doch recht gut, sobald man sich etwas eingelesen hat. Fichtes *Xango* ist mehr und zugleich weniger als Poesie, und er ist auch mehr und zugleich weniger als Anthropologie, so wie sie herkömmlicherweise verstanden wird.

Die Besonderheit dieser monographischen Kulturforschung liegt in der begrifflichen, kategorialen und methodischen Ungezwungenheit, mit der sich Fichte seinem Feld zuwendet. Seine Begriffe entstammen der Alltagssprache, die durch dichterische Mittel, wie eben ›Verdichtungen‹, Metaphern, Analogien, Verfremdungen, zu einem sehr differenzierten und nuancenreichen Medium entfaltet wird.

Da wird nichts (wie allerdings im Klappentext) zu der ›neuen Menschlichkeit‹ hochstilisiert oder zu ›Versuchspersonen, Verhaltensdispositionen, Akkulturationswiderständen‹ und ähnlichem neutralisiert. Wir werden handfesten lebendigen Menschen konfrontiert, die dargestellt und nicht auf ihre ›Rollenausstattungen‹ und ›Statuskonfigurationen‹ zurechtgestutzt werden, wie jener berühmt-berüchtigte Homo sociologicus, der ein regelrechter sozialwissenschaftlicher Zombie ist, von dem aber glücklicherweise nur sehr wenige behaupten können, daß sie einen gesehen haben.

Fichte theoretisiert nicht. Er beobachtet und beschreibt das, was ihm subjektiv wichtig und interessant erscheint, und zwar in der Form, die er für angemessen hält. Es handelt sich um eine Art von subjektivistischer Phänomenologie, wie wir sie in ähnlicher Form von Lévi-Strauss kennen.

Die Nachteile dieser Wissenschaftsrichtung liegen auf der

Hand: Die Vorgehensweise ist für jedermann nicht unbedingt nachvollziehbar und gegen eine ideologische Penetration wenig abgesichert. Im Fachjargon: Sie ist nicht ›zuverlässig‹ in bezug auf interpersonelle Überprüfbarkeit.
Der Wert dieser Vorgehensweise steht und fällt mit dem Niveau und der Seriosität des Forschers. Hat er Niveau und ist er seriös, dann haben wir gegenüber der traditionellen Vorgehensweise folgende Vorteile: Die Gefahr, die Wirklichkeit im Rahmen nur gewisser vordefinierter Begriffe zu erfassen, sie also möglicherweise in irrelevante Kategorien einzuteilen, ist geringer.
Fichte bietet somit die Möglichkeit, daß man sich dem ›ganzen‹ Problem zuwenden kann. Das ist von großem Erkenntniswert, birgt aber die Gefahr, daß seine Aussagen nicht immer von sich aus als repräsentativ verstanden werden. Es wäre nun wenig sinnvoll, darüber zu diskutieren, ob diese oder jene Vorgehensweise besser oder schlechter ist; legitim sind sie sicherlich beide, und sie ergänzen sich in sehr zweckmäßiger Weise.
Natürlich bleibt Hubert Fichte bis auf weiteres ein schillernder Exot innerhalb der etablierten Sozialwissenschaften. Wir sollten ihm aber zuhören, von ihm lernen, und wer es kann, der sollte sich zusätzlich an seinen schönen Farben erfreuen, anstatt daß wir ihn wegen Revierverletzung zum Abschuß freigeben. Hubert Fichte seinerseits ist natürlich auch eingeladen – und diese Einladung hat er schon lange angenommen –, nicht nur von der kritischen Sozialwissenschaft zu lernen, sondern auch von den Fliegenbeinzählern, denn zwei wissen erfahrungsgemäß immer mehr als einer.
Wichtig erscheint es noch, ein Wort zur Parteilichkeit zu sagen. Wir wissen ja, daß die Diskussion um die Objektivität in der Sozialforschung Tradition hat und daß man darin legitimerweise verschiedene Positionen beziehen kann. Fichte ist parteiisch:
»Was geschieht, wenn es 24 Stunden in einer Favela regnet: Die Lehmhäuser werden weich und sinken zusammen. Alles naß: Die Decken, die Kleidung, die Haare, das Mehl, die Bohnen, die Dochte, die Streichhölzer, die Holzkohle. Die Dosen mit Milchpulver fangen an zu rosten. Amöben und Lungenschnecken werden in das Brunnen-

wasser gespült.« »Nach ihren Aussagen werden weitere Hunderte verhaftet, gefoltert. Es ist gleichgültig, ob sie zum Widerstand gehören oder nicht. Kinder, Schüler, Studenten, Lehrer, Bauern, Arbeiter . . . Die Instrumente werden täglich von einer Kaserne zur anderen transportiert . . . In Bahia werden den Gefangenen – Männern und Frauen – Drähte in die Harnwege eingeführt, über die man elektrische Schocks auslöst.«

Das Elend und die Gewalt erfährt Fichte unmittelbar. Er schafft aber keine falschen Solidarisierungen durch Idealisierung der Menschen, die er beschreibt. Wer den Text aufmerksam liest, wird feststellen, daß der Mensch und die neue Menschlichkeit keineswegs – wie es der Klappentext behauptet – in den Unterschichten von Bahia, Haiti oder Trinidad entstehen. Ein Taxifahrer in Bahia sagt sehr richtig: »Hier in Salvador hilft keiner dem anderen. Hier zerstört einer den anderen.«

Fichtes Zuwendung zu diesen Menschen basiert nicht auf einem aufgesetzten intellektuellen Lumpenproletariats-Kult, sondern auf einem betroffenen Verständnis für jene, die täglich verzweifelt darum kämpfen müssen, um ihren Körper und die ständig gefährdete Substanz ihrer soziokulturellen Persönlichkeit überhaupt reproduzieren zu können.

Dabei hilft ihnen eine rituell und in Sprachbildern weithin abgesicherte Lebensführung, wie sie die afroamerikanischen Religionen vorsehen. Über Fichtes eindringliche Milieubeschreibung innerhalb und außerhalb der Kulte wird deren zweite wichtigste Funktion immer wieder deutlich; obwohl Fichte nicht theoretisiert, finden wir folgenden beiläufig hingeschriebenen, aber sehr bezeichnenden Satz: »Die Trance in den afroamerikanischen Religionen ist eine der wenigen Formen von Befreiung, von Freiheit. Nicht von der großen Freiheit.«

Fichtes seltenes und außerordentlich wertvolles ethnographisches Material, dem die sehr einfühlsamen Photographien von Leonore Mau an künstlerischem Niveau und dokumentarischem Wert in nichts nachstehen, lädt zu einer systematischen Theoretisierung geradezu ein, und zwar besonders in zweierlei Hinsicht:

Erstens würde man gerne die Existenz, die Veränderun-

gen und die Varianten dieser Religionen erklären; zweitens würde man sie gerne einschätzen in bezug auf jenen gesellschaftlichen Wandel, den wir guten Gewissens als ›Entwicklung‹ bezeichnen können.
Eine solche Theoretisierung ist natürlich nur im Rahmen gründlicher, historisch geleiteter sozio-ökonomischer Gesellschaftsanalysen zu leisten.
Aus dem wenigen, was wir bislang darüber wissen, läßt sich ganz allgemein und in aller Kürze folgendes sagen: Die afroamerikanischen Religionen sind ein (aber nicht das einzige!) adäquates Überbauphänomen für jeweils spezifische unterprivilegierte sozio-ökonomische Lagen, wie sie der Kolonialismus und der abhängige Kapitalismus in Lateinamerika bislang typischerweise hervorgebracht haben.
Ohne Frage erfüllen sie vielfältige positive Funktionen für ihre Anhänger. Sie sind aber zugleich Anpassungen des Bewußtseins an diese gesellschaftliche Lage und hindern die Adepten dadurch, sich klarer und zielstrebiger dafür einzusetzen, daß dieser Überbau der Unterentwicklung durch gesellschaftliche Veränderungen zugunsten von immer mehr Vernunft und Humanität allmählich obsolet wird.
Sonst geschieht eben das – täglich und millionenfach –, was Fichte uns als Schlußepisode berichtet: »Der sechsundzwanzigjährige Humphrey Quamina, der immer wieder in den Löwenkäfig des Zoos von Port-of-Spain eindrang, der die Liebe zu aller Kreatur verkündete und die Löwen aus den Gittern befreien wollte, ist aufgefressen worden.«

HELMUT HEISSENBÜTTEL

Vaudou als Reise nach innen

Es wäre falsch, das neue Buch von Hubert Fichte mit den Maßstäben eines ethnologischen Forschungs- und Reiseberichts zu messen. Es wäre aber ebenso falsch, das nicht zu tun. Mit diesem Paradoxon ist, so meine ich, in aller Kürze die Ausgangslage gekennzeichnet, in der man sich sieht bei der Beurteilung des Buches von Hubert Fichte. Fichte schreibt über Erfahrungen und Eindrücke, die er in der Beobachtung von afroamerikanischen Riten gesammelt hat. Er folgt jedoch nicht einer so oder so ausgerichteten wissenschaftlichen Methode. Im Appendix des Buches *(Abó. Anmerkungen zu den rituellen Pflanzen der afrobrasilianischen Religionsgruppe)*, der noch am ehesten wissenschaftliche Gewohnheiten zeigt, sagt Fichte: »Was ich weiß, verdanke ich meinem Geschick, dem Zufall und meiner Hartnäckigkeit. Geheimnisse zu verletzen, esoterisches Wissen zu profanieren widerstrebt mir – andrerseits haben alle meine Informanten freiwillig gesprochen, darüber hinaus sickert ein ungenaues Wissen über die rituellen Absude in Bahia durch; die Kenntnis der Veränderung des Menschen durch pflanzliche Stoffe betrifft die Belange unserer ganzen Generation, und schließlich fühle ich mich unweigerlich der Tradition des Wissenwollens und Fragens zugehörig, daß ich eine mögliche Erweiterung unserer Kenntnisse vom Menschen durch atavistische Gefälligkeiten nicht zurückdrängen möchte.«
Das bezieht sich zwar auf einen Einzelaspekt, kann aber ebenso für die Grundeinstellung Hubert Fichtes in Sachen Ethnologie genommen werden. Er hat darüber hinaus niemals einen Hehl daraus gemacht, daß er von den Forschungsmethoden der professionellen Ethnologen im allgemeinen nicht sehr viel hält; das richtet sich zum Beispiel gegen den Strukturalismus von Claude Lévi-Strauss. Also Frageverhalten und Erweiterung von Kenntnissen über den Menschen ganz allgemein, anthropologische Neugier, das Beobachtete und Erfahrene aber beschrie-

ben von einem Autor, von einem, und hier müßte man wohl doch das abgebrauchte Wort einmal mit Sinn einsetzen: Dichter? Dichterische Freiheit und Imagination kontra wissenschaftliche Methodik und Trockenheit?

Solche Fragen einfach zu bejahen oder zu verneinen, wäre wiederum zu einfach. Und ich stelle sie auch nur, um noch einmal das Problem, das sich in diesem Buch Hubert Fichtes stellt, im Aufriß zu zeigen. Anders gefragt: sind diese Aufzeichnungen aus drei ganz verschiedenen Zentren des afroamerikanischen Synkretismus (das ist die Vermischung von traditionellen religiösen Formen der Afrikaner mit überlagernden aus christlichem, indianischem, ja indischem Bereich) ein Seitenweg im Werk des Autors Hubert Fichte, oder stehen sie für etwas, das zentral ist? Was interessiert den Verfasser der Romane *Die Palette, Detlevs Imitationen »Grünspan«, Versuch über die Pubertät* an diesen Riten? Ist das anthropologische Neugierverhalten lediglich ein anderer Aspekt, eine vielleicht vorübergehende Abweichung, oder öffnet sich hier erst eine Perspektive, die auch die anderen Bücher in neuem Licht erscheinen läßt?

Schon das vorletzte Buch Fichtes, *Versuch über die Pubertät*, beginnt in Brasilien und hat Einschübe mit Szenen und Bildern aus Haiti. Die Erzählung von der eigenen Pubertät (das Autobiographische ist weniger verschoben als im *Waisenhaus* – seinem frühesten Erzählband – oder in der *Palette*) ist unterlegt mit Kontrast- und Parallelerzählungen.

Welche Funktion haben die Aufzeichnungen aus Brasilien oder Haiti in diesem Zusammenhang? Wenn die Recherche der eigenen frühen Geschlechtlichkeit, der ersten Verwirrungen der Homosexualität in die unmittelbar personale Erinnerung hinabtaucht, so kommen in den Einschüben des Romans andere, überpersonale Bilder zur Sprache. Ist das der Versuch, eine bisher unerschlossene Schicht zu öffnen?

Diese Frage geht noch immer allzu starr davon aus, daß es die angenommene Einheit des Subjekts tatsächlich und wortwörtlich gibt. War denn nicht deren Durchdringung, deren immer feinere Aufsplitterung in psychologische Motivschattierungen bis an ein Ende geführt worden durch die abendländische Romanliteratur und an diesem Ende, bei James Joyce wie bei Marcel Proust die Frage nach der anderen Realität aufgetaucht, die in der fiktiven Einheit des Ich nicht mehr zu fassen war? Fichte ist, nach seinem bisher vorliegenden Werk zu urteilen, ein Autor, der konsequent in der Nachfolge Prousts den Versuch unternommen hat und weiter unternimmt, die noch unbekannten Schächte des Bergwerks zu erforschen und zu schildern, als das unser wahres Bewußtsein-Unbewußtsein zu sehen wäre.

In diesen Zusammenhang, so scheint mir, ist das neue Buch zu stellen. Die Erfahrung des afroamerikanischen Synkretismus wie die Erlebnisse der fremden exotischen Welt, der unbekannten gesellschaftlichen Strukturen verwandeln sich in Bilder, die wie ein Echo auf das antworten, was in dem Erfahrenden selbst verborgen oder verschüttet war. Ethnologie stellt ein Untergraben des eingeschliffenen Bekannten dar. Umgekehrt kann Hubert Fichte sagen, sein Zugang zu den Fakten und Zusammenhängen ethnologischer und religiöser Erscheinungsformen in den Bereichen, in denen er seine Erfahrungen gesammelt hat (und das gilt über Bahia, Haiti und Trinidad hinaus auch für bestimmte Länder Afrikas), sei unmittelbarer als der vieler Wissenschaftler. Und wenn in dieser Erforschung und Beschreibung von Schichten der inneren Realität des Menschen – eine neue anthropologische Definition abzulesen sei, so sei seine Anthropologie die konkretere, weil poetische.

Nicht Spiegel des erfahrenden geschlossenen fiktiven Ich (das ist die überlieferte Haltung der Reisenden aus dem sich noch autonom glaubenden Abendland) ist das Fremderfahrene, sondern dieses Ich findet sich dort erst wieder, entdeckt sich, indem es sich hingibt, ja aufgibt ins andere. So gelesen, entfaltet sich das Mosaik aus erzählerischen Einzelteilen, das Miteinander der religiösen Erlebnisse, der Teilnahme an fremden Riten, der privaten Begegnungen, der Aufnahme soziologischer Fakten, der Bilder, der Wortketten, der Sprünge und Ausbrüche wie von selbst. Nicht objektiv gegebene Topographie und Chronologie bestimmen den Bericht, sondern die Neu- und Wiederentdeckung des Selbst. »Vor Lautréamont«, sagt Fichte

im Haiti-Kapitel, »und C. G. Jung, vor Antonin Artaud und Burroughs, vor Genet, vor Janov, vor Foreman, vor Lil Picard hat der haitianische Vaudou eine surreale Schicht der Sprache, eine Popschicht, mit seinen Litaneien, Götterkatalogen und Tranceperformances eröffnet.«
In solchen Formulierungen (an anderer Stelle spricht Fichte von einer »popartigen Weltumarmung afroamerikanischer Religionen«) läßt sich auch der Bogen schließen bis zurück zur *Palette*. Etwas anderes kommt noch hinzu. Das zeigt sich zunächst in dem anderen Buch mit dem Titel *Xango*, dem Photoband, in dem die Photographin Leonore Mau auf adäquat großartige Weise die Fichteschen Erkundungsgänge durch Photos begleitet, unterstützt, hinterlegt.
Es sind nicht Illustrationen. Der äußere Eindruck, es handele sich hier um einen Reisebericht mit beigegebenem Bildband, wäre völlig falsch. Die Photos werden ihrerseits erst ganz verständlich, wenn man die Einheit sieht. Der zur gleichen Zeit erschienene Photoband über die *Nuba von Kau* von Leni Riefenstahl zeigt, im Gegensatz zu den Bildern von Leonore Mau, tatsächlich die mit allen Mitteln technischer Reproduktion unternommene Objektivierung des fremden urtümlichen Gesichts. Im Vergleich erkennt man, wie eng Frau Maus Aufnahmen verflochten sind in den Vorsatz, den das Buch Hubert Fichtes verfolgt. Leonore Mau tritt selber in den Büchern Fichtes in verschiedenen Verwandlungen auf, zuletzt als Irma im *Versuch über die Pubertät*. Die Verfremdung des Namens zeigt auch den Unterschied zwischen der Brasilienpassage des Romans und der Erzählung des Buches *Xango*. Als Irma erscheint noch eine teilerfundene Figur, als Leonore in *Xango* ist es diese auch biographisch faßbare Person. Die Recherche hat unvermitteltere Züge angenommen. Es ist die Sache selbst, der Fichte auf der Spur ist. Der Schleier der Fiktion wird durchbrochen; sicher nicht fallengelassen, denn zukünftige Exkursionen werden ihn gewiß auch wieder benötigen.
Zum jetzigen Stand des »Romans, der im Fluß ist«, wie Fichte gern sagt, gehört aber auch, daß die Mitte des Photobandes gebildet wird von einem der zentralen Texte, die Hubert Fichte geschrieben hat: *Die Rasierklinge und der*

Hermaphrodit. Darin treten alle thematischen Stränge von Fichtes Prosa wie in einem Brennpunkt zusammen: Homosexualität und Bisexualität, anthropologische und soziologisch-politische Definition, Subjektivität und afroamerikanische Religiosität. Die nach beiden Seiten schneidende Gillette-Klinge ist Metapher für den Schwul-Androgynen, nach beiden Seiten Offenen und überlagert sich mit der doppelschneidigen Streitaxt des Regen- und Donnergottes Xango. Zugespitzt sagt Fichte selber: »Hier wird die formale Information des Anspruchs deutlich. Die doppelte Fehlerhaftigkeit des logischen Gehaltes drückt einmal mehr aus: Hier geht aber auch alles durcheinander. Was es nicht gibt, gibt es doch.«
Es wird aber auch erkennbar, wie stark die Einheitlichkeit des Fichteschen Werks ist. Eine Einheitlichkeit, die vielleicht nirgendwo so klar formuliert worden ist wie im Motto zum *Versuch über die Pubertät*: »Plötzlich – aber vielleicht vorbereitet durch langsam zur Oberfläche geschwemmtes Material – entdeckte ich, daß alle meine Versuche bisher nur eine Bewegung verrieten: zurückzufinden in frühere Schichten. Ich beschloß, von nun an die Handlungen einzuteilen in magische und vom Magischen abgelöste. (Wobei ich den Begriff des Magischen für meinen Gebrauch etwas umwandelte.) Ich überlegte, ob nicht auch meine Vorstellungen in der Pubertät Ritualisierungen wären, wie die Zeichensprache des Adlerflügler, Schwurgifte und wie das Schminken von Novizen.«

HANS-JÜRGEN HEINRICHS

Die authentische Beschreibung der fremden Kultur

> »Das Unbehagen in der Kultur ist dem blanken Horror gewichen ... Aussprüche meiner Landsleute: ... Es gibt Folter und Folter. Es kommt darauf an, ob sie dienlich ist oder nicht.«
>
> Hubert Fichte

Es gibt Bücher, in denen der Körper und die Sprache des Autors in so vielen Verästelungen gegenwärtig sind, daß sie den Raum zwischen dem eigenen Körper und der eigenen Sprache und dem Körper und der Sprache der anderen erschließen. Der Autor ist darin leiblich gegenwärtig, aber sein Körpergeruch vernebelt nicht die von ihm erschlossene Welt. Hubert Fichte hat mit *Xango* einen solchen poetischen, körperlichen und exzessiven Text geschrieben, der zugleich Kulturanalyse inhaltlich und formal in einer Weise liefert, die nicht nur Anlaß für literaturtheoretische und -kritische, sondern auch für im weitesten Sinn sozial-wissenschaftliche und politische Diskussionen sein kann.

Die Tradition, in der Fichtes *Xango* steht, ohne daß sie von ihm ausdrücklich reflektiert würde, ist die Ahnenreihe, die in der letzten Generation die Namen Claude Lévi-Strauss und Michel Leiris vorweist. Das Programm: Ethnographie und Poesie nicht nur zu verbinden, sondern beide Produktionen aus einem Kopf und einem Körper entstehen zu lassen, beide Formen menschlicher Kreativität situativ neu zu entwickeln – von den Anfängen an bzw. den Situationen und Sensationen aus, soweit man sie zu fassen bekommt. Dieses Programm setzt gegen das Spezialistentum ab und versucht interdisziplinäres Denken hinter sich zu lassen, denn es zielt nicht auf Wissenschaft und Theoriebildung, sondern auf Bewußtseins-, Erfahrungs- und Erkenntnisprozesse. Der Vorgang des Erfassens von Fremdphänomenen ist dabei ebenso wichtig wie das Resultat. Der Vorgang der Selbstbeobachtung ist für dieses Erfassen konstitutiv. Das ›Präparieren von Erfahrungstrophäen‹ lehnt Fichte ab.

Dieses Vorhaben, sich im Fremden und das Fremde in sich aufzuklären, das Fremde im Bild oder in der Schrift versuchsweise ganzheitlich, komplex und heterogen zu organisieren, sich in dieser Organisation zu Teilen zu verwirklichen und sich wieder zurückzunehmen, ist von George Devereux mit dem Titel *Angst und Methode,* von Leiris und Delange mit »ethno-esthétique« belegt worden; Lévi-Strauss beschrieb den Reisenden als »Archäologen des Raumes, der mit Hilfe von Bruchstücken vergeblich versucht, das Exotische zu rekonstruieren«, in *Traurige Tropen* versuchte er ethnographische Modellbildung und Erfahrungsstruktur ursprünglich aufeinanderzubeziehen; Hubert Fichtes Text schließlich wurde von Heissenbüttel als »poetische Anthropologie« bezeichnet, wobei Fichtes Verständnis von einer Wissenschaft vom Menschen tatsächlich auf den Menschen konzentriert ist und dabei von der ethnographischen und soziographischen Beschreibung ausgeht.

Wenn sich Literatur dieser Erfahrungs- und Darstellungsmöglichkeiten öffnet und, wie Hans Christoph Buch in *Die Scheidung von San Domingo*, auch die Vergangenheit dokumentarisch und historisch in einem literarischen Entwurf zu rekonstruieren vermag, dann hat Literatur die ihr mögliche, durch die Persönlichkeit des einzelnen Autors garantierte authentische Vermittlung von Realität geliefert. Wissenschaft, zumal ökonomische und soziologische Analyse, müssen diese Authentizität, Erfahrungsintensität und versuchte Wahrhaftigkeit über aufgeklärte Methodik und Theoriebildung erreichen. Dazu gehört auch, daß die Forscher ihre subjektive Verstricktheit in der Beobachtungs- und Erkenntnissituation anerkennen und erforschen. Die Anthropologen sind dabei, dies zu tun. Voraussetzung dafür ist: Betroffenheit von objektiven Verhältnissen, Teilhabe an der, auch durch unsere Geschichte verursachten Beschädigung und Vergiftung der anderen, Einsicht in die angstdurchsetzte und kulturspezifische Forschungssituation.

Vielleicht setzt sich mit Fichtes Arbeit am ehesten das Ver-

ständnis für Ethnographie und eine am Menschen interessierte Soziologie in Deutschland durch.
Hubert Fichte – als Romancier und Essayist vor allem durch die Bücher *Das Waisenhaus, Die Palette* und *Versuch über die Pubertät* bekannt – hat den Versuch gemacht, aus seiner kulturspezifisch eingeengten Literatenrolle auszusteigen und fremde Kultur in einer Weise bei uns vorzustellen, die die wissenschaftlichen und skandalösen Berichte über ›Fremdartiges‹ und über ›Wilde‹ überholt.
Xango ist ein Gemeinschaftsprojekt von Leonore Mau, die einen großformatigen Bildband zusammenstellte, und Fichte, der dazu erläuternde Texte sowie einen extra Band schrieb. Beide Teile tragen den Namen des Gottes »Xango« und im Untertitel: *Die afroamerikanischen Religionen. Bahia. Haiti. Trinidad.* Durch diese Titel und Namen ist der im weitesten Sinne brasilianische Kulturraum mit seinen vor allem afrikanischen und asiatischen Bezugspunkten sowie das Phänomen des Synkretismus, d.h. der Verschmelzung von Religionen, benannt. Die afrikanischen Götter und Heroen (der Yoruba, Fon, Ewe u.a.) wurden gleichsam mit den Sklaven importiert; dazu kommen die unzähligen Voudou-Heiligen, katholische Heilige, Generäle usw., ritualistische Einflüsse durch Freimaurerei, Spiritismus, Anglikanismus und z. T. auch durch die indianische Kultur.
Bahia, Haiti und Trinidad bezeichnen, als Inseln und Städte, den von Fichte beschriebenen und von Mau bildlich erfaßten Raum des afrobrasilianischen Synkretismus, der außer durch Vermischung durch die »Welt des Hungers« strukturiert ist. Religion meint hier eine unfaßbar gewordene Bewegung, die von etwa fünfzig Millionen Menschen getragen wird, die sich längst schon auch auf Europa erstreckt.
Sie ist zugleich ein starres Zwangssystem, das die Menschen knechtet und ein System, das durch die Technik der Trance und anderer Zeremonien Freiheit und Befreiung auf Zeit garantiert, durchaus vergleichbar modischen psychotherapeutischen und psychedelischen Strömungen in Nordamerika und Europa.
Der Proafrikanismus hat eine verstärkte Hinwendung un-

serer Jugendlichen zu den synkretistischen Riten und einen verstärkten Import von Candomblé, Santeria oder Voudou durch Flüchtlinge und Emigranten nach London, Paris, Miami oder Caracas mit sich gebracht. Während so weltweit neue Mischformen, Riten und Götter entstehen, verarmt gleichzeitig das traditionelle religiöse Leben in Afrika. Dennoch kann vereinzelt eine, auch durch rassistische Gruppen gestützte puristische Tendenz: eine versuchte Wiederaufnahme reiner afrikanischer Formen beobachtet werden – gleichsam ein Sichauflehnen gegen diese »popartige Weltenumarmung der afroamerikanischen Religionen« (Fichte).

Die Religionsrichtungen begreift Fichte als im weitesten Sinne ästhetische Gegenbewegung zur Elendssituation, in der die Afrobrasilianer leben. Aus diesem Verständnis heraus entwirft er Bilder einer zugleich poetischen und nackten Faktizität. Ich habe den seltenen Eindruck: Realität präsentiert sich. Dies ist auch so bei den China-Filmen von Ivens. Es ist ein Autor da, der das ganze Geschehen aus seiner subjektiven Einstellung heraus präsentiert, aber seine Subjektivität ist stark genug, um sich nicht aufdrängen zu müssen. Wo der Autor »Ich« sagt, ist er tatsächlich mitten drin: »Ein erkletterter Urwald über weißem Schaum. / Da sind die dreißig Meter niederstürzenden Fälle. / Zu ihnen hoch ein Berg aus Tausenden von schwarzen Besessenen. / An der Spitze winden sich einige in den Wasserstrahl hinein – einer beginnt auf einem steilen, algengrünen Abhang den Tanz des Schlangengottes vorzuführen. / Auch ich lasse das kalte Wasser auf mich niederschlagen. / Auch ich schreie auf vor Angst und Begeisterung. / Die Sucht, sich fallen zu lassen. / Auf die Fälle zu, von den Fällen wieder weg. / Das Sonnenlicht formt einige Gruppen heraus, läßt andere zu Silhouetten erstarren. / Heilige Schamlosigkeit. / Sobald die nackten Mädchen im Wasser stehen, lassen sie sich fotografieren. / Die besessenen Mütter säugen in der Gischt ihre Babys. Eingedrückte, lappige Brüste, an denen die Säuglinge mit den Zähnen reißen. / Unsexuelle Schamlosigkeit. / Kein junger Mann hat einen hoch.«

Das Verhältnis von Ritual und Sexualität wird von Fichte narrativ, aphoristisch und essayistisch abgehandelt. Er

beobachtet und beschreibt homosexuelle und transvestitische, bisexuelle und hermaphroditische Wünsche, Manifestationen (im entsprechenden Götterglauben) und Abwehrreaktionen. Die Geschlechtlichkeit der Gläubigen der afroamerikanischen Religionen ist unbestimmt, fast alle haben ›androgyne Züge‹. Der Gott Xango ist doppelgeschlechtlich, zweischneidig wie eine Gillette. »Xango ist der Gott des Regens, des Donners, des Blitzes. Er wirft Donnersteine, vorgeschichtliche Steinäxte. Die Doppelaxt ist sein Zeichen. ›Gillette‹.«
Fichte zitiert und beschreibt das Alltägliche, in dem diese Menschen leben, und das sie, auch in den profansten Formen, ins Religiöse einbringen; er zeigt den Alltag in seiner Vermischung aus Elend und ritualisierten Formen des Verhaltens, Magie, Besessenheit und Ex-sistenz; er zeigt Abläufe als die Insistenz einer ästhetisch signifikanten und politisch determinierten Kette, in die er kurzzeitig eintritt.
Was er beschreibt – die Macht der Militärs, Folterungen, Tagesbrutalität und Armut, staatliche und Selbstzensur, Regierungspropaganda und Alltagsbewußtsein, das Essen, Exkremente und die Gerüche einer Stadt, Erziehung, Gesundheitswesen und Landwirtschaft – darin ›zeigt‹ sich eine Tendenz, er muß sie nicht ›propagieren‹. Seine Texte beinhalten eine Logik der sinnlichen Qualitäten, der alltäglichen und rituellen Abläufe, der politischen und sozialen Verhältnisse und eine »Poetik menschlicher Verhaltensweise«.
»Der 12jährige Marcos Corréa Paz wird von der Polizei während der Verfolgung von Rauschgifthändlern erschossen. / Drei Tage vorher war in Rio de Janeiro der junge Evanir unter ähnlichen Umständen von der Polizei erschossen worden. / Bei dem Versuch, einen Streit zu schlichten, erschießen drei Nachtwächter in São Paulo den 12jährigen Fernando Antonio Pereira Sapucaia.« / »Pelé ist das schwarze Nationalalibi der brasilianischen Republik. / Eine Pelé-Statue in jeder größeren Stadt. / Die Illustrierten bringen Sondernummern: / Historisches Dokument: Leben und Ruhm Pelés. / Pelé wirbt für Batterien. / Pelé spricht sich gegen Rauschgift aus ...« / »Der Totengräber in Deodora wurde verrückt, er konnte seine sechs

Söhne nicht mehr ernähren. Die Präfektur schuldete ihm neun Monate den Lohn.«

»... eine Geflügelpastete im jugendstilig abgeformten Bauernbrot. / Dies Brot braucht man nicht zu kosten; die Textur des Groben genügt, um ein archaisierendes Bewußtsein, von der Gaumenregion aus, zu erzeugen. Dies Brot geht zurück und wird irgendwo zwischen Mauretanien und Guyana aus der Luft gelassen oder verwest auf den Müllbergen von Guadeloupe.«

Fichte hat etwa vier Jahre in Brasilien, Haiti und Trinidad gelebt und in dieser Zeit eine offene Tagebuchform entwickelt, in der er Erfahrungs- und Geschehensabläufe zugleich ungeschminkt präsentiert – gleichsam zum Beweis des Satzes »Alle Sätze sind gleichwertig« – und diese Reihung irritiert: In der Aussonderung von Wörtern, Wortgruppen und in innovatorischen Umstrukturierungen stellt er das Besondere heraus, formuliert er das Fremde, Exotische. Er produziert nicht das Exotische, sondern das Exotische zeigt sich in der sprachlichen Anordnung. Der Exotismus zeigt sich im Vorstellungsrepertoire aus Sexualität, Tod, sozialer Lebenswelt und Religionen – vermittelt über Wort- und Satzreihung, Zitation, Namenfetischisierung, szenisches Arrangement und Aussonderung einzelner Sprachteile. Diese Strukturierung und sprachspielerische Gestaltung ist material- und erfahrungsintensiv, ist elementar ethnographisch und soziologisch, wenn er zum Beispiel mit ein paar Strichen darlegt, daß auf Trinidad ohne das perfekte Funktionieren der Gemeinschaftstaxis alles zusammenbräche, wenn er einen Park oder einen sozialen Zusammenhang in einfachen Hauptsätzen beschreibt oder Fragen der Landwirtschaft in einem Interviewausschnitt dialogisch präsentiert oder das Leben der Götter (in Weisheit, Alltäglichkeit, Mystik und Sexualität) erzählt.

Die Wohlhabenden bestellen sich, bei Bedarf, Magie über ihre Dienstboten. Die Stätten der Zeremonien und Riten sind Tempel und weitgehend geheimgehaltene, zumindest durch Korruption und Angst geschützte Häuser. Die bekannten magischen und rituellen Zusammenkünfte tragen die Namen Candomblé, Makulele oder Umbanda – kongolesische Namen, die ursprünglich ein Musikinstrument benennen. Dem Wunsch des Fremden, daran teilnehmen zu wollen, Foto- und Tonbandaufnahmen zu machen, wird bereits von den Verantwortlichen in einer Weise entgegengekommen, die Teil des Rituals ist: Entweder er versteht, eine Stelle in dem Ablauf einzunehmen, sich mit Geschenken, in Kleidung und Verhalten dem extrem geregelten Bedürfnissystem einzuordnen, oder er bleibt draußen. Er muß wissen, Zeit und Gespür haben. In jedem Fall lebt er gefährlich. Bei der Sekte der Eguns tragen beispielsweise die Totenpriester bei ihren Festen mit Kräuterabsuden getränkte Kleider, die bei Berührung lepraartige Geschwüre verursachen.

Ein andermal verschafft er sich zu einem Fest Zugang, das für den Gott Ogum, der eine sog. »große Arbeit« fordert, gefeiert wird:

»Ich komme abends hin. Nur Männer, die mich so ansehen, daß ich es mit der Angst kriege und nicht mehr glaube, da wieder lebendig rauszukommen. Mein Bekannter stellt mich einem Bekannten vor. Der geht mit mir weg und führt mich stundenlang spazieren. Wir sprechen vom Wetter und so weiter. Mit einem Mal sagt er: ›Wollen Sie die Arbeit für Orgum sehen?‹ Er stößt eine Tür auf. Da liegt die Leiche eines etwa 14jährigen Jungen. Das Gesicht unter einem Lappen. Von den Hüften abwärts alles voller Opfertiere. Nur die Brust ist unbedeckt. Rechts und links am Brustkorb tiefe Einschnitte. Wie haben sie den Jungen getötet? Vergiftet? Kastriert? Oder durch einen Schnitt an der Gurgel?«

Der Polizeipräfekt und der katholische Pfarrer waren anwesend, der Junge wurde später auf der Straße gefunden, bedeckt von Blumen und Opfergaben. Die Opferzeremonie (unter Leitung der 90jährigen Mae Oya, von der gesagt wird, sie sei eine lebende Tote) hatte in einem Arrangement aus Kerzen, Blut, Trommeln, Kräutern und Tieren stattgefunden – ein Geschehen, wie es Nitsch auch in unserer Kultur zu realisieren versucht.

Fichte legt Kataloge von Pflanzen-, Völker- und Götternamen an, die er, vergleichbar dem abgehandelten Synkretismus, mit Namen unserer Kultur vermischt: Lautréamont, C. G. Jung, Artaud und Burroughs, Genet, Janov u. a. Es ist eine Technik der Evokation, der Namen- und Assoziationsverwertung. Namen, statistische Zahlenreihen und plakativ vorgefundene Texte werden zum mystischen und zum sozialen Gedicht, z. B.:

»Für die Petrogötter werden benötigt:
Ein schwarzer Stier.
Zwei schwarze Zicklein.
Zwei Truthähne.
Zwei schwarze Tauben.
Ein Puter.
Ein Stier kostet dreißig Doller.
Ein Zicklein sechs Dollar.
Zwei Hühner einen Dollar.
Ein Schwein sechs Dollar.
Ein Truthahn zwei Dollar.
Ein Puter drei Dollar.
Wenn Dieusifort sich sehr einschränkt, hofft er mit 138 Dollar auszukommen.
Wer gibt Dieusifort 138 Dollar?«

Fichte besitzt eine einzigartige Fähigkeit, religiöses und magisches Geschehen in einer Breite der Darstellungsformen und in einer von Anschauung und Erfahrung gesättigten Weise zu vermitteln, die selbst Statistik und bloße Namen zu notwendigen und poetischen Bestandteilen eines aufklärerischen Textes macht. Er ist ein Dichter, der das erstmals von Benn sprachlich beschworene Chaos »von den Breiten des Tran bis zu den Ländern der schleimigen fetten Pulque«, »Panoptikum, Bilder, Fragmente, von meinen Fragen koloriert«, ebenfalls ausbreitet und zugleich daraus eine elementare und humanistische Soziologie und Religionssoziologie entwickelt.

»Normale, Bisexuelle, Schwule, Transvestiten, Impotente. / Normale, Sonderliche, Entrückte, Verrückte, Eingelieferte. Säuglinge, Entwöhnte, Schulkinder, Streunende, Pubertierende, Erwachsene, Ältere, Alte, Altersheiminsassen. / Normale, Entwöhnte, Raucher, Trinker, Hascher, Fixer, Junkies. Indianer, Weiße, Neger, Inder, Chinesen, Araber. / Hindus, Buddhisten, Afros, Moslems, Protestanten, Anglikaner, englische Sektierer, nordamerikanische Sektierer, kanadische Sektierer, Katholiken. / Asoziale, Black Muslims, Black Panther, Sozialdemokraten, Tories, Apolitische, Upper upper, upper, lower upper, upper

middle, lower middle, upper lower, lower, lower, lower. / Und Pflanzen will ich beobachten. Käfer. Nachtschmetterlinge. Amphibien weniger. / Auch keine Steinformationen und keine Mineralvorkommen.
Die ›Savannah‹ – englischer Park und tropische Steppe. / Reiter entrückt im goldenen Morgenstaub. / Ein viktorianisch gestimmtes Hotel. / Zuckerbäckerstil und herausgemorschte Holzlamellen. /
In der Republik von Trinidad und Tobago leben etwa eine Million Menschen. / 214 Einwohner auf dem Quadratkilometer. / 40 Prozent rund sind afrikanischer Abstammung. / 40 Prozent indischer. / Zwei Prozent Europäer. / Zwei Prozent Chinesen. / Zwei Prozent Syrer, Libanesen etc. / Etwa 14 Prozent sind »Mischlinge«, wie sich die Bundesstelle für Außenhandelsinformationen ausdrückt. / Das Bruttosozialprodukt lag 1968 bei 1,6 Milliarden Trinidad-Dollar – das sind mehr oder weniger 800 Millionen US-Dollar. / Das Prokopfeinkommen wird mit etwas mehr als 800 US-Dollar angegeben. / Der Ackerbau hat an der Wirtschaft einen Anteil von 8%. Hydrokarburate, Kleinindustrie, Baugewerbe, Elektrizität – zu der die Trinidensen ›Electry-City‹ sagen – 48%. / Dienstleistungen etc. 43%. / Trinidad lebt vom Erdöl. / 11,5% des Bruttosozialprodukts sollen ins Ausland transferiert werden. Der Ackerbau geht zurück. / Lebensmittel und Fertigwaren werden importiert. / Offiziell 14% Arbeitslose. / René Dumont schätzt mehr. / Man hört von 25 bis 40%.«
Ethnologie, Psychoanalyse und Reportagen verdächtigt er der generalisierenden Vereinnahmung des Fremden und der zur Schau gestellten Siegerpose. Auch wenn dieser Vorwurf des Diskurses und der Differenzierung bedürfte, was Fichte hier nicht leistet, so ist es ihm doch in bisher einzigartiger Weise in Deutschland gelungen, Dichtung soziologisch und ethnographisch zu bereichern, eine Sprache auszuprobieren, die diesem erfahrungsmäßig und wissenschaftlich erschlossenen Wirklichkeitsspektrum gerecht wird, eine (aus entsprechender Lebenspraxis notwendig gebildete) Sprache der Widersprüche, der Heterogenität und der Komplexität, im Kampf gegen »kolonisierende Ausdrucksweisen«. Fichte hat 1976 das wich-

tigste deutschsprachige kulturanalytische Buch im Bereich der Literatur veröffentlicht.
Leonore Mau hat Realitätsausschnitte nicht geschminkt und nicht verabsolutiert, sie hat Situationen und Abläufe, Elemente einer überaus verwirrenden Realität ohne Pathos und ohne Abstraktion von ›Nebensächlichem‹ festgehalten. Fichte und Mau haben ihre Aufnahmen und Mitschnitte nicht erkauft; ihr Erleben des Fremden fiel nicht mit dem gemachten Bild in sich zusammen, und so ist die Lust beim Lesen und Betrachten auch von längerer Dauer als das Hinhalten des Kopfes beim Schnappschuß.

Über »Hans Eppendorfer. Der Ledermann spricht mit Hubert Fichte« (1977)

GÜNTER BLÖCKER

Nicht Ausdrucksnot, sondern Wortüberflutung

So naheliegend und verlockend es auch scheinen mag, das Leben selbst zum Sprechen zu bringen, indem man einem vom Leben besonders hart Getroffenen das Wort erteilt und unretuschiert festhält, was dieser zu sagen hat – in der literarischen Praxis sind solche Versuche immer wieder gescheitert. Der Grund dafür liegt in der ebenso simplen wie offenbar noch immer weithin unbekannten Tatsache, daß die Wirklichkeit der Dinge und die Wirklichkeit der Worte in aller Regel nicht identisch sind. Wahrheit, vor allem die der eigenen Person, können wir nur nach Maßgabe unseres Sprachvermögens vermitteln. Wo dieses gering ist oder nicht hinreichend entwickelt, beginnt – aller vermeintlichen Authentizität zum Trotz – die Flucht ins Klischee.

Es wird dann nicht mitgeteilt, was einer wirklich erfahren und empfunden hat, sondern wovon er – nach der allgemeinen Normvorstellung – glaubt, er müsse es erfahren und empfunden haben. Statt sich in seiner Substanz zu offenbaren, verwechselt er die Stimme seines Inneren mit einer von außen übernommenen Erwartungsschablone, die er gehorsam bedient. Nur so ist es zu erklären, daß die meisten ›wahren‹ Geschichten so steril und unwahrhaftig erscheinen. In der Tat sind sie wahrhaftig nur in ihrer Ausdrucksnot, in dem, was zu sagen sie außerstande sind.

Einer der ganz wenigen, denen es gelungen ist, diese Gesetzmäßigkeit zu durchbrechen, ist der Romancier Hubert Fichte. In seinen *Interviews aus dem Palais d'Amour* hat er

ebenso wie bei seinen Exkursionen in die Welt der afroamerikanischen Religionen *(Xango)* Sprachlosen dazu verholfen, ›ihre‹ Sprache zu finden. Er hat die gesprächsweise Ausforschung zu einem Instrument entwickelt, das dem Partner Gelegenheit gibt, ganz zu sich selbst zu kommen, ihm einen Ausdrucksraum eröffnet, in welchem er sich uneingeschüchtert, aber auch zu keiner Pose ermutigt oder verführt bewegen kann. Fichtes Geheimnis ist die Herstellung der Partnerschaft zwischen Frager und Befragtem. Anders als die sattsam bekannten Positivisten der Interviewtechnik ist ihm klar, daß bei solchen Erkundungen nicht das Tonbandgerät (dieser vermeintliche Garant der Wahrhaftigkeit) das wichtigste ist, sondern der vertrauensvolle Kontakt.
Unter dem in seiner prononcierten Bescheidenheit irreführenden Titel *Hans Eppendorfer. Der Ledermann spricht mit Hubert Fichte* (natürlich verhält es sich umgekehrt: Fichte ist es, der mit dem Ledermann spricht) hat ein weiteres Interview-Unternehmen des Autors die Öffentlichkeit erreicht – zunächst als Bühnentext und nun in Buchform. Es ist in der Tat ein Unternehmen, schon was die zeitlichen Maße anbetrifft. Das Gespräch erstreckt sich, mit jeweils dreijähriger Unterbrechung, über einen Zeitraum von sechs Jahren. Das bedeutet, der Interviewte hat die Chance, sich in drei verschiedenen Entwicklungsphasen zu präsentieren: 1970 als ein eben aus zehnjähriger Haft entlassener jugendlicher Mörder, 1973 als Repräsentant der geheimnisumwitterten Lederszene und 1976 als gesellschaftlich leidlich etablierter Journalist.
Erstaunlicherweise ist die erste Phase die am wenigsten ergiebige. Warum hat Eppendorfer die ältere Frau umgebracht, die ihm nur Freundlichkeiten erwiesen und zu der er (wörtlich) »eine ganz säuische Anhänglichkeit« entwikkelt hatte? Er weiß es nicht, auch nach zehn Jahren kann er im wesentlichen nur seine grenzenlose Verwirrung bekennen. Die Einsicht in die Motive scheint nach wie vor blockiert. Was Fichte aus ihm herausholt, klingt mehr nach psychoanalytischem Lehrbuch als nach spontaner Selbsterschließung. Eppendorfer behauptet, in dem Opfer seine Mutter getötet zu haben, die er haßte, weil sie ihn nur widerwillig zur Welt gebracht und sein kindliches

Zärtlichkeitsverlangen unbefriedigt gelassen hatte. Schon als Fünfjähriger will er in ihr die Abtreiberin erkannt und gefürchtet haben, die versucht hatte, ihm das Leben zu verweigern.
Ein Hauch von Literatur liegt über diesem Teil der Beichte. Wie etwa das Gesicht des Opfers plötzlich die Züge der verabscheuten Mutter angenommen haben und so den Mörder zu noch heftigeren Attacken provoziert haben soll, das hat etwas von der nicht ganz geheuren Perfektion einer filmischen Überblendung. Man teilt durchaus Fichtes vorsichtig geäußerte Skepsis, wenn er fragt, ob es sich bei alledem nicht zumindest teilweise um Phantasien handle, die Eppendorfer hinterher in die Vorgänge hineinprojiziert habe, oder gar um die Reproduktion von Gelesenem, mit dem er – wenn auch vielleicht unbewußt – die quälenden Erinnerungslücken auszufüllen suche.
In dem zweiten Interview wird Eppendorfer dann sehr viel konkreter. Er legt Zeugnis ab von einem Resozialisierungsprozeß besonderer Art. Der in die Freiheit zurückgekehrte Gewalttäter schließt sich einer sozialen Randgruppe an, deren Besonderheit es ist, Gewalttätigkeit zum Ritual zu stilisieren, eben der sogenannten Lederszene. Hier, wo der Normalverstand nichts als rüde Perversität vermutet, findet Eppendorfer, was er bis dahin vergeblich gesucht hatte: Geborgenheit, Verständnis, Solidarität. Auf der einen Seite die »Orgien der Maskulinität« mit dem Wunsch, »nur noch Körper, nur noch hechelnder Leib zu sein«, die Faszination von Blut und Urin, die Utopie vom »Manntier« – auf der anderen jene, wie Eppendorfer sagt, »ungeheuerliche Kameradschaftlichkeit«, die ihm das gerade in seiner Situation dringend notwendige Zugehörigkeitserlebnis verschafft. Die nachgerade zu Tode strapazierte Floskel von der Nestwärme feiert da – unausgesprochen – ihre absonderlichste Auferstehung: Leder als Plüschersatz.
Das dritte Interview ist das wichtigste. Es liefert – unter Fichtes behutsamer Anleitung – einige Interpretationen, die bis zu einem gewissen Grad akzeptabel sind. Schon vorher hatte er die Formel vom »sexuellen Spiellaster« in das Gespräch eingeführt. Sie bezeichnet in wohlwollender Umschreibung, was für Eppendorfer zum Rettungs-

anker wurde, die Möglichkeit nämlich, auf einer strikt einzuhaltenden Linie zwischen Spiel und blutiger Realität das kontrolliert auszuüben, was einst unkontrolliert über ihn gekommen war. Ob man sagen könne, die Lederszene sei für ihn eine Art »theatralischer Therapie« gewesen, fragt Fichte. Der Ledermann räumt das ein, ergeht sich dann aber in Verallgemeinerungen, die mit der Sache, ›seiner‹ Sache, nicht mehr viel zu tun haben; und da liegt der Schwächepunkt gerade dieses letzten Interviews.

Eppendorfer versteht sich als Schriftsteller. Sein Problem ist nicht die Ausdrucksnot, von der eingangs die Rede war, sondern die Ausdrucksüberflutung. Auch sie kann verfälschend wirken, und sie tut es hier über weite Strecken hin. Es ist offensichtlich, daß Fichtes Gesprächspartner die Gelegenheit nutzen möchte, sich als ernsthafter Autor zu profilieren. Das geht gut, solange er konkret bleibt. Wenn er (zum Teil bestürzende) Fakten aus seinem Prozeß und seiner Gefängniszeit berichtet, Erlebnisse, die er auf seinen späteren Reisen hatte, oder Kuriositäten aus der inzwischen vielfach zu biederer Vereinsmeierei verbürgerlichten Lederszene (»Zahnlose Hunde, die woanders was gesehen haben«), so geschieht das mit einer deutlichen Begabung für das anschauliche Detail und die trockene Pointe. Aber es mißlingt total, sobald Eppendorfer grundsätzlich wird.

Dann gerät er in ein bombastisches Schwadronieren, in ein unverantwortliches Gemenge aus Pseudo-Tiefsinn und verstiegener Theorie, worin alles durcheinandergeht, von den Menschenopfern der Azteken bis zu den faschistischen Vernichtungsideologien. Dann fängt er an, Wörter zu stemmen und nach dem mißverstandenen Vorbild seines literarischen Gegenübers Vokabelketten und Begriffsgirlanden zu entfalten, wo nur nüchternste verbale Selbstbeschränkung am Platze gewesen wäre. Unter dem, wie es scheint, alles entschuldigenden Oberbegriff der ›Faszination‹ – erlaubt ist, was fasziniert – sucht sich hier ein Weltgefühl zu artikulieren, das, in modischen Klischees und gestanztem Jargon befangen, am Ende nicht viel mehr besagt, als daß man entschlossen sein müsse, jede Karte »bis an die äußerste Grenze ›auszureizen‹«.

Auch dies, wie die Faszination, eine Eppendorfersche Standardvokabel.
Schade, daß Hubert Fichte da nicht etwas gebremst hat, daß er das Gespräch nicht noch stärker auf die durchaus notwendigen und dankenswerten Informationen aus »diesem großen Dunkelfeld der Erkenntnis« (so Herbert Jäger in einem klugen Nachwort) konzentriert hat. Doch sein Faible für das Archaische, für magische oder quasi magische Rituale und für alles, wohinter man Ansätze zu neuen gesellschaftlichen Konstellationen vermuten könnte, hat ihm da wohl einen Streich gespielt. Die »hohe Literarisierung unserer Komplexe«, von der er einmal selbstkritisch spricht, hat diesmal den falschen Gegenstand getroffen. Die Lederbar eignet sich weder zur Kultstätte, noch ist sie ein Ort sozialer Neuorientierung. »Mache dir andre zum Opfer, bevor du selbst dazu wirst« – diese von Eppendorfer mehrfach vorgetragene Kerndevise ist sozialbiologischer Vitalismus der primitivsten und reaktionärsten Art. Man sollte dem nicht noch ein literarisches oder pseudoliterarisches Make-up anschminken wollen.
Fichtes Interviews haben mittlerweile eine eigene Qualität, eine nur ihnen eigentümliche Virtuosität erlangt. Doch so bewundernswert seine Fähigkeit ist, die Partner im Gespräch aufzuschließen, sie zur Selbstpreisgabe zu provozieren, sie mit sanfter Hartnäckigkeit durch ein Labyrinth von Fragen, Zweifeln und Reflexionen zu nötigen, so wenig kann uns das den Erzähler Hubert Fichte ersetzen.
Das Buch schließt mit einem überraschenden Gedankengang. Fichte äußert die Erwartung, daß bei dem Gespräch »etwas Ästhetisches« herausgekommen sei; er spricht von dessen »Schönheit« und erläutert, was er darunter versteht, nämlich »Präzision des Baus«. Also: das Interview als Gestaltungsersatz, als Ersatzliteratur? Wir möchten nicht glauben, daß dies wirklich das letzte Wort dieses sonst so unbeirrt seinen einsamen Weg gehenden Autors ist.

Über »Lohensteins Agrippina, bearbeitet von Hubert Fichte« (1978)

KLAUS WAGNER

Macht, Sexus oder Lohensteins Wiederkehr

Der Name des schlesischen Barockdichters Daniel Casper von Lohenstein (1635–1683) steht für eine merkwürdige Rezeptionsgeschichte der deutschsprachigen Literatur. Lohenstein, der zusammen mit Gryphius und mit Hoffmannswaldau im 17. Jahrhundert das »unvergleichliche Kleeblatt« der drei Schlesier bildete, galt zu Lebzeiten als Dichter und bald darauf, ausgehend von der Ablehnung durch die Aufklärung, zwei Jahrhunderte lang als Musterbeispiel für barocken Schwulst. Inzwischen hat sich im Zuge der allgemeinen Aufwertung des Barock zu einem – von Adorno so genannten – »Prestigebegriff« die vorurteilsvolle Geringschätzung Lohensteins wiederum gewandelt. Unter Hinweis auf die Arbeiten von Klaus Günther Just aus den fünfziger Jahren meint der selber als Lohenstein-Forscher ausgewiesene Bochumer Germanist Bernhard Asmuth, in den letzten zwei Jahrzehnten sei über den Autor der Türkischen, der Afrikanischen und der Römischen Trauerspiele sowie des Arminius-Romans mehr geschrieben worden als in den zweihundert Jahren davor.

Auffällig an diesem Wandel ist nicht nur das philologisch begründete Interesse, das sich der szenischen Hinterlassenschaft des deutschen Hochbarock zuwendet, sondern in Verbindung damit ein durchaus leidenschaftliches Engagement. So spricht der Hamburger Schriftsteller Hubert Fichte (in einem Rundfunk-Interview mit Professor Asmuth) von Lohenstein ohne Scheu vor dem Superlativ als von »einem der größten Sprachschöpfer aller Zeiten«. Fichte kennzeichnet sein Barock-Idol ferner als »einen der rücksichtslosesten Dichter deutscher Sprache«, und er bezeichnet speziell Lohensteins Römisches Trauerspiel *Agrippina* als den »wohl schwierigsten Text des deutschen Theaters«. Dennoch will Wuppertal sich voraussichtlich in der übernächsten Spielzeit an diesem Nero-Drama versuchen. Bereits für Mitte der kommenden Saison kündigen die Kölner Bühnen Lohensteins anderes Römisches Trauerspiel, *Epicharis*, an. Beiden Theaterversuchen geht Hubert Fichtes Hörspiel-Bearbeitung der *Agrippina* vorauf, die in einer Produktion des Norddeutschen Rundfunks unter Fichtes Regie gestern zur Ursendung gekommen ist.

Agrippina, 1665 im Druck erschienen und ein Jahr später von den Schülern des Breslauer Elisabethgymnasiums erstmals aufgeführt, diese hochbarocke Dramatisierung der Vorgänge um die Ermordung der jüngeren Agrippina, der Mutter Neros, und zwar auf dessen Betreiben, gilt als Lohensteins »lasterhaftestes und sinnlichstes Drama« (Asmuth). Es behandelt, in metaphorischer Sprache, aber durchaus realistisch, nichts Geringeres als den auch von Tacitus überlieferten Inzestversuch der machtlüsternen, gegen die sich abzeichnende Krönung der Poppäa sozusagen mit letztem Einsatz integrierende Agrippina an ihrem Sohn und den ebenso beglaubigten Muttermord, aus heutiger Sicht also das politische Verhängnis der Beziehung zwischen Sexus und Macht.

Hubert Fichte, den der Hörspielmann Peter M. Ladiges vor sieben Jahren auf diesen Stoff hingewiesen hatte, ist in der *Agrippina* auf Bruchstücke seines Generalthemas gestoßen, den Typus inversus, den Sadomasochismus, den Mutterhaß. Er sieht in Lohensteins Fünfakter in durchaus modernem Sinne eine »Psychopathologie des Sexuallebens«, und er glaubt an Vorausformulierungen der Entdeckungen Freuds bei Lohenstein, samt vorweggenommener Kritik an dessen Dogmatisierung. Aber Fichte, der jüngst mit *Xango* eine literarische Erkundung afroamerikanischer Kultformen vorgelegt hat, sieht in der *Agrippina* auch ein »gewaltiges Woodoo-Ritual«, das Archetypen mobilisiert. Tatsächlich werden im Ausgang des Stücks, das mit dem Inzestversuch seine Peripetie, im nachfolgenden Muttermord seine (bei Fichte, der den Inzest akzentuiert, von dieser Affäre hergeleitete) Katastrophe hat, nach dem

Schema der barocken Schreckenstragödie die Furien in Gestalt von Geistern und Zauberern aufgerufen. Unter Anspielung auf haitianische Einweihungsriten sprach Fichte von einem »Herbeizwingen der Katastrophe« zum Zwecke einer Begegnung mit Gott.

Aber dieser ins Übersinnliche und zur Magie weisende Ausgang erfährt in Fichtes »Trauerhörspiel« noch eine andere Umdeutung, übrigens mit Hilfe der Collagetechnik. Der Bearbeiter schiebt in das abschließende Zweiergespräch Neros mit Zoroaster ein Sophokles-Zitat aus *Ödipus* ein, in der Übertragung von Hölderlin, wobei der Part des Zauberpriesters den antiken Chor vertritt und Nero, freudianisch beziehungsvoll, zu Ödipus wird. Ursprünglich wollte Fichte auch Passagen aus der Goetheschen *Iphigenie* eincollagieren. Nun wird ein anderes Collage-Element relativ breit ausgeführt, die Einfächerung von Ausschnitten aus der Harnoncourt-Produktion der *Krönung der Poppäa* von Monteverdi, einer Oper, die nur etwa zwanzig Jahre vor Lohensteins *Agrippina* entstanden ist.

Damit setzte Fichte seine auf weniger als die Hälfte des Originals eingestrichene Fassung einem doppelten Druck aus, der zeitlich weiteren Verknappung, aber auch dem Stilvergleich mit Harnoncourts Monteverdi-Version, deren – wie Fichte sich ausdrückt – »perverse Präzision« leider nicht zu erreichen gewesen sei. Die Parallelisierung des Lohenstein-Szenariums mit Monteverdi hat noch aus anderen als collagetechnischen Gründen ihren Sinn. Fichte hat auf die Chorpartien im Ausgang jedes Aktes verzichten müssen, auf diese ›Miniatur-Opern‹, die auch im Zeichen des neuerwachten Interesses an Lohenstein auffallend unterschiedlich beurteilt werden. Nach Asmuth schwankt die Einschätzung zwischen »überflüssig« und »unverzichtbar«; allerdings ist ihre Vertonung nicht überliefert. Mit seinen Einblendungen der Monteverdi-Oper löst Fichte das Dilemma dramaturgisch geschickt.

Diese gliedernden und zugleich Perspektivität liefernden Operneinschübe bilden nicht nur Ruhepolster für das Ohr des Hörers, dem über zwei Stunden hin volle Aufmerksamkeit abverlangt wird. Sie färben mit ihrer Zumischung zum Text die Produktion auch ein, die von der Wort-Oper wegstrebt, ohne doch, gleichsam gefesselt mit sechshebigen Alexandrinern, weit genug von ihr fortzukommen. Zugleich erhält die im rhetorischen Niveau unausgeglichene Hörspiel-Umsetzung durch behutsame Theatralisierung (in Actes *Botenbericht* vom Inzestversuch mit lüsternem Zuhörer-Echo oder in der Folterszene des Agerinus) über die Operneinspielung ein verläßlicheres, stabilisierendes Bezugssystem.

Fichtes Lohenstein-Bearbeitung, die das homoerotische Motiv der Beziehung Neros zu Poppäas kupplerischem Ehemann Otho anhebt, vor allem aber, worauf Asmuth hinweist, in diesem Drama des Muttermords die Inzest-Thematik durch kausalen Zusammenhang zwischen beiden Vorgängen verstärkt – diese Version erhält andererseits durch die Eigenproduktion ihres Urhebers einen aufschlußreichen, auf ihn selber und seine Motivation zurückweisenden Aspekt. Aus der *Agrippina* des Lohenstein mag, wie Asmuth meint, durch Fichtes Bearbeitung vollends eine Nero-Tragödie geworden sein. In Fichtes Produktion wird daraus doch wieder das Mutter-Drama, das seinen weiblichen Titel zu Recht trägt: durch die überragende, alle übrigen Beteiligten förmlich deklassierende Sprecherleistung von Lola Müthel, der mit dem Titelpart gelingt, was Fichte das »Zerbrechen rhetorischer Figuren« nennt. Also bliebe zu fragen, ob dies nur oder überwiegend ein Fall von Besetzungsglück ist. Oder ob dieses am meisten überzeugende Beispiel für Fichtes Begabung zur Sprachregie nicht auch, als Zeichen seines gesteigerten Interesses an Aura und Komplexität dieser durch Schrecklichkeit großen, den Sohn in den Untergang ziehenden und gleichsam verschlingenden Mutterfigur, als ein Stück Selbstverrat aus der Regiekabine zu verstehen ist, als ein weiterer Selbstkommentar zum Fall Hubert Fichte, bei Gelegenheit Lohensteins, mit dessen Wiederentdeckung für das Theater hier über die Hörbühne ein Anfang gemacht worden ist.

Über »Wolli Indienfahrer« (1978)

HARTMUT ENGELHARDT

Das Leben ein Entwicklungsroman?

Die Träume, die die bürgerliche Gesellschaft von ihren Außenseitern träumt, sind ambivalent: jene sind sowohl Gegenstände der Verachtung wie der Verherrlichung, der Mythenbildung, ja das eine bedingt das andere. Die Verworfenen sind glamourös, als ästhetische Gegenstände werden sie ästhetizistisch zitierbar, auch gegen ihre reale Erscheinungsform: so bei Genet die SS-Leute und kollaborierende Milizionäre als schöne Monstren, nicht als ganz banale Bürger, deren Verbrecherisches darin besteht, daß sie ihre Interessen verfolgen, tun, was man ihnen sagt und so weiter. Ihre scheinbar soziologisch fixierbare Opposition, eine gegen das Bürgertum, ist in Wahrheit eine ästhetisch bestimmte gegen die Entsagung, die jegliche Realität verlangt und gegenüber deren verwischter Moral noch die Eleganz des Verbrechens als eines konsequenten Akts der Freiheit, ja der konsequenten Moral, ausspielbar wird.

Das Eingeständnis, daß die Verherrlichung des Außenseiters, beispielsweise der Nutte und des Zuhälters, eine ästhetische Idolatrie ist, wird unvermeidlich, wenn beide sich professionell darstellen: als Geschäftsleute. Mochte Baudelaire, der auch wußte, daß es in Wirklichkeit anders war, dem es darauf aber gerade nicht ankam, als Gegenbild zur Lebensversicherungstaktik der verheirateten Frau die Generosität der Prostituierten, mochte Brecht als Gegenbild des treusorgenden Gatten, natürlich in einer Oper, die mörderische Eleganz des Zuhälters beschwören, im Geschäftsleben geht es weniger artistisch, ›bürgerlicher‹ zu. Die nicht mehr tabuierten Geschäftsbeziehungen funktionieren auch das noch mühelos um, was vielleicht noch etwas peinlich wäre: mittels Sprachregelung. Aus dem Puff-Boß wird völlig zu recht, auf dem Pa-

pier, der hanseatische Kaufmann, eben weil der hanseatische Kaufmann, der den Puff mitfinanziert, dadurch kein Zuhälter wird, aus dem Puff wird das Mädchenwohnheim, aus ihm, mit schließlich unüberbietbar respektablem Feinsinn, das Palais d'amour.
Die Eskamotierung der Fakten mittels Sprachregelung, nicht zuletzt der juristischen, die Vereinigung des Seriösen mit dem, was die hinter der Ökonomie hoffnungslos zurückgebliebene Ethik als anstößig festzuhalten sich bemüht, nähme, wäre sie vollkommen, den Gegenständen von Fichtes Interviews nun gerade den Charakter des Interessanten. Fragt er den Pächter eines Puffs, einen Stricher, eine Nutte aus, verdankt sich sein Interesse an diesen Themen, wie verschleiert auch immer, immer noch der Exotik ihrer nichtbürgerlichen Lebensform. Dort scheint, und sei es nur, weil jenes Verschweigen auch nicht respektabel machen kann, die Wahrheit über ein Leben leichter erfragbar zu sein: die Technik, undurchsichtig zu werden, eine erlernte, mit dem Bildungsstand zunehmende, scheint weniger verfügbar zu sein, und so die Neugier des Schriftstellers auf ein unverhülltes Objekt zu treffen. Daß das Privateste, die Sexualität, als Beruf auftritt, das Intime sich widerstandslos gleichsam der Veröffentlichung hingibt, ist nur das augenfällige Anzeichen für die erwünschte Nacktheit des Objekts, eine Entblößung, die für den suchenden Schriftsteller mit der Erkenntnis zusammenfällt. Den Rang von Fichtes Interviews macht aus, daß sie diese Vorstellungen, die sie antreiben, gleichzeitig aufzehren. Der Traum des Erkennenden, nicht nur von seinem fabrizierten Idol, sondern auch der von dem sich enthüllenden und so total zu besitzenden Objekt, zeigt sich immer dann als fiktiv, wenn die dennoch aber unverzichtbaren literarischen, antibürgerlichen Muster widerlegt werden: wenn Wolli den Zuhälter gegen das brechtsche Muster charakterisiert, wenn die Nutte bei ihrem Luden jene Geborgenheit sucht, die ein courths-malersches Kinderfräulein bei seinem Grafen findet. Die sentimentalen Wunschvorstellungen – darin sind wir alle gleich – dementieren die ästhetizistischen Wunschvorstellungen vom Außenseiter als jemandem, der wenigstens er selber und so, ein Gegenspieler des Konformis-

mus, erkennbar sei. Sie zeichnen seine reale Integration nach, die völlig zu vollziehen gerade der Außenseiter begierig ist, und die ihn nicht völlig vollziehen zu lassen die intellektuelle Sentimentalität des Schriftstellers ausmacht, der seine Wahrheit sucht und gerade deshalb findet, wie wenig es die *seine* ist. Der Außenseiter selbst wird sich jedenfalls eher unvernünftig als die Gesellschaftsmoral. Auf Fichtes Frage, ob Mädchen, »wenn sie das Geld zusammenhaben, wieder ganz bürgerliche Mädchen werden, und sich nie wieder prostituieren würden«, antwortet Wolfgang Köhler: »Zumindest haben sie den Wunsch, das zu werden, wie weit das erreichbar ist, bei denen, die jetzt bei mir arbeiten, das weiß ich nicht, aber ich kenne welche, die schon Prostituierte waren also bevor ich das ›Palais‹ hatte, die ganz vernünftige Leute wieder geworden sind, ich bezeichne auch nicht die Prostitution als eine unvernünftige Sache, das brauchen deswegen keine unvernünftigen Leute zu sein, aber die ganz bürgerliche Leute wieder geworden sind.«

Der bürgerliche Schriftsteller, der aus seinen Objekten die Wahrheit über ihr Leben herausfragen will, findet auch hier gerade nicht die sich enthüllende Existenz; mag er auch wünschen, sie möchte zur Gesellschaft exterritorial stehen, so muß er auch hier versuchen, gesellschaftliche Widerstände zu durchbrechen. Kennzeichnenderweise zeigen die später von Wolli hinzugefügten Kommentare, wie wenig frei er selbst da in den Antworten war, wo es um das Gebiet, seine sexuellen Erfolge nämlich, geht, wo er professionell offen sein sollte. Die Form des Interviews, im Unterschied zum Gespräch, zur Kontroverse, die Fichte zwingen würde, die Rolle des distanziert Erkennenden aufzugeben, objektiviert von vornherein die Antworten des Befragten, ja sie zwingt ihn geradezu zur Verstellung, wenn er seine eigene Sprache, diejenige, die er hier in einem mitgeschnittenen Telefonat spricht, als faschistisch empfindet. Insgeheim sucht er dem vorweggenommenen Urteil der Gesellschaft zu entgehen, indem er es ins Unrecht zu setzen sucht: deren Exekutor aber ist der Interviewer Fichte. Er ist ein zweideutiger Exekutor: einerseits muß er das, was gesellschaftlich verschwiegen werden soll, herausfragen; nur das ist von Interesse, und zwar nicht nur der Marktlage, sondern auch der Erkenntnis wegen. Andererseits verstärkt er, ob er das will oder nicht, die gesellschaftliche Integration des Außenseiters, das heißt hier: seine Konventionalität. Schon in den Interviews mit dem Ledermann Reichelt war zu beobachten, wie er sein Leben zusehends gemäß den neuen Erfahrungen, die er im Zusammenhang mit Fichte machte, stilisierte; die von der neuen Bildung andressierten Muster formten das um, was einmal seine Erfahrungen waren. Bildung, keineswegs neutral, überführt bestenfalls die gemachten Erfahrungen in *ihr* Medium, um den Preis des Bruchs mit der Vergangenheit. Diese wäre allenfalls wieder in ihr Recht einzusetzen, wenn das Verhältnis von Interviewer und Interviewten ebenso entzaubert würde wie das von Freier und Nutte, beide sich als einander ähnlich darstellten.

Fichte nennt die Sammlung seiner Interviews, von denen das umfangreichste mit Wolfgang Köhler bis jetzt nicht veröffentlicht war, im Untertitel Roman. Das nicht nur, weil die Interviews leicht gekürzt sind und man mit Warhol von Mogeln sprechen könnte, das einen authentischen Text fiktiv machte. Gerade die Geschichte von Wolfgang Köhler, die von 1969 bis 1977 überschaubar ist, ließe sich als Entwicklungsroman auffassen. Tut man das aber, so wird die Problematik dieser Form besonders deutlich: an die Stelle der Erfindung einer Romanfigur tritt die Befragung eines Lebenden, dessen Antworten besonders romankonform dann sind, wenn sie in ein ästhetisches Muster verwandelt werden können; das ist beispielsweise, und äußerst suggestiv, der Fall, wenn Fichte Köhler nach einem Fragebogen befragt, den schon Proust beantwortet hat. Der Romancier übernimmt die Rolle eines Experimentators, der der Wahrheit seines Objekts durch seine Fragen auf die Spur kommen will, es aber dadurch auch verändert. Er erfindet also keinen Lebenslauf, sondern sein Tun greift in ihn ein und bricht ihn dem eigenen Bild gemäß – nicht nur vordergründig so, daß Reichelt wie Wolfgang Köhler zu schreiben versuchen, letzterer anthropologisch arbeiten will, sondern so, daß das ästhetische Interesse an ihrem noch nicht zum ästhetischen Gegenstand gewordenen Leben dieses in der alten Form unmöglich macht. Was Wolli, durchaus auch von sich aus da-

zu bereit, als Zunahme an Sensibilität empfindet, als größere Differenziertheit, erscheint in dem Milieu, dem er die Sicherheit seines Urteils verdankt, als Schwäche: »Wäre ich weiter so gewesen, hätte ich Maulwurf jede Woche aufgebügelt, hätte diese Dinger weitergemacht, rumgefickt kreuz und quer und gesoffen und in diesem Stil weiter, dann wär Maulwurf weiter glücklich gewesen. Das war das, daß sie sich auf einmal verstoßen vorkam, weil ich mich anders... weil ich mich bemühte...
Na, ja, ich hatt mich weiterentwickelt. Das, was man bürgerlich als anständig... sie als gleichwertigen Kumpel zu betrachten. Das war das, was sie nicht wollte und das war das, was der Henry wohl auch nie gemacht hat. Der bügelt sie in Kneipen auf, der schlägt sie weiter auf die Fresse und so Dinger... und das war das, was sie brauchte.«
Verliert er mit der Sicherheit, in seiner Welt sich adäquat zu verhalten, auch die Sicherheit, sie einzuschätzen und diese Welt der bürgerlichen darzustellen, so gewinnt er dadurch gerade nicht die Sicherheit, sich in der bürgerlichen Welt zurechtzufinden. Das um so weniger, als er sie gegensätzlich zu der alten, vergangenen konzipiert. Je mehr er sich seiner Gegenwelt nähert, gerade nicht als Geschäftsmann, der, erfolgreich, APO-Angehörige als erfolglose Schwärmer qualifizierte, desto weniger realitätshaltig ist sie. Wird ihm »sich mit Geist beschäftigen« identisch mit »freundlich sein«, gibt er die Möglichkeit aus der Hand zu erkennen, was der Geist ihm mit diesem Entwicklungsroman angetan hat. Bei Valéry, der sich mit dem Geist so auskannte wie Köhler einst auf dem Kiez, als er dort erfolgreich war, heißt es: »Das Gemeinste auf der Welt, ist es nicht der Geist? Der Körper weicht vor Schmutz und Unrat zurück. Der Geist rührt gleich einer Fliege an alles. Weder Abscheu noch Ekel, weder Bedauern noch Reue stammen von ihm; sie sind ihm nur ein Gegenstand der Neugier. Die Gefahr spricht ihn an, und wäre der Körper nicht so mächtig, der Geist führte ihn mit einer Art Torheit und einer absurden und drängenden Gier nach Erkenntnis ins Feuer.« Zu dem Bild des Kiez gehört der bürgerliche Schriftsteller, der es abverlangt: wäre dessen Sphäre Köhler so durchsichtig wie der Kiez, in dem Maß, in dem er sich den ästhetischen Erwartungen nicht unter-

wirft, könnten beide einander darstellen. Die Wahrheit, die dann gesucht würde, wäre nicht die des Lebens Köhlers, sondern die, wie man ein solches Leben fabriziert. Dieser Roman begänne dort, wo Wolli auf Fichtes Frage: »Ist das denn nicht unangenehm zu bezahlen?« antwortet: »Das muß gerade der Fichte sagen«.

FRITZ J. RADDATZ

Ich leide mich aus

Larve und Libelle zugleich, bösartig und zart, zudringlich und zurückhaltend, ein indiskreter Voyeur, der nie schamlos ist: das ist Hubert Fichte, Schriftsteller und Interviewer. Eine Zecke, die den Schmerz der anderen wahrnimmt.

Fichtes Interviews sind Literatur. Was er mit ihnen leistet, darf nicht mißverstanden werden als Vorform zum Werk, als Abweg gar. Es ist Teil des Werkes; denn moralische Archäologie ist es immer. In seinen paraphrasierenden Romanen wird das zur Spiegelschrift des »inneren Dialogs«, also der steten, unerbittlichen Sonde ins eigene Ich. Er legt Hand an sich in des Wortes vielfältigster Bedeutung. Ob es da Strukturen einer spezifisch homosexuellen Literatur – nicht: Literatur über Homosexualität – gibt, müßte einmal untersucht werden, von Proust bis Baldwin. Fichtes Prosa hat nie etwas Strotzendes, Weltsüchtiges; sie ist eigensüchtig – auf der Suche nach vergangener Verletzung. Leben nämlich ist bei ihm unendliche Kette von Verletzungen.

Verzwirnt er diese Selbsterfahrung in seinen Romanen, so dröselt er sie auf in seinen Interviews. Sie sind bezeichnenderweise nie Gespräche, keine Diskurse. Es sind Fragebohrungen in fremde Leben hinein, gierig und den anderen aussaugend, entblößend, aber nicht bloßstellend. Eher umgekehrt: offensichtlich ist die Interview-Situation für die ›Opfer‹ Gelegenheit, über sich selber nachzudenken, in Antworten zu bislang verschütteten Klarheiten zu

kommen. Das war schon deutlich in den (hier wieder abgedruckten) *Interviews aus dem Palais d'Amour*, die eine Welt von Ehrlichkeit vorführten, wie sie in der VIP-Longue des Frankfurter Flughafens wohl nicht vorstellbar ist.
Auf schlichtweg grandiose Weise ist das in den hier zuerst veröffentlichten Gesprächen mit Wolli, dem sächselnden Puff-Besitzer von der Reeperbahn, gelungen, der unter Dali- oder Janssen-Blättern auf einem Empiresofa hokkend ebenso gelassen den Karton voller Geldscheine darunter hervorzieht, wie an der Haschpfeife ziehend über Gide, Marx oder Gandhi spricht.
Für Fichte ist dieser Wolli und seine Puff-Etage, die er am liebsten betreiben möchte wie »das Modell von Zeiss, Jena«, ein Glücksfall. Aus verschiedenen Gründen.
Zum einen wird die schamlose Heuchelei der bürgerlichen Welt auf ganz undeklamatorische, fast unbeteiligte Weise denunziert; die Ärzte, Rechtsanwälte und honorigen hanseatischen Kaufleute, denen mit Genehmigung des Senats (der Kuppelei unter Strafe stellt) die Etagen solcher Häuser gehören; denn Leute wie Wolli mieten nur und vermieten ihrerseits an die Mädchen.
Der Abschnitt über diese Groteske, wer von wem wann welche Prozente wofür bekommt, gehörte in den Wirtschaftsteil der Zeitung – wer Obszönitäten vom Kiez erwartet, der findet sie hier. In der lusttollen Sexbesessenheit, mit der der »Reeperbahnkönig« Wolli ohne Umschweife erklärt, das wichtigste in seinem Leben waren immer Frauen, kann ich Obszönes nicht sehen – nicht einmal in der »uns Bürgern« fremden Gewohnheit, die eigene Frau anschaffen zu schicken. Es ist eine eigene – vielleicht sehr freie?, vielleicht sehr eingegitterte? – Moral jenseits des Herkömmlichen.
Aber ebendiese Konfrontation mit der Gegenwelt, die so gern und rasch Unterwelt genannt wird, rückt das sogenannte Normale in ein sehr düsteres Licht. Aktentaschenträgern mag das alles sehr unheimlich sein, dieses merkwürdige Geflecht von Hilfe für Ausgeflippte und Ablehnen jeglicher Brutalität, von Sexualität jenseits jeder Schranke und einem strengen Ehrenkodex, der es etwa verbietet, mit der Frau eines Freundes zu schlafen: Unserer Gesellschaft wird kein Zerr-, sondern ein Brenn-Spiegel vorge-

halten. Ob sehr viele Mittvierziger ihr erstes Liebeserlebnis so wie dieser »Zuhälter« erinnern und beschreiben können?
»Heute weiß ich, daß ich der Junge war, der verführt worden ist, aber auf eine sehr schöne Weise verführt worden ist, das hat mir so viel Freude gemacht, daß das auch heute noch irgendwie das ist, was ich am tollsten finde. Ich glaube, wenn man Gott am ähnlichsten ist, das klingt wieder alles ein bißchen theatralisch, aber daß wir der Ewigkeit in dem Moment des Orgasmus nahe sind und in dem Moment, wo wir wirklich lieben und wo wir einen anderen Körper umklammern, dann sind wir da.«
Für mich war die Lektüre dieses Buches ein Schock – ganz anders, als das ›schockierende‹ Thema es vielleicht erwarten läßt. Daß es Bordelle und homosexuellen Bahnhofsstrich, schlimme Filme und schlimmere Bühnen, Freier, Zuhälter und Kunden gibt, die Spezielles mögen, davon hatte man schon einmal gehört. Da haben diese Interviews überhaupt keinen Enthüllungscharakter. Aber sie entkleiden unsere Welt. Weil hier so gar nicht gelogen wird, ist das Lügnerische der bürgerlichen Normalität schmerzhaft spürbar. Wie im Labor eines geschickten Photographen bringt Fichte durch die Kunst seiner Gesprächsfetzen Licht und Säure ein; die Herren im Nadelstreifenflanell haben plötzlich grobgestreifte Anzüge an, Sträflingskleidung.
Der Impetus von Hubert Fichtes Werk war von Beginn an, sich zu Angst zu bekennen. Aber auch zu benennen, wie Angst entsteht, wer sie produziert, was sie vergiftet. Angst als Opium fürs Volk. Der Umschlag von Angst in Kälte, in Inhumanität, und das Suchen nach einer Welt ohne sie – und sei es in Spuren, Splittern, Resten – treibt Fichte um: in Gegenwelten von Kiez nach Haiti und von Indien zurück in jene Straße, deren Berechtigung zu ihrem Namen »Große Freiheit« ich bei dieser Lektüre das erste Mal annäherungsweise begriffen habe. In ihr wohnt Wolli, der Indienfahrer, der auf sonderbare Weise von seiner Kälte als Schutz zu berichten weiß: »Das ist eine Eiseskälte, um nicht zu brennen. Wenn ich mal jemanden sehr geliebt hab' oder sehr bewundert hab' und das hört dann mal auf, dann – das klingt ein bißchen theatralisch – dann reiß ich

mir das aus dem Herzen, um ... das ist vielleicht irgendwo ein Selbstschutz, weil ich auch nicht sehr fest steh in mir selber. Es kommt der Moment – ich leide da irrsinnig drunter am Anfang, aber ich leide mich aus und ich leide mich dann so aus, daß ich dann absolut ausgelitten bin. Also ich kotz das dann aus. Bei mir passiert dann das, was der Genet sagt: Frankreich auskotzen.«
Es gibt, ob nun in Seminaren oder Redaktionsstuben, so viele Etiketten und Wimpelchen – Experiment und politische Literatur und realistisch und episch und wie das alles heißen mag. Hier ist es alles zusammen, wild und zuchtvoll zugleich, produziert vom scheuen Indiskretin Hubert Fichte: ein Experiment an der Realität. Ein politisches Buch, sehr anders.

JÜRGEN KOLBE

Die schicke Gleichung von Puff und Proust

»Da haben sie so richtig Bock drauf, die Bräute«, sagen sie; kommt natürlich drauf an, wie »stark er gefüllt« ist, der Freier, damit man möglichst viel »Mäuse« aus ihm »rausklingeln« kann, ohne daß damit eine gleich »die Krumme macht«, die »anschaffen geht«, wobei sie ja sowieso selten »richtig losmacht«.
Sie sagen aber auch: »Mitte Vierzig wird es Zeit, das Irdische abzustreifen«; sie lesen Proust; nehmen zwar, wenn sie sich prügeln, schon mal jemand »unter die Füße« oder »hauen« ihm gar die »Pike rein«, kein Grund für sie, nicht Bach zu hören oder Schach zu spielen. Das tun »hier« viele: »Soll man gar nicht denken.«
Undenkbar für die meisten dürfte dieses milde Denken, wilde Sprechen sein, das sich in Hubert Fichtes Interviews aus dem Kiez-Milieu St. Paulis nun quasi mitlesen läßt: fünf sich selbst enthüllende Biographien, fünf durch beinah lautlose Fragen sich episch aufschließende Lebensläufe aus der von lüsternen bis heuchlerischen Vorurteilen besetzten heimischen Exotik der käuflichen Erotik, diesen traurigen Tropen der Sündenmeile. Von »hier« aus

bricht Wolli auf, »Indienfahrer« in ein inneres Abenteuer. Andere bleiben, Wolli kommt weiter.
Vier dieser Expeditionen in den schrillen Dschungel des Außenseiterbewußtseins, Mittelteil des Buches, hat Fichte schon in seinen 1972 erschienenen *Interviews aus dem Palais d'Amour* zu Protokoll gegeben, einem Etablissement, von dem Wolli später sagt: »Ein ganz blöder Name. Kann sich niemand was drunter vorstellen. Kann sich niemand merken. Die Kaufleute und die Lieferanten können das nicht schreiben.«
In diesem Körperkaufhaus, das so wenig »Palais« ist wie es darin um »l'Amour« geht, fungiert Wolli, der Sonderfall, als eine Art Abteilungsleiter; Sandra und Ulli arbeiten sozusagen in Verkauf und Verwaltung: Gunda und Johnny schließlich gehören als Außendienstmitarbeiter zur Branche, von der Sandra weiß, was die »Leute« von ihr halten: »daß das was ganz Schlimmes, Böses ist, was wir machen, und ich finde das schlimm, wenn Leute sich in dieses einzwängen, wenn sie gar nicht aus diesen Vorstellungen herauswollen . . ., keiner gibt sich die Mühe, da richtig mal darüber nachzudenken, daß es im Grunde genommen nicht so schlimm ist . . .«
Sandra, auch eine ehrbare Dirne, verkörpert wie die anderen nachtschattigen Gesprächsgefährten Fichtes eine Moralität der Unmoral, die ihre Kraft, die ihre Verzweiflung aus der demütigenden Gegenwelt des vermeintlichen Anstandes, der vorgegebenen Normalität bezieht. Die »normalen Bürger«, sagt Sandra, sind »immer am dreckigsten«.
Die bestürzende Offenheit ihrer Sprache macht diese Außenseiter zu Entäußerten: Nichts gibt es zu verlieren, also auch nichts zu verbergen. Ihre Selbstentblößung ist nur die Kehrseite ihrer Hoffnungslosigkeit; denn Hoffnung, glimmt sie auf, beziehen sie allenfalls aus Sehnsüchten nach der anderen Ordnung, der bürgerlichen Welt.
Sandra träumt vom Ehemann und der Zwei-Zimmer-Wohnung. Gunda ist selbstmordlüstern in ihrer Liebessehnsucht zur Freundin erstarrt; Johnny, der Herren auf dem Strich bedient, ist nach der Vorhölle der Erziehungsheime noch leer für die Zukunft. Was sein »angenehmstes Erlebnis« gewesen sei, fragt ihn Fichte. »Mein schönstes

Erlebnis? Da habe ich praktisch noch gar keines gehabt, was ich sagen könnte, das ist mein schönstes Erlebnis.« Und Bordellkalfaktor Ulli schließlich, wie Johnny ein überzeugter Unterleibweltler, der gar nicht weiß, ob er »richtig lieben kann«, trägt trotzdem ein Abziehbild Hoffnung mit sich herum: »Häuschen und, ach, ich möchte auch ganz gerne so Familie haben, zwei, drei Kinder, das möchte ich.«

Im unauflöslichen Widerspruch: Vier statische Lebensläufe, lange belichtete Momentaufnahmen. So unverblümt sie sich darbieten, so unerhört vorurteilslos und selbstverständlich Fichte fragt – niemand dürfte die Inwendigkeit der Außenseiterwelt ohne eine gewisse gespannte Voyeurhaltung betrachten. Aber das Schlüssel loch hat sich zum Scheunentor erweitert. Weil die von Fichte zum Sprechen gebrachten Selbstdarsteller so ohne Scham sind, beschämen die Entblößten den selbstsicher mit sich bedeckten Leser. Darin dürfte der dramaturgische Sinn dieses vierteiligen statischen Mittelstücks von *Wolli Indienfahrer* liegen: Fichte führt seine Leser, ohne daß sie es gleich merken, ins »Palais d'Amour«, zu einem Lese-Bordellbesuch, der am Ende – aber eben nicht ganz am Ende – leere Gefühle hinterläßt. *Post coitum animal triste.*

Der alte Kern der vor Jahren gemachten Interviews erhält mit Wolli einen neuen Mantel. Zu den starren Mustern des Milieus kommt die bewegte Bildungsbiographie dieses »weißen Spatzen« auf dem Kiez, dem als Berufsbezeichnung die schöne Gleichung »Puff-Boß« = »Hanseatischer Kaufmann« gelingt und der als so etwas gelten kann wie die schillernde Illustration des alten Hamburger Hans-Albers-Schlagers »Einmal noch nach Bombay ...«. Fichte hat Wolli zweimal, 1969, dann wieder 1976, interviewt, 1977 hat Wolli die Gespräche überdies kommentiert. Wolli, Indienfahrer auf dem Weg nach innen.

Wolli, beim ersten Gespräch siebenunddreißig Jahre alt, vorher Berg-, Chemie-, Zirkusarbeiter, Barbesitzer, unterhält nun eine »gewerbliche Zimmervermietung auf St. Pauli«, das ist eine Etage eben im »Palais d'Amour«, redet, aufgeschlossen von seinem Freund Fichte, über Gott und die Welt, Kopf und Bauch, die Kunst und das Leben in

einem bizarren, obszönen, rührenden Katarakt, stülpt das Innerste nach außen, mischt Platitüden mit philosophischen Einsichten, jongliert mit Porno und Proust. Ein Prozeß von unerhörter Intensität: Der Leser wird Zeuge, wie ein Mensch sich häutet, neue Konturen gewinnt.
Am Anfang sagt er, daß er für Geld alles machen würde, »außer Dingen, die anderen Menschen schaden«. Da hat er seine eigene Moral, nämlich, daß das Leben nur lebenswert ist, wenn man Geld hat . . . und »das ist ja genauso eine Prostituion, wenn ich in irgendeiner Fabrik arbeite . . .«; und schon Minuten später entschwebt er seinem Milieu mit dem Satz: »Wenn ich in den Spiegel gucke, dann will ich Gott im Spiegel sehen.«
In diesen Spielräumen ist die Veränderung angelegt. Der Philosoph im Bordell, wenn er von Brecht und Magritte spricht und seine Frau auf den Strich schickt, ist noch ein obszöner Hiatus, oder doch wenigstens das, was er eine irre Type nennen würde. Aber dann erwischt es ihn. Die schicke Scheinidentität mit der Existenz aus Puff und Proust zerbricht auf einer luxuriös gemeinten Indienfahrt: Wolli Meister auf Bildungsreise. Wolli wieder und noch immer auf Sankt Pauli, beginnt zu malen und zu schreiben, hat »so den Gedanken, das Abitur nachzumachen«, will wissen, »wo man überhaupt steht«, wie es denn weitergeht ohne »so'n unbewußtes Irgendwodraufzugehen«. Wollis »Wiedergeburt«. Was ist passiert?
Kein Saulus ist zum Paulus geworden. Sein Bumsdings im »Palais« betreibt er weiter. Zwar behauptet er, daß ihn »Indien zu einem religiösen Menschen gemacht« habe, die alte Sache mit dem Materialismus – »Marx, Hegel und so weiter« – sei für ihn tatsächlich »heute keine ganz klare Sache mehr«, aber es schlägt dann doch noch ein wenig der ›Westentaschen-Al-Capone‹ von einst durch, wenn er sich in seinem unnachahmlichen Originalton vernehmen läßt: »Indien, das törnt als solches schon an.«
Seine Sprache verhindert, daß sich Wollis Wandel als Sektenschnulze darstellt. Da will einer »geistig hochkommen«, er hat seine Helden getauscht – statt El Cordobes »jetzt Gandhi« – und ist auf sehr irdische Weise begleitet von selten zitablen Wendungen, dabei, »das Irdische abzustreifen«.

Der Leser-Voyeur beäugt mehr als einen individuellen Prozeß. Fichtes Buch sammelt Wichtigeres als eine Reihe zufälliger Außenseiterbiographien. *Wolli Indienfahrer* ist das Logbuch eines anthropologischen Abenteuers. Es scheint, als stehe für Fichte der befragte Kiez etwa für das, was die Ethnologie für Lévi-Strauss bedeutet; das Extreme und Außenseiterhafte dort entspricht dem Fremden und Ursprünglichen hier. Grundmerkmale menschlichen Verhaltens liefern Forschungsfelder zur Selbsterforschung – womit der Vergleich zur soziologischen Anthropologie sich freilich erschöpft.
Denn Fichtes Feld ist, mitunter auf eine sich literarisch verselbständigende Weise, die Sprache, die er seinen Gesprächspartnern mit sanfter Sympathie und einverständiger Vertrautheit entlockt. Seine Fragen, so unerheblich sie sich lesen, öffnen diese Menschen ganz: Jene, deren Leben festgeschrieben erscheint in der demonstrativen Gesprächsfolge des Buches, und eben Wolli, der sich auf Dschungelpfaden zu neuer Identität durchschlägt und dessen selbstformuliertes Leben in einer Art säkularisierendem Wilhelm-Meister-Prozeß noch für manche Überraschungen gut ist. Das Interview wird zur legitimen Kunstform.

Über »Petersilie« (1980)

AUREL SCHMIDT

»Petersilie«: Hubert Fichtes poetische Anthropologie

In dem Aufsatz *Über die afrokubanischen Religionen in Miami*, der im Anhang des Buchs *Petersilie* abgedruckt ist, gibt Hubert Fichte eine Erläuterung des Synkretismus (eigentlich: Verschmelzung mehrerer Religionen), die so bündig und umfassend zugleich ist, daß sie hier zitiert sei:

»Es ist nicht unpraktisch, ein Studium des afroamerikanischen Synkretismus in Miami mit dem Studium der kubanischen Riten zu beginnen, denn Synkretismus heißt in dem Schwarzen Amerika ja nicht nur die Vermischung der religiösen Gebräuche der Yoruba, Fon, des Kongo, der Ewe, Woloff, der Abakua, der Kromanti, der Mandinka mit denen der Katholiken, Protestanten und Anglikaner, mit Hinduismus, Buddhismus, Spiritismus und den Riten der Indianer und der Äthiopier – Synkretismus heißt immer auch Vermischung von Lebenskategorien und Lebensformen: Herrenhaus und Sklavenhütte, Menschenfresserei und Duldsamkeit, Machismo und Schwulität, Innigkeit und Kommerz; Synkretismus heißt hier aber vor allem Exil.«

Dem Echten, Alten, Ursprünglichen zieht Fichte das von der Anthropologie eher vernachlässigte Gemischte, Ephemere, Verfälschte vor: weil sich in diesen Zwischenbereichen das Leben in seiner ganzen Vielfalt, Schönheit, aber auch Schrecklichkeit abspielt. Also nicht das Reine, sondern das Leben in allen seinen Manifestationen. Statt des Reinen das, wofür die Franzosen heute den Ausdruck ›Intensität‹ verwenden.

Die afroamerikanischen Religionen sind synkretistisch, weil es die Religionen der Schwarzen sind, die sie mit-

brachten, als sie als Sklaven von Afrika nach dem amerikanischen Kontinent verschleppt wurden und sich diese Religionen mit denen am neuen Ort, also vor allem dem Katholizismus, vermischten. Aus dieser Vermischung haben sich ganz eigenständige neue religiöse Formen herausgebildet, Formen und Gebräuche, die zugleich reaktionär und revolutionär sind. Revolutionär deshalb, weil es Religionen des Widerstands waren, Religionen, die nicht nur ein starkes Gemeinschaftsgefühl erzeugten, sondern innerhalb desselben auch therapeutische Effekte von Heilung und Erlösung. Und reaktionär deshalb, weil sie gerade auch erlaubten, ihre Anhänger zu unterdrücken oder unterdrückt zu halten. Es sind die Religionen der Armen, Elenden ebenso wie des Kleinbürgertums. Fichte zitiert die (weiße) Oberschicht in Venezuela: »Sei doch froh, daß die an die Maria Lionza glauben; wenn sie an Hammer und Sichel glauben, fährst du nicht mehr deine drei Wagen.«
Nach *Xango* beschreibt Hubert Fichte in seinem neuen Buch *Petersilie* nun die afroamerikanischen Religionen in Santo Domingo, Venezuela, Miami und Grenada.
Auffallend ist in dem Buch vielleicht zunächst das Klima der Gewalt, das Fichte beschreibt, und in dem die afroamerikanischen Religionen gedeihen. Diese Gewalt äußert sich in vielen Formen. Am 2. Oktober 1937 ließ der dominikanische Diktator Trujillo 20000 haitianische Neger, die als Zuckerarbeiter in Santo Domingo arbeiteten, mit der Machete ermorden. Sie wurden als Haitianer erkannt, weil sie das »R« nicht aussprechen konnten und statt »Perejil«, dem spanischen Wort für Petersilie, »Pelejil« sagten. Als »Papa Doc« in Haiti starb, sandten die USA eine Million Dollar nach Haiti, um einen Aufstand zu verhindern, den das Volk gegen Jean-Claude Duvalier, den Sohn von »Papa Doc«, hätte durchführen können. Und heute besorgen Banden und Todesschwadronen die täglichen Morde an Oppositionellen, Gewerkschaftern und anderen, die den einseitigen Frieden der Mächtigen stören.
Fichte beschreibt die religiösen Vorstellungen und Praktiken, die ihre volle Bedeutung aber erst aus der Gegenüberstellung mit dem Horror der sozialen Brutalität erhalten. Weniger sind jedoch die afroamerikanischen

Religionen befremdend als die soziale Ungleichheit und Ungerechtigkeit, die durch Magie und Ekstase erträglich gemacht werden sollen, schändlich und empörend sind. Fichte stellt beide Welten in Kontrast zueinander und erreicht dadurch beklemmende, manchmal auch groteske, aber immer aufhellende Wirkungen.

»Im Käse Käsearoma« heißt es an einer Stelle lapidar. Dies über Miami. Über die Elendsviertel in Venezuela die Feststellung im Telegrammstil:

»Hier keine Anarchie – Krieg!«

Mit zum Eindrücklichsten im Buch gehört das Interview, das Fichte mit Heinz Rudolf Sonntag, dem Lateinamerika-Spezialisten, geführt hat, und in dem Sonntag zum Schluß kommt, die venezolanische Bevölkerung sei im Begriff, »sich in eine völlig inhumane Gesellschaft zu verwandeln«. Der Fortschritt kennt keine Grenzen, es werden Gewinnmargen von nicht unter 50 Prozent erzielt, aber es fehlen die wichtigsten Nahrungsmittel, zum Teil, weil sie gehortet, zum Teil, weil sie exportiert werden, und wenn die Prognosen eintreffen, dann werden in zwanzig Jahren 70 Prozent der Bevölkerung in Slums leben. Das Wirtschaftswachstum begünstigt einseitig eine profitierende Minderheit und benachteiligt eine Zahl von Menschen, die von Jahr zu Jahr beängstigend anwächst. »Eine Gesellschaft, die sich selbst nicht mehr kontrolliert«, sagt Sonntag, nicht mehr kontrollieren kann.

Wenn das Buch von einer aufwühlenden Heftigkeit und beunruhigenden Authentizität ist, dann nicht nur wegen der Gegenüberstellung von Religion und Gewalt, von Ekstase und religiöser Feierlichkeit auf der einen und Unterdrückung und Armut auf der anderen Seite, durch die ungeheuer starke Eindrücke entstehen, langanhaltende Bilder, sondern auch, weil Fichte sich einer literarischen Technik bedient, mit der er die Wirkung noch beträchtlich erhöht.

Zunächst sieht alles aus wie eine lange Aufzählung: kurze, in einzelne Sätze gepackte Informationen; jeder dieser Sätze zugleich auch ein Absatz. Aber dadurch folgen die Informationen dicht aufeinander, wie im Film, und in der Tat hat die Art, wie Fichte mit Einzelbildern, Sequenzen und Schnitten arbeitet, etwas Filmisches. Es ist diese Art,

die ihm erlaubt, die Realität herandrängen zu lassen und sie darzustellen, ohne sie vorher ordnen zu müssen – auf diese Weise entsteht der Eindruck großer Dichte, die den Leser aufnimmt. Er ist ganz nahe an die Ereignisse angeschlossen.
Und noch etwas. Hubert Fichte hat die Literatur um eine anthropologische Dimension bereichert – und umgekehrt in die Anthropologie eine dichterische Perspektive eingeführt. Er hat es selber so beschrieben:
»Poetisch freilegen, meine ich – nicht zupoetisieren.«
Aber nicht das allein ist es, was er mit »Ethnopoesie« umschreibt. Die Erfahrung des Fremden wird für das Selbst, für das eigene Bewußtwerden, fruchtbar gemacht. Nicht der Reiz des Fremden als Verlockung, sondern die Erkenntnis, daß das Fremde vor dem Selbst und ›im‹ Selbst unterdrückter Teil ist: jener Faktor, der Angst auslöst wie stets das Fremde, das Unerklärliche, wie alles, was ›draußen‹ ist, aber auch jener Faktor, der es möglich macht, die ungelebten Teile des Selbst zu entdecken und das Selbst in der ganzen Breite zu erfahren.
In *Petersilie* geschieht das ebenso auf einer existentiellen (oder anthropologischen) Ebene wie auf einer sozialen – die Kategorien lassen sich nicht genau auseinanderhalten. Aber das hat Fichte (siehe oben) auch nie im Sinn gehabt.
Fichte hat immer das Fremde gesucht, zuerst in der näheren Umgebung (wie in dem Band *Wolli Indienfahrer* oder im Roman *Versuch über die Pubertät*), später in immer weiter entfernten Gebieten, in Afrika, in Brasilien, in den karibischen Ländern – in seiner Entwicklung ist kein Bruch festzustellen.
Wer ist der andere? heißt auch: wer bin ich selbst? Hubert Fichte hat das Verständnis des Menschen um ein großes Stück erweitert und damit auch, wie kaum ein anderer, die deutschsprachige Literatur unserer Zeit bereichert.

HANS-JÜRGEN HEINRICHS

Aufbruch in eine neue Welt

Ein Dichter krempelt die Wissenschaft menschlicher Verhaltensweisen um

Ist wer lechts oder rinks velwechsert, ein Regastheniker, wer kein r oder h oder c aussprechen kann, »Chinese« oder »Türke«?

In Spanisch, wie es die Haitianer sprechen, heißt Petersilie »Perejil«; da sie angeblich kein r aussprechen konnten, sagten sie »Pelejil« und verloren deswegen ihren Kopf: 1937 ließ der Staatschef der Dominikanischen Republik, Trujillo, 20000 haitianische Zuckerarbeiter ermorden. Aber sie sagten »Pelejil« nur, weil sie es als Kinder oder Einwanderer so gelernt hatten.

Man spricht von Mechanismen der Ausschließung, des Verbots, des Tabus, der Zensur, wenn nicht alles gesagt werden darf. Was nicht gezeigt werden darf, wird verworfen: exemplarisch der Wahnsinn. Wie aber demonstriert sich erst die Macht, wenn sie nicht nur das Wort, das Verhalten, die Haltung beschneidet, sondern gar auf den Buchstaben Jagd macht! »Die Macht lauert in jedem Diskurs«, sagen Foucault, Barthes und andere; und sie hat ein fast intellektuelles Gespür für den Buchstaben, das Morphem und Phonem. »Der Buchstabe verleiht dem Wunsch Stimme und Klang«, er ist »Stigma der Lust« – wie makaber, wenn man diese psychoanalytische Sichtweise des Lacan-Schülers Serge Leclaire auf »Perejil«/»Pelejil« anwendet.

In Santo Domingo 1974: Die Neger identifizieren sich mit David, der aber eines Tages, davon sind sie überzeugt, Goliath, oder wie sie in einer rituellen Inszenierung spöttisch sagen: »Guloya« bezwingen wird. Bei den Wahlen geht es wie bei diesem Ritual zu. Das Militär (das über die Offiziers von den USA seine Weisungen erhält) ist das »l« im Namen des offiziellen politischen Führers Belaguer: Man schreibt auf die Wahlplakate gleich Balaguel hinzu: Der

Buchstabentrick soll alle Unterdrückten, »Verdrehten« an die Regierung binden.

Das Wort entziffern, der Spur des Buchstabens folgen: die Psychoanalyse ist diesen Weg von Freud bis Lacan gegangen, auf dem Königsweg (der Traumdeutung) zum Unbewußten. Ein Weg für Könige? Hubert Fichte sieht die Psychoanalytiker eher in der Nähe von Eichhörnchen, die Idee der Sprachforschung von fast allen Wissenschaftlern verraten.

»Wir brauchen eine vergleichende Studie zu Sprachverhalten, zu Aussageweisen ... Die Unmenschlichkeit, die Verachtung des Sprachlichen gehen in den Wissenschaften vom Menschen so weit, daß es Forscher gibt, die, ohne auch nur Portugiesisch zu sprechen, über den brasilianischen Synkretismus arbeiten, die von afrikanischen Geisteskranken publizieren, ohne eine afrikanische Sprache zu beherrschen – oder gar zu verstehen. Da wird der wissenschaftliche Jargon zur Ausdrucksweise des blanken Neokolonialismus.«

Hubert Fichtes *Ketzerische Bemerkungen für eine neue Wissenschaft vom Menschen* demonstrieren die Programmatik seiner Schreibpraxis. Sie stehen, zusammen mit sehr unterschiedlichen Essays, Rezensionen und Anmerkungen als »Appendix« zu Band IV des Forschungsprojekts *Die afroamerikanischen Religionen: Petersilie*. Sie sind nicht »Appendix« (wie die Liste der rituellen Pflanzen zu dem vorausgegangenen Band *Xango*), sie sind ein Manifest, gegen die Entmündigung von Menschen zu wissenschaftlichen »Fällen« und »Objekten«, für die »poetisch komponierte Aussage« und die »Fundierung des Poetischen durch empirisches und logisches Vorgehen verschiedenen Typus«.

Ist »Ethnopoesie« lehrbar, lernbar? Ist die Praxis ethnopoetischen Schreibens zu kodifizieren?

Die Praxis der selbstanalytischen, selbstethnographischen Bezogenheit des Forschers wird in keinem Seminar gelehrt werden können, nur die Idee, daß der Gegenstand der Ethnologen nicht nur die »Felder der anderen« sind: »Gäbe es – erkenntnistheoretisch reduziert – nicht vor allem ein Feld, das den Ethnologen zustünde – der Universitätsbetrieb und die Wissenschaftliche Tagung? Wie sicher manchem Psychologen geholfen wäre, wenn er nicht seine Kunden als Karnickel betrachtete, sondern sich selbst... Warum beichten in den Wissenschaften vom Menschen immer nur die anderen, wie beim Pfaffen?«

Wenn Fichte den Wissenschaftlern die ästhetischen Möglichkeiten der Sprache – Redefiguren, Periphrasen, Spielformen, Concetti, Rhythmus, Timbre, Schärfe – als Erkenntnismöglichkeiten nahebringen und Dichtern die Wissenschaft als poetologisch notwendige Form der Erfahrung, der Informationsverarbeitung und Ableitung zeigen will, dann ist dies nur als offene Programmatik sinnvoll, die man in dieser oder jener Form vorpraktiziert.

In den vier Kapiteln *Santo Domingo* (1974), *Venezuela* (1977), *Miami* (1978), *Grenada* (1979) und in Teilen des Anhangs setzt Fichte seine mit Erzählungen, Romanen, Interviews, Features vor fast zwanzig Jahren begonnene Praxis fort – in Textbänden und in von ihm »kommentierten« Bildbänden der Photographin Leonore Mau. Anders als bei den poetologisch explizierten Texten, verzichten Fichte und Mau auf eine selbstanalytische Ästhetik der ethnographischen Photographie.

Der Photograph als ein »säkularisierter Zauberer« – in einem Aufsatz über das Werk des afroamerikanischen Photographen James van der Zee hat Fichte allgemein einen elementaren Zug der ethnographischen Photographie herausgestellt: »Der Photograph« durchbricht, wie der Schamane, die Schalen von Raum und Zeit, durch ein Material, die Klebe, er beschwört Abwesende und Tote, up to date und archaisch.« Fichtes Texte und Maus Photos demonstrieren Zusammenhänge zwischen den Gesten der Magie, der Manie und des Manierismus, des Wilden und des Gezierten, des Zauberers und des Rhetorikers, zwischen Religion, Gesellschaft und Politik.

Sieht man die Photos von Leonore Mau in bezug zur wissenschaftlichen und zur Magazin-Photographie außereuropäischer Rituale, Tänze und alltäglicher Abläufe, dann sind sie insofern ethnographisch, als sie in einer Forschungs-Situation entstanden sind, und sie sind es nicht, insofern sie eine implizite Ästhetik entwickelt haben, die in der (statischen) Photographie der Ethnologen nicht enthalten ist. Die ästhetische Komposition von Geschehensverläufen (bei der Arbeit oder im Ritual) und von Zuständen (der Nüchternheit oder der Trance), die Erschließung des ethnographischen Raums im Spielraum von Distanz und Nähe, Perspektive und Farbe bezeichnen die Grenze zur Magazin-Photographie, in der sich diese Möglichkeiten der Photographie immer in ihre Verramschung umzukehren drohen. Das bewegte Bild kann das Geschehen völlig verflüchtigen und nivellieren – im statischen Bild droht es zu erstarren. Beide verändern Lebensrhythmus zu Bilderabfolgen.

Leonore Mau ist eine Ethnologin unter den Photographen: Hubert Fichte ist ein Forscher unter den Schriftstellern. Seine Dichtung ist als Forschungsprojekt strukturiert. Er studiert die Sprachen, die Haltungen, die Abhängigkeiten, die Rituale derjenigen, die als Figuren auftreten. Es gibt keinen poetischen Raum in seinen Texten, der nicht auch ein ethnographischer wäre. Traditionen, denen er sich verpflichtet fühlt, werden durch die Namen bekannt: Hesiod, Homer, Herodot, Lohenstein, Chamisso, Frazer, Proust, Artaud, Döblin, Genet oder Burroughs.

Subjektive Vorlieben? Gewiß, sonst wäre es ja nur Statistik, aber die Vorlieben tauchen nie anekdotisch auf, sondern bezeichnen Bezugspunkte einer poetischen Logik; selbst poetische Evokation, sind sie wie eine Zeile in einem Gedicht, ein Satz in einem Traktat, die entscheidende Geste im Gespräch. Namen bezeichnen in Fichtes Texten Erfahrungen und Leidenschaften. Das Feature und das Interview sind die am meisten von ihm erprobten Spielräume. »Spätestens seit Lars Görlings ›491‹ und seit den Newsreels von Dos Passos werden zwei Gattungen aus Technik und News Media poetisch verarbeitet: Das Interview und das Feature – wissenschaftliche und poetische Techniken, formale Mittel und an die Erfahrung gebundene Formen.« Grundsätzlich verhält sich Fichte wie jeder Ethnologe: fragend; wie jeder Dichter: die sprachliche »Correspondance« suchend.

Fichtes Texte sind materialistisch, nicht über das Bild oder die Idee, sondern über den Stoff und Situationen eingefangene und vermittelte Wirklichkeit. Anders als ein wissenschaftlich materialistisches Verfahren entscheidet bei ihm die Satzqualität über die Erkenntnisqualität. Es gibt für Fichte keine von der Sprache losgelöste Erfahrung, Erkenntnis, Wahrheit, also keine Theorie-Wahrheit.

Hubert Fichte stellt nie eine klassische Forschungssituation (in der der andere zum ›Fall‹, zum ›Material‹ wird) her. Das Situative, von dem seine Texte leben, hat nie den Charakter eines ›Setting‹, wie es jeder Wissenschaftler (ob Ethnologe, Soziologe, Psychoanalytiker oder Physiker) und jeder Praktiker (ob Entwicklungshelfer oder Brückenbauer) anstrebt. Das Situative in Fichtes Texten – das sind Augenblicke der Begegnung, in Fragen und Antworten festgehalten, die die Miteinanderredenden in ihren Lebenszusammenhängen, in ihren Alltäglichkeiten, Wünschen und Idealen, in ihren Zugänglichkeiten und Begrenzungen zeigen. Orte dieser versuchten, geglückten und mißlungenen Begegnungen sind die Zeremonie, das Ritual und die »Séance«, das Hospital, das politische Büro und die Straße.

Die Wege des erfahrenden und sprechenden, des ausgeschlossenen und sich in seinen Sehnsüchten, Begierden, Gebärden und Ritualisierungen überlassenen einzelnen im Zusammenhang seiner Generation und einer ganzen Kultur nachzuzeichnen – das unternimmt Fichte beginnend in *Das Waisenhaus*, in den Folge-Romanen *Die Palette, Detlevs Imitationen »Grünspan«, Versuch über die Pubertät*, in den Roman-Interviews *Wolli Indienfahrer* und *Hans Eppendorfer: Der Ledermann spricht mit Hubert Fichte*, in *Xango, Petersilie* und *Psyche. Anmerkungen für Psychiatrie in Senegal.*

Die Interviewtechnik, wie Fichte sie ausgebildet hat, wird mißverstanden, wenn man sie nicht in bezug zur ethnographischen Methode setzt: Von daher kann sie nie als ›Gestaltungsersatz‹ erscheinen. Zugleich ist sie bei ihm keine wissenschaftliche Methode, sondern Erfahrungsform, die zudem eine ausgeprägte literarische Tradition hat: das Gespräch (auch Beichte und Verhör), der Dialog (auch der psychoanalytische), die Inszenierung. Ritual, Theater und Therapie sind Erfahrungs- und Gestaltungsformen in Fichtes Romanen, Features (Formen ›zwanghafter Ungebundenheit‹), Essays und Analysen – der eigenen und der fremden Kultur. Die übergreifende Idee ist,

eine »Poetik menschlicher Verhaltensweisen« zu entwickeln.
Diese Poetik bleibt bei Fichte immer selbstanalytisch auf den Versuch bezogen, »zurückzufinden in frühere Schichten«, das System der eigenen Ritualisierungen zu entziffern. In sein *Lesebuch* nahm Fichte Gottfried Benns Gedichte *Mutter, Ach, das ferne Land, Chopin* und *Welle der Nacht* auf, von Unica Zürn *Dunkler Frühling, Ödipus* und von Trakl *An den Knaben Elis* – in den Körper eingeschriebene Erinnerungen an Vater und Mutter, Spuren der Wünsche, Begierden, Verfehlungen, der Trauer und Leidenschaft.
Mich hat die Lektüre von Fichtes Buch *Petersilie* erneut darin bestärkt, politische Literatur als poetische Literatur zu entwickeln, soziologische und ethnologische Beschreibungen noch entschiedener aus den Zwangssystemen ›objektiver Forschung‹ herauszulösen, ohne daß dadurch auch nur eine wichtige Information, eine Zahl, eine Bezugnahme wegfallen müßte. Nur muß dazu die Beziehung zwischen individueller Erfahrung und objektiver Forschungssituation beständig aktualisiert und korrigiert werden. Sicher ist es nur eine Hilfskonstruktion, um sich besser zu orientieren. Kaum erfunden, ist sie schon anachronistisch, ob bei Claude Lévi-Strauss, Michel Leiris oder hier bei Hubert Fichte.

WOLFGANG VON WANGENHEIM

Milchbad, Blutbad

Der Schriftsteller Hubert Fichte und die Fotografin Leonore Mau haben auf mehreren Reisen über zehn Jahre hinweg Praxis und Umfeld der afroamerikanischen Mischreligionen beobachtet. In der Karibik, in Brasilien, Venezuela und den Vereinigten Staaten haben sie Kultstätten, Geistliche, Gläubige, Kenner besucht und Beispiele zusammengetragen für regionale Ausprägungen eines kontinentalen Vorgangs: Die afrikanischen Religionen, die

sich zunächst verstecken mußten unter den dominierenden europäischen, sind mit ihren Göttern und Riten durch jene hindurchgewachsen; neue Religionen sind entstanden, nicht als Synthese, sondern als institutionalisiertes Verhältnis von Divergenz. Kraß nebeneinander stehen Wunder und Zauber: das Opfer Christi in der Oblate und die Zerstückelung des Schamanen als Schnitte in den lebendigen Leib. Das Ganze ist ein Werk der Anpassung und der Kontinuität, begonnen von verschleppten Afrikanern, ausgebreitet von afro-europäischen Mischlingen, zuletzt übernommen von unvermischt Europäischstämmigen.
Nun weiß man aus Fichtes Romanen, daß er der Religion, zu der er erzogen wurde, wenig Interesse entgegenbringt; und Leonore Mau hat bisher eher Profanes fotografiert: Architektur, Landschaft, Porträt. Das große, vierteilige Werk mit dem Untertitel *Die afroamerikanischen Religionen* gilt denn auch nicht dem fremden Heiligen um seiner selbst willen, sondern dessen irdisch-ästhetischem Niederschlag in Kunstwerken besonderer Art, seiner krassen, heiklen, improvisierten Erscheinung. Weil die Autoren die Manifestationen der Religion ernst nahmen, konnten sie sie sowohl ästhetisch würdigen wie auch als Bild der Geschichte, als Gleichnis der gesellschaftlichen Wirklichkeit interpretierbar machen.
Titelgestalt der beiden ersten Bände war der Donnergott Shango oder Xango, den die Yoruba nach Amerika gebracht und nachfolgende Sklavengenerationen zwischen katholische Heilige plaziert hatten.
Leonore Mau zeigt Altäre, Opfer, Zurüstungen und dazu die Menschen, im Heiligtum und im Alltag, und das umliegende Land, ihre Welt. Hubert Fichte beschreibt die heiligen Szenen und ihre Vor- und Nachgeschichten und die Geschichte der gemeinsamen Arbeit. Nun ist das dominierende Merkmal der Ficbteschen Erzählprosa das Fehlen von Perioden, die Wiedergabe von konzentrierten Beobachtungen in kurzen Sätzen, fast jeder ein neuer Absatz. Das ist auch das Formprinzip der Litanei, der liturgischen Anrufung des Heiligen: isolierte Aussagen Satz auf Satz hintereinander. Und so erhalten Fichtes Beschreibungen geistlicher Handlungen etwas von einem parallelen Sprechgesang. Seine Texte gipfeln in Litaneien zweiten

Grades, wo er Anrufungen von Priestern und Gläubigen zitiert und Äußerungen von Kennern und Forschern. Dazu stellt er, ausrufartig, eigene Beobachtungen. Schreibend imitiert er die Geste des Opferns, so als wolle er die aufgereihten Aussagen wie Girlanden um das Kultzeichen werfen. Damit stellt er sich neben die Andächtigen, mit denen er zwar nicht den Glauben teilt, wohl aber die Faszination.

Die jetzt erscheinenden Bände III und IV *(Petersilie)* sind Fortsetzungen der ersten beiden. Auch sie sind regional gegliedert. Dort waren die Stationen Bahia, Haiti, Trinidad; hier sind es Santo Domingo, Venezuela, Miami, Grenada. Damit ist das Werk abgeschlossen: eine große Rundreise durch Kontinent und Inselwelt. Doch sind im zweiten Teil die Akzente anders gesetzt. Abstrakt gesagt: das Verhältnis von Faszination und Distanz ist umgekehrt. Beide sind konstitutiv für die Arbeit der Autoren.

Im *Xango* überwog die Freude am Entdecken und der Zauber der Religion. In der *Petersilie* unterliegen das Heilige und seine Kunstwelt stärker den Zwängen der Politik. Eine Spur von Resignation mischt sich ein. Deutlich wird das schon im Titel, der nicht auf die Religionen weist, sondern auf deren Umwelt, auf eine Episode der karibischen Geschichte. Sie ist wiedergegeben in einem Motto: »Am 2. Oktober 1937 ließ Trujillo, der Staatschef der Dominikanischen Republik, 20000 Neger ermorden. Sie wurden von den Exekutionskommandos gezwungen, das spanische Wort für ›Petersilie‹ – ›Perejil‹ auszusprechen; Trujillo gab vor, die dominikanischen Schwarzen zu schützen – nur die haitianischen Zuckerarbeiter sollten ausgerottet werden. Man behauptet, daß die Haitianer kein R sprechen können. Jedem, der ›Pelejil‹ sagte, wurde der Kopf abgeschlagen. Kein dominikanischer Neger sagt ›Perejil‹. Schon die spanischen Eroberer nannten Katharina ›Catalina‹.«

»Petersilie« bedeutet also Massaker. Es bedeutet: unter solchen Umständen sind diese Religionen entstanden. Und diese Umstände werden im Text nicht nur beschrieben in kleinen Szenen, sondern auch besprochen in mehreren ausführlichen Interviews. Erläuterungen, Reflexion, Abstraktion tritt also neben die sinnlich wahrgenommene

Wirklichkeit. Das erste und das letzte Interview gelten dem Problem der wirtschaftlichen und politischen Selbstbestimmung der karibischen Insel-Länder; dazwischen stehen Gespräche mit Forschern und Kennern über die Geschichte der Religionen und ihr Verhältnis zur jeweiligen Gesellschaft. Das aber wirkt zurück auf die Schilderungen der heiligen Handlungen: es verdünnt deren Zauber. Selbst dann, wenn Fichte einzelne Zeremonien Phase um Phase beschreibend nachvollzieht, ist da nicht mehr das Außerordentliche und die Fülle des Wunderbaren, sondern eher das Gefühl von Verzagen und Vergeblichkeit. Und das tritt, in einer Szene am Schluß des ersten Kapitels, aus dem Geschehen selbst hervor.

»Afrikanisch sind nicht mehr die Namen der Heiligen, die Rosenkränze, die Texte der Lieder, nur das Singen noch, das bebende Falsett der Männer, und die Trommeln, und das Schlagen mit einem Eisenstab auf eine Hacke – Agogo, die Zeit, bei den Yoruba, in Nigeria und in Brasilien und Haiti. Das Gesicht eines alten Mannes beginnt zu zucken. Seine Hand flattert. Gleich wird er in Trance fallen.

Gleich kommt auf Rhythmen, Farben, heilige Geruche hin der Gott, und der Greis wird als Gott handeln und sprechen.

Aber der alte Neger in Marguerita fällt nicht in Trance.

Das Flattern der Hände, die Verkrampfung seines Gesichts steigern sich nicht zu Gedankenverlust, Schmerzunempfindlichkeit, Säulenstarre, Verdoppelung der Persönlichkeit, Sprechen in unbekannten Zungen. Der alte Mann beim katholischen Fest der Heiligen Rita beginnt zu weinen. Die heilige Persönlichkeitsspaltung schmilzt zum individuellen Schmerz zusammen.«

Der letzte Satz ist zuviel. Vielleicht soll die Abstraktion des Nachsatzes die kunstvoll vorbereitete Ernüchterung mildern. Denn es schmerzt die Desavouierung der Ekstase, des Allerheiligsten dieser Religionen, des eigentlichen Ziels dieser Reisen und Darstellungen. Am Schluß des ersten Kapitels bleibt sie demonstrativ aus.

Wenn sie in den folgenden Kapiteln dann doch noch auftritt, und zwar heftiger, krasser als im *Xango*, so hat sie, im Zusammenhang mit den äußeren Umständen, eine andere Qualität. Zwar sind die Verhältnisse auf dem Festland denen der Inseln ähnlich; doch ist hier alles kleiner, eher überschaubar, zudem konzentriert auf die Gestalt des Tyrannen. In der Weite des Festlands ist sie verschwunden in einer terrorisierenden Technik, in unmenschlicher Verwaltung, grausamer Werbung, mörderischem Verkehr. Dabei unterscheiden sich der Südstaat im Norden und der Nordstaat im Süden durchaus voneinander. Venezuela ist das Chaos; dort herrscht Gewalt als Lebensstil, Explosion als Form des Austauschs. Die Religion der Maria Lionza ist Zuflucht der Eroberten und Geduckten, der Indianer, der Afrikaner, der kleinen Weißen, der Schwulen. In Venezuela überschlagen sich Natur- und Lebenskräfte – in Miami steht der Schrecken still. Weiße Exilkubaner träumen mit Shango von Kuba, nicht von Afrika. Und die doppelt exilierte Religion greift über auf eine Stadt, die das Altersheim der Vereinigten Staaten ist, und schenkt besonnten Greisen Hexenclubs und heimeliges Duster. Amerikanische und karibische Neger steigern heilige Entrückung durch tiefe Schnitte in den Körper, und den Beobachtern gelingen hier, fast am Ende ihrer Reisen, die krassesten Bilder und Szenen der Ekstase. Doch wird da nicht, in kaum noch simulierter Zerstückelung des Menschen, der Gott erfahren; es wird anderer, mächtigerer Gewalt gefrönt. Sie ist, unter dem Zeichen des Massakers, Zentralgestalt dieses Buches.

Sie beherrscht die Inseln und das Festland; nirgends aber ist sie so vielgestaltig, so ungeheuer wie in Miami. Fichte baut das Bild der Stadt als Variationen über dieses Thema, mit den Motiven Flucht – Rettung – Tod, den Registern Menschenhaß – Gottsuche – Tierliebe. Es geht um politisches Asyl und Auslieferung, um Folter im Gefängnis und Roheit im Krankenhaus, um Gewalt gegen Homosexuelle als Kampf gegen »Gewalttätigkeit und Homosexualität«, um die verinnerlichte Gewalttätigkeit der afroamerikanischen Sekten und ihre Rivalität untereinander. Fichte schneidet Geschichten in kleine Stücke und sammelt Varianten zu bestimmten Aspekten des Lebens in dieser Stadt. Das liest sich, als säße man vor dem amerikanischen Fernsehen und schaltete sich rastlos durch den Zirkel der Stationen und sähe Politik, Unterhaltung, Werbung, alles zerlegt und neu zusammengesetzt.

Das zerstückte Panorama der Gewalt wird eingeleitet durch eine Litanei, die kühnste Erfindung im Text. Typen, die das Leben der Stadt bestimmen, stellen sich vor: »Ich bin Jude und suche die Freiheit in Miami. / Ich bin KZ-Wärter und suche die Freiheit in Miami. / Ich bin der haitianische Innenminister und suche die Freiheit in Miami.« Es folgen, unter anderen, »der Präsident von Nicaragua«, »ein deutscher Waffenhändler«, »ein deutscher Zeitungsverleger«, »ein Mafia-Boß«, »ein russischer CIA-Agent«. Zuletzt: »Ich bin neunzig und meine Frau ist achtzig – wir suchen die Freiheit in Miami Beach.« Mit dieser Travestie entzieht Fichte den wirklichen Ritual-Szenen etwas von ihrem formalen Zauber. Er macht die Anrufung der »Freiheit in Miami« zum höchsten Bekenntnis des Buchs und stellt sie zugleich dar als beliebig wie einen Werbeslogan. Diese »Ich« suchen Ruhe vor der Gewalt, von der sie doch ihr Teil mitbringen. Sie werden in Miami versteinern. Er, der Beobachter und Erzähler, bezieht in die Revue der »Ich« sich selbst variierend ein: »Ach, ja – ich bin in Anita-Bryant-Hausen, in Schwulen-Schwanz-ab-Witz.« Er findet die Unfreiheit, die die Filmschauspielerin zum Gesetz machen möchte.

Die Architektur des Textbandes erinnert an die von Chamissos *Reise um die Welt*. Wie dort gibt es einen ersten Teil, der chronologisch erzählend angelegt ist, und einen zweiten essayhaft-verallgemeinernden. Während Chamisso den ersten *Tagebuch* nennt und in Wirklichkeit hier die Reise aus der Erinnerung nacherzählt unter Verwendung alter Briefe und Notizen, legt Fichte die vier Kapitel des ersten Teiles an wie Stücke aus einem Tagebuch, wo Erlebnisse und Zeitungsmeldungen wie frisch notiert und ausgeschnitten erscheinen. Damit will Fichte nicht den Eindruck von Unmittelbarkeit erzeugen; jede Stelle ist deutlich zu erkennen als kalkuliert, als Teil der Komposition. Doch ist die Reise, die ethnologische Forschung dargestellt als Teil seiner, Fichtes, Geschichte. Wie in seinen Romanen beschreibt er auch hier sein Leben, das er nun, als Schriftsteller, selbst arrangiert. Er ist zugleich bei aller Distanz zu sich selbst, bei aller formalen Kunst, seinem Leben als Stoff derart verfallen, daß er es immer als Einheit begreift und beim Leser voraussetzt. Er verweist auf

Hamburg-Lokstedt oder den Senegal so, als gelte Fichtes System von Erfahrungen und Entsprechungen für die ganze gebildete Welt. Er läßt auch die kleinen Nöte und Ärgernisse nicht aus, das zähe Steak, den sperrigen Scheck. Wie in den Romanen führt er Leute vor unter Spitznamen, die er ihnen gibt; oder er läßt ihnen den eigenen und gibt nichts dazu, läßt sie nur eben mal auftreten, weil er sie kennt: »Elfriede Gerstl kommt schwankend in den Vorgarten«, vorher nicht, nachher nicht, bloß hier, geisterhaft wie Grete Trakl.

Die Erfahrungen der Reisen, angesammelt in Erlebnissen und Darstellungen, drängen am Ende zu distanzierender Übersicht, zur Summe, zu begrifflicher Reduktion. Die Interviews greifen bereits vom Erzählen über auf die Reflexion. Um dennoch seine Erzählperspektive durchhalten zu können; um, nach Chamissos Worten, »mich selbst in der fremden Umgebung dem teilnehmenden Leser zu vergegenwärtigen«, ohne auf die Mitteilung von Einsichten abstrakterer Art verzichten zu müssen, hat Fichte al les, was Ballast wäre in seiner Geschichte, im zweiten Teil des Textbandes zusammengestellt. Hier tritt der Materialcharakter des Beobachteten hervor; aus Häufungen ergeben sich Regelsätze, aus Vergleichen mit der Fachliteratur erwachsen ethnologische Essays.

Anders als Chamisso muß Fichte sich nicht zur Veranschaulichung des Beschriebenen auf Abbildungen berufen, die außerhalb seines Werkes erschienen sind; und über mangelhafte Wiedergabe kann er sich nicht beklagen. Der weltreisende Dichter beneidet seinen Nachfahren um die Technik der Fotografie und um die Kunst der Fotografin. Zwei Bilder: Am Rande einer geistlichen Zeremonie steht ein junger Mann in einem Fluß halb im Wasser und netzt das Gesicht mit beiden Händen; ein Mädchen neben ihm beobachtet das. Seine Hose sitzt halb offen auf den Hüften, das Hemd ist verrutscht, man sieht Bauch und Leisten. Was fasziniert das Mädchen? Die Geste der Reinigung? Die Epiphanie des schönen Leibes? Beides? Das andere Bild: ein altes Ehepaar am Strand, mit den Füßen im Meer; die Frau ist hingefallen und kann nicht mehr hoch; der Mann müht sich um sie. Zwei Menschen halten mit ihrer Geste den Lauf der Welt

an für einen glücklichen, einen schrecklichen Augenblick.
Leonore Mau fotografiert die Sekunde der Ekstase, wie sie explodiert aus Gebet, Wasser, Rauch, Milch, Blut; und ihr weltliches Gegenstück, die Versunkenheit. Sie bildet das Reich der Religionen ab, heilige Orte und Handlungen, und die Welt ihrer Anhänger: Fabrik und Hütte, Tropengrün und Plastikmüll, Chrom und Rost. Sie schönt das Elend nicht, sie entdeckt im Elend Bemühungen um das Schöne und hält sie fest.
Bildlegenden und drei längere Texte stammen von Fichte. In der Komposition der Bildfolge verbindet sich die Arbeit der Autoren zu einer einzigen: strenge Auswahl, argumentative Anordnung. Die Qualität der Bilder und der Aufmachung zielt nicht zuletzt auf die Reaktion der Beobachteten selbst, die zunächst nur diesen Teil des Werkes lesen und beurteilen können. Auf den Reisen zu diesen beiden Bänden war das Fotowerk *Xango* immer wieder Ausweis für die Ernsthaftigkeit der gemeinsamen Arbeit gegenüber den Gläubigen und den Kennern der Religionen. In deren Augen ist das ganze Unternehmen, auch seine definitive Gestalt, Zeichen dafür, daß man sich in der Bundesrepublik für ihr Land interessiert, und zwar für seine Kultur, nicht nur für seine Marktlage. Der Bildband *Petersilie* ist teuer wie Originalgrafik. Er ist ein Kunstwerk.

BEATE KLÖCKNER

Zivilisation & Wildnis

Methode und Werk Hubert Fichtes

Wenn es einen Autor gibt, der in der Literaturszene einen Freiraum genießt, dann ist das Hubert Fichte. Ich kann mich an die Zeit erinnern, als ich anfing seine Bücher zu lesen, Ende der 60er Jahre. Geblieben davon ist eine irrationale Beeindruckung. Dann, zehn Jahre kein Wort des

Autors gelesen bis heute: *Petersilie*. Ein Buch über die afroamerikanischen Religionen, das seine Arbeit über die Religionen in Haiti, Bahia, Trinidad *(Xango)* fortsetzt.
Um so höher die Erwartungen an ein Erlebnis sind, desto größer ist die Enttäuschung. Mein Eindruck: *Petersilie* ist ein durch die Literaturmedien überschätztes Buch, was gut die Hilflosigkeit der Literaturkritiker und Ethnographen ausdrückt. Das ethnographische Material dürfen sie nicht kritisieren, weil Fichte von vorneherein zugibt, es handele sich nicht um Wissenschaft; und seine Poesie können sie eigentlich auch nicht kritisieren, weil Fichte von vorneherein ja auch zugibt, daß es sich nicht nur um Literatur handelt.
Daß es dennoch ein wichtiges Buch ist, muß gesagt werden. *Petersilie* ist ein »Forschungsprojekt«, und die Enttäuschung über das erzielte Ergebnis bleibt weit hinter dem Stellenwert des Forschungsansatzes zurück. Dieser ist nicht so sehr auf die Religionen bezogen, denn Fichte schafft es kaum, seine Faszination darzustellen, weniger noch die Brisanz der Religionen sinnlich zu machen, vielmehr der methodische Ansatz seiner Arbeit stellt einen Angriff auf jede Art von Wissenschaft dar, die bekanntlich zu nichts anderem führt, als die Wirklichkeit so zu verfälschen, damit der von vorneherein festgelegten Theorie Genüge getan werden kann.
»Am 2. Oktober 1937 ließ Trujillo, der Staatschef der Dominikanischen Republik, 20000 Neger ermorden.
Sie wurden von den Exekutionskommandos gezwungen, das spanische Wort für ›Petersilie‹ – ›Perejil‹ auszusprechen; Trujillo gab vor, die dominikanischen Schwarzen zu schützen – nur die haitianischen Zuckerarbeiter sollten ausgerottet werden.
Man behauptet, daß die Haitianer kein R sprechen können. Jedem, der ›Pelejil‹ sagte, wurde der Kopf abgeschlagen.
Kein dominikanischer Neger sagt ›Perejil‹. Schon die spanischen Eroberer nannten Katharina ›Catalina‹.«
Fichte besuchte Santo Domingo, Venezuela, Miami und Grenada. Er wählte die Tagebuchform, um die Erlebnisse in chronologischer Reihenfolge aufzeichnen zu können.
Meist werden Schlagzeilen der Boulevardpresse mit per-

sönlichen Erlebnissen konfrontiert, Interviews werden eingeschoben. Er sammelt quasi ethnographisches Material (Interviews, Zeitungsausschnitte, eigene Erlebnisse, visuelle Perspektiven) und konfrontiert es miteinander. Dabei inszeniert er kräftig mit, wo es nur geht. Es ist auffällig, daß keine einzige normale Schlagzeile im Material verwendet wird. Man spürt förmlich, wie er darauf lauert, besonders ausgefallene Medienauswüchse zu sammeln: »Er ermordete einen Mann und wollte aus dessen Kopf einen Schlüsselanhänger machen.«
Fichte steht zu dieser sehr subjektiven Inszenierung und das ist schon viel. Die Ausführungen zur Wissenschaftskritik *(Ketzerische Bemerkungen für eine neue Wissenschaft vom Menschen)* erscheinen zwar rührend naiv, dennoch sind sie an einigen Punkten weitgehender als die universitäre Kritik: »Ist es eine Schande, einzugestehen, daß man über die Woloff forscht, weil man schwul ist?« Fichte ist weder Wissenschaftler noch Schriftsteller. Er hat von beidem etwas, was die hochgelobte ›Ethnopoesie‹ ergibt.
Durch die beschriebene Anordnung des Materials ist der Leser dauernd gezwungen, sich voyeuristisch zu verhalten, was an sich nichts Schlimmes ist, weil der Schautrieb ja lustvoll erlebt wird. Nur hat es den Nachteil, daß die ›Wilden‹ einzig und allein unter dem Aspekt des ›Klatsches‹ betrachtet werden. Die Methode setzt dem Leser kaum Widerstände entgegen. Die Erlebnisse werden konsumiert wie die Informationen der näheren Umgebung: A + B haben sich getrennt, C ist schwul, D frißt Pilze, »50 Männer ficken im Kreis rundherum«. Was es nicht so alles gibt!?
Eigentlich ist das ganze Buch eine Ansammlung von Dingen, die man nicht für möglich hält; exotische Erlebnisse einmal aus einer anderen Sicht aufbereitet. Es fehlt nur die eigene Einschätzung des Autors, und die fehlt wirklich manchmal, weil die Versatzstücke seiner Berichte ohne diese Zwischentitel oft nicht verständlich sein können.
Der aufmerksame Konsument läßt sich davon nicht beeindrucken und überliest die unverständlichen Textstellen. Denn nicht die einzelne Textstelle hat eine Bedeutung; eher das ganze Buch an sich.
Das hört sich sehr böse an und es ist nicht zu leugnen, daß

ich mich überwinden mußte, meinen Eindruck gegen die übermächtigen Lobeshymnen zu vertreten. Man vergleiche hierzu einen Aufsatz von Hans-Jürgen Heinrichs in der relativ neuen Publikation *Lesezeichen*, der den Autor gar mit Michel Leiris vergleicht. Dieser Vergleich muß allerdings schon deshalb hinken, weil allein die Sprache Leiris' mit der von Fichte nicht zu vergleichen ist. Im Fall von Leiris kann man wohl von Poesie sprechen, wogegen Fichte die Sprache nicht sehr ernst nimmt, Sätze sind manchmal nicht einmal zu Ende gedacht – Stil oder Unvermögen?

Was bleibt eigentlich jetzt noch von dem Buch übrig? Ich denke, immer noch genug sinnliches Material, das die Beziehung Macht/Unterdrückung in den beschriebenen Ländern erläutert: die Aufteilung der Macht unter wenigen Familien; die Investition des ausländischen Kapitals und die ›Beraterfunktion‹; die Politik der Medien; die Verfolgung der Homosexualität; die Rolle der Botschaften.

Nach der Lektüre des Buches wird einem eigentlich erst so richtig die Rolle der USA im Iran deutlich.

Alle Informationen, die man hat, werden belanglos, wenn man sich klarmacht, daß die Botschaftsangehörigen wirklich den ganzen Tag nichts anderes machen als Unterdrückungsmechanismen gegen das einheimische Volk durchzusetzen. Von wegen ›arme Geiseln‹. Man kann ihnen wirklich nur noch die Pest an den Hals wünschen.

Fichte entwickelt eine Technik, die Emotionen des Lesers sinnvoll und kreativ zu aktivieren. Er kurbelt damit einen Denkprozeß an, der sich sonst nur im Kopf vollzieht. Leider würde der Arbeit eines Autors, die die bundesrepublikanischen Verhältnisse gleich Fichte anthropologisch-poetisch erfassen würde, wahrscheinlich nicht die gleiche Aufmerksamkeit zuteil.

Ich denke in dem Zusammenhang besonders an die Schlagzeile:

»Alle guten Menschen freuen sich mit den Geiseln.« Dazu kann ich nur sagen, ich bin kein guter Mensch und ich kenne auch anscheinend keine guten Menschen. Die Liste der Personen wäre beachtlich, die sich nicht gefreut haben.

Ein Ansatz für eine Arbeit, die wahrscheinlich auch zum

größten Teil voyeuristisch wäre, aber den viel größeren Schock hervorbrächte, weil das, was betrachtet wird, nicht in exotische Ferne gerückt wäre.
Mit *Palais d'Amour* hat Fichte einen solchen Versuch schon frühzeitig gemacht. Die damals von ihm verwendete Befragungstechnik ist insofern auch fragwürdig, weil es sich nicht um Gespräche handelt, sondern um konkrete Fragen, die an drei Personen des St.-Pauli-Milieus gestellt wurden. Oft wird die gewünschte Antwort manipuliert und nach nochmaligem Nachfragen auch erreicht. Das Material wird nicht konfrontiert, weder mit eigenen Gedanken noch mit fremden. Es bleibt vor allem deshalb auch ein wenig einseitig und unbefriedigend, weil die Stichprobe mit der Menge 1 eigentlich keine Stichprobe ist, und die beschriebenen Außenseiter dadurch auch noch den Status der Einmaligkeit erhalten, was sie vollends vom Leser wegrückt.
Die Faszination von bestimmten Randgruppen wird oft von Fichte ausgebeutet. Außenseiter, Nutten, Schwule, Lesben, Gammler und Wilde eignen sich besser zur Beschreibung als ›normale‹ Verhältnisse. Es ist jedenfalls einfacher, sich auf die Faszination des Außergewöhnlichen zu verlassen, als die Bearbeitung der Normalität, der Realität, vorzunehmen. Hier gibt es durchaus Parallelen zu einer neuen Richtung des Dokumentarfilms, die ähnlich ethnologisch vorgeht wie Fichte.
Filme über Barfrauen (Petra Haffner), über einen Mann, der Spielautomaten knackt (Der Monarch), der Film *Albert warum?* sind Beispiele. Es sind nicht so sehr die Filme, die faszinieren, mehr die Personen und Themen, über die sie handeln.
Die Bücher Fichtes erinnern den Leser an seine Sehnsucht nach dem wirklichen Leben, das er schon lange aufgegeben hat. Auch wenn dieses Leben oft von den untersuchten Gruppen/Individuen leidvoll ertragen wird, erscheint es doch reizvoller, lebendiger und am Ende lustvoller als der normale Alltag. Die Zivilisation wird mit der Wildnis konfrontiert und muß verlieren, weil die Methode Fichtes eindeutig wertend sich auf die Seite der Wildnis schlägt, was ja legitim ist. Die Gefahren der Zivilisation verschweigt er allerdings geschickt. Nie erkennt man ein aktives Engage-

ment. Er ist nur Schriftsteller und Voyeur mit Vorlieben, der uns die Augen öffnet. Hinterher muß man sie aber gleich wieder schließen, weil es die beschriebene Wildnis sowieso nur auf dem Papier gibt.

Das ethnologische Material setzt sich vor allem aus Positionen zusammen, die dem Normalbürger verweigert sind. Risiko, Abenteuer, Gefahr, Unmoral und nicht zuletzt die Wildnis ist es, die die Zivilisation des Lesers/Zuschauers/Voyeuristen umgibt. Alle verwendeten Ausschnitte, die untersucht werden, haben gemeinsam, daß sie die Möglichkeit der Überschreitung der eigenen kulturellen und psychischen Schranken andeuten. Der Außenseiter erscheint als Mensch, der die Vorstellungen von einem nicht-konformen Leben erfüllt. Diese Sehnsucht hat der Leser/Zuschauer auch, und vor allem die Hoffnung, daß sich die eigene Normalität irgendwann einmal als Schein herausstellt und die gewünschte Exotik ihren Platz einnimmt.

Wir müssen uns langsam mal damit abfinden, daß es die Natur an sich nicht mehr gibt, daß wir von ihren pervertierten Umgestaltungen umgeben sind und daß es sich durchaus noch lohnt und aussichtsvoll ist, den Kampf hier zu führen. Das ist mindestens genauso aufregend wie die kleinen Kämpfchen in der Phantasie-Wildnis.

II

Bildteil

Leonore Mau
Fotos zur Person und zum Werk Hubert Fichtes

Leonore Mau
(von Hubert Fichte fotografiert)

Hubert Fichte und P. M. Ladiges

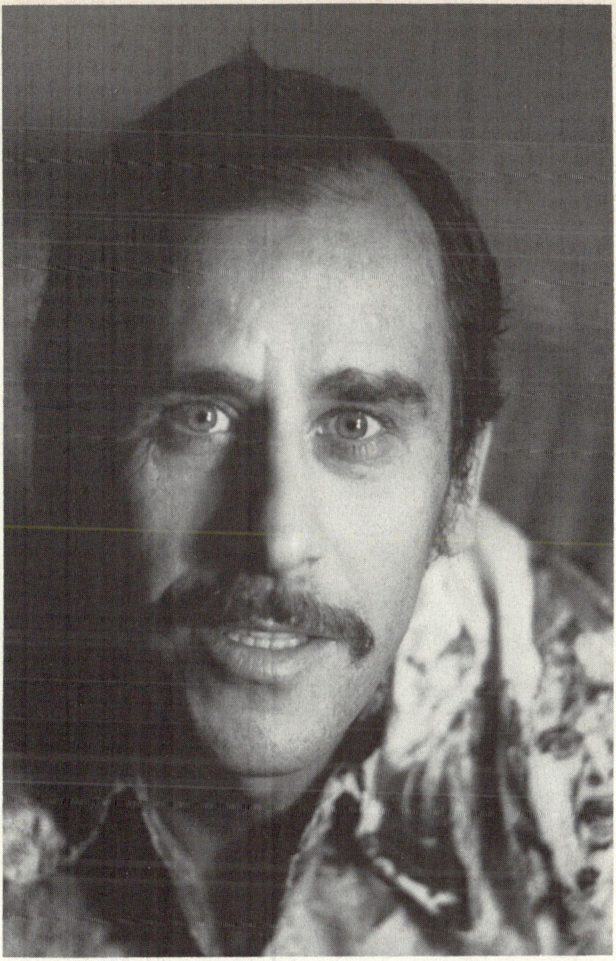

Wolfgang Köhler

Der Maler Michael Mau

Das Fenster der Laube
im Lokstedter Garten

Das Waisenhaus, Schrobenhausen,
wo Fichte 1942–1943 lebte
(Aus: *Schrobenhausener Ansichten,*
Verlag Benedikt Bickel, Schrobenhausen)

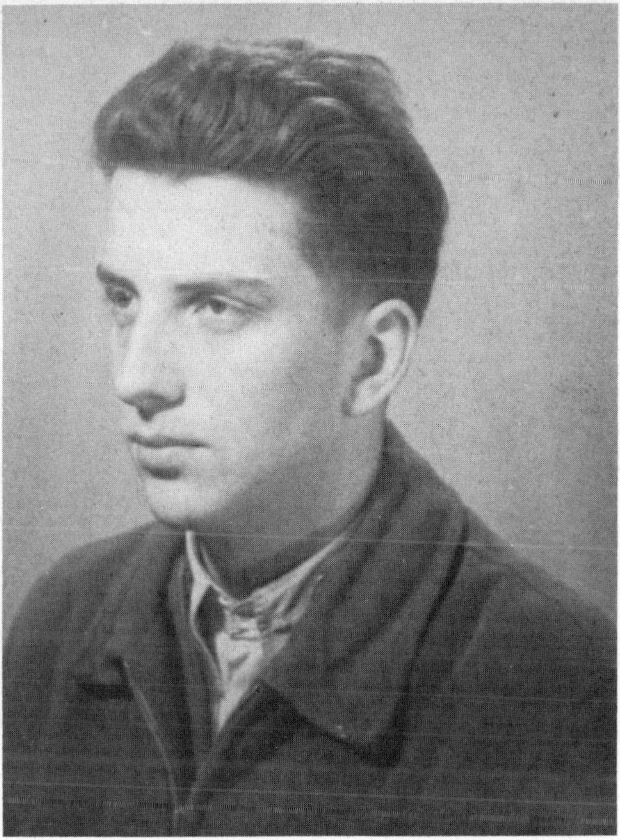

Der Schulkamerad H. E. Schuster,
später Mitgründer der Sternwarte La Silla
bei La Serena, Chile
(Foto: unbekannt)

Hans Henny Jahnn mit Yngre Jan Trede

Alexander Hunzinger
in der berühmt gewordenen Parodie über Thomas Mann
in der Bonbonière, Hamburg

Professor Dr. Herbert Jäger,
mit dem Fichte seit 1949 befreundet ist

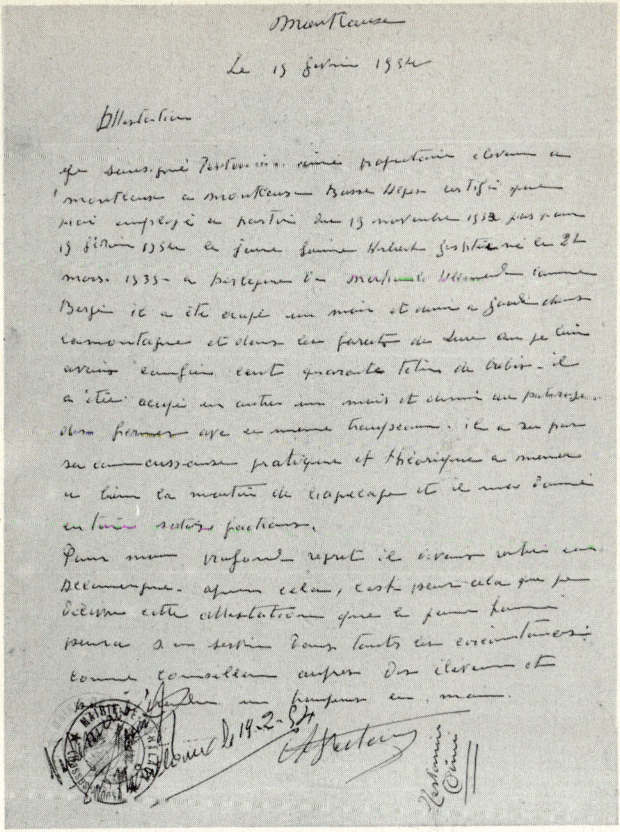

Zeugnis von Aimé Testanière
über die Zeit als Hirte in den Voralpen, 1953–1954.
Siehe *Versuch über die Pubertät*

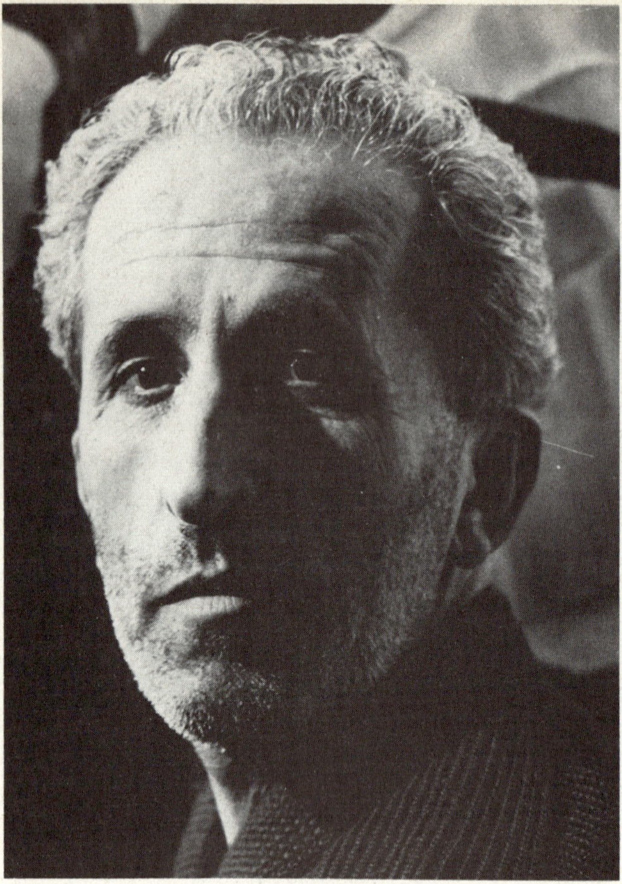

Der Maler Serge Fiorio,
Neffe von Jean Giono,
den Fichte 1953 in Montjustin kennenlernte

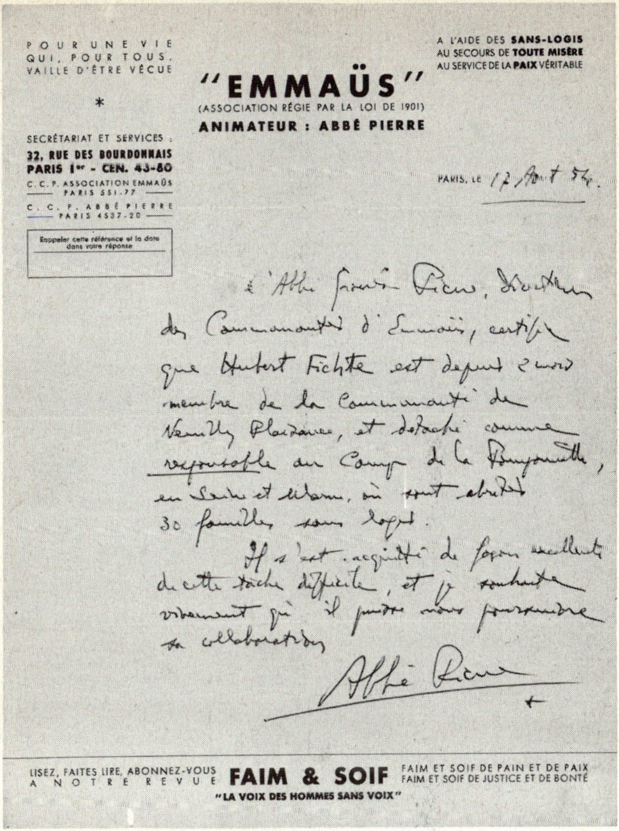

POUR UNE VIE
QUI, POUR TOUS,
VAILLE D'ÊTRE VÉCUE

*

SECRÉTARIAT ET SERVICES :
32, RUE DES BOURDONNAIS
PARIS 1er - CEN. 43-80
C. C. P. ASSOCIATION EMMAÜS
PARIS 551-77
C. C. P. ABBÉ PIERRE
PARIS 4537-20

Rappeler cette référence et la date dans votre réponse

"EMMAÜS"
(ASSOCIATION RÉGIE PAR LA LOI DE 1901)
ANIMATEUR : ABBÉ PIERRE

A L'AIDE DES **SANS-LOGIS**
AU SECOURS DE **TOUTE MISÈRE**
AU SERVICE DE LA **PAIX** VÉRITABLE

PARIS, LE 17 Août 54.

L'Abbé Grouès-Pierre, Directeur des Communautés d'Emmaüs, certifie que Hubert Fichte est depuis 2 mois membre de la Communauté de Neuilly Plaisance, et détaché comme responsable au Camp de la Pomponnette, en Seine et Marne, où sont abrités 30 familles sans logis.

Il s'est acquitté de façon excellente de cette tâche difficile, et je souhaite vivement qu'il puisse nous poursuivre sa collaboration.

Abbé Pierre

LISEZ, FAITES LIRE, ABONNEZ-VOUS A NOTRE REVUE **FAIM & SOIF** FAIM ET SOIF DE PAIN ET DE PAIX FAIM ET SOIF DE JUSTICE ET DE BONTÉ
"LA VOIX DES HOMMES SANS VOIX"

Attest des Arbeiterpriesters Abbé Pierre
über Fichte als Lagerleiter der Pomponnette, 1954

Das Lokal Die Palette
in neuer Aufmachung als why not

Wilfried Hurter/Reimar Renaissancefürstchen

Johannes Bobrowski

Als Übersetzer von Witold Gombrowicz
im Literarischen Colloquium 1963

Die Entstehung der *Palette* 1964–1967

Lesung aus der *Palette* im Starclub 1966

Ausflug mit Ramon (o.), Fichte, Wolfgang Köhler und H.C. Artmann 1967

Mit Guiseppe Ungaretti auf der Spanischen Treppe 1967

Interview mit Salvador Allende,
Santiago, Sommer 1971

Pilgerfahrt
nach den Wasserfällen von Ville Bonheur,
Haiti, 1972

Interview mit Leopold Sédar Senghor 1974

Beim König von Dahomey 1975

In einem psychiatrischen Dorf bei
Ziquindeor, Senegal, 1976

Inszenierung des *Ibrahim Bassa* von Lohenstein
im Süddeutschen Rundfunk, 1978
(Foto: Hugo Jehle)

J.L. Borges empfängt Fichte im Sommer 1971

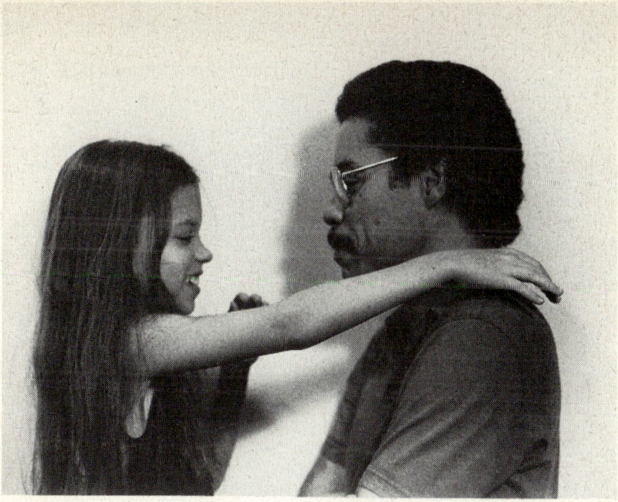

Der Maler Michael Chisholm mit
seiner Tochter in New York

III

Essays

DIETER DISTL

»So magisch wie Schrobenhausen«

Orte der Region im Werk des Hamburger Schriftstellers Hubert Fichte

»Ein Dorf im Senegal ist genausowenig magisch wie ... wie Schrobenhausen.«

Diese Feststellung an sich wird niemanden sonderlich überraschen. Wird sie jedoch von dem bedeutenden Hamburger Schriftsteller Hubert Fichte während einer Lesung anläßlich der Frankfurter Buchmesse 1980 getroffen, dann erstaunt sie zumindest den Schrobenhausener.

Geht man den biographischen Daten des Autors Hubert Fichte und seinem Werk nach, so lüftet sich in seinem Romanerstling *Das Waisenhaus* (1965) teilweise das Rätsel dieses Vergleichs: Hubert Fichte wuchs in Schrobenhausen auf!

Die ersten Zeilen des Romans nennen die Namen der Nonnen Appia und Silissa des katholischen Kinderheims St. Joseph in Schrobenhausen. Das Heim – in der Bevölkerung wird noch heute häufig die ältere, nicht mehr ganz zutreffende Bezeichnung »Waisenhaus« benutzt – bestätigt, vom August 1942 bis Juli 1943 einen Zögling mit dem Namen Hubert Fichte, geboren 1935, beherbergt zu haben.

»Wenn es Aichach und Steingriff und Scheyern nicht gäbe, wäre ich nie in dieses Waisenhaus gekommen.«

So denkt Detlev im Roman, zu dessen Lektüre man einige Stunden braucht, der aber von fünf Minuten Warten handelt, in denen dem Wartenden Erinnerungen eines ganzen Jahres seines Lebens in Schrobenhausen ins Bewußtsein dringen. Doch sind es keine glücklichen Kindheitserinnerungen. Detlev wünscht sich weg und übt damit radikale kindliche Kritik.

Die Mutter ist mit ihm aus Hamburg nach Steingriff geflüchtet, da bekannt geworden ist, daß er einen jüdischen Vater hat. Die Mutter arbeitet im Rathaus von Schroben-

hausen. Ins Waisenhaus kommt Detlev wegen der räumlichen Verhältnisse und dem Zimmerwirt zuliebe.
In und mit der Gruppe erfährt Detlev Systeme der Repression, die seine Vorstellungswelt prägen: die totalitäre NSDAP und die Kirche, aber auch Zwänge durch soziale Gruppen und irritierendes Brauchtum. Vor dem Hintergrund einer düsteren Zeit werden erschreckende Erinnerungen streng dargestellt, die seltenen Glücksmomente diskret geschildert.
»Detlevs Gedanken hüpfen schneller vorüber. Sie springen zwischen Scheyern, Aichach, Steingriff, Lokstedt hin und her. Die Mutter steht vor ihm. Ehe er alles erinnert hat, ehe er alles weggewünscht hat – bis auf die kleine Gehirnkammer, aus der seine Gedanken hervorkommen.
Auch sie verschwindet am Schluß.
Die Mutter gibt es.
Hamburg gibt es.
Detlev will seiner Mutter in Lokstedt ein festes Haus bauen, das niemand einreißen kann wie ein Haus aus Bauklötzen.
Friede gibt ihm das Verwandlungsgebet nicht.
Schwester Silissa küßt ihn auf die Stirn. Das bißchen Spukke wird auf der Haut kalt.
– Mein Vater ist so groß, bis an die Wolken, denkt Detlev beim Hinausgehen.
Die Mutter nimmt Detlevs Koffer. Sie gehen am Sankt-Josephs-Brunnen vorüber in die Richtung des Bahnhofs. Detlev entfernt sich von dem Gott im Waisenhaus.«
Dieser Schluß des Romans *Das Waisenhaus* verdeutlicht somit nochmals das Modellhafte, die sukzessive Erschließung von Wirklichkeit, das Austragen der Kindheitswünsche und -versagungen, die »Suche nach der verlorenen Zeit«.
Das Waisenhaus ist kein Schlüsselroman. Die Namen von Geschäftsleuten, von Spielgefährten, von Politikern tauchen unverändert auf: Kriegel, Karl, Weindl, Haas, Gemsheim, u. v. a. Schwester Appia lebt bis heute im »Waisenhaus«.
Dennoch sind diese Personen, die sich noch vielfach an den kleinen Hubert von damals erinnern, von ihrer Litera-

risierung aber bislang nichts gewußt haben, nur funktional zu sehen: Sie tragen zwar mit ihren Namen auch individuelle Züge, sind aber in erster Linie als Teil sozialer Systeme zu verstehen: die Mutter als Familie, die Ordensschwestern und die Zöglinge als »Das Waisenhaus«. Es geht um die Dynamik dieser Systeme, um Herrschaft und Anpassung, um Formen von Frömmigkeit und Sexualität.
Es versteht sich von selbst, daß da der eine oder andere jetzt mit Verhaltensweisen konfrontiert wird, die so nicht waren oder aus heutiger Sicht so nicht gewesen sein sollten. Doch neben den autobiographischen Momenten trägt der Roman deutlich fiktionale Züge: Das Waisenhaus steht als Modell einer subjektiv erlebten und empfundenen Wirklichkeit, repräsentiert ein vor allem durch Zwänge bestimmtes Sozialisationssystem.
Fichte hat seit seiner Kindheit Schrobenhausen nicht wiedergesehen, wie er mir mitgeteilt hat. Trotzdem werden Personen und Orte detailgetreu beschrieben: die Bahnfahrt nach Aichach, der Spaziergang nach Steingriff, der Wallgraben mit seinen Blutegeln, die sogar in späteren Romanen wiederauftauchen (vgl. *Die Palette*).
»Schrobenhausen«, im Roman unter dem Namen der nahe gelegenen Benediktinerabtei »Scheyern« (= scheuern?) verborgen, fügt sich assoziationsreich an Ortsnamen wie »Stein–Griff« und zu den »Seufzlauten« »Aich–ach«, die der Kinderwelt schroff gegenüberstehen.
Eine Entdeckungsreise durch das Gesamtwerk Hubert Fichtes führt immer wieder nach Schrobenhausen (vgl. *Die Palette*, 1968; *Detlevs Imitationen »Grünspan«*, 1971). *Das Waisenhaus* jedoch handelt von Schrobenhausen:
»Detlev ging zum Lenbachmuseum, Lenbachstraße, Lenbachhaus, Lenbachbriefmarke, Lenbachgedenken.«
Trotzdem hat eine Fichte-Rezeption in unserer Region bislang kaum stattgefunden. *Das Waisenhaus* wurde noch im Erscheinungsjahr mit dem Hermann-Hesse-Preis ausgezeichnet. In diese Zeit fällt wohl auch die »Buchbesprechung« hinter vorgehaltener Hand. Denn einigen »Hauptpersonen« des Romans war die Existenz des Buches zwar bekanntgemacht, aber von der Lektüre dringend abgeraten worden.

Damals konnte man die literarische Entwicklung Fichtes kaum ahnen; er beschreibt die Wege des einzelnen und einer ganzen Kultur beginnend in *Das Waisenhaus*, in den Folgeromanen *Die Palette, Detlevs Imitationen »Grünspan«, Versuch über die Pubertät*, in den Romaninterviews *Wolli Indienfahrer* und *Hans Eppendorfer: Der Ledermann spricht mit Hubert Fichte*, in *Xango* und in *Petersilie*. Er verfährt ähnlich in seinen Interviews u. a. mit Salvador Allende, Jean Genet, Julius Nyerere und Léopold Sédar Senghor.

Fichte ist ein ausgezeichneter Schriftsteller im doppelten Wortsinn. Zum Hermann-Hesse-Preis kommt 1975 der Fontane-Preis. In der *Süddeutschen Zeitung* (vom 25./26. 4. 1981) reklamierte Albert von Schirnding für Fichte sogar den Büchner-Preis. So wäre es an der Zeit, Fichte auch bei uns aufzunehmen. Vielen werden beim Lesen Fragmente eigener, ortsgebundener Kindheitserinnerungen aus anderem Blickwinkel vorgeführt werden: Rodeln auf dem Kalvarienberg, Kirchenbesuche, das Nikolausbrauchtum u. ä.

Es gibt viele Gründe, Fichtes Roman zu lesen. Das Auftauchen unserer Gegend als Gegenstand der Literatur sollte Antrieb genug sein.

ALBERT VON SCHIRNDING

Der Autor als Stellvertreter

Warum, fragt der Gerichtsmediziner in der Morgue von Bahia, warum interessieren Sie sich für die Toten? Die Antwort fällt umfangreich aus, umwegig: Es sind die dreihundert Seiten von Hubert Fichtes bisher (für mich) merkwürdigstem, beunruhigendstem, auch virtuosestem Roman. Der Superlativ ist am Platz; denn Fichte ist in allen seinen Büchern von einer, mitunter zwanghaft wirkenden, Brillanz. Der *Versuch über die Pubertät* (1974) führt aber in äußerster Spannung zu seinem Kunstcharakter eine atemberaubende Orgie der Selbstentblößung vor; ein Ich gibt sich preis, indem es sich eingefleischte Verstellungskünste von der Haut reißt. Erinnerung als Autopsie, als Vivisektion.

»Ist es nicht wissenschaftliche Forderung«, fragt Hubert Fichte in einem in der *Zeit* 1977 erschienenen Essay *(Ketzerische Bemerkungen für eine neue Wissenschaft vom Menschen*)*, »die Voraussetzungen aufzudecken? Warum gibt dieser Institutsleiter jener Assistentin die Arbeit über den Zeitbegriff? Wer arbeitet warum über Nekrophilie?« In solchem Interesse steckt der Protest gegen das Prinzip Herrschaft, das versteckter, aber nicht weniger zerstörerisch als in den Systemen politischer Unterdrückung und wirtschaftlicher Ausbeutung Denken und Sprache des Europäers regiert und sich im Gestus des Zugriffs äußert: Hier das mit allen Wassern der Ichtaufe gewaschene Subjekt, dort das Objekt, das seinen schmutzigen Nacken unter den Fuß des geistigen Eroberers schmiegt. Fichte, der jahrelang mit den afroamerikanischen Negern zusammengelebt hat, reagiert empfindlich auf die zivilisierte Ausdrucks- und Verhaltensweise durchreisender Landsleute; sie signalisiert ihm Neokolonialismus, die Fortsetzung einer langen Geschichte tödlicher Verachtung.

»Warum interessieren Sie sich für die Toten?« Der Ge-

* In H. Fichte, *Petersilie*, Frankfurt/M. 1980, S. 359ff.

richtsmediziner, der so fragt, sechzigjährig, breithüftig, dickliche Verhärtungen im Gesicht, die den Sezierer dem Sezierten ähnlich machen, ist Archetypus und zugleich Gegenspieler der Hamburger Medizinmänner, die den halbwüchsigen Jungen fixiert haben. Leute, die ihren Körper- und Charakterpanzer aufbrechen, von ihren Fixierungen loskommen, ihr Gewordensein korrigieren wollen, gibt es heute massenhaft. Man findet sie auf den gepflegten Trimmdichpfaden, die nach internationaler Regelung in den Mutterleib zurückführen. Derartige Praktiken sind Ausdruck einer Zivilisation, die nach Wiedergeburt lechzt, aber ihre Pensionsansprüche nicht aufs Spiel setzen möchte. Fichte bietet gegen solchen Therapie-Tourismus seine geduldige Erforschung der afroamerikanischen Riten auf. »In der Trance rechnen die Gläubigen mit ihren Zwängen ab ... Primal Scream, Berührungstherapie, Traumdeutung versuchen, desinfiziert und in der Sitzecke, bei höheren Gagen etwas Ähnliches.« (Das bekommt man an einer Stelle zu lesen, wo man's nicht ohne weiteres vermutet: im Nachwort zu Fichtes Bearbeitung der *Agrippina* des Barockdramatikers Lohenstein.)
Dem Sezierer gibt er zur Antwort, er interessiere sich nicht touristisch für die Toten, sondern »für das Auseinanderfallen des Bildes, das mich ausmacht«. Interesse geht über in Imitation, Imitation wird zur Identifikation. Seine letzte Imitation ist die der Leichen, die aufgeschnitten und dem Gott, in den sie sich verwandeln sollen, geopfert werden – analog zu den blutigen Einweihungszeremonien, die an den Pubertierenden vorgenommen werden.
Warum interessiere ich mich für Hubert Fichte? Warum habe ich seine nunmehr in einer einheitlichen Werkausgabe des S. Fischer Verlags vorliegenden Bücher nach ihrer autobiographischen Reihenfolge (die nicht der ihrer Entstehung entspricht) gelesen, teilweise zum zweiten Mal? Warum schreibe ich über ihn? Suche ich den Gegenzauberer, der den mich in vier Jahrzehnten immer enger schnürenden Identitätszauber aufschneiden könnte? Ich interessiere mich nicht als Kritiker für dieses Werk (was wäre das für eine Art von Interesse?), sondern für das Auseinanderfallen des Bildes, das mich ausmacht.
Einfacher, vielleicht enttäuschend einfach gesagt: Meine

Neugier war geweckt durch den Zufall, daß der Schriftsteller, der mit schonungsloser Konsequenz in seinen ersten dreißig Lebensjahren auf die Suche ging weniger nach der verlorenen Zeit als nach einer Zeit der Verlorenen, beinah auf den Tag mit mir gleichen Alters ist, daß es also in einem ganz engen Sinn um ›meine‹ Zeit geht, die hier obduziert wird.
Während der achtjährige Waisenhauszögling Detlev im Kirchturm des oberbayrischen Scheyern die feindlichen Bomberverbände durch – von Nonnen kommandiertes – Rosenkranzbeten nach München ableitet, schicke ich vom Keller eines oberbayerischen Schlosses aus nicht weniger zauberkräftig meine Ave Marias wie Seifenblasen zum lieben Gott, an dessen geneigtem Ohr sie zerplatzen. Wenn der Kinderstar Detlev in den Ausweichsälen der großen Hamburger Bühnen *Antigone, Schmutzige Hände, Wir sind noch einmal davongekommen, Nun singen sie wieder* aus der Kulissen- und Komparsenperspektive mitbekommt, bis er in *Mein Herz ist im Hochland* zum Hauptdarsteller aufsteigt, sitze ich andächtig in der klassizistischen Fürstenloge des völlig intakt gebliebenen Regensburger Stadttheaters und träume mich in die angeknacksten Helden von Anouilh, Sartre, Wilder, Frisch und Saroyan. Auf ungefalzte Feldpostbriefe schreiben, vom Klebstoffgeruch inspiriert, zwei greise Zwölfjährige Essays über Malerei bzw. moderne Literatur.
Dann kriegt der eine die Schulspeisung des humanistischen Gymnasiums mitsamt dem evakuiert gewesenen abendländischen Erbe verabreicht, wird mit Bergengruen und Gertrud von le Fort seinen Deutschlehrern entrückt, mit Weinheber zwischen Götter und Dämonen versetzt, schwärmt platon- und platentrunken dem Abitur und altphilologischem Studium entgegen. Der andre, vaterlos, findet, was er braucht, weder beim Polizistenopa noch bei Gottvater, sondern läßt sich von einem verkannten großen Schriftsteller und einem namhaften, aber arbeitslosen Regisseur der Mutter abspenstig machen, erweitert unter dem Einfluß von Jahnn-Pozzi, von Schul- und Schauspielerfreunden seinen Begriff von reiner Liebe zu Staub, Speichel, Schweiß. Er opfert bis zur Selbstauslöschung dem bisexuellen Gott Xango, quittiert die Musische Ober-

schule noch vor der mittleren Reife, geht stempeln, lernt Französisch statt Griechisch, haut als Landarbeiter und Schäfer in die Provence ab, taucht als nahezu Dreißigjähriger, süchtig nach Süchtigkeit, nach Nichtstun, nach Exotik asozialen Lebens, im St. Pauli-Lokal »Palette« unter, um sich ein paar Jahre später als plötzlich gemachter Autor nach Brasilien, Afrika, Chile, Haiti, Trinidad zu begeben.

Ein Ich und seine Variationen. Zuerst heißt es Detlev, dann Jäcki, dann erst ›Ich‹. Insofern hat diese Tetralogie: *Das Waisenhaus* (1965), *Die Palette* (1968), *Detlevs Imitationen »Grünspan«* (1971), *Versuch über die Pubertät* (1974) mit ihren Ergänzungen: den *Interviews aus dem Palais d'Amour* (deren erweiterte Fassung 1978 unter dem Titel *Wolli Indienfahrer* erschien) und dem Buch über den Aufenthalt auf Bahia, Haiti und Trinidad, das den Namen des Regen- und Donnergottes Xango trägt (1976), mit autobiographischer Literatur wenig zu tun. Detlev und Jäcki bewegen sich aufeinander zu, fallen im ›Ich‹ des Pubertätsbuchs zusammen. Pubertät also nicht als überwundene Lebensstufe, zu der die Erinnerung, die Bedingungen des Gewordenseins rekapitulierend, rezensierend, noch einmal zurückkehrt. Vielmehr ein in langer Schreibannäherung endlich erreichtes Ziel.

Aber dieses Pubertäts-Ich ist kein Sammelbecken, sondern der Punkt, von dem aus Imitationen überhaupt erst möglich werden. Er erlaubt keinen Aufenthalt, sondern läßt nur die Berührung zu, die dem Absprung vorausgeht. Die Tiefenstruktur des sich selbst ent-deckenden, bloßlegenden Subjekts zeigt keine scharf gezogenen individuellen Linien mehr, sondern entgleist gewissermaßen nach allen Richtungen in andre Lebensläufe. So ist es eigentlich falsch, zu sagen, die für Fichtes Bücher so charakteristischen Einschübe fremder Werde- und Untergänge, die von Puffbossen, Dirnen, Strichern, Transvestiten, Gammlern, Süchtigen, lateinamerikanischen Negern, Vaudoupriestern und Barockdichtern eingeholten Auskünfte seien dokumentarische Einsprengsel mit der Tendenz, sich zu verselbständigen und den literarischen Rahmen des Selbstporträts aufzulösen.

Es geht hier ja gar nicht mehr um das Gegenüber oder

Ineinander von Wahrheit und Dichtung, von Information und Imagination. Die Gattungsbezeichnung »Roman« sei zwar, wie der Verlag in einem Begleitschreiben zum Rezensionsversand von *Wolli Indienfahrer* mitteilt, irrtümlicherweise auf das Titelblatt der authentischen St.-Pauli-Interviews geraten – ich bin überzeugt, der Irrtum wird Schule machen. In diesem Fall ist es keiner. Fasziniert von Lohensteins Ars Combinatoria, vom Synkretismus der afroamerikanischen Religionen, der »Flickenmythologie« des Vaudou, der Mixtur aus Brutalität und Zärtlichkeit, Geldgier und Mystizismus, Geilheit und Blumenkinderaskese der Hamburger Unterwelt (der Proust- und Stendhal-lesende Zuhälter Wolli findet, daß es Mitte vierzig Zeit wird, »das Irdische abzustreifen«), vertextet Hubert Fichte Beobachtetes und Phantasiertes, in Selbst- und Fremderforschung Zusammengetragenes zu einer aus unzähligen Splittern zusammengestückelten »poetischen Anthropologie« (Helmut Heissenbüttel). Das Attribut des Poetischen nimmt sich hier freilich pleonastisch aus. Denn was bei dieser Lektüre als mindester Lerngewinn herausspringt, ist ja, daß eine wissenschaftliche Anthropologie spätestens seit der Zäsur durch die Kriegsgreuel (nach Jäckis Zeitrechnung ist das die Ära der Leichenhaufenfotos in den Zeitungen) ein Widerspruch in sich selbst ist, Verhunzung und Verstümmelung des Menschen mit geistigen Mitteln.

Da sind Untersuchungen über den »Tod im Luftangriff«, in denen die Autopsie der Schrumpfleiche in derselben ungerührten Sprache vorexerziert wird wie in den Lehrbüchern der Gynäkologen die Entwicklung des Embryos. Das Leben ist kurz, die Statistik unsterblich. Aus allen Katastrophen steigt phönixhaft der ordnende, vergleichende, bilanzierende Geist. »Die Buchstaben schmolzen. Bücher verbrannten. Die Gehirne, die Buchstaben zusammenfügten, verbrannten. Es gibt neue Buchstaben, mit denen über das Verbrechen berichtet wird« *(Detlevs Imitationen)*. Überleben durch Bescheid-, durch Besserwissen: Es ist nicht die Stärke dieses Zeitgenossen. Er beherrscht nicht die Kunst, sich und den Leser herauszuhalten aus dem Verwesungsgeruch der von einer Luftmine getöteten Krüppel, aus dem Blut- und Urindunst der Ledermännerexzesse, aus der Grausamkeit kindlicher Exorzismen und erotisch-exotischer Pubertätsriten. Herauszuhalten durch souveräne Autorschaft, gefaßte Sprache, das wie eine Kläranlage funktionierende *principium individuationis*.

Was Jäcki auch nicht fertigbringt: sich gegen die Toten, die kommen, um die Lebenden wegen ihrer Verbrechen zu quälen, durch die entschlossene Tat zu wehren. Dazu bedarf es einer Entschiedenheit, die ihm, dem Mischling, abgeht. Als Halbjude steht er zwischen den Opfern und ihren Peinigern – wie er auch im Zeichen der Doppelaxt seines afroamerikanischen Gottes Xango an beiden Geschlechtern Anteil hat. Er ist Monsieur Ouine, Herr Jein.

Der zwölfjährige Hubert Fichte wird Zeuge der Hamburger Gastspielaufführung der *Fliegen* durch das Düsseldorfer Theater. Sartres Orest hat keine Skrupel, weiß, was er will. Er nimmt die Schuld des Volkes auf sich und tilgt sie durch den Mord an der Mutter. Ausgerechnet Gustaf Gründgens erlöst das jubelnde deutsche Publikum von seiner Gewissensnot. Das ist eines von jenen gar nicht so zahlreichen Erlebniselementen, die in immer neuen Kombinationen und Spiegelungen Fichtes kaleidoskopische Bücher bilden. Der frühreife, aber noch nicht »stimmgebrochene Kinderstar« Detlev ertränkt seine Zweifel in der Flut der allgemeinen Begeisterung. Aber dem wenig älteren Jäcki scheinen die »Fliegen« von den Leichen des Tausendjährigen Reiches angezogen. Er kommt über das Gebirge von Toten, das von den Luftangriffen auf Hamburg zurückblieb, nicht hinweg in eine neue Freiheit. Wie der ewige Schüler im Traum zu den Schrecken der Reifeprüfung, so kehrt er zu den Keller- und Schrumpfleichen zurück.

Nicht Orest, sondern Orpheus. Orpheus steigt hinab. »In Pissoirs geht man Stufen hinunter, in Bunker, in Krematorien, in die Pathologie, in Weinkeller.« Ins Undergroundlokal »Palette«. Hinab ins eigene Herkommen, bis zu dem Punkt, wo aus Nicht-Ich Ich wird (»Wann kleckert der Engel auf die Stirnen das Öl, das nicht ranzig wird, das wächst und Ich zu sich selbst sagt?«), und noch weiter den Zeitschacht hinunter, bis er sich zur Timelessness öffnet. »Die Entwicklung des Embryos, späteren Foetus in Heidi

vom Augenblick der Zeugung... bis zum Datum der Niederkunft« – das Kapitel aus der *Palette*, eine sprachliche Imitation des Vorgangs, wie sich im Kopf der wissensdurstigen Kiez-Type Jürgen die Genese des Menschen und der Menschheit nachvollzieht, ist ein Musterbeispiel für Fichtes Kunst der passionierten Einmischung: in autodidaktische Rezeptions-Intimität, in embryonalen Daseinskampf, in die Herzkammern chemischer Mechanik. Eigentlich gehört das Stück in jedes Schulbuch der Biologie; doch bleibt jedenfalls im Freistaat Bayern Schriftstellern vom normverletzenden Schlag eines Fichte Lernmittelfreiheit vorenthalten.
Alle seine Versuche seien Ausdruck einer einzigen Bewegung: des Zurückfindens in frühere Schichten, schreibt der Verfasser des *Versuchs über die Pubertät.* Aber so nahe der Verdacht auf Zivilisationsmüdigkeit, Irrationalismus, Tiefenrausch liegt – die Reise geht keineswegs ins Bewußtlos-Trübe. »Jäcki sehnt sich nicht zurück zu dem Bennschen Klumpen Schleim.« Anspielung auf Gottfried Benns frühes regressionslüsternes Gedicht: »O daß wir unsere Ururahnen wären. / Ein Klümpchen Schleim in einem warmen Moor.« Fichte kokettiert nicht mit irgendeinem Ur, überläßt sich nicht sprachtrunken dem Sog der Ichauflösung. Es handelt sich vielmehr um Aufbruch in streng gemiedene Bezirke, Einbruch ins Tabuisierte.
Imitation bedeutet ja zweierlei: Sie kann das Mittel des Imitierenden sein, sich durch Einverleibung von möglichst viel andersartiger Eigenart eine machtvolle Identität zu verschaffen – nach dem Motto anmaßenden Aufgeklärtseins, dem nichts Menschliches fremd sei. Und sie kann Annäherung wollen ans Imitierte, verbale und gestische Beschwörung des Verdrängten und Ausgesperrten. »Wie Dieusifort, der haitianische Schamane, um seinen toten, geistlichen Vater zu beschwören, die Schwingungen der Stimme des Toten, die Achs und das Husten imitiert, die Wortwahl – eine Maske aus Sprache –, so verleibe ich mir Pozzi ein und seine Wörter, Akzente, Rhythmen kommen mir über den Mund; beherrsche ich seine Sprache oder benützt er meine Lippen?«
Der Leser vermag an dieser Form von medialer Weltaneignung nur teilzunehmen, wenn er seine übliche Hal-

tung als Voyeur oder Konsument aufgibt und sich einläßt auf den ihm mit Litaneien zu Leibe rückenden Sprachzauber, den Candomblé der Stimmen von Stummgewordenen und Verstümmelten, Verschwiegenen und Doppelzüngigen, die Hubert Fichte nachahmend zum Reden bringt. Ja, nicht weniger wird ihm abverlangt, als selbst zu einer von Detlevs Imitationen zu werden. Literatur als Alibi für die unzähligen versäumten, unzugänglichen, abgewehrten Lebensmöglichkeiten, die die Epoche bereithielt. Seine Stichhaltigkeit hängt allerdings gerade von dem Maße ab, in dem es mich belastet. Denn der andere Ort, an den ich mich lesend begebe, ist der Schauplatz meiner Verbrechen und Sühneopfer, der Tatort, wo mich der Autor erwartet, Doppelgänger und Richter in einer Person.

BRIGITTE KRONAUER

Die diffizilere Lektion

Versuch einer Annäherung an Hubert Fichte

1. In Fichtes erstem Roman *Das Waisenhaus* (1965) passiert, was sich in ungestörter Folgerichtigkeit durch alle nachfolgenden Arbeiten des Autors, und immer entschiedener, zur überragenden Struktur verdichtet: Eine, in diesem Fall von dem achtjährigen Detlev, in ihrer chaotischen Vielfalt gar nicht zu begreifende Welt wird, ohne Abschirmung vor dem Ansturm ihrer Widersprüchlichkeiten, in eine geordnete zu ändern versucht. Detlev, zwischen zwei Augenblicken, der Erwartung der Mutter, die ihn nach einjährigem Aufenthalt aus dem katholischen Waisenhaus abholen soll und ihrer Ankunft, spielt, wie mit den »Klötzchen seines Steinbaukastens«, ein durch und durch sinnliches, gegenständliches und zugleich überaus abstraktes, mathematisch-formelhaftes Spiel: Ausgehend von dem Unfall, der ihm gleich zu Beginn der Geschichte zustößt, baut er die ihn bedrängende Realität auf und ab: »Wenn ich nicht in die Vogelscheiße gefaßt hätte, wenn nicht … gäbe es den Balkon gar nicht.« Das ist nicht logisch, auf nichts kommt es weniger an, aber Detlev profitiert offensichtlich davon. Zwischen den beiden, ein Jahr umfassenden Momenten, sagt er sich immer neue Umkehrbeispiele nach diesem Muster auf und schließlich, als er das blitzschnelle, ein Buch dauernde Jahr zurückgelegt hat, ist die in ihren Negationen aufgestellte, formulierte Wirklichkeit da angelangt, wo er sie haben will: »Alles wäre schwarz. Der Schnee würde nicht weiß aussehen. Nichts gäbe es. Es gäbe gar nichts.« Unterstützt sind diese rituellen Sprachanstrengungen durch den Versuch Detlevs, über Definitionen (was Waisen sind, was Juden sind), zu Kategorien zu kommen. Gerade das Mißlingen macht die Kraftanspannung des Kindes um so deutlicher und das Wesen dieser und ähnlicher Ordnungsschneisen durch die Wirklichkeit natürlich auch. Das Katalogisieren, die

Aufreihung der Realität nach dem Abc, in der *Palette* (1968) noch verstärkt, in ihrer Unsinnigkeit und ihrem Zauber, übt bereits auf den Detlev des *Waisenhauses* (und auch wieder auf den in *Detlevs Imitationen »Grünspan«* [1971]) eine hartnäckige Suggestion aus. Diesmal ist es ein Setzkasten, aus dem, in den die Buchstaben zu Wörtern (also gemeinten Dingen) und zu Buchstabengruppen hin- und hergeordnet werden.

Räumliche und zeitliche Abmessungen bestimmen den Anfang der *Palette*: Jäcki verankert sich in einem Koordinatensystem von Nähen und Entfernungen zu Ereignissen und Orten, auf dem er stur, in den scheinbar wild wirbelnden Affären, Assoziationen, beharrt. In wechselnden und, einmal für praktikabel befundenen, ins Repertoire aufmerksam übernommenen Zugriffen, Kunstgriffen, wird die Realität starr gemacht und aufgefädelt. Sie wird abgefragt wie durch Katechismusfragen, auf einen nur noch aus Stereotypen bestehenden Lückentext reduziert, gezerrt in sich gefräßig ausbreitende Monotonien. Das Ausufern der Möglichkeiten steht gegen die Attraktion der Schematik: »Roman nur aus Empfindungen«, »Roman über die Palette in Katalogform«, »Aus Erzählungen der Gammler über Gammler«, »nur aus ausgedachten Vorkommnissen«. Und der wie ein Trommelfeuer prasselnde Stoff selbst tritt auf, nicht überschwappend, verwirrend allerdings und unerschöpfbar sensationell, als Aufzählung, gebändigt also zu Einzelheiten, zu linear gereihten Sätzen, was der Inhalt auch behaupten mag, einer hinter dem anderen, ein der diffusen Wirklichkeit entrissener Satz, ein Fundstück als das Erwähnenswerte herausgelöst nach dem anderen, jedesmal neu ansetzend, gleichwertig, additiv, ein Singsang.

Aus solchen isolierten Sätzen, jeder für sich ein homogenes Element, werden im *Grünspan* kleine Szenen zusammengestellt, aus Erinnerungsformeln, Zitaten, Fragen. Keine dramatischen Zuspitzungen aber. Zuspitzungen entstehen durch den Aufprall der Bruchstücke, durch die Konfrontation der Kindheitssätze Detlevs mit den ebenso tropfenweise einfallenden Nachforschungen Jäckis zum Luftangriff auf Hamburg im Juli 43 (Leiche 1-58, Fall 4, 8, 10, 11, 16). Lieblichkeit und Grauen der Realität (der Garten des Großvaters, das Sterben der Brandopfer) bleiben unangetastet, vielmehr: erhalten eine überwältigende Präsenz in Litaneien und Wechselgesängen und werden doch bezwungen und angeeignet in hartnäckigen Sprachmustern, in Sprachritualen, in Zeremonien vollkommen eingespannt. Die Bombennacht ist anwesend in Detlev: »Das ist Opas Stimme« – »Das ist Omas Stimme« – »Das ist Muttis Stimme.« Nur in dieser Identifizierung und Anordnung ist der hereinbrechende Schrecken für ihn zugelassen, und Jäcki sagt sich eine ganze Epoche auf in einer wissenschaftlichen Litanei, nach Zahlen geordnet bis ins fünfte Glied. Unverrückbar sind sie vor das Durcheinander der Geschehnisse und Einfälle gestellt, und das eine schärft sich am anderen. Die nach Ziffern sortierte Realität wird verdeutlicht durch, und verdeutlicht, den kalten Zauber des sie Zügelnden.

Das gilt in noch stärkerem Maß für Fichtes folgenden Roman *Versuch über die Pubertät* (1974). In refrainartigen Wiederholungen gliedern und rhythmisieren sich die Erinnerungen an die Pubertät in Hamburg und die Gegenwart in Brasilien, quälend wie Verhöre, einschläfernd wie Rosenkranzgebete, unerbittlich und murmelnd in Sätzen, die wie ausgesprochene, oft wie Befehle klingen, wie Hin- und Zurückgerufenes eintönig und vielfältig den brutalen Inhalt transportierend und über die Stationen der Sätze befördernd. Fichte setzt jetzt südamerikanische Heiligenlitaneien neben seine Gewissenserforschungslitaneien gegenüber einem homosexuellen Selbstmörder, neben eine Loblitanei auf den Hintern, neben eine Litanei über den Mann von 40 Jahren, neben die leiernd aufgezählten Tätigkeiten des Autors als Knecht.

In Fichtes bisher letztem Roman *Xango* (1976), der als das nicht mehr im Buch bezeichnet wird, sind die ordnenden Sprachmittel gar nicht mehr abzuheben. Zeitungsmeldungen, Statistiken, Angaben über die Gehälter der Bevölkerungsschichten, über Folter, magische Zutaten und Zeremonien, Lebensläufe, Kalender und die Redensarten der Weißen, die Abfolge der Tätigkeiten einer Beamtin und die Anrufung der Götter scheinen in einer einzigen, unterschiedlich rhythmisierten, unterschiedlich heiligen Litanei (und oft ist auch eins das andere: die Folter dem

Ritus ähnlich, die Statistik verrät die indirekte Folter am Volk, der Ritus der Verschleierung bei der Berichterstattung in den Zeitungen), ohne daß die Ingredienzen dieses ›magischen Werkes‹ die Unmöglichkeit ihrer Vermischung leugneten, eingeschmolzen zu sein.

Das ethnografische Interesse Fichtes, das ja eines an magischen, magischen Strukturen innewohnenden Energien ist, darf nicht angesehen werden, wie ihm gelegentlich vorgeworfen wird, als Hang zur Exotik, aber auch nicht als sich erst mit der *Pubertät* anbahnende und nun ausschließliche Neigung eines poetisch-wissenschaftlichen Forschers. Ebenso konsequent, wie sich die Entwicklung ritueller Sprachformen vom *Waisenhaus* bis *Xango* verfolgen läßt, sind ja Buch für Buch von *Xango* bis zurück zum *Waisenhaus* die magischen Handlungen aufzufinden. Gerade diese so unbeirrbar gezogene Spur macht ja die Brisanz der Fichteschen Untersuchungen aus. Sie ist sichtbar von der Auseinandersetzung mit den afroamerikanischen Religionen *(Xango)*, über die Zeremonien der Sexualität (nicht nur beim Treffen der Ledermänner), der *Pubertät*, über die Pinkel-, Popel-, Lispelübungen u. a., im *Grünspan*, über die Cliqueninitiationsriten der *Palette* bis schließlich, im *Waisenhaus*, hin zu den magischen Veranstaltungen einer fremden Religion, des Katholizismus, mit Herbeirufungen von Erscheinungen, kindlichen ›Teufelsaustreibungen‹ und Verteufelungen in der Gruppe der Heimkinder. In der schon erwähnten Szene mit dem Setzkasten formt sich Detlev vorsichtig aus den Buchstaben »Der Alfred ist ein Teufel«, »Der liebe Gott«, kleine Beschwörungen, und es taucht auf, zum ersten Mal und zieht sich durch bis zu Fichtes Bericht *Auch ich bin ein Besucher vom anderen Stern* aus dem winterlichen New York (*Deutsche Zeitung*, Dezember 78): »Meerstern, ich dich grüße« (o Maria hilf). Und hier also bereits, im Abc-Spiel, verknüpft sich *Sprache* mit *magischem Inhalt* bis zur Identität.

Er wolle nicht »kolonisierende Wissenschaft« betreiben, sondern auf das Fremde zugehen, bis es sich von selbst erschließt, sagt Fichte, und es gälte: »sich im Fremden und das Fremde in sich aufzuklären«, schreibt Hans-Jürgen Heinrichs über (Leiris' und) Fichtes ethnoästhetische Arbeiten (*Akzente* 3/77). Es wäre aber falsch, diese Aussagen lediglich als Schlüsselsätze zu Fichtes letzten Texten zu begreifen. Der Ausgangspunkt für *Xango* liegt im heimatlichen Fremden, in den magischen Möglichkeiten in uns selbst. Man mißversteht deshalb Fichte vom Ansatz her, wenn man beklagt, er weiche, statt sich um die Probleme seiner Kultur und Zivilisation zu kümmern, auf exotische aus, und man mißversteht ihn nicht weniger, wenn man seinen generellen Respekt vor dem Fremden, den magischen Zirkeln, die Gruppen und einzelne um sich errichten, für mangelnde »ideologiekritische Auseinandersetzung ... in der von ihm vorgestellten sozialen Praxis« (Peter Bekes in seinem KLG-Beitrag über *Hubert Fichte*) hält. Man mißversteht das Vertrauen, das Fichte in die schöpferische, noch einmal, *magische* Kraft der sprachlichen und handlungsmäßigen Selbstdefinition legt.

2. »Die Wahrheit ist nur möglich, wenn ich ganz allein bin«, hat Genet in einem Interview mit Fichte (1976) gesagt, und Wolli (Indienfahrer): »Darüber hinaus gibt es nichts. Ich bin Gott, der Gott meiner Welt.« In diesen Bemerkungen äußert sich ein Solipsismus, den sich Fichte als Schriftsteller und Forscher nicht leisten kann, der ihn aber offenbar außerordentlich anzieht, eine Lust, sich mit den Ichkreisen, Bannkreisen Fremder (und das ist jeder andere im Prinzip, ein Afroamerikaner, ein Nachbar) zu konfrontieren, die Linie eines vom Ich besetzten Territoriums abzuschreiten, der hermetischen Ichzone nachzuspüren.
Nun weiß kaum einer besser, wie durchlässig dieses Ich ist, wie wenig geschützt, wie passierbar. Der Kreis also, den eine Person um sich schlägt, ist ein künstlicher Akt des Schutzes, der Abwehr, ein *magischer Akt der Selbstbehauptung* in einer ununterbrochen angriffslustigen Umwelt, zu vollziehen mit Worten: Fichte hat bisher drei Interviewbände vorgelegt: *Interviews aus dem Palais d'Amour* (1972), *Hans Eppendorfer. Der Ledermann spricht mit Hubert Fichte* (1977) und *Wolli Indienfahrer* (1978), abgesehen von den erfragten, auskundschafteten Lebensläufen in seinen anderen Büchern, die dadurch, daß die Fragen weggelassen sind, um so bezwingender verdeut-

lichen, um was es Fichte geht: »zu leben, um eine Form der Darstellung zu erreichen« (Fichte in seinem Interview mit D. E. Zimmer 1974). Schritt für Schritt wird den Befragten die Möglichkeit gegeben, über Behauptungen zur eigenen Person Land zu besetzen. Nicht die Neugier des Interviewers tritt in den Vordergrund, sondern die Ermutigung, sich auszudehnen auf bisher noch nicht für sich eroberte Felder, sich abzugrenzen in Formulierungen, in statements über das eigene Ich, sich der Welt einschließlich der Zeit durch Stellungnahmen zu bemächtigen oder sie durch Worte abzuschmettern. Ob das Zutagegebrachte skandalös ist oder nicht, spielt in diesem Fall keine Rolle. Es geht ja nicht um Gewissensprüfungen. Reichelt-Ependorfer hat Fichte »literarischen Vampirismus« (*Interview* 1/78) vorgeworfen, aus seiner Sicht verständlicherweise, aber natürlich wird Fichtes Konzept verkannt, wenn man von ihm bei diesen Darbietungen von Ichentwürfen, diesen Präsentationen eines sich in diesem Augenblick definierenden Ichs, das also eine eindeutig sich abriegelnde Form beschreiben soll, verlangt, diese durch ›Gewissen‹, Wärme, Solidarität zu verunklären. Fichte hat Außenseiter befragt, alte und junge Homosexuelle, Strichjungen, Prostituierte. Sie alle nehmen eine Sonderstellung in der sie umgebenden Gesellschaft ein. Sie sind die quantitativ und daher auch qualitativ Benachteiligten. Ihre Abgrenzungslinie muß daher, aufgrund des stärkeren Ausgesetztseins, einschneidender verlaufen. Die Funktion ihrer privaten Magien und öffentlichen Gesten (also auch: Vokabular, Kleidung, Gebräuche) wird evidenter als schützendes Gebäude und andererseits: In ihrem Fremdsein zeigt sich das Vertraute mit unglaublicher Überredungskraft, das Verbindende, das hinter den von der Gesellschaft gezogenen Abriegelungskreisen der Moral liegt. Die scheinbar geheimnisvolleren Lebensberichte einer Priesterin, eines Priesters aus Lateinamerika sind keineswegs sensationeller, aber die gleichermaßen sachlich vorgetragenen ›magischen Inhalte‹ oder Entwicklungsschritte spiegeln das Geheimnis und die Nähe der anderen (z. B. die Entdeckung des Abweichens von der Norm) unverzerrt wider.

Die magische Handlung schafft wie die magisch benutzte

Sprache (Ritus, Zeremonie, Litanei, Refrain, Anrufung usw.) einen Schutzkreis gegen die Aggressionen der Außenwelt, einen Graben, ein Kostüm zur Imitation und Identifikation, einen Wall gegen und durch die Diffusität einer Angst einflößenden Unübersichtlichkeit. Sie schafft auf engstem Raum einen Kosmos der Bezüge und Bedeutungen, innerhalb ihrer gesetzten Grenzen existiert Sinn. In der Furcht vor den Angriffen des leeren, unformulierten Raumes hat das Zusammendenken von Sternbildern eine sehr tröstliche Wirkung, und wer das für Vergangenheit hält: Erregend, stur und unwiderstehlich wie die Monotonie einer Trommel ist das Vorwärtszählen in die Unendlichkeit, ebenso sinnvoll, ebenso unsinnig, nur weniger sinnlich vielleicht. Daß Fichtes Romane selbst, bei aller Heterogenität ebensolche Magien, solche zeremoniellen Inszenierungen sind, zu gleichen Zwecken, liegt auf der Hand.

3. Die Realität, die Detlev vor der Abreise aus dem Waisenhaus durch den Kopf geht, ist nicht eine, die ihm widerfährt, sondern eine, die ihm widerfahren ist, und die er jetzt in Form, in Fassung zu bringen versucht. Was entsteht, ist sein Werk, seine Leistung. Was sich offenbart, ist eine kindliche und traumwandlerische sichere Energie der Anverwandlung. Das ›Gebäude‹, das um die Figur des Detlev oder Jäcki oder schließlich Hubert genannten Erzählers errichtet wird, hebt Fichte im Laufe seiner Arbeiten immer prägnanter hervor als das Ergebnis eines *Machens*, der Anstrengung dieser Spracharchitekturen erzeugenden Person. Aus ihr heraus ordnen sich die Geschehnisse, bis in *Xango* Erzähler und Autor ganz zusammenfallen (und hier geht es dann auch um die Anverwandlungskraft des auftretenden Volkes, die der Roman literarisch konkretisiert). Zuschauer wird man also gewissermaßen eines athletischen Ringkampfes, den der Held mittels Sprache, Sprachritual zu seinem Überleben in der Wirklichkeit ausführt. Dabei ist das Ergebnis so unideologisch, so wenig harmonisierend oder auf eine sogleich zu erfassende Schlüssigkeit gebracht, daß es fast wie sein Gegenteil erscheint: eine Konfrontation, ein ununterbrochenes Sich-Stören der Realitätsbruchstücke, ein

unbesänftigtes Aufeinanderprallen der Widersprüche. Und es ist Fichtes ausdrückliche Absicht, die Wirklichkeit so ungeglättet auftreten zu lassen. Immer aber ist es die zentrale Person, die diese Unvereinbarkeiten beschwört, als Provokation, als Gegner, der seine Überwindungsleistung bei der Einspeichelung zu einem Ganzen, ihm dennoch auf den Leib geschneidert, bezeugen wird. Die Grausamkeit des Hamburger Luftangriffs, die Gewalt sexueller Rituale, heiliger und politischer, das Elend des Volkes muß ganz ausgeleuchtet werden, auch die Grausamkeit, die Gewalt, das Elend in sich selbst, um es zu ›umarmen‹, unvertuscht – nicht gemaßregelt, nicht ideologisiert, bevor es überhaupt in seinem Ausmaß gegenwärtig ist. Derart präsentiert, erscheint es in einer solchen Sinnlichkeit, daß allerdings die Nähe von Ekel und Hingeneigtsein zum Ekelhaften (sich durch die Bücher durchziehend), die einer erotischen Zärtlichkeit sich ähnelnde Verbindung von Peiniger und Opfer (auch von Priester und Novize), frivol für Moralisten, erkennbar wird. Und noch einmal, wer Fichte vorwirft, er mißbrauche diese Inhalte zu Schockeffekten, täuscht sich. Analyse und Schamanismus sind die Pole des Verfahrens: Erforschung, Durchdringung und magische Überwindung des Analysierten zu einem, für das Existieren unerläßlichen Zusammenhang. Die *Pubertät* beginnt mit der Schilderung der Tätigkeiten im Gerichtsmedizinischen Institut von Bahia und es heißt: »Ich interessiere mich ... für das Auseinanderfallen des Bildes, das mich ausmacht.« ›Hans‹ sagt später in seinem Bericht: »Es ist eine Art von Ekstase, genau wie es die Ekstase gibt der Selbstentleibung. Diesen systematischen Zusammenbruch der eigenen Person miterleben zu wollen, die Sucht, die Lust an der Selbstzerstörung durch Drogen, durch Exzesse jeglicher Art, das Auskosten von Schmerz, die Lust und die Freude, sich selbst zu vernichten, sich selbst auszuradieren, der Wunsch, sich selbst zerfleischen zu wollen, abzunagen bis auf die Knochen, das ist nicht fremd.« Und Genet in dem zitierten Interview, nach gewissen Komponenten seines Romans *Miracle de la Rose* befragt: »Es handelt sich darum, den Stamm zu verraten, um tatsächlich in ihn aufgenommen zu werden, Urin zu trinken, um ihn tatsächlich nicht länger zu trinken.« Wissenschaftliches Sezieren und magische Selbstentäußerung stehen nebeneinander, und es bleibt dahingestellt, ob eines, und welches, das andere übertrifft oder nachahmt. Wichtiger aber ist, Fichte führt vor, wie es in die Hände des einzelnen (einer Gruppe) gelegt ist, über sinnliche Energie Selbstzerlegung und Selbstdefinition zu leisten (Realitätsauf- und -abbau, siehe *Waisenhaus*). Das Volk, die Angehörigen des aforamerikanischen Synkretismus, auf das sich schließlich Fichte exemplarisch konzentriert, behauptet sich durch magische Einverleibung selektierter Realitätsfundstücke im weitesten Sinn zu einem Ganzen, zu einer Gegenkultur in einer elenden und feindlichen Umwelt, deren Bezug, Bedeutung, sinnschaffende Potenz – das ist Fichtes Utopie – ein geborgeneres Überleben (menschlichen Bedürfnissen gemäßeres) schafft, als die abendländische Schläue: »Erst kommt das Fressen, dann kommt die Moral, bemerkte ein spätbürgerlicher Dramatiker, der im Krieg für Hollywood ein Drehbuch verfaßte, die Afroamerikaner geben uns eine diffizilere Lektion – daß ihre Strukturen fähig sind, die Gierigkeit des Kapitalismus zu durchdringen und zu überwinden.« (*Auch ich bin ein Bewohner*..., s. o.)

4. In dem zitierten Artikel über »Entdeckungsreisen im winterlichen New York« (vor allem Harlem) beschreibt Fichte einen Schwarzen: »die Haare zu feinen Zöpfen geflochten, gekleidet in die Farben von Yves St. Laurant. Was mir bei den Frauen gicksig vorkommt – hier hat es einen Sinn: Ein kardinalsvioletter, schwarzgepaspelter Umhang, darunter, in Lederstiefeln, scharlachrote Satinhosen, über die, an den Schenkeln, gelbe Bänder gewickelt sind.« Mir scheint das ein gewagt-treffendes Bild (das Zeug ist ja nicht billig) nicht nur des Sich-Wehrens gegen die Unterdrückung der Lebensmöglichkeiten dieser Bevölkerungsgruppe, sondern ein sinnfälliger Ausdruck vitalen Trotzes, mehr noch, einer in ihrem sinnlichen Lebensgefühl triumphierenden, unbedenklichen, unintellektuellen Kraft zu sein. Die Trancen, Kulte, Räusche, Messen, gegen alle Einwände, am Rand des Existenzminimums, durch die magische Energie uralten Wissens, uralter Instinkte möglich, ihr Zusammenfassen der sie schein-

bar überrollenden Zivilisation mit jahrhundertealter Überlieferung, die die erste einbindet und überwältigt, zumindest für kraftspendende, wiederholbare Augenblicke, immer neu zusammenhangschaffend, ihre Fähigkeit, die afrikanische und christliche Religion (der Eroberer) zu vermischen, Sklavenhalter der Vergangenheit und Gegenwart zu Geistern und Göttern zu machen, Dosendeckel und Plastikblumen unbesorgt zu heiligen, produzieren ein *Selbstbewußtsein*, das nicht, wie die westlichen Zeitgenossen, Tod, Gewalt, Grauen zu verdrängen sucht, sondern beschwört und in eine ekstatische Lebensbejahung, wenigstens für Momente, ummünzt. Die Macht der Magie zeigt sich in der Einverleibung des Widersprüchlichen, Auseinanderstrebenden, das den Westen, den intellektuellen, in Ohnmacht und Depression nur noch registrieren läßt. Die magische Kultur ist nicht eine, die die Augen vor dem Nicht-Heilsein der Welt verschließt, sondern eine, die ihre Ängste und Schrecken so intensiv wahrnimmt, daß sie zu einer *Gegenmaßnahme* ausholt, zu einer, die das Überlegen in der kurzen Gegenwart offenbar ermöglicht, das Überstehen aus eigener Kraft in einer *erzeugten Welt der Bedeutungen*. Was nicht heißt, daß Fichte gegen eine vernünftige Form der Entwicklungspolitik, wo sie vorgeführt wäre, anrennt. Was nicht heißt, daß Fichte angesichts der magischen Strukturen seine Skepsis verliert. Am Schluß der *Pubertät* schildert er das Erwachen aus der »magischen Illusion«: »Ich wollte mich in einen Baum verwandeln; ich dachte, mein Gedächtnis würde ausgelöscht durch Blätter. Magie ist die große Einbettung ins Instinktive. Von dieser Einbettung ist noch für mich ein Betonbett mit Abfluß, auf dem Lamarcas Leiche liegt. Der Mensch ist kein Baum. Der Zauber ist zerschnitten.« – »Ich lebe weiter in einer ganz säkularisierten Welt.« Und *Xango* endet ähnlich: »Der sechsundzwanzigjährige Humphrey Quamina, der immer wieder in den Löwenkäfig des Zoos von Port-of-Spain eindrang, der die Liebe zu aller Kreatur verkündete und die Löwen aus den Gittern befreien wollte, ist aufgefressen worden.« Aber Fichte läßt es trotzdem nicht! Von zwei nicht ungefährlichen Möglichkeiten liegt hier für ihn die aktive Ingredienz der hoffnungsvolleren Alternative.

5. Magie und Sprache, wurde gesagt, war für Fichte schon immer: Magie durch Sprache, Sprache aus magischer Antriebsenergie. Die magischen Riten könnte man auch als Gleichnisse für die Umwandlung heterogenster, abgenutztester und neuester Wörter in Literatur begreifen. Genau das praktiziert Fichte ja! Die Offenheit seiner Romane für das auseinanderdrängendste Sprach-, Wirklichkeitsmaterial ist kaum zu überbieten und auch nicht die ›Einverleibung‹, die ›Einspeichelung‹ in ein allerdings nicht traditionelles Bezugssystem. Wie in der lauretanischen Litanei gibt es die Vielfalt, Ekstase, Üppigkeit der Bilder und: die Monotonie, die Schematik, nur ist es eine Weltlitanei. Was sich ereignet, ist eine *Verwandlung*. Aus den der Realität entrissenen Fundstücken wird eine *Anrufung der Realität*! Ein Auffunkeln, eine Konzentration, eine Exaltation! Es ergibt sich, auch wenn in Kritiken oft die Rede von »Kleingehacktem«, »Zerstückeltem« war, eine Bewegung zur Form, zum Zusammenhang hin. Nicht zur ›Geschichte‹, aber zur energisch sich behauptenden Strukturierung. Wer nur die einzelnen Elemente im Auge hat, die provozierend, die Möglichkeiten der Formung herausfordernd ausgebreitet sind, entzieht sich der Auferstehung der Realität in einer durch und durch kühn gebauten Ordnung, Beschwörung. Es geht bei Fichte nicht darum, die Wirklichkeit zu spiegeln. Was vorliegt, ist eine Offensive, eine Gegenmaßnahme, nun also literarisch, zur Wirklichkeit, ein selbstbewußtes, die Analyse überwindendes Umgestalten zum, siehe oben, ›magischen Werk‹, eng um die Individualität des Erzählers gerafft, ohne daß er als Subjekt überdeutlich in den Vordergrund träte. Die Realität erscheint unvergewaltigt unter dem Zwang einer Beherrschung, die sie verdichtet und benutzt zu einer neuen Gegenarchitektur. Ins Diffuse, Chaotische, Leere wird ein ›Palast‹ aus Sprache entworfen mit Refrains, Strophen usw., nicht weil es der Wirklichkeit entspricht, sondern unserem *Bedürfnis* nach einem Gebäude, einem magischen Kreis. Ein existentielles Bedürfnis. Es ist das Leben, das diese Literatur erfordert, und es ist das Utopische der Kunst, was sie verkörpert. Nicht Spiegelung, Gegenmaßnahme! Ohne die Realität zu verraten an Ideologie oder Kunstfertigkeit.

Bei Fichte wird – nicht wie bei den Mythen, deren Zweck es ist, will man der herzlosen Bemerkung von Roland Barthes glauben, »die Welt unbeweglich zu machen« *(Mythen des Alltags)* – die Welt »in die Hand genommen und verwandelt«. Die ›Trivialmythen‹ samt Dosenbier, Cola, Monroe, z. Z. larmoyant und unausrottbar, wie es scheint, in der jüngeren deutschen Literatur, läßt Fichte in seinem vehementen, prinzipiellen Angang weit hinter sich, weil er existentiell und auf die Zukunft gerichtet ist. Es könnte ein neues, so notwendiges *Selbstbewußtsein der Literatur* die Reglementierung und zugleich äußerste Unverständlichkeit der Welt »zu durchdringen und zu überwinden« – durchaus unabhängig von den spezifischen Stilmitteln Fichtes – erwachsen aus der Einsicht in das ihr, der Literatur eigentümliche, analytische *und* schamanenhafte Potential: Fichtes diffizilere Lektion!

PETER LAEMMLE

Das Auge des Entdeckers

Hubert Fichtes literarische Expeditionen*

> »Die Natur hat es gewollt, daß die Quelle unserer Erkenntnis dieselbe sei wie die Quelle des Lebens: man muß Eindrücke aufnehmen, um zu leben;
> man muß Eindrücke aufnehmen, um zu erkennen.«
> Michel Foucault, *Die Geburt der Klinik*

I

Nein, daß sie besonders farbig wäre, daß man aus ihr Neues über das Leben der Menschen (also auch über unser Leben) erführe, daß man aus ihr Kenntnisse und Erkenntnisse über den Zustand dieser Zeit erhalten würde, das kann man der gegenwärtigen deutschen Literatur, von wenigen Ausnahmen abgesehen, gewiß nicht nachsagen. Ihre Dürre und Enge macht einen manchmal sehnsüchtig nach den großen und in der Tat unvergänglichen Romanen des 19. Jahrhunderts. Wer von den deutschen Schriftstellern könnte sich heute im Ernst mit Fontane, Dostojewski, Melville oder dem zu Unrecht als trivial verrufenen Victor Hugo messen? *Unwiederbringlich*, *Der Spieler*, *Moby Dick* oder *Die Elenden*, lesen wir diese Bücher nicht mit viel größerer Anteilnahme, Betroffenheit, ja mit wirklicher Lust, weil in ihnen Welt, Menschen, Leben vorkommen? Was für Figuren, Charaktere, Leidenschaften! Es ist ja nicht so, daß es unseren heutigen Schriftstellern an Sensibilität oder Wahrnehmungsvermögen mangelte, nur richten sie in letzter Zeit ihre Sensibilität und ihr Wahrnehmungsvermögen fast nur noch auf die eigene Person – überspitzt und ein bißchen boshaft gesagt: sie sind damit beschäftigt und es bereitet ihnen das allergrößte Vergnü-

* Abgedruckt nach dem Originalmanuskript.

gen, auf das ferne Vibrieren ihrer eigenen Nervenenden zu lauschen. Aber kann überhaupt die Person eines einzelnen Schriftstellers auf die Dauer so ergiebig sein, daß sie ständig im Mittelpunkt seiner literarischen Interessen stehen kann, daß sie als einziges Thema trägt? Es befällt einen allmählich der Überdruß angesichts dieses unaufhörlichen Narzißmus', der sich entweder in einer pubertär auftrumpfenden, dann wieder in einer tränenseligen Spielart äußert: Herbert Achternbusch und Peter Handke, was an diesen – auf den ersten Blick so unterschiedlichen – Schriftstellern zu stören beginnt, ist ihre extreme Ichbesessenheit, obwohl beide nicht mehr in dem Alter sind, wo noch der Bloch-Satz: »Ich bin, aber ich habe mich noch nicht« auf sie zutreffen könnte. Die Erforschung der eigenen Identität könnte und müßte nun allmählich abgeschlossen sein bei diesen Autoren, es sei denn, diese Schriftstellergeneration wollte überhaupt auf einer Stufe des Infantilismus und der Unreife stehenbleiben. Es ist also der Verlust der Neugier in der neueren deutschen Literatur zu konstatieren, Verlust der Neugier auf Vorgänge, die außerhalb der eigenen Person stattfinden. Es war der unvergessene Kritiker Walter Maria Guggenheimer, der schon Anfang der fünfziger Jahre von dem Mangel an ›Welthaltigkeit‹ dieser Literatur gesprochen hat. Womit könnte diese Entwicklung zusammenhängen? Mit der Popularisierung und mit dem gleichzeitigen Mißverstehen der psychoanalytischen Methode in den letzten Jahren? Mißverstehen insofern, als Psychoanalyse ja nicht nur bedeutet, ständig einen Zuhörer für die eigene Leidensgeschichte zu haben, sondern auch selbst fähig zu werden, die Leidensgeschichte anderer anzuhören, wahrzunehmen, letztlich also zu verstehen. Liegt es auch daran, daß unsere Schriftsteller ihre vier Wände offenbar nur selten verlassen und wie festgenagelt an ihren Schreibtischen sitzen, mehr Literaturbeamte als Abenteurer? Ich mißtraue Arno Schmidt, diesem so deutschen Propagandisten und Ideologen einer genauso abstrakten wie abstrusen Zettelkastenliteratur, der behauptet, Literatur finde ausschließlich im Kopf, in der Phantasie der Autoren statt. Das klingt wie eine Schutzbehauptung, wie die Glorifizierung der eigenen Ängstlichkeit und Bequemlichkeit, die sich's

zur Devise gemacht hat, nur ja keine eigenen Erfahrungen und Wahrnehmungen zuzulassen, die sich mit einem Leben aus zweiter Hand einrichten. Zu mißtrauen ist auch jener neuen Version eines im Grunde alten Realismus, der sich nicht weniger heraushält und keine Stellung bezieht, indem er Wirklichkeit bloß zu beschreiben und zu registrieren versucht, ein bürokratischer Realismus, der die Bestandteile der Wirklichkeit numeriert, da, wo er sich dieser Wirklichkeit selbst aussetzen, sich an ihr reiben müßte. Eine ungefährliche Methode auch diese.
Werfen wir einen Blick auf Frankreich. Dort vollzieht sich das literarische, ja überhaupt das geistige Leben in anderen Bahnen, die wir hierzulande nur immer wieder mit Sehnsucht und ein bißchen Neid zur Kenntnis nehmen können. So wie es dort eine Philosophie, eine politische und wissenschaftliche Theorie gibt, die immer sehr nah an der Wirklichkeit zu operieren gewohnt ist, hat und hatte die Literatur dort auch immer einen realitätsbezogenen und damit zugleich universelleren Charakter. In Frankreich ist möglich, was bei uns ganz undenkbar wäre, daß zum Beispiel ein Philosoph vom Rang Michel Foucaults nach Persien reist, um über die gegenwärtige Umbruchsphase dieses Landes für eine große italienische Tageszeitung zu berichten. Erinnern wir uns an André Gide, zu dessen literarischem Werk als ein nicht unwesentlicher Teil seine Reise- und Expeditionsberichte aus Afrika gehören (die Beispiele aus dem vorigen Jahrhundert, etwa die Ägypten-Aufenthalte von Flaubert oder Gérard de Nerval möchte ich nur am Rande erwähnen). Was wäre das Denken Albert Camus' ohne die fast tranceartigen Beschreibungen seiner algerischen Heimat? Die Reihe ließe sich beliebig fortsetzen. Hinzu kommt, daß die Bücher der berühmten französischen Anthropologen und Ethnographen neben ihrem wissenschaftlichen auch einen literarischen Anspruch besitzen: *Die traurigen Tropen*, in denen Claude Lévi-Strauss die Ausrottung der indianischen Urbevölkerung in den Urwäldern Brasiliens beschreibt, Zeugnis einer auf Humanität bedachten Wissenschaft, lesen sie sich nicht wie ein großartiger Prosatext, wie eine poetische Paraphrase auf unser aller Heimweh nach dem verlorenen Paradies? Ein anderer französischer Schrift-

steller, der erst in den letzten Jahren in Deutschland ein wenig besser bekannt geworden ist, hat die Synthese einer poetischen und einer wissenschaftlichen Erforschung der Welt und der Menschen geradezu zu seinem literarischen Programm gemacht. Ich meine Michel Leiris. In seinem soeben im Frankfurter Syndikat-Verlag erschienenen Essay-Band *Das Auge des Ethnographen* findet sich eine Stelle, die mit ihrer Polemik gegen die Realitätsferne, gegen die Erfahrungs- und Erkenntnis-Unlust von Intellektuellen so recht zu unserem Thema paßt. Michel Leiris schreibt — und das ist eine Empfehlung, die man der jüngeren deutschen Schriftstellergeneration gern ins Stammbuch notieren würde –: »Ich würde mir wünschen, daß möglichst alle meine künstlerisch oder literarisch tätigen Freunde, die in der Mehrzahl letzten Endes von rein ästhetischen Fragen in Anspruch genommen werden oder in sterilen Streitereien zwischen den einzelnen Gruppen befangen sind, denselben Weg einschlügen wie ich, daß sie reisen, und zwar nicht als Touristen (was heißt ohne Herz zu reisen, ohne Augen und ohne Ohren), sondern als Ethnographen, und daß sie dabei in einem weiteren Sinne menschlich genug werden, um ihre mittelmäßigen kleinen ›Manien der Weißen‹ (wie bestimmte Neger sagen) zu vergessen und auch das zu verlieren, was sie sich unter ihrer Identität als Intellektuelle vorstellen.«

Ich weiß nicht, ob Hubert Fichte diese Sätze von Michel Leiris kennt, auf jeden Fall sind sie seinem Denken und seinen literarischen Absichten sehr nahe, es ist dies übrigens nicht die einzige Verwandtschaft zwischen beiden Autoren; ebenjener Hubert Fichte, von dem der provozierende Satz kolportiert wird: »Ich gehe am liebsten nur noch mit Wilden und mit Zuhältern um, weil ihre zarten Umgangsformen den unseren weit überlegen sind.«

II

Hubert Fichte ist eine Rarität und ein Sonderfall in der deutschen Gegenwartsliteratur. Man möchte fast zynisch hinzufügen: Es gehört sich für einen Autor seiner Qualität, daß er eine zwar auf ihn eingeschworene, aber nur kleine Lesergemeinde besitzt, daß seine Bedeutung noch immer nicht genügend erkannt wurde in diesem Land. Auf eine

Umfrage zum Thema »Überschätzt oder unterbewertet«, veranstaltet von der Zeitschrift *Der Monat*, antwortete Fichtes Schriftstellerkollege Horst Bienek: »Ich halte Peter Handke für überschätzt. Und nicht erst seit der *Linkshändigen Frau*. Für unterschätzt halte ich manche Autoren, ich nenne hier nur einen als Beispiel: Hubert Fichte. Spätestens seit der *Pubertät* und *Xango* hätte man entdekken müssen, was für einen originären, exorbitanten Schriftsteller wir an ihm haben.«

Inwiefern ist Hubert Fichte ein Sonderfall? Für ihn ist Schreiben gleichbedeutend mit dem Bedürfnis, sich einer unbekannten Realität auszusetzen. Seine Neugier, sein Erkenntnishunger haben ihn von den traditionellen Gegenständen der deutschen Literatur weggeführt – er hat dieser Literatur zurückgegeben, was ihr im Augenblick am meisten fehlt: Einblick ins konkrete Leben und in menschliche Verhaltensweisen. Es ist die Haltung des Entdeckers. Seine Expeditionen führten ihn nicht nur in andere Erdteile und Kulturen. Er erforschte einen ihm nahen Bereich, die Hamburger Subkultur von St. Pauli, wie einen fremden, unbekannten Kontinent.

Fichtes Vorliebe für die Außenseiter, für die sozial Diskriminierten oder die ethnischen Minderheiten, hat gewiß auch eine biographische Ursache und Komponente, aus der Fichte selbst nie ein Hehl gemacht hat: als unehelich Geborener und als Homosexueller hat er in seiner Jugend die gesellschaftliche Ächtung doppelt am eigenen Leib erfahren – er brauchte lange, seine Identität zu finden, abenteuerliche Wanderjahre als Schäfer in der Provence, als Mitarbeiter eines französischen Arbeiterpriesters liegen dazwischen, Jahre der harten körperlichen Arbeit in der Landwirtschaft, eine Reihe von Selbsterprobungen gehen voraus, bis der 1935 Geborene mit achtundzwanzig Jahren endlich sein erstes Buch schreiben kann. Die Begegnung mit Hans Henny Jahnn hat sicher seinen Entschluß, Schriftsteller zu werden, beeinflußt. In einigen Büchern Fichtes taucht die Vaterfigur Jahnn unter dem Namen »Pozzi« auf, nachgezeichnet aus einer ebenso liebevollen wie sichtlich ironischen Distanz.

Am Beginn seines literarischen Weges steht das Bekenntnis zu den Minderheiten. »Ich will Dinge aufschreiben«, hat Fichte anfangs der sechziger Jahre einmal gesagt, »Dinge, die mir erzählt worden sind, oder die ich erlebt habe, und ich will dabei mit der Sprache so kärglich wie möglich umgehen. Thematisch beschäftigen mich die Schwachen und Schwächlichen, um so mehr, als die Zeit einer allgemeinen Kraftmeierei anheimfällt. Ich will der künstlichen und zerstörerischen Stärke von Folter und Bodybuilding eine Welt der Scheiternden gegenüberstellen, die sich der schädlichen Normierung entziehen.«

Dieses Vorhaben, das Leben von Menschen in seiner vielfältigen Eigenart zu beobachten, mit einem genauen Blick für die wahren Empfindungen und geheimen Motivationen und sich dabei besonders auf die Belange von Minderheiten einzulassen (wobei ja das Individuum selbst eine der schützenswertesten Minderheiten darstellt), dieses Vorhaben hat Fichte bis heute mit jedem seiner Bücher, wenn auch auf unterschiedliche Weise, eingelöst. Die Liebe, die Parteinahme für seine Figuren hat ihn dabei nicht sentimental werden lassen, Leidenschaft ging bei ihm nicht auf Kosten von Präzision. Hans Mayer hat in seiner Rezension *Grenzen der Aufklärung* im Hinblick auf diesen Autor sehr zu Recht von einer geglückten »Verbindung der Exaktheit mit der Ekstase« gesprochen. An dem ersten schmalen Prosaband Fichtes, mit dem Titel *Aufbruch nach Turku*, der noch nicht in die vom S. Fischer Verlag veranstaltete Gesamtausgabe mit aufgenommen ist*, läßt sich diese Tendenz bereits ablesen. Denn sosehr Fichte hier beteiligt, mitleidend beteiligt ist an den Verwundungen und Irritationen seiner Helden, einer Gruppe Jugendlicher knapp an der Schwelle zum Erwachsensein, verliert er dennoch nicht den Abstand; dieser Abstand ist es übrigens auch, der seine späteren Dokumentationen immer auch literarisch produktiv hat werden lassen, in dem Versuch, mit dem Einzelfall auch eine allgemeine, eine humane Problematik sichtbar zu machen.

Es ist ein zentrales Thema bei ihm: wie sich das Individuum zurechtfindet, wie es einen Platz behauptet in dieser Welt, in dieser Gesellschaft, in dieser Kultur, in diesem Le-

* Erweiterte Neuausgabe mit dem Titel *Der Aufbruch nach Turku und andere Erzählungen*, Frankfurt/M. 1985.

ben, welche Verletzungen dabei auf uns alle zukommen. Fichte, der später noch oft und eindringlich über die Einsamkeits- und Verlorenheitsgefühle von Menschen geschrieben hat, hat kein zweites Mal mehr so beklemmende Bilder für das Gefühl von Angst gefunden wie in seinem zweiten Buch *Das Waisenhaus*: die Angst eines sechsjährigen Kindes, das sich nicht artikulieren kann, das dieser Angst vor einer ihm unbegreiflichen Wirklichkeit ausgeliefert ist, Fichte beschreibt sie so: »Im Dunkeln hatte Detlev Angst. Wenn er allein war im Dunkeln. Wenn ihn die Mutter allein gelassen hatte oder wenn er aufwachte und die anderen schliefen. Die Hampelmänner bekamen riesige Nasen. Dem Teddybären quollen die Augen hervor ... Auf dem Weg ins Waisenhaus hatte Detlev Angst. Er war nicht allein. Die Sonne stand in der Mitte des Himmels. Das Licht fiel senkrecht auf die Chaussee, die Felder, die Hopfenspaliere, die Frauen, die Kinder ... Die Sonne leuchtete so stark, daß Detlev die Landschaft und die Menschen darin ausgedörrt und verkleinert vorkamen. Das Sonnenlicht hing zwischen ihm und der Landschaft und den Menschen wie dickes Glas. Alles war weggerückt, abgetrennt ... Detlev sah zum Horizont, der gelb über den in der Ferne mit grauer Farbe überpinselten Wiesen ansetzte. Detlev erinnerte sich an die über weite Strecken ansteigenden und wieder abfallenden Wiesen. Er fürchtete, die nackten Toten könnten aus den Straßengräben steigen, oder drei Frauen mit Händen voller Johannisbeeren könnten unter der Sonne vorüberschwirren. Er sagte: ›Ich fürchte mich nicht.‹«
Um es noch einmal unmißverständlich zu sagen: Fichte ist kein Realist, also einer, der an die Abbildbarkeit der Wirklichkeit glaubt. Es ist das Nebeneinander von vielen Wirklichkeiten, was ihn fasziniert und beunruhigt, das Nebeneinander und die Schichtungen, die Überlagerungen von Kultur und Subkultur. Er verhält sich zur Wirklichkeit wie ein Archäologe; das läßt an Michel Foucault denken. Seine Entdeckungen muten nur auf den ersten Blick exotisch an, die Lebens- und Sprachgewohnheiten wie des St.-Pauli-Milieus, die er in den beiden dokumentarischen Romanen *Die Palette* (1968) und in *Detlevs Imitationen »Grünspan«* (1971) dargestellt hat. Jenseits der bürgerlichen Welt hat

sich hier eine Welt mit eigenen Normen etabliert. Ihre Ausdrucksformen, das Eigenständige und Hermetische ihres Slangs hat Fichte in diesen Büchern herauspräpariert – jener Wittgenstein-Satz »Die Grenzen meiner Sprache sind die Grenzen meiner Welt« bewahrheitet sich hier. Aber gerade in der Sprache dieser gesellschaftlichen Minderheit werden, sozusagen spiegelverkehrt, die brüchig gewordenen Verhaltensmuster und Mythen einer in ihrer Normalität scheinbar so sicheren Mehrheit sichtbar.

»Hineinhorchen in die Menschen« – dieser Satz steht, wie nebenbei gesprochen, fast zusammenhanglos, etwa in der Mitte von Fichtes Roman *Die Palette*. Was für ein verheißungsvoller Satz für eine Literatur, die sich von der unfruchtbaren Selbstbetrachtung abwendet und die endlich wieder lernt, Menschen wahrzunehmen. Dieses Hineinhorchen, Fichte hat es mit einer schier unendlichen Geduld auf sich genommen in dem 1978 erschienenen Interviewband *Wolli Indienfahrer*. Wieder sind es Außenseiter, Angehörige von Randgruppen, diesmal die allerärmsten, diejenigen, die in der gesellschaftlichen Hierarchie an der untersten Stufe stehen: Zuhälter, Dirnen, Strichjungen. In diesen ausführlichen Gesprächen gelingt Fichte beides: die größte Offenheit und die größte Diskredition. Seine Gesprächspartner sagen ihm die privatesten Dinge, aber er gibt sie nicht preis, denunziert sie nicht; sobald er eine Verletzung spürt, bricht er ab oder wechselt das Thema. Ein Buch, das Klischeevorstellungen zerstört, die wir, die sogenannten Normalbürger, gegenüber diesem Bereich haben: Klischeevorstellungen, die gleichermaßen aus Lüsternheit und aus Geringschätzung entstehen. Menschen, die ganz und gar glaubwürdig sind in ihrer Existenz, zeigt Hubert Fichte hier, Menschen, die eine verzweifelte Sehnsucht nach Reinheit und Ordnung haben. Ich erinnere mich in der gegenwärtigen Literatur in Deutschland an kaum eine Figur, die jenem Zuhälter Wolli an Farbe, an Facettenreichtum, an Selbsterkenntnis, an Reife, an natürlicher Gescheitheit (wie lässig und einfallsreich, wie souverän witzig plaudert er über das Werk von Marcel Proust), an menschlichem Format gleichkäme. Welche Kraft zur Empfindung, zur Einfühlung, welches Leiden unter den Problemen der lesbischen Liebe bei Sandra, der

Dirne! Scham überfällt einen am Ende dieses Buches, Scham darüber, wie wenig Interesse wir in Wirklichkeit füreinander aufbringen, wie achtlos, wie unaufmerksam wir mit anderen Menschen umgehen. Fichte nähert sich seinen Gesprächspartnern nicht gönnerhaft-schulterklopfend, nicht mit pseudo-wissenschaftlicher Verklemmtheit, sondern mit Liebe. Liebe heißt, daß er sich Zeit nimmt, um sein Gegenüber genau wahrnehmen zu können. Damit bringt er bei den Verfemten zwei Eigenschaften wieder zum Vorschein: ihre Würde und ihre Unschuld.

III

Nicht erst im Interviewband *Wolli Indienfahrer* hat Hubert Fichte sich in der ihm eigenen Mischung aus Sensibilität und Direktheit zum Thema Sexualität geäußert – ein Bereich, von dem man sagen muß, daß ihn die gegenwärtige deutsche Literatur im Augenblick auffällig umgeht (das Thema Selbstliebe einmal ausgenommen). Im *Versuch über die Pubertät* dringt Fichte in die Dunkelzonen der eigenen Person vor: nicht ohne Grund beginnt das Buch mit dem Sezieren eines Körpers in der Morgue von Bahia. Das sind keine sentimentalen Herzensergießungen, sondern Querschnitte durch die Schichtungen der eigenen Person. Schmerzhafte Häutungen finden statt. Ein radikales Umgehen mit der eigenen Person: wie es auch Michel Leiris in *Mannesalter* vorgeführt hat, einem vergleichbaren Dokument literarischer Selbstentblößung, einer in Spuren fast masochistischen Selbstdurchdringung.
Fichte spricht hier ohne Beschönigung, ohne Rechtfertigungsversuche über die eigene Homosexualität, über die Schwierigkeiten, diese Homosexualität in seine persönliche Entwicklung zu integrieren. Er stellt beides dar: den homosexuellen Traum, mit seinen Mystifikationen, mit seinen Utopien, diesen sehr reinen Visionen von einer nie enden wollenden brüderlich-väterlichen Zärtlichkeit und die Wirklichkeit der Homosexualität, die schäbigen kleinen Befriedigungen der Lust im Zwielicht.
Pubertät, das ist in den Augen Fichtes dabei nur eine euphemistische Umschreibung für die brutale, verzweifelte Einübung des Jugendlichen in die Realität, die immer die

sehr fremde Realität der Erwachsenen ist. Die Prägungen, die wir in diesem Lebensabschnitt empfangen, hat Fichte in diesem Buch immer wieder mit den Initiationsriten primitiver Kulturen verglichen. »Der Schmerz der Initiationen«, schreiben Gilles Deleuze und Felix Guattari in ihrem *Antiödipus*, »der perverse Apparat der Repression und Erziehung, die harten Maßnahmen und qualvollen Verfahren, haben nur den einen Sinn, den Menschen zu dressieren, ihn tief ins Fleisch zu kennzeichnen. Die Grausamkeit hat nichts mit einer beliebigen oder natürlichen Gewalt zu schaffen ... Sie ist die Bewegung der Kultur selbst, die an den Körpern sich vollzieht, in sie einschreibt und sie bearbeitet.«

Die Gewalt, die in unserer Zivilisation auf uns ausgeübt wird, die wir aneinander ausüben, spiegelt sich nach Fichtes Auffassung vor allem in unserem sexuellen Verhalten wider. Die Grenzen zwischen der Normalität und der Perversion fluktuieren. Sichtbar wird in seinem sexualpathologischen Diskurs mit dem Titel *Hans Eppendorfer. Der Ledermann spricht mit Hubert Fichte* eine Tendenz zur Entpersönlichung der Sexualität, zu einem anonymen Sexualverhalten, das auf Techniken, auf bestimmte künstlich hergestellte Primärreize, auf einen ritualisierten Ablauf fixiert ist. Eine merkwürdig ambivalente Angelegenheit, faszinierend und abstoßend zugleich, die hier als »Lederszene« geschildert wird, schattenhafte Orgien im Zustand des Vor-Bewußten. Geht uns das etwas an? Nach Fichtes Meinung schon: denn die sadomasochistischen Praktiken des »Ledermanns« sind für ihn der sichtbare Ausdruck einer latent in dieser Gesellschaft vorhandenen, ja von ihr erzeugten Beziehungslosigkeit und Kälte. Es ist der Schrecken darüber, wie sich in den archaisch-primitiven Zonen der Sexualität jener gesellschaftliche Mechanismus von Machtausübung und Unterwerfung wiederholt, wie nahe Lust und Aggressivität verwandt sind. »Lust und Macht«, schreibt Michel Foucault in *Sexualität und Wahrheit*, »heben sich nicht auf, noch wenden sie sich gegeneinander, sondern übergreifen einander, verfolgen und treiben sich an. Sie verketten sich vermöge komplexer und positiver Mechanismen von Aufreizung und Anreizung.«

Daß sich Fichte für das Nebeneinander von Wirklichkeiten, für die Schichtungen und Überlagerungen von Kulturen interessiert, davon war hier schon die Rede. Fichte hat dabei entdeckt, daß diese Wirklichkeiten und die einander fremden Kulturen etwas Gemeinsames haben: die Rituale. Sie prägen und strukturieren unser Leben mehr als wir ahnen. Seine ethnologischen Forschungen in den Ländern Südamerikas haben darin ihren Ausgangspunkt, sind Überprüfungen seiner These. »Es gibt im Vaudou – wie in vielen magischen Gesellschaften – eine ambivalente Haltung der Macht und der Aggression gegenüber. Die Beurteilung von Macht und Aggression bleibt undurchsichtig – Verdammungen wechseln mit Entschuldigungen. Sexueller Ambivalenz, rhetorischen Perversionen, Sexmythen stehen fleischlose Ritualisierungen gegenüber«, schreibt Hubert Fichte. Wie Michel Leiris interessiert sich Fichte für jene südamerikanische synkretische Volkskultur, Vaudou genannt, eine Mischung aus christlich-katholischen und heidnischen Elementen. Fichtes Expeditionsberichte über die karnevalistischen, orgiastischen, sagenumwobenen Kulte und Volksreligionen in Bahia, Haiti und Trinidad, aufgezeichnet in *Xango*, 1976, haben noch eine andere Dimension: sie wollen aufzeigen, wie verarmt die westliche Zivilisation ist, was ihr an Mythen, an Selbstentfaltung in kultischen Zeremonien verlorengegangen ist. »Was wir aus der Erforschung anderer Kulturen lernen können«, heißt es bei dem amerikanischen Ethnologen Peter Winch, »sind nicht nur andere Handlungsmöglichkeiten und andere Techniken. Wichtiger ist vielmehr, daß wir andere Möglichkeiten kennenlernen können, dem menschlichen Leben einen Sinn zu geben.«

Fichtes Hinwendung zur Anthropologie, zur Ethnographie konnte nur diejenigen überraschen, die nicht sehen wollten, daß Literatur für ihn von Anfang an die Erforschung von menschlichen Verhaltensweisen bedeutete. Fichte geht es nicht darum, Literatur und Wissenschaft gegeneinander auszuspielen, sondern sie jeweils um den anderen Bereich zu erweitern, eine gemeinsame Methode zu finden. Diese Methode nannte Helmut Heissenbüttel einmal »Poetische Anthropologie«, während Fichte selbst sie lieber als »Ethnopoesie« bezeichnet. Was er darunter versteht, hat Fichte in einem Vortrag mit dem Titel *Ketzerische Bemerkungen für eine neue Wissenschaft vom Menschen** unter anderem so umschrieben: »Warum verleugnet der Ethnologe seine ästhetischen Möglichkeiten – Das Interview und das Feature ... Die Wissenschaft vom Menschen könnte ihre Haltung von ›Die Stuyvesant-Generation geht ihren Weg‹ aufgeben. Sie würde deutlich ein vieldimensionales Gebilde – ein poetisches. Dichterische Sprache – im Gegensatz zur taktischen in Werbung und Politik – entsteht im Augenblick der Aussage neu, zusammen mit dem Gegenstand der Aussage selbst. Die Welt würde nicht länger aufgefaßt als ein Supermarkt, aus dem man in Halbpfundpaketen einsammelt, sie teilte sich nicht länger in Beschreiber und Beschriebene ... Nicht jede wehleidige Anhäufung von Adjektiven bedeutet Neue Sensibilität, nicht jeder geschwätzige Nachexpressionismus Ethnopoetik. Die Schmunzelecken der Verhaltensforscher, die Sommerfrischen der Strukturalisten stehen Jerry Cotton oft näher als Montaigne. Poetische Anthropologie? Es gibt nicht nur eine mögliche Erweiterung der Wissenschaft durch poetische Kategorien – es gibt eine Fundierung des Poetischen durch empirisches und logisches Vorgehen. Vielleicht wären Literatur und Literaturkritik besser, wenn man Dichter und Kritiker nach der Stichhaltigkeit ihrer Aussagen befragte, wie den Ethnobotaniker nach der Stimmigkeit seiner Pflanzenfamilien. Was habe ich von der Ethnologie gelernt? Das unbequeme Nachprüfen.«

Ethnopoesie, das ist für Fichte eine Erkenntnisform und eine literarische Methode. Deshalb zum Schluß noch ein paar Anmerkungen zu seinem Stil. Was er sich am Beginn seiner literarischen Laufbahn vorgenommen hatte, nämlich »mit der Sprache so kärglich wie möglich umzugehen«, hat er in seinen Büchern wahrgemacht. Freilich ist es eine sehr raffinierte Kärglichkeit, eine überzeugende Rhetorik der lapidaren Sätze, dramaturgisch effektvoll angeordnet, wie zum Beispiel im folgenden Abschnitt eines Textes**, der in der Zeitschrift *Akzente* erschienen ist:

* In: H. Fichte, *Petersilie*, Frankfurt/M. 1980, S. 359 ff.

** Auszug aus dem Kapitel *Miami* in: H. Fichte, *Petersilie*, a. a. O., S. 153 ff.

»Ich bin Jude und suche die Freiheit in Miami! Ich bin KZ-Wärter und suche die Freiheit in Miami. Ich bin Gegner von Duvalier und suche die Freiheit in Miami. Ich bin der haitianische Innenminister und suche die Freiheit in Miami. Ich bin die Mutter des Präsidenten Duvalier und suche die Freiheit in Miami. Ich bin ein Ex-Gegner von Castro und suche die Freiheit in Miami. Ich bin ein Ex-Freund von Castro und suche die Freiheit in Miami. Ich bin Kubanerin und hasse die Schwulen und suche die Freiheit in Miami. Ich bin ein deutscher Waffenhändler aus Caracas und suche die Freiheit in Miami. Ich bin ein deutscher Zeitungsverleger und suche die Freiheit in Miami. Ich bin Mafia-Boss und suche die Freiheit in Miami. Ich bin ein russischer CIA-Agent und suche die Freiheit in Miami. Ich bin ein Schwarzer aus Harlem und suche die Freiheit in Miami. Ich bin ein Schwarzer aus Uganda und suche die Freiheit in Miami. – Aus Nigeria. Aus Ghana. – Ich bin neunzig und meine Frau ist achtzig – wir suchen die Freiheit in Miami Beach.«
Fichtes stilistisches Prinzip ist es, Aussagesätze zu Erkenntnissätzen werden zu lassen. Der Archäologe Fichte hantiert dabei nicht mit Hacke und Schaufel: das Skalpell ist sein Arbeitsgerät. »Schönheit«, heißt es einmal bei ihm, »ist Präzision des Baus.«

HANNS-JOSEF ORTHEIL

Die allseitige Erregung

Zu Hubert Fichtes *Versuch über die Pubertät*

Hubert Fichtes *Versuch über die Pubertät* beginnt mit fürchterlichen Szenen. Körper werden seziert, und der Erzähler hat sich unter die Beobachter und die Begleiter des Gerichtsmediziners gemischt. Das Interesse dieses Erzählers an den Toten erklärt sich nicht von vornherein. In der ersten Szene des Buches versteht man gleichsam den *Reichtum* und die besondere Bedeutung dieses Interesses kaum. Die Beschreibungen der Seziervorgänge stoßen ja auch ihn, den Erzähler, mit unverminderter Heftigkeit ab. Andererseits gehört – und das ist unter der Oberfläche schon sichtbar – ein nicht geringer Teil seines Lebens diesen Vorgängen an. Man beschreibt diesen Anteil schlecht, wenn man ihn als Faszination beschreibt. Der Erzähler ist mit den toten und sezierten Körpern auf kompliziertere Weise verbunden. Denn was da vor seinen Augen zerfällt, das ist eine bestimmte, scheinbar nicht auszutilgende Vorstellung. Diese Vorstellung kann vielleicht nur im Gehäuse des brasilianischen Elends – also weit weg von den europäischen Orten, an denen der Erzähler aufgewachsen ist, also in einem schon von vornherein fremden, schwer ergründlichen und daher um so wachsamer beobachteten Ort – zerstört werden. Es ist die Vorstellung von der Einheit der Person. An dieser Vorstellung hängen vielerlei Attribute. Sie ist nicht zufällig entstanden, sondern Konsequenz einer jahrtausendealten Idee vom Menschen. In Brasilien wird sie aufs deutlichste vernichtet. Jede Leiche, die eingeliefert wird, hat schwere Beschädigungen davongetragen, sie ist entstellt; doch das genügt nicht. In der Folge wird sie weiter enthüllt; das Sezieren nimmt der Vorstellung von der Einheit des Körperlichen ihr Recht. Der Schmerz des Beobachters, der sich noch im angelernten Mitleid zu verbergen sucht, bleibt gegenüber diesem dauernden Zerfall nicht mehr bestehen. Die Flut der toten

Körper, die hier angeschwemmt wird, paßt sich der gleichgültigen Behandlung durch die Angestellten an. Jeder hat seine Aufgabe, seinen Platz. Keiner von ihnen wird durch die besonderen Momente der Distanz, die der Erzähler noch einnimmt, irritiert.
Fichte hat für die Verbindung des Beobachters zu seinen Objekten einen Begriff gefunden. Es ist der Begriff der *Identifikation.* Sich identifizieren – das meint in seinem, ganz besonderen Sprachgebrauch: eine bewußte Empfindlichkeit einzusetzen. Diese Empfindlichkeit nimmt sich der Objekte an. Ihr Tun ist ein Projizieren. Sie entwirft Bilder und Vorstellungen auf den Schirm, den das Objekt vor ihr abgibt; umgekehrt strahlt etwas von diesen Objekten auf den Beobachter zurück. Dieses Band kann nicht zerschnitten werden. Und doch findet – dem Beobachter zum Trotz, vielleicht zum Spott oder Hohn – dieses Zerschneiden statt.
Die Besonderheit dieser Beziehung läßt den Leser aufmerken. Er wird angehalten, den Sinn der Beziehung zu studieren. Eine schwankende Distanz teilt sich hier mit; der Beobachter traut seinen Augen kaum mehr, ja er weist ausdrücklich darauf hin, daß diese Augen – je länger sie sich an das Unvorhergesehene gewöhnen sollen – um so unbeweglicher werden. Man könnte sich auch eine andere Haltung denken. Der Beobachter könnte sich abwenden, die Flucht ergreifen, alles hinter sich lassen. Doch seine Beziehung zur Sezierung der Toten, dem Auseinanderschneiden der Leichenteile, ist eine andere. Die Teile werden voneinander getrennt, sie werden ausgebreitet, hochgehalten. Jedes Teil wird wie bei einem Beutezug aus seiner Umgebung genommen. Diese Vorgänge zwingen den Betrachter, sich die zerlegte Beute immer neu vorzustellen, sie aus dem Ganzen, dem sie einmal angehörte, herauszulösen. Er *soll* hinschauen, er soll starr, unbeweglich werden. Angesichts dieser Beuteteile wird sein Blick hypnotisiert, maskenhaft.
Diese Deutung macht klar, mit welcher Beziehung es der Betrachter zu tun hat. Die Beziehung ist eine rituelle. Sie erlaubt keine alltäglichen, gewohnten Reaktionen, denn sie steht unter einem ganz anderen Gesetz als der Alltag der Lebenden. Sie steht unter dem Gesetz eines

Bannes, eines unnachgiebigen Angezogenseins durch das Fremde, zu dem der Körper plötzlich geworden ist. Diese Fremdheit zieht alle weiteren Spuren nach sich. Sie drängt sich dem Betrachter auf, ja sie fordert ihn gleichsam mit jeder Regung immer wieder auf, überwunden zu werden. Die Überwindung wäre der geschlossene, denkende, abwägende und urteilende Charakter. Es wäre der einheitlich vorgestellte Mensch der alten Zivilisation. Diesen Menschen denkt Fichte nicht mehr. Die Szene der Sezierung nimmt daher in seinem Roman die Stellung einer Urszene ein. Der Mensch, das Ich – das sind ungreifbare Größen, die sich unter dem Einfluß der Fremdheit des Körperlichen immer wieder verflüchtigen.
Indem Fichte von diesen Vorstellungen ausgeht, wird sein Buch zu einer Suche nach einer Verlebendigung der Fremdheit. Denn es herrscht ein kaum zu unterlaufendes Gesetz: den Bann aufrechtzuerhalten, ihn immer wieder zu beschwören, auf seine Wurzeln zurückzugehen. Gleichzeitig wird sich mit jedem Moment einer Schilderung, eines allzu gesattelten Begreifens, etwas von der Spur der Fremdheit verlieren. Immer mehr wird diese Fremdheit eingehen in den Geschmack des Gewohnten, bis dieser sie endlich aufgenommen, ja angenommen hat.
Die Größe der anfänglichen Szene, die mit bestimmter Konsequenz am Ende des Buches wiederaufgenommen und daher eingeholt wird, läßt, den Gesetzen des Ritus zufolge, nur den Zustand zu. Der Bann *existiert.* Die Schritte des Beobachters auf die Toten zu ergeben sich nicht durch irgendeine Willkür. Sie werden nicht herbeibeschworen. Vielmehr ist der Zustand schon immer da. Es scheint daher seine tiefe Berechtigung zu haben, wenn sich der Erzähler diesen Szenen nähert. Ja, man könnte beinahe sagen, daß er sich ihnen nicht einmal nähert; er ist eher eins mit ihnen. Sie sind schon in ihm, wie Urbilder seiner Vergangenheit, und er selbst hat sich in ihnen verloren. So herrscht im Raum dieses Sezierens eine präsentische Verfügung über die Zeit. Alles *ist*, wie immer, wie immer *zugleich*, wie unendlich gegenwärtig. Die Verben, die Fichte wohl am liebsten aus seinem Text herausschneiden würde, passen sich diesem Zustand an. Sie geben keine Bewe-

gungen wieder, sie richten sich deshalb nicht von einem Punkt zu einem anderen. Sie halten vielmehr nur die Spannung aus.

Die Spannung des Bannes kennt nur die *Einheit dieses Ortes*. Sein eigentliches Zentrum ist der Leib. Von diesem Leib strahlt alles aus. Aber der Leib ist, wie gesagt, nicht geschlossen. Aus ihm quillt etwas heraus, aus ihm strömen Flüsse von Blut, erbrechen sich Bäche von Substanzen. Der Leib ist ein ausströmendes, sich verströmendes Ding. Er ist absolut fremd, weil er jeder Einheitlichkeit, allem Festen und Dinglichen so spottet; und er ist das Ding der absoluten Nähe, an dem die sezierenden Hände kleben.

Der Ort der Leichenhalle ist nur das äußere Bild dieses Leibes. Er ist keineswegs von fester Konsistenz, selbst die Räume sind nur mit Pappquadraten, feuchten Steppdecken und anderem Müll eingeteilt. Es sieht so aus, als bedürfte man der sorgfältigen Einteilungen gar nicht mehr. Es gibt sie nicht mehr. Auch der Ort der Leichenhalle, in dem diese Szenen des Leibes spielen, haben sich seiner besonderen Ausstrahlungskraft angepaßt. Diese zersetzt das Feste, sie strömt unablässig etwas aus. Dadurch wird Fichtes Roman zu einer Narkose durch Düfte, fremde Stoffe, Ausdünstungen. Es ist der Sinn der Narkose, den festen Leib zu betäuben. Ihn vorzubereiten auf die Sezierung. Ihm seine Festigkeit zu nehmen, ihn überzuleiten in einen anderen Zustand.

Fichte hat den narkotischen Zustand als den der Pubertät begriffen. Es ist nun klar, daß dieser Begriff in seinem Roman eine ganz andere Dimension als die übliche erhält. Er ist gewissermaßen ein Überbegriff. Er beinhaltet nicht nur die Charakteristik eines Zustandes (des Jugendlichen), sondern viel mehr. Vorerst einmal möchte ich behaupten, daß Fichte unter diesem Begriff eine Kultur erfassen will. Es ist die Kultur des Flüssigen, die Kultur der Düfte und unmittelbaren Anziehungen. Ihre offenkundige, gleichsam handfest gemachte Seite ist die Kultur der Homosexuellen.

Im landläufigen Sinn verstehen wir unter der Pubertät eine bestimmte Entwicklungsstufe im Leben des Jugendlichen. In der Zeit der Pubertät bricht er mit der Kindheit;

andererseits ist er noch nicht der Erwachsene, der gelernt hat, sein Leben nach festen Werten, Überzeugungen und Zielen auszurichten. Vor allem die eminente Ziellosigkeit bestimmt daher das pubertäre Erleben. Der Jugendliche kann diese gar nicht in der gewünschten Deutlichkeit artikulieren; denn er hat ja noch nichts zu sagen. Höchstens, daß er dies deutlich spürt, wird ihm immer wieder klar. Aber das ist vielleicht schon zuviel; denn sein Erleben ist von aller Klarheit weit entfernt. Vielmehr spielt es sich in einem merkwürdigen Zwischenreich, einem Taumel, einer Art Unbefriedigtsein ab. Die Ziellosigkeit läßt ihn nicht zur Ruhe kommen; sie fordert nicht einmal etwas Bestimmtes von ihm. Sie treibt ihn vielmehr nur umher; er döst vor sich hin, er läßt sich in den Städten treiben, streift herum, sondert sich immer wieder aufs neue ab. Dieser hervorstechenden Ziellosigkeit entspricht im Empfinden eine immer mehr sich verstärkende Unlust. Was sollte ihn reizen, wozu sollte er sich aufraffen? Das Leben in der Kindheit war einfacher. Es war von den unmittelbaren, heftigen, ausgelebten Empfindungen und Reizen geprägt. Jetzt ist alles anders; es gibt kein Vorwärts, es gibt kein Zurück. Die Pubertät mutet dem Jugendlichen nur dieses Erschlaffen, dieses rücksichtslose Fallen in eine Leere zu. Diese Leere wird ganz sichtbar. Einerseits tritt sie deutlich dadurch zutage, daß der Jugendliche die frühere Nähe der Eltern meidet. Ihr autoritäres Umfeld wird erschüttert. Sie gelten nicht mehr als Vorbilder, ihre Bedeutung nimmt ab. Aber auch die Phalanx der Freunde wird neu studiert. Oft kommt es dazu, daß der Jugendliche sich ganz zurückzieht. Die typische Haltung, die daraus resultiert, ist die eines besonders heftigen Trotzes, eines Widerstandes gegen alles, was ihn »nicht versteht«. Sollte er genauer bezeichnen, was da zu »verstehen« wäre, ergäbe sich meist nur ein konfuses Ineinander von Stimmungen. In der Pubertät zeigt sich der Jugendliche von diesen Stimmungen abhängig. Er kann sie mit keiner Macht verdrängen; sie scheinen überhandzunehmen und bedürfen der gezielten Abwehr oder Abfuhr. So breitet sich die Leere nach allen Seiten aus. Sie ist leicht zu besetzen, aber meist nur auf flüchtige, unbefriedigende Art. Der Jugendliche weiß nicht, wie ihm geschieht; am liebsten wäre es ihm, er

verschwände, er könnte alles hinter sich lassen, alle Kräfte für ein gläubig akzeptiertes Ziel opfern, sich in den Dienst einer Sache oder einer Bewegung stellen. Aber all diese Momente der Klärung stellen sich häufig genug als bloß künstliche, aus Hilflosigkeit akzeptierte Verführungen heraus.
Literarische Texte haben diesen pubertären Zustand häufig so oder ähnlich beschrieben. Hesses *Demian*, Thomas Manns *Tonio Kröger*, Musils *Törleß* – all diese Darstellungen kennen das bereitwillige Versagen der jugendlichen Gestalt, sich zu behaupten, kennen die Abgrenzung gegenüber der Umwelt und den besonderen Rang, den das Gefühlsleben dem Jugendlichen zuweist.
Das vielleicht deutlichste literarische Motiv für die Darstellung des ungewissen, ruhelosen und an keinerlei Ziele geketteten Zustandes des pubertären Jugendlichen ist das Motiv der Wanderung. Die Romantik hat es mit ihrer besonderen Empfänglichkeit für alles Symbolische neu belebt. Der Jugendliche verläßt das Haus der Eltern, den gewohnten Lebensumkreis; er zieht ohne ein bestimmtes Ziel umher, er schließt flüchtige Freundschaften und lernt Menschen kennen, die ihm für kurze Zeit zum Vorbild werden können. All das zählt jedoch gegenüber dem Entscheidenderen nicht: denn der Jugendliche bleibt letztlich allein. Immer wieder wird er auf diese Einsamkeit zurückgeworfen, die ihm nichts anderes aufgibt, als von vorne zu beginnen, die Wanderung fortzusetzen, der inneren Bewegung mit allen *Instinkten* zu folgen. Das Instinktmäßige, Triebhafte dieses Wanderns wird deutlich. Der Instinkt folgt den überraschenden, einzigartigen, fesselnden Sensationen. Er akzeptiert das Alltägliche nicht mehr, er bindet sich an das, was eine Verlockung ausströmt. Doch sind gerade diese Verlockungen Gegenstände eines anhaltenden Irrtums. Immer aufs neue werden sie entlarvt und daher schließlich doch zurückgewiesen. Der Raum um den Jugendlichen bleibt leer, erschreckend tot.
Mircea Eliade hat in seinen Forschungen über das *Mysterium der Wiedergeburt* Pubertätsriten und Stammesinitiationen in den primitiven Religionen beschrieben. Diese Beschreibungen und Deutungen liefern ein wertvolles

Material zur genaueren Durchdringung dessen, was sich mit dem Zustand der Pubertät verbindet. Eliade geht davon aus, daß die Initiationsprüfungen einem *bestimmten Verlauf* folgen. Am Anfang dieses Verlaufs steht der symbolisch vollzogene Tod des Prüflings, an seinem Ende seine Wiedergeburt. Der Jugendliche erlebt das Ende seiner Kindheit als eine besondere Zäsur; er muß die Eigenschaften und Verhaltensformen der Vergangenheit abstreifen, er muß diese ganz vergessen können, um – nach einer Strecke der Prüfung – in die Gemeinschaft aufgenommen werden zu können. Der Tod – das ist hier der Tod des Knaben (oder Mädchens), die Wiedergeburt ihre Einweihung in die Regeln des Erwachsenseins, die zugleich eine Einweihung in die Regeln und Gesetze der Gemeinschaft mit sich bringen.
All diese Momente, die man auch als *Wegstrecken* der Initiationsprüfung bezeichnen könnte, gehören auf mehr oder weniger geheimnisvolle Weise zusammen. Jeder Teil der Wegstrecke deutet auf eine wesentliche Veränderung im Leben des Novizen. Meist wird er zunächst aus dem gewohnten Kreis seines Lebens, dem Zusammenleben mit der Mutter, getrennt. Er muß das Leben der Kindheit plötzlich aufgeben. Dieser Trennung dient oft ein besonderer Raum der Askese, der Konzentration. Der Novize wird stumm; in seinem Schweigen soll sich seine Empfänglichkeit für die folgenden Akte erweitern. Zu ihm reden dann die Priester oder die lehrenden Männer des Stammes. Dieser Akt der Erweiterung führt schon zum wesentlichen Gehalt der Prüfung, der dessen Ende ausmacht: die Einweihung in die Zusammenhänge des rituellen und geistigen Lebens des Stammes. Priester und einweihende Männer haben dabei den Rang von *Lehrern.* All diese Veränderungen spielen sich an einem besonderen Ort der Reinhaltung des Sprechens ab. Dieser Ort ist den Müttern oft entzogen. Die Novizen müssen sich besonderen Prüfungen stellen. Ihr Mut und ihre Kraft müssen sich bewähren. Erst dann sind sie fähig, offen zu sein für die Lehren. Diese vollziehen die mythischen Gesetze des Stammes nach. Der Novize lernt Schritt für Schritt, die Zusammenhänge des kosmischen Daseins zu begreifen, das in der Geschichte des Stammes sein Verhältnis zu den Göt-

tern, der Erde und dem Lebendigen ausmacht. Am Ende des langen Initiationsweges steht die Aufnahme des Novizen in den Kreis der Erwachsenen. Er hat deren Speise angenommen, er hat sie zerkaut, er ist selbst mehr als ein nur unbeständiger Teil, er ist gleichsam *fest geworden*, ein Jäger wie die Älteren, einer, der seinen Rang in der Gemeinschaft des Stammes einnehmen wird.

Noch in unserer landläufigen Vorstellung der Pubertät wirken diese Momente der Initiationsprüfungen nach. Wir behandeln die Pubertät, wie gesagt, als ein *Zwischenreich,* als einen besonderen Ort der Zeremonien. Der Jugendliche soll lernen, sich zu fassen, sich eine Gestalt zu geben, sein Leben in dem der Gemeinschaft zu integrieren. Die moderne Gesellschaft hat dafür freilich keine Riten oder Magien mehr übrig; dennoch wirkt ja im Jugendlichen so etwas wie eine Kraft der Selbstkonzentration. Anfangs kann er nicht über sich hinausblicken; er steht unter dem starken Einfluß der Veränderungen, die sich in seinem Körper wie im Bereich seiner seelischen Anstrengungen ergeben. Die inneren Ländereien, denen er sich hingibt, sind solche der Phantasien, der schwärmerischen Überzeugungen, der Träume. Noch gelingt es ihm nicht, diese auf die Wirklichkeit zu beziehen, ja er hat oft überhaupt kein Verständnis dafür, daß es ihm gelingen muß, die Wirklichkeit zum Feld seiner Wünsche und Begierden zu machen. Daher taumelt er gleichsam in einem Vakuum umher.

Um so leichtgläubiger lehnt er sich an mögliche Lehrer an. Zum Lehrer können viele werden: ein älterer Freund, ein Vorbild, einer, der es in irgendeinem Sinne geschafft hat, eine feste, nicht mehr schwankende Gestalt zu entwerfen. Die Überzeugungskraft des Festen zieht den Jugendlichen an; gern läßt er sich, freilich ohne das zu betonen oder gar freiwillig einzugestehen, führen. Auch in der modernen Gesellschaft übernehmen derartige »Lehrer« die Aufgaben der einweihenden Priester in den primitiven Religionen.

Nachhaltiger jedoch als dieser Zusammenhang hat vor allem die psychoanalytische Sicht Sigmund Freuds die Vorstellung der modernen Kultur von der Pubertät geprägt. In seinen *Drei Abhandlungen zur Sexualtheorie* ist eine den

»Umgestaltungen der Pubertät« gewidmet. Freud hat Ausgang und Endziel des pubertären Entwicklungsweges sehr deutlich beschrieben. Wie hingegen die Übergänge zwischen diesen beiden künstlich fixierten Punkten sich ereignen, bleibt auch für ihn noch im Bereich des Rätselhaften, des Dunklen. Seine Anmerkungen über Ausgang und Endziel der Entwicklung zeichnen sich statt dessen durch eine gewisse Rigorosität aus. Der von ihm konstruierte Gegensatz ist ein Gegensatz zwischen dem infantilen, autoerotischen Sexualleben und dem Sexualobjekten zugewandten, normal gestalteten des Erwachsenen. Er hebt mit besonderer Deutlichkeit hervor, daß der Jugendliche lernen müsse, die Partialtriebe dem Primat der Genitalzone unterzuordnen. »Exakt« müßten zärtliche und sinnliche Strömungen zusammentreffen, um die normale Gestaltung der sexuellen Befriedigung zu erreichen. Es ist bekannt, wie Freud alle Momente der Fehlbildungen aus den Umgestaltungen der Pubertät ableitet. Er betrachtet diese Fehlbildungen ja wesentlich als Verzögerungen, als mangelhafte Entwicklungen, als Rückbindungen an den elterlichen oder autoerotischen Haushalt. Darauf möchte ich nicht näher eingehen. Wichtiger erscheint mir, daß einige der Voraussetzungen, die Eliade in den Kulturen der primitiven Religionen studierte, auch in Freuds Überlegungen auftauchen. Zum einen ist der Prüfling, der Pubertierende, auf sich selbst gestellt. Niemand wird ihm helfen, niemand wird mit künstlichem Geschick in diesen Entwicklungsgang eingreifen können. Zum zweiten ist die Entwicklung auf ein bestimmtes, von Freud auch kulturell fest umrissenes Ziel hin angelegt: die Prüfung wird bestanden, wenn es dem Prüfling gelingt, die Apparatur seiner sexuellen Leidenschaften zu *ordnen*, die verschiedenen Lustmomente in gleichsam gestaffeltem Aufbau an ein Objekt zu bringen. Daß er am Ende ein Objekt findet, verdankt er einem Ausgleich, denn die anfangs noch so zerstreuten, schwankenden, umherirrenden Reize sind in diesem Moment der höchsten Befriedigung *zusammengekommen.* Sie sind zu einem *Bau* zusammengewachsen.

Die besondere Bewertung der pubertären Entwicklung als eines Prüfungsweges, der einen Ausgang, ein Ziel und schließlich eine Art genormten Bau habe, verbindet

Freuds Konstruktion mit den Forschungen, die Eliade anhand der Quellen primitiver Religionen betrieb. Der Jugendliche löst am Ende seine Ansprüche ein, er erwirbt sich das Recht, anerkannt zu werden, er gilt als ›entwikkelt‹ und reiht sich in den Bau der Gesellschaft ein. Der geordnete Körper fügt sich dem Ordnungskörper der Gemeinschaft, er erwirbt besondere Rechte und Pflichten, er gilt etwas, und von nun an wird mit ihm zu rechnen sein.

Von hier aus wird man sich nun Fichtes *Versuch über die Pubertät* zuzuwenden haben. Fichte besteht nämlich in diesem »Versuch« darauf, daß sich der Entwicklungsweg in gewissem Sinne *nicht schließt.* Die Eingangsszene der Sezierung, die bereits gedeutet wurde, nimmt dabei nun eine Schlüsselrolle ein. In ihr ist der Beobachter ganz *Auge,* unbeweglich, erfassend; dem spielen die Handlungen der Sezierer entgegen. Diese sind ganz vom *Tasten,* Zerschneiden, Hochheben und Herzeigen bestimmt. Zwischen diesen Konzentrationsabläufen ergibt sich so etwas wie eine Spannung. Etwas schwankt hin und her, beide Lager sind auf unsichtbare Weise aneinandergekoppelt. In dieser Kopplung, der Ausstrahlungskraft eines überaus gegenwärtigen und gleichsam zeitenthobenen Bannes, begreift Fichte das Produkt der Pubertät. Dadurch trennt er diese aus dem landläufigen kulturellen Schema der Entwicklung. Daß die Sezierszene am Ende seines Buches wiederholt wird, vollzieht nicht den Strang einer solchen Entwicklung nach. Vielmehr wird diese Szene, die Szene des Ausgangs, nur aus dem Material der inzwischen dargelegten pubertierenden Anstrengungen herausoperiert. Sie tritt als deren *symbolische Breite* konzentriert in Erscheinung.

Maurice Merleau-Ponty hat in einem Essay mit dem Titel *Auge und Geist* Momente beschrieben, die Fichtes Abweichungen vom Landläufigen in einem philosophischen Sinn deutlich werden lassen. Für Merleau-Ponty ist das Auge das zentrale Organ einer Bewegung, die später den ganzen Körper erfassen kann. Die Kultur des Auges ist der Kultur des Geistes vorgelagert. Durch sie wird erfaßt, zerlegt, verbunden, was unmittelbar, auf den ersten, zündenden Blick hin, den Körper in eine *Aktion* versetzt. Diese Aktion hat nun keinen fest zu umreißenden Ausgang und kein exakt bemessenes Ende. Wesentlich ist vielmehr, daß sie eine irritierende, offen bleibende Bewegung ist, die sich nur durch immer neue Reize sättigt. Merleau-Ponty hat ein derartiges Sehen, das er als zentrale Bewegung versteht, nach zwei Seiten hin gedeutet. Zum ersten ist ja der Körper ein sehender, einer, der sich auf die Objekte zurichtet; zum anderen wird er jedoch auch selbst gesehen: »Er sieht sich sehend, er betastet sich tastend, er ist für sich selbst sichtbar und spürbar.« Diese beiden Momente des ›Sehens‹ einer körperlichen Aktion trennen es vom Denken, vom Assimilieren des Gedachten. Der sehende, sich bewegende Körper ist eins mit sich, er ist ein kompaktes, vibrierendes Etwas, das nicht zu einem Abschluß kommt. Von allen Seiten strömen Leitern, Gerüche, Tastobjekte, Anhaltspunkte auf ihn zu. Er changiert. Er kommt nicht zur Ruhe. Der Körper zählt, wie Merleau-Ponty an einer entscheidenden Stelle sagt, in diesem Sinne zu den Dingen. »Da er aber sieht und sich bewegt, hält er die Dinge in seinem Umkreis, sie bilden einen Anhang oder eine Verlängerung seiner selbst, sind seine Kruste und bilden einen Teil seiner vollen Definition, wie auch die Welt aus ebendem Stoff des Körpers gemacht ist.«

Fichte hat derartige Formulierungen gleichsam zur Darstellung gebracht. Das Körperliche ist im *Versuch über die Pubertät* ein Element, das den Produktionen des Denkens immer voraus ist. Es ist das zentrale Element der Orientierung. Deren Formen knüpfen sich an die Bewegungen des Auges und an die des Tastens. Es ist nun keineswegs erstaunlich, daß auch Freud diesen Bewegungen besondere Aufmerksamkeit geschenkt hat. Das Auge, die tastende Hand – sie sind auch für ihn Leiter der sexuellen Erregung und nehmen im Bau der sexuellen Vorhaben eine besondere Stellung ein. Doch gerade an dieser scheinbaren Gemeinsamkeit kann man besonders deutlich machen, was Fichtes Darstellung vom Freudschen Denken unterscheidet. Auge und tastende Hand nehmen nämlich in Freuds Konstruktion bestimmte Rollen ein. Besser gesagt: sie erhalten diese Rollen zugewiesen. Wie immer bei Freud sind sie Träger von Funktionen, verabreichen sie etwas, führen sie von einem Moment der Zustände in ein breiteres, aber genau abgegrenztes Feld. Freuds Vorstellung von der Pubertät offenbart sich gerade an diesem Detail als ein *Zuweisen*, Richten und Gliedern. Die Phase der Übergänge, der Sprünge wird insgesamt als etwas durchaus Unbequemes betrachtet. Anders Merleau-Ponty: Auge und Körper sind für ihn ja die Matrizen eines positiven Ungeschicks, einer dinghaften Immanenz. Solange sich das Denken an ihnen nicht ablagert, zerschneiden und binden sie immer aufs neue Zusammenhänge. Freud sondert, zerbricht und ordnet; sein ganzes Denken steht gleichsam unter dem Gesetz der allgemeinen, anhaltenden und hinaufweisenden Zuordnungen. Selbst die Figuren der Ergründung reichen ja hier nicht in irgendeine Bodenlosigkeit. Die Analyse bewährt sich vielmehr mit jedem Schritt als ein Akt der Stabilisierung.

Fichtes Perspektive des Körperlichen dagegen entzündet sich am Schwankenden, an den Übergängen, am *Instabilen.* Diese werden festgehalten, weniger zerlegt als geknüpft, weniger verbunden als gelöst.

Daher hat die Sezierszene, die am Anfang und am Schluß des Buches auftaucht, nur auslösenden und abbrechenden Rang. Sie verfügt die weiteren Perlen der Kette nicht in eine Reihe. Vielmehr werden diese Perlen nur abgetastet, fallen gelassen oder beiseite geschoben. Fichte hat die Urszene in den Rang eines Symbols erhoben, gegen das er nun das schon immer beliebige Material seiner Autobiographie hält. Einige der Besonderheiten dieser Spiegelung sollen hier noch beschrieben werden.

Zum ersten ist da die Gestalt des »Lehrers«. Er bricht plötzlich in die laue Stille einer Schulklasse herein. Der »Lehrer« ist ein berüchtigter, bekannter, von vielen gefürchteter Schriftsteller und Hormonforscher. Er benötigt einige Schüler für ein Experiment. Sie urinieren in kleine Glaszylinder, der »Lehrer« will den Hormongehalt auswerten. Auffällig ist, daß die Initiation dadurch genau die Folge erhält, die Mircea Eliade untersucht hatte. Der »Lehrer« tritt ohne Ankündigung wie eine Schreckensgestalt in Erscheinung, er kommt aus einem ganz anderen als dem gewohnten Bereich, er zwängt sich durch die Klassentür hinein, und – was besonders wichtig ist – er verfügt über *Gaben*, die einen großen Eindruck machen. Eine der Gaben, die er gewissermaßen mit sich herum-

trägt, ist seine Fülligkeit. Dieser »Lehrer« ist ein halbes Jahr nach der Währungsreform nicht abgemagert, seine Fülligkeit und Schwere fällt um so deutlicher auf. Er braucht sich nicht vorzustellen, sein *Rang* ist bekannt. Schullehrer und Schulrektor handeln entsprechend seinen Anweisungen und ordnen sich ihm dadurch unter. Weiter: Der »Lehrer« kommt mit mehreren Tüten Zucker, die er zum Zwecke des Experiments zu *verschwenden* scheint. Er streut diesen Zucker in die Zylinder, er gibt ihn einfach hin, er gibt gerade das hin, was viele in diesem Augenblick entbehren. Der »Lehrer« scheint über alles entrückt, was der Junge bisher kannte. Die wichtigste Gabe des »Lehrers« ist jedoch sein Name. »Der Name ist ein Gift, wie der Blick ein Pfeil« – so heißt es. Werner Maria Pozzi nennt der Junge ihn (dahinter ›verbirgt‹ sich deutlich Hans Henny Jahnn). »Werner Maria Pozzis Name ist in mir aufgewachsen« – so heißt es bald danach.
Das macht den besonderen Rang dieses »Lehrers« deutlich. Der Name ist mit dem Blick verbunden, der Bann wirkt, von nun an stellt sich der Junge in den Dienst dieses »Lehrers«, er wächst selbst mit diesem Namen auf, wird größer. Umgekehrt scheint der Bann ebenfalls zu wirken. Denn der »Lehrer« interessiert sich bald auch für den Jungen. Beides ist wichtig. Der Junge wird ausgewählt, der »Lehrer« wird gefunden. Diese Momente hängen zusammen. Sie setzen erst das Netz in Schwingungen, auf dem nun die vorsichtigen weiteren Schritte geprobt werden.
Indem der »Lehrer« seine herausragende Stellung einnimmt, wird die Rolle der Mutter schwächer. Ein Vater ist nicht bekannt. Die Mutter hatte das Leben des Sohnes bisher anscheinend mit einer gewissen Strenge in der Hand. Jetzt hört der Junge ihre Worte anders.
Vielleicht – ich deute das nur an – besteht eine der geringfügigen Schwächen des Buches darin, das Heraustreten der Mutter aus dem inneren Raum der Autoritäten zu nachlässig beschrieben zu haben. Es scheint nämlich nun so, als habe die Mutter nie allzu große Gewalt über das Kind gehabt. Die Auseinandersetzungen mit ihr werden beinahe verschwiegen, kommen jedenfalls nie zu einem entscheidenden Durchbruch. Überhaupt bleibt die Gestalt der Mutter, so wichtig sie doch für diesen Erzähler sein

mag, ganz im Hintergrund. Die Gesetze, die ich in Fichtes »Versuch« studiere und ablese, ließen dies eigentlich nicht zu. Es mag dies aber dadurch zu erklären sein, daß Fichte mit dem Einsetzen des »Versuches« schon gleichsam über die Zone der Mutterbindung hinweg ist. Er führt in der ersten Szene, die in Hamburg, seiner Kindheitsstadt, spielt, sofort die Gestalt des »Lehrers« ein. Diese hat die prägende, leitende Kraft, sie *ruft* in dem Jungen alles *wach*, was in ihm schlummerte, sie fasziniert und stellt ihn an seinen unsicheren Platz. Dadurch mögen die früheren Bindungen um so mehr zurücktreten. Sie mögen nicht mehr verletzen, nicht mehr erschrecken.

Eine weitere Schwäche, die ich hier gleich anfügen möchte, besteht für mich darin, daß Fichte nach der Auslösung der Initiation nicht erst nach den besonderen Formen eines Ritus greifen, daß er diese nicht erst *suchen* und entdecken mußte. Vielmehr hält die Initiation durch Pozzi für ihn gleich eine bestimmte Entdeckung parat, die sein Leben von nun an bestimmen wird: Pozzi erkennt in seinem Schüler den Homosexuellen. Dies bedeutet für den Schüler zweierlei: er ist – 1948/1949 – von vornherein ein Außenseiter, er wird die größten Schwierigkeiten haben, seine »Pubertät« gegen die Ansprüche der Gesellschaft durchzusetzen. Aber es bedeutet gleichzeitig auch: sich in gewissem Sinn auf die bestehenden Momente einer Untergrundkultur verlassen und sich ihnen immer mehr anpassen zu können. Auch hierin (einem entscheidenden Zug des Buches, in dem ich Fichte freilich nicht durch Wissen oder »Erfahrungen« zu »folgen« vermag) erscheint mir der Erzähler seinem eigenen autobiographischen Material gegenüber in der *Rolle des Vorläufers.* Die Entdekkung der Homosexualität wirkt auf ihn zwar wie ein Schlag, aber die Geschichte dieser Entdeckung wird im folgenden nicht eigentlich geschrieben, sondern immer schon vorausgesetzt. Dieses ›Vorläufertum‹ des Erzählers verweist mich auf ein darstellerisches Moment, das im »Versuch« prägend wirkt.

Es ist das *Moment der Szene.* Nicht ohne Sinn habe ich von der Urszene des Buches, die am Anfang und Schluß auftaucht, gesprochen. Nicht ohne Sinn macht der »Lehrer« Pozzi den Schülern des Hamburger Gymnasiums wenn auch auf indirekte Weise eine Szene. Er stellt sich dar, er bietet sich an, er präsentiert seine Gaben. Das szenische Moment wirkt nur, wenn die Außenwelt zur Bühne deklariert wird. Die Außenwelt ist in Fichtes »Versuch« von vornherein Bühne. Daher tritt eine gewichtige Kraft gegen die chronologischen Details der Beschreibung an: *das Zugleich des Szenischen.* Fichte hat sich darauf mit der äußersten Sprachemphase eingelassen. Es scheint ja so, als wolle er immer alles zugleich sagen. Die Sätze reihen sich nicht aneinander, jeder Satz markiert einen ganzen Absatz, sie geraten ins Stolpern, bilden Klanghöfe aus, kommen ins Kreisen. Dieses Darstellungsmoment des Szenischen entspricht ganz Fichtes körperlichen Akten, es fängt das Schwanken auf, das im besonderen Sinn der »Pubertät« gründet, den Fichte als einer der ersten Schriftsteller der deutschen Literatur erkannte.

Doch wesentlicher ist noch, daß Fichte diesen szenischen Impuls wahrhaftig mit den Materialien einer Autobiographie zur Deckung zu bringen weiß. Darin läßt sich der Rang seines Buches verankern. Denn der szenischen Darstellung entspricht die *szenische Gewißheit* dieses Jungen. Er erlebt von vornherein szenisch, er will nichts gliedern oder absondern, er will sich mitreißen lassen. Die Dinge müssen schillernde Namen haben, müssen in aufrüttelnde Verbindungen getaucht werden, müssen ein fremdes Aussehen erhalten. Die Körper, die sich vor ihm entblößen, müssen nackt sein, mit nichts mehr ausgestattet als mit ihrer Wärme, die der Verschlingung offen steht. Alles muß, wie es oben schon gedeutet wurde, in Bewegung gebracht und in dieser gehalten werden. Für diesen inneren Rahmen gab es kaum passende Gehalte als die des Schauspielertums und die des Schriftstellers. Der Junge wächst mit der Zeit in den Schauspielerberuf hinein. Er hat keine festen Anstellungen, er spielt auf Studio- und Laienbühnen. Aber er ist, wie es seine Verbundenheit mit den arbeitslosen Schauspielern ausweist, im tieferen Sinne Schauspieler. Er wittert, er maskiert sich, er treibt sich hinter diesen Masken um. Vor allem aber: er fängt Blicke ein, er verwandelt sie in die Bewegungen seines Körpers, er teilt Blicke aus.

Das Schauspiel ist zugleich die Ebene der ersten Selbständigkeit. Von ihr aus gelingen die Trennungen vom »Lehrer«, der immer mehr in den Hintergrund tritt und schließlich ganz als Gestalt verschwindet. Von nun an *verwirklicht* sich das Szenische, diese Kraft des Zersprengens, im Schüler selbst. Er liebt, er leidet, er schließt Freundschaften, er gibt sich hin, er greift zu. In all diesen Aktionen bleibt ein Rest des »Versuchs«. Versuchen – probieren – kosten – schmecken – riechen.

Die *Ebene der Schrift* ist die, wo die Wörter erst zu szenischen Blöcken werden, aus denen Bewegungen werden können, wenn man sie ausspricht, aushaucht oder vor sich hinsagt. Die Ebene der Schrift ist die vorerst letzte, die der Schüler erreicht. Die Schriftstellerei ist das Handwerk derer, für die die Worte ein Geschmacksumfeld haben. Fichte zeigt seinen Schüler in der weiterreichenden Bewährung dort, wo er sich ganz von seinem Umkreis befreit und in Südfrankreich eine Stelle in der Landwirtschaft annimmt. Erst da lösen sich in einem Brief seine Sätze, erst da werden seine Schreibversuche zu einem Zusammenhang. Er kann sagen, was er mitmacht, denkt. Daß er es nun freilich im Besonderen der Mutter sagt, deutet auf jene verschwiegenen Zusammenhänge, von denen ich handelte.

Fichtes »Versuch« ist das Wagnis, das Material einer Autobiographie vor einem ungeheuren Horizont auszubreiten. Hamburg, Frankreich, Brasilien – die Weite dieses Bogens ist so groß, daß die einzelnen Orte gleichsam vom Weg des Novizen verschliffen werden. All diese Orte sammeln nur einen Anteil des Stoffes, den dieser sich raubt. Sein Weg ist ein *Beutemachen*, sein Sprechen ein *Kombinieren* und *Zerschneiden*, seine endgültige, ins Tiefe des Inneren verweisende Furcht aber (trotz der letzten Sätze des Buches) eine *andauernde*.

Verweisen möchte ich auf Bücher, die die Gedanken dieses Essays gefördert haben:
Mircea Eliade, *Das Mysterium der Wiedergeburt. Initiationsriten, ihre kulturelle und religiöse Bedeutung*. Zürich und Stuttgart 1961. Charlotte Bühler, *Das Seelenleben des Jugendlichen. Versuch einer Analyse und Theorie der psychischen Pubertät*. Frankfurt/M. 1975. Maurice Merleau-Ponty, *Das Auge und der Geist. Philosophische Essays*. Herausgegeben und übersetzt von Hans Werner Arndt, Reinbek bei Hamburg 1967. Sigmund Freud, *Gesammelte Werke*. 5. Band. Werke aus den Jahren 1904–1905. Frankfurt/M. 1961[3].

GISELA LINDEMANN

Der Dichter als Setzer

Versuch über Hubert Fichte

»Der gar zu gewöhnliche Mensch und Schreiber ist ein *Wind*, der nicht eher als in zerfallenen Gemäuern und Engen sich hören läßt, obwohl auch da nicht sonderlich; hingegen der rechte Dichter und Mensch ist ein *Ton*, der sich an keinem äußeren Widerstand erst erzeugt, sondern sich nur verdoppelt, zu einem schönen Echo.«

Jean Paul, *Der Komet*, zweites Bändchen, dreizehntes Kapitel

Ton? Verdoppeln? Echo? Schönes Echo? Wer redet so? Und wann? Und zu wem? Und wozu?
So redet, nach dem Willen seines Autors Jean Paul, der es 1820 veröffentlichte, der Kandidat Richter aus Hof im Voigtlande, den er, der Autor, als »einen dürren Jüngling mit offener Brust und fliegendem Haare, und mit einer Schreibtafel in der Hand, singend« in das Ende des zweiten Bandes seines letzten, Fragment gebliebenen Romans *Der Komet* »im Trabe laufen« ließ, mit der folgenden Zugabe: »Meine Leser werden erstaunen, der Kandidat war demnach niemand anders als – ich selber, der ich hier sitze und schreibe.«
Als allerdings der Jüngling ins Kapitel stürzte, war es nicht 1820, sondern ungefähr 1790 und er selbst nur bekannt, wiewohl unter anderem Namen, als der »treffliche Verfasser der *Auswahl aus des Teufels Papieren*«, als welcher er eben jetzt im Roman vom Maître de plaisir seines künftigen Gönners erkannt wird, dem Reisemarschall Worble, der ihn als Wetterpropheten (als den er sich soeben, vermöge der Belesenheit seines Autors Jean Paul, inszeniert hat) und Hofdichter ins »Reisegepäck« einer Lustreise seines Meisters einwerben will, und auf dessen Kosten: des Apothekers Nikolaus Marggraf nämlich, der sich bloß we-

gen seines Namens als den Markgrafen Nikolaus ansah und an der idée fixe festhing, ein Fürstensohn zu sein.
Daß der Kandidat Richter selbst von einem Reisemarschall sogleich erkannt wurde, wundert, nebenbei gesagt, seinen Autor Jean Paul dreißig Jahre später nur wenig: »Der Verleger brauchte schon damals kein Geheimnis aus meinem Namen zu machen, weil mein Buch selber eins blieb und zu Makulatur wurde, wenigstens zu einer erfrorenen Scheinleiche, welche erst durch das Erwärmen von den spätern lebendigen Geschwistern wieder die Augen aufschlug.« (Die »spätern lebendigen Geschwister«: *Unsichtbare Loge, Hesperus, Siebenkäs, Titan, Flegeljahre.*)
Der Kandidat Richter aus Hof im Voigtlande nun, in dessen »Gehirnkammern« ein »Freudenkehraus und Lustpolterabend« losbrach, gab später dem Reisemarschall »auf die Frage, ob ihn die jetzige, wie es scheine, fliegende Himmelfahrt nach der vorigen Fegefeuerfahrt nicht vielleicht zum Schwindeln und Herausfallen aus seinem Poetengange und gradus ad Parnassum bringe«, die im Motto zitierte Antwort, die nun allerdings wieder sein Autor Jean Paul nach dreißig Jahren eher zu den witzigen Verschrobenheiten rechnet, »womit der junge Mensch dem Fürsten seinen Dank darbringen wollte, weil er es damals für seine gesellige Pflicht ansah, jeden Satz zu einem kurzen, scharfen, blanken, dünnen Gegensatz auszuschleifen«.

Wozu so viel Jean Paul vor einem Aufsatz über Hubert Fichte? Was hat Hubert Fichte, 1985 fünfzig Jahre alt, mit Jean Paul, 1790 siebenundzwanzig Jahre und 1820 mithin siebenundfünfzig Jahre alt, zu tun?
Daß beider frühe Schreibjahre in eine Epoche hoffnungsvollen politischen Aufbruchs fielen (Jean Pauls *Titan* – Hubert Fichtes *Palette;* Jean Pauls *Flegeljahre* – Hubert Fichtes *Detlevs Imitationen »Grünspan«?*) und die späteren in eine deprimierend rückläufige, restaurative?
Schon, aber nicht nur.
Daß beider frühe Jahre gleichermaßen geprägt waren von bedrückender Dürftigkeit (Fichtes Detlev/Jäckl: Halbwaise, unehelich, Halbjude im Dritten Reich, Heimkind, Bombenkellerkind in Hamburg, dann auch noch homosexuell; Jean Pauls Kandidat Richter aus Hof: vormals Theologie-

student in Leipzig, der aus Armut das Studium abbrechen mußte, geboren als Sohn eines armen Schulmeisters und Pfarrers in Wunsiedel, der starb, als der Sohn sechzehn war, ein Provinzkind ohne Zugang zu irgendeiner größeren Welt) und den in den Kinderköpfen schlummernden Weltbeglückungsphantasien, die bald, in der Sprache Jean Pauls gesprochen, den Dichter (nicht den Schreiber; ich erlaube mir zu ergänzen: von Verständigungstexten und Erfahrungsliteratur), den Ton (nicht den Wind in zerfallenen Gemäuern) ankündigten und mit einem gehörigen Maß an Eigensinn, an Trotz, an hochfahrender Eitelkeit (nicht Stolz, das ist etwas anderes) behauptet und verteidigt wurden? Schon, aber nicht nur.

Nein, vor allem haben sie wohl diesen Ton betreffend etwas miteinander zu tun, »der sich an keinem äußeren Widerstand erst erzeugt, sondern sich nur verdoppelt, zu einem schönen Echo«.
Hubert Fichte ist, wie Jean Paul, in allem, was er schreibt, ob es Romane sind, Features, ethnologische Reiseberichte, Essays, Pamphlete, ja sogar in seinen Interviews, aus denen er oft noch sich selbst mit seinen Fragen herausschneidet, an seinem Ton zu erkennen. Er hat ihn sehr früh gefunden, vielleicht auch (und darin war er, im ganz frühen Nachkriegs-Hamburg durch Kinderrollen in Theater und Rundfunk seit seinem elften, zwölften Lebensjahr mitten im Kulturbetrieb, auf eine zweischneidige Weise auch wieder begünstigt) herausgefunden: aus all dem, was ihm da, mit der Verve des Neubeginns nach zwölf Jahren Kulturvereisung, sechs Jahren Krieg, den Schrecken der Endzeit mit Bombenteppichen, Kellernächten, brennenden Straßen, Häusern, Menschen, Schrumpfleichen, inmitten von Hunger, Kälte, Trümmern zu Augen und zu Ohren kam.
Einer, der überhaupt den Ton in sich hat, stelle ich mir vor, sortiert das alles, halb drinnen im Betrieb, halb draußen, von Anfang an. Er hat nach Jahrzehnten noch im Ohr, daß ihm irgend etwas am Text oder der Realisation von Wolfgang Borcherts Hörspiel *Draußen vor der Tür*, dem berühmtesten wohl der Nachkriegszeit, nicht geheuer war. Aber zugleich nimmt er gierig auf, was ihm geboten wird

und was er erreichen kann: im Theater, im Funk, in der kleinen Klassikerbibliothek der Mutter, die einmal Schauspielerin hatte werden wollen und schließlich als Souffleuse ihr Brot verdient – aber hier erzähle ich längst von Hubert Fichtes Figuren Detlev und Jäcki und nicht mehr von Hubert Fichte und bin also mitten drin in seinen Romanen, ohne die ich das alles gar nicht wüßte, mitten drin in der Jean Paulischen Verdoppelung »zu einem schönen Echo«. Schön? Wieso schön?

Was ist denn schön an dieser *Palette*, an *Detlevs Imitationen »Grünspan«*, am *Versuch über die Pubertät*, an *Xango*, an *Petersilie*, an *Wolli Indienfahrer*, am *Ledermann?* Was ist schön an diesem gigantischen Entwurf eines auf neunzehn Bände berechneten roman fleuve *Die Geschichte der Empfindlichkeit*, an dem Fichte seit nahezu zehn Jahren wie besessen arbeitet, dessen graphische Skizze er 1981 verwirrend kommentarlos (wie er es zuweilen gern tut) für den *text + kritik*-Band *Hubert Fichte* als Faksimile zur Verfügung gestellt hat, und wovon große Teile schon einmal, einige Bände schon mehrmals geschrieben sind, ohne daß er sich entschließen könnte, auch nur einen davon zum Druck zu geben, weil er sich der Möglichkeit nicht berauben will, zwischendurch und vom Ende her immer noch wieder zu ändern, zu streichen, zu ergänzen, zu korrigieren, zu redigieren kurzum – was ist schön daran?

Was ist schön an den Büchern von Jean Paul, Baudelaire, Rimbaud, Flaubert, Tolstoi, Genet, an den Texten der Sappho? Das Berichtete, die Mitteilung? Ist das nicht schlußendlich alles zum Erbarmen: Trauer, Einsamkeit, Haß, Eifer- und Sehnsucht, Not, Mord und Totschlag, ennui – eine einzige Verlassenheit? Und diese deprimierende Fülle der todsicher einander verfehlenden positiven Impulse? Und die unausweichlichen Folgen davon?

»Alle traten weit von ihm hinweg, nicht aus Furcht, sondern vor Entsetzen.« : letzter Satz des Romanfragments *Der Komet* von Jean Paul.

Solches steht in diesen Büchern. Auch in den Romanen und Forschungsberichten von Hubert Fichte, dem, soweit ich sehe, einzigen deutschsprachigen Chronisten, vielmehr: Erfinder eines Homosexuellen-Lebens mit der Utopie oder dem Fluchtpunkt einer bisexuellen Menschengemeinschaft, einer androgynen Kultur, die das Mörderische im Menschen und im Leben nicht mit Grazie zu übergehen, sondern in Grazie zu verwandeln hätte, also nicht wegeskamotierte (wodurch ja die Doppelgleisigkeit des Lebens, seine Vergiftung durch die fälschlich erwachsen genannte Zweiteilung in einen öffentlichen und einen privaten Sektor, seine Gründung mithin in der Gesellschaftslüge ein für allemal fest installiert ist), sondern aufgriffe als was es ist: homo hominis lupus. Das Mörderische also aufgriffe, ansähe, ernst nähme, vor allem auch in seiner Faszinationskraft, um es in einem neu zu findenden Ritual zu beschwichtigen – von hier könnte Fichtes Impuls zu seiner ethnopoetischen Religionsforschung ausgegangen sein. Nein, nicht zu beschwichtigen, sondern eben zu verwandeln.

Vielleicht ist dies Jean Pauls »schönes Echo« in Hubert Fichtes Büchern: dieser immer erstaunlich hellbleibende Horizont hinter der Beschreibung des zerbombten Hamburg (Villenviertel ausgenommen wie fast überall); hinter Beschreibungen der Hamburger Unterwelt (»Wolli erzählt, eine Mädchenbande hat drei Mädchen an der Rückwand des Star-Clubs gekreuzigt und Carla kloppte sich, Sepplhut auf, morgens um drei im Skandi mit einem anderen Transvestiten –, dem hatten sie den Anus zugenäht und der rennt mit einem künstlichen Darmausgang, Plastik, rum. / – Eine Klopperei kann den Tod für so jemanden bedeuten. Aber trotzdem fing er oder sie, wie du willst, dreimal am Abend an, sich zu kloppen.« Aus *Detlevs Imitationen »Grünspan«*); hinter der Beschreibung des siebenjährigen protestantischen Halbjuden Detlev aus Hamburg im Dritten Reich im Zweiten Weltkrieg im katholischen Waisenhaus in der bayerischen Provinz (»Litt Detlev im Waisenhaus?« fragt im Roman *Der kleine Hauptbahnhof* oder *Lob des Strichs*, Band II der *Geschichte der Empfindlichkeit*, Irma den Lebensgefährten Jäcki. Jäcki: »Er leidet nicht. Präsens. Das kann er sich nicht leisten. Er lobt es. Er bewundert die Schwestern und preist den Teufel und Alfred und Odel, die ihn quälen. Er genießt das verschimmelte Brot ... Ich will Detlev listiger machen, als er war ... Ich will den Topos Kinderlist, Simplicius benützen, um das Besondere der Gestalt dagegen abzuheben.«).

Hier, in diesem letzten Zitat, haben wir (außer der Sehnsucht aller großen Schriftsteller: die Zeit aufzuheben), was überall in den Büchern von Hubert Fichte (wie in denen von Jean Paul) als ein Generalbaß mitläuft und zur Erhellung des Erzählhorizonts beiträgt: das öffentliche Nachdenken über das Handwerk des Erzählens. Über die Herstellung eines solchen Kunstprodukts, wie es ein Roman ist. Über die Verdoppelung des Tons zu einem schönen Echo, wie Jean Paul wohlweislich nicht selber sagt, sondern seinen Kandidaten Richter aus Hof im Voigtlande sagen läßt, so wie wohlweislich Hubert Fichte nicht selber das Geheimnis seiner Arbeit ausplaudert, sondern es seiner Figur Jäcki buchstäblich in den Mund zurückschiebt (soll gefälligst der es verantworten).
In diesem genau abgesteckten Kunstraum ist alles durchsichtig und offenbar, so daß man, als sehr genauer Leser, alles über Detlev oder Jäcki, den Dichter als Dichter also, wissen könnte, wenn man auch kein Wort über den Autor dieses Dichters, Hubert Fichte, wüßte. So kann man auch beschreiben, wie der Dichter »das schöne Echo« herstellt, denn der teilt es gelegentlich selber mit. Dazu zwei Romananfänge und ein Buchschluß.

Die Anfänge:

Er zerschnitt ihre Fotos.
Irma ließ ihn.
Er zerschnitt Nonnen aus Venedig, Häuser von Le Corbusier, Korkeichen, ein Kinderheim und klebte sie zu neuen Bildern ineinander.
Jäcki schnitt die Figuren etwas zu eng. Er haßte Collagen, in denen noch Wald oder ein Stück Schrank an den Personen hing.
Jäcki hatte ein Theaterstück verfaßt und wollte es illustrieren.
Er hatte gesehen, daß ein Avantgardist in Stockholm für eine Luxusausgabe von ›Der Schatten des Körpers des Kutschers‹ alte Stiche zerschnitt.
Jäcki hatte keine Ahnung von Fotographie.
Er wußte nicht, daß Hans Christian Andersen vor hundert Jahren aus Illustrierten Fotos zu einem Paravant zusammengeklebt hatte.
Jäcki suchte einen Verleger.
Vielleicht glaubte er, daß sein Theaterstück nicht gedruckt würde ohne das Gekröse auf Irmas Fotografien.

Vielleicht machte es ihm Spaß zu zerschneiden.
(*Hotel Garni, Die Geschichte der Empfindlichkeit*, Bd. I)

Zu Anfang nur der Ton.
Anschwellen. Sich vorstülpen.
Damit war es vorbei.
Wir kamen aus dem nach nassem Mehl riechenden Palast – Raumunterteilungen mit feuchten Steppdecken, Pappquadraten und Spählöchern, dazu die Jungfrau Maria, ein Strauß Plastikblumen, eine leere Make-Up-Hülse, ein Spiegel, ein Stuhl, das Waschschüsselchen voll vergiftetem Wasser (Leptospirose, Pest, Lepra, Pocken, Lues, Hakenwürmer, Würmer an Lungenschnekken, Boubas), eine Rolle von grauem Toilettenpapier, Ratten und die graziösen Riesenschaben und Lehm, der aus den Ästen, die das Mauerwerk aufrecht halten, rutscht.
Der Schweiß bedeckt unsre Gesichter – sein schwarzes, mein weißes – mit kleinen Halbkugeln aus Flüssigkeit. Die Kröte.
Der Ton, den die Kröte nach einer langen Pause wieder ausstößt.
Es gibt ein Instrument, das diesen Ton imitiert.
Die Dauer eines Krötentons vor dem lichtarmen Park (für Farbdias zu dunkel). (*Versuch über die Pubertät*)

Der Schluß:

Der sechsundzwanzigjährige Humphrey Quamina, der immer wieder in den Löwenkäfig des Zoos von Port-of-Spain eindrang, der die Liebe zu aller Kreatur verkündete und die Löwen aus den Gittern befreien wollte, ist aufgefressen worden.
(*Xango. Die afroamerikanischen Religionen*)

Das Erzählte hat, wie Jäcki eben Irma auseinandergelegt hat, mit dem Erlebten eigentlich nur noch wenig zu tun: Es kommt zu Papier erst in der Brechung durch eine erfundene Figur und deren zusätzliches Denk- und Wunschvermögen (Jäcki verbindet den Detlev, der er früher war, in seiner Erzählung von Detlev mit älteren literarischen Vorlagen; er will ihn listiger machen als er damals war). Im Experiment Berichterstattung ist also das physikalische Gesetz der Komplementarität wirksam, das besagt, jedes wissenschaftliche Forschungsergebnis ist als Ergebnis einer Versuchsanordnung beeinflußt von seinem Forscher. Diese Erkenntnis erscheint in der Kunst (wo sie

Jahrhunderte älter ist als in der Naturwissenschaft) als Inszenierung.
Wie inszeniert Hubert Fichte?
Der rein optische Eindruck der Seiten seiner Bücher und Manuskripte ist der von einem Autor als Setzer. Er setzt die Buchstaben, die Wörter, die Sätze, die Seiten, fast wie ein Graphiker. Das Gewebe einer Seite ist locker. Manche Sätze haben auf halben Zeilen Platz und geben den Rest frei; manche brauchen zwei, drei Zeilen und beanspruchen danach eine Leerzeile. Manche ziehen weitere hinter sich her und beanspruchen dafür einen ganzen Block oder Absatz und anschließend leeren Platz. Manche bestehen aus einem einzigen Wort und versprechen – nach Leerraum – eine zusammenhängende Satzsequenz, und dann wieder einen Leerraum. Manche bestehen aus einem einzigen Wort und ziehen andere aus einem einzigen Wort bestehende hinter sich her: pro Wort, pro Satz eine Zeile. Die Leerräume erlauben dem Leser das Atmen, Zustimmen, Widersprechen, es stellt sich auch eine Leichtigkeit des Lesens her: nicht vergraben, sondern von der Oberfläche her nehmen. Keine verschlungenen Überredungskünste, sondern Sätze wie kurze Antworten auf kurze Fragen – wenig Adjektive, wenig Verben, Reihungen oft, woraus sich manchmal fremd klingende Litaneien aus Alltagswörtern und musikalisch vertraut klingende Litaneien aus exotischen Wörtern, Pflanzennamen, Drogennamen, Götternamen, Städtenamen, Stammesnamen wie chromatische Assoziationsströme entwickeln: jedes Wort eine Zeile. Erzählte Dialoge kommen ohne Anführungszeichen aus: Setzungen auch sie. Lediglich Gedankenstriche am Zeilenanfang markieren, wer jeweils spricht.
Nicht die Stoffe nämlich, die er mitbringt von der ganzen Welt, monatelang, jahrelang reisend in Südamerika, Portugal, der Karibik, New York und Afrika, sind Hubert Fichtes Stoff, sondern die Wörter und die Sätze, mit denen er sein Werk inszeniert, als eine einzige große Geschichte eines einzigen kleinen Menschen, in dessen Gehirnkammern allerdings nicht nur die ganze erreiste Welt gespeichert ist (die hier und da beschriebenen Zettel an der Wand seiner Hamburger Wohnung, die erwähnte Graphik

seines Entwurfs zur *Geschichte der Empfindlichkeit,* die er vor jeder längeren Reise auf den neuesten Stand bringt und aufgerollt mitnimmt, sind ja bestenfalls Krücken), sondern eben auch jener hellere Horizont einer möglichen besseren Welt.

Die Leerräume. Sie ermöglichen nicht nur Atmen, Zustimmen, Widerspruch, rhythmisches Lesen, so als hätte da einer einfach leichthin erzählt, und deshalb mache das Zuhören nicht weiter Mühe. Sie wirken auch zurück auf das Geschriebene. Jedes Wort, jeder Satz, jede Sequenz, die von Leerraum umgeben ist, ist auch der Prüfung durch Autor und Leser heftiger ausgesetzt. »Vielleicht machte es ihm Spaß zu zerschneiden«, sagt Fichte von seinem Dichter Jäkki im zitierten Romananfang von *Hotel Garni.* Er wird auch lange geschrieben, gekürzt, geändert, »geschnitten« haben, bis dessen erste beide Zeilen so dastanden:

»Er zerschnitt ihre Photos.
Irma ließ ihn.«

Denn in diesen beiden Zeilen des ersten Bandes der *Geschichte der Empfindlichkeit* in neunzehn Büchern steckt nun, so »geschnitten«, man könnte auch sagen, so auf den kleinsten gemeinsamen Nenner der Sprache gebracht, der ganze Impetus des gegen alle zeitgenössischen Theorien vom Ende der Fiktion, von der Unmöglichkeit des Romans in dieser arbeitsteilig zersplissenen Welt angeschriebenen roman fleuve, in dem nichts Geringeres erstritten werden soll als der Grundstein einer androgynen Kultur.

Aber nicht nur dieses atemraubende Programm ist in den beiden kleinen Sätzen untergebracht, sondern auch seine gleichsam stündliche Gefährdung. Denn man darf sich Irma natürlich nicht als freundliche Krankenschwester vorstellen, die sich alles nur gefallen zu lassen braucht, und schon ist die Welt des homosexuellen Dichters Jäcki, der mit einer Frau zusammenlebt, wieder in Ordnung. Daß es mit der »Liebe zu aller Kreatur« nicht getan ist, zeigen die zitierten letzten vier Zeilen von Fichtes ethnographischer Studie *Xango.*

Nein, Irma ist keine Krankenschwester, sondern selbst eine Künstlerin als Photographin, und sie »ließ« Jäcki nur, indem sie ihm, in aller Gelassenheit (Grazie?) zugleich

vor Augen hielt, daß er ausgerechnet ihre liebsten Photos zerschnitt, aber immerhin die Negative nicht zerstörte.
Also wäre nun der Friede per Trick wiederhergestellt, bloß weil Irma im Besitz von Positiven *und* Negativen ist? Wohl nicht. Sondern schon in diesen beiden kurzen Zeilen gehen zwei Wölfe miteinander um, zwei potentielle Mörder: der eine, der ein Werk zerstört, Teil einer Person, die andere, die einfach nicht wütend aufheult. Programm also eines keineswegs ungefährdeten Äquilibriums.
Doch denke ich mir, daß Hubert Fichte (ich habe Manuskriptseiten von ihm gesehen, auf denen, nach endlosen Redaktionen, zum Schluß jedes Wort ausgestrichen war, die Korrekturen eingeschlossen) nicht gesucht hat, sondern gesucht: nicht zuerst den Gedanken, sondern zuerst den Ton.
Dieser Ton, diese fragile Mischung aus asketischem Bericht, stilisiertem Kiez- und Blumenkinder-Jargon (»Reimar Renaissancefürstchen, der Goldhämsterlein anhimmelt, die superzurückblitzt«, in *Detlevs Imitationen »Grünspan«*), lakonischen Bemerkungen (»der Opernchor, mit Prothesen, Ruhr, halben und einen Beinen«, ebenda), aus breiter Beschreibung von Riten afroamerikanischer Religionen, ekstatischer Beschreibung von Szenen flüchtiger Liebe unter gesetzlich noch ungeschützten Homosexuellen, aus kindlich-mutwillig erscheinenden, bei genauerem Hinsehn aber musikalisch genau geprüften Beugungen der amtlichen Hochsprache in Wendungen mit zwei, drei Genitiven hintereinander (Detlevs Omas Haus in Lokstedt) – dieser Ton läßt sich zwar, biographisch betrachtet, zu Teilen herleiten aus Fichtes frühzeitiger Übung in einer Form intellektuellen Broterwerbs, nämlich dem Verfassen von Funk-Features und der Aufnahme von Interviews, in welchen beiden nach dem Dritten Reich aus England und Frankreich importierten Genres es auf Präzision, Kürze und Abkürzung und das Sprechenlassen einer anderen Person in ihrer Aura oder eines anderen Gegenstands aus sich selbst heraus ankommt. Aber darin erschöpft er sich nicht, der Ton.
Bericht im *Versuch über die Pubertät* über das erste Gespräch mit dem Dichter und Hormonforscher Werner Maria Pozzi, Winter 1948, im Wartesaal Erster Klasse des

Hamburger Hauptbahnhofs nach einer Aufführung von Sartres *Schmutzigen Händen* im Schauspielhaus: »Pozzi warf seine Hormontheorie aus: Es gibt das Östrogene und das Androgene – aber wir können alle kein Griechisch und so soll diesen Abend ›östrogen‹ das Androgyne bezeichnen und ›androgen‹ das Stinknormale.«

In diesen paar Zeilen ist mehr enthalten, als irgendeine Übung in literarischen Formen hervorbringen könnte, nämlich das Wandern zwischen den Welten der Lebenserfahrung (diese hier ist, wie man nachlesen kann, eine fundamentale) und der Sprache, welche beide doch zusammengebracht werden müssen. (Fluchtpunkt des Entwurfs einer androgynen Kultur: Leben und Arbeit sollen ineinsfallen.) Und tatsächlich sind sie hier für einen Augenblick zusammengebracht: kraft der Sprache, die, auf den richtigen Ton gestimmt, beides zugleich zum Vorschein bringt: den mörderischen Erkenntnischoc im Leben von Fichtes Kunstfigur oder Dichter Detlev/Jäcki, der in diesem Buch »ich« heißt, daß nun zu allem anderen auch noch seine Homosexualität »wissenschaftlich erwiesen« ist, und die Möglichkeit, diesen Choc allein durch dessen witzige Beschreibung so wieder in die Schwebe zu bringen, daß nicht erneut auf Detlevs/Jäckis/Fichtes Hamburg die Bomben fallen.

Da ist er, der hellere Horizont.

Und um ein letztes Mal meinen Kronzeugen Jean Paul herbeizuzitieren, so gibt es in seiner *Vorschule der Ästhetik* einen Paragraphen über die »vernichtende oder unendliche Idee des Humors«, welche zu nichts Geringerem taugt als der Rückverwandlung der kruden Welt der sogenannten Fakten in die Summe ihrer besseren Möglichkeiten (»Ich will Detlev listiger machen, als er war.«), die André Bretón einmal als die Wirklichkeit der Kunst bezeichnet hat. Nichts anderes hatte, denke ich mir, Jean Pauls jugendlicher Kandidat Richter aus Hof im Voigtlande im Sinn mit jenem »Ton, der sich an keinem äußern Widerstand erst erzeugt, sondern sich nur verdoppelt, zu einem schönen Echo«.

JÜRGEN MARTINI

Mit Empfindsamkeit gegen die Alibis anrennen

Hubert Fichte wird also 50.
Ich bin 40.

»Der Mann von 40 Jahren weiß, was er kann; er weiß, was er nicht kann.«

(*Versuch über die Pubertät,* Frankfurt/M. 1982, S. 157)

Ich kann nicht wie Dischner oder Heinrichs schreiben, keinen Aufsatz »Hubert Fichte als politischer Autor – definitiv«. Ich kann über meine Annäherung berichten, über mein Lesen, das Nachdenken über das Lesen, meine Betroffenheit. Es wird kein Aufsatz über einen Aspekt, ich kann keine Ausgrenzung vornehmen, und ich kann mir auch nicht vorstellen, daß es in dieser Sammlung einen Aufsatz über Hubert Fichtes Telefongespräche, einen über seine Wissenschaft, einen über seine Bisexualität gibt.

»Mein Deutsches Lesebuch: ein Feature aus Gedichten, Theaterstücken, Features, Prosa – ein Lesebuch als ›Symposion‹.« (*Mein Lesebuch,* S. 22)

Mein Fichteaufsatz: ein Feature aus eigenen Gedanken, Feststellungen, Hypothesen und Zitaten: aus Features, Interviews, Essays und Romanen, aus *Xango* und *Petersilie* von Hubert Fichte.

Xango und *Petersilie,* die Erzählungen und Romane, *Agrippina* und *Psyche,* die *Mauerbilder des Papisto Boy in Dakar* sind mit von Bremen nach Bayreuth gezogen und finden ihren Platz im Arbeitszimmer auf dem Regal, dazu zwei häßliche Stehordner der Firma Leitz mit Zeitungsausschnitten, Fotokopien. Eine Reise nach Hamburg, im Juni, zu einer Veranstaltung mit Ngugi wa Thiong'o, Autor und Literaturwissenschaftler aus Kenia, marxistischer Intellektueller, der in London im Exil lebt. Titel der Veranstaltung in der Evangelischen Akademie Nordelbien, im ehemaligen Jugendstilschwimmbad in der Esplanade: »Literatur und Befreiung.« Ich soll den Abend einleiten, übersetzen, die Diskussion leiten. Diese Einleitung ist kein

Problem für mich: Ngugi ist ein politischer Schriftsteller, der Romane, Theaterstücke und politische Essays über Kolonialismus und Neokolonialismus schreibt.

> »... wenn man ein revolutionärer Schriftsteller sein will, kommt es nicht nur auf den Text an. Man muß auch die Arbeits- und Wirkungsweise revolutionieren; man muß alles tun, um die Massen zu erreichen, auch wenn man dafür zahlen muß.« (*... und zuletzt nehmen sie uns die Sprache*, in: *konkret*, Nr. 9, 1984, S. 88)

Ich bin einen Tag eher gefahren. Hubert wollte aus seinem Archiv zusammensuchen, was er selbst für wichtig hält. Ich fahre mit der S-Bahn nach Othmarschen, erklimme den Berg und klingle an der Haustür. Drinnen erwarten mich Wärme, Tee, Stollen und ein Stapel Papiere. Oben auf dem Stapel eine handgeschriebene Liste.

Obendrüber: *Wichtig*

Dann: Plädoyer für eine neue Regierung:
Weizsäckers Vergangenheit
Dein Freund und Helfer
1966!
Nyerere Verteidigung der Homosexualität.
Carlos Jorqueira: Der Tod Allendes.
Kontonummer Duvalier

Was nehme ich alles mit in meiner Plastiktüte:
Zeit-Artikel über Auschwitz (1964), Plädoyer für eine neue Regierung (1965), *Konkret*-Artikel über die Polizei (1966), Interview mit Allende (*Frankfurter Rundschau* 1971), Manuskript der Brasilienartikel und die *Spiegel*-Artikel über Brasilien (1972), Brief an Bundespräsident Heinemann und Einladungsliste zu einem Gespräch bei Heinemann (1972), Interview mit Guyanas Premierminister Burnham (*Frankfurter Rundschau* 1973), Interview mit Tansanias Staatschef Nyerere (*Frankfurter Rundschau* 1974), Manuskript eines Interviews mit Mexicos Staatspräsident Echeverria (1975), Interview mit dem Staatspräsident des Senegal, Senghor (*Die Zeit* 1976), *Ketzerische Bemerkungen für eine neue Wissenschaft vom Menschen* (*Ethnomedizin* 1976), Interview mit dem Psychiater Dorès (*Frankfurter Rundschau* 1977), Interview mit Carlos Jorquera, dem ehemaligen Pressesprecher Allendes (*Frankfurter Rundschau* 1977), Interview mit Heinz Rudolf Sonntag in Vene-

zuela (Manuskript und *Frankfurter Rundschau* 1977), Interview mit Léopold Joseph, dem haitianischen Oppositionellen (*Die Zeit* 1979), Manuskript des Interviews mit Maurice Bishop, dem Premierminister von Grenada, Manuskript der Eröffnungsrede zur Ausstellung der Fotos von Leonore Mau im Bremer Überseemuseum (1980), Interview mit Pater Fernando Cardenal SJ in Nicaragua (Manuskript 1980), Manuskript der zweiten Fassung der Predigt *Ist die Luther-Bibel jugendgefährdend?* (1983).

Ich fahre nach Hause, gehe am nächsten Tag in mein Büro, fotokopiere alles, packe die Originale wieder in die Plastiktüte und versenke sie in der unteren Schublade meines Schreibtisches. Ich fange an, die Kopien zu ordnen, tue das chronologisch, mache mir eine Liste nach Jahreszahlen. Ich fange an, über die Liste nachzudenken. Große Pause zwischen 1966 und 1971. Kleine Pause zwischen 1980 und 1983. Zur Bundesrepublik nur drei Beiträge (1964, 1965, 1966). Was ist mit Dutschke, Anti-Springer-Kampagne, APO, Große Koalition, Notstandsgesetzen, Machtwechsel, Vietnam?

Ich kann das Material auch anders ordnen: einen Packen Bundesrepublik, einen Packen Afrika, einen Packen Amerika, einen Packen Grundsätzliches. Dann könnte ich beispielsweise sagen: das Interview mit Heinz Rudolf Sonntag war wichtig für den Venezuela-Beitrag in *Petersilie.* Oder: das Interview mit Maurice Bishop findet sich auch im Grenada-Kapitel von *Petersilie.* Was wäre damit gewonnen? Erklärt das etwas? Es ordnet ein, es stellt formale Beziehungen her, es erleichtert jemandem die Arbeit für seine Dissertation. Aber Aussagen über »Leben und Werk Hubert Fichtes« habe ich damit auch noch nicht.

Wie wäre es dann mit Lesen?

Ich lese. Alles. Mich verläßt der Mut. Was soll ich über die Interviews mit Allende, Burnham, Nyerere, Echeverria, Bishop schreiben? Soll ich aufzählen, welche Bereiche in den Interviews angesprochen werden, welche ich vermisse? Soll ich schreiben, daß Interviews wie diese einen nur begrenzten Nutzen haben, daß sie viele Wunschvorstellungen der Befragten enthalten, die einer Realitätsüberprüfung nicht standhalten können? Aber: erinnert sich jemand in der Bundesrepublik an den Namen Echeverria, weiß jemand 1984, wie es in Mexiko tatsächlich aussieht? Welche Funktion haben denn diese Interviews im Werk Hubert Fichtes?

Ich kann diese Interviews auch nach der Sympathie für die Befragten ordnen. Die Sympathie Hubert Fichtes für Allende und Bishop, die Antipathie gegen Cardenal, die Neutralität gegenüber Burnham, Nyerere, die Parteinahme für Joseph, die Freundlichkeit gegenüber Senghor.

Ich lege alles erst einmal beiseite, fahre in Urlaub, bringe alles unbearbeitet wieder mit zurück, fahre zu Tagungen über Kinderbücher in der Dritten Welt, vertröste den Verlag und Hubert Fichte, schiebe andere Dinge vor, sage den Aufsatz ab und sage schließlich wieder zu.

Ich beschließe, alle Erzählungen und Romane noch einmal zu lesen. Ich nehme mir die beiden Leitz-Stehordner vor, vertiefe mich in *Der Mann mit dem Haus auf dem Kopf*, *Revolution als Restauration – Rimbaud in Afrika*, *Mein Freund Herodot*, *Die Mücken des Heiligen Pedro Claver – Revolution und Tourismus in Cartagena de Indias*, *Die Verstellung des Heils*, das Genet-Interview, den Katalog *Kunst aus Haiti*, die *Mauerbilder des Papisto Boy*.

Ich lese *Xango* und *Petersilie*, *Der Ledermann spricht mit Hubert Fichte*, *Wolli Indienfahrer*, aus dem inzwischen ein Roman geworden ist.

Mein Kopf braust. Die Aufgabe erinnert mich an Memory-Spielen. Das habe ich schon gelesen, aber irgendwie klang es dort anders; dies ergänzt sich mit jener Passage aus einem anderen Buch – wo war es doch gleich. Ein Bleistift, ein paar Karteikarten müssen her. Zum Schluß sieht es so aus wie die Skizzen zum Entwurf von *Die Geschichte der Empfindsamkeit* (*text + kritik*, H. 72, 1981; jetzt lautet der Titel *Die Geschichte der Empfindlichkeit*).

Die Vorbemerkung zum *Versuch über die Pubertät* gilt auch für mich:

> »Plötzlich – aber vielleicht vorbereitet durch langsam zur Oberfläche geschwemmtes Material – entdeckte ich, daß alle meine Versuche bisher nur eine Bewegung verrieten: zurückzufinden in frühere Schichten.«

Für das bisher vorliegende Werk Hubert Fichtes gilt diese Beschreibung auf verschiedenen Ebenen: Das Zurückfinden in frühere Schichten ist Thema und Gestaltungsprin-

zip der Erzählungen und Romane, ist Notwendigkeit, um als Mensch überleben zu können und hat die Konsequenz, daß sich das Politische im Werk Hubert Fichtes nur so aufzeigen und bewerten läßt, daß man alle Werke zusammen liest. Der Hinweis *Wichtig* auf der handgeschriebenen Liste mit den Materialien, die ich aus Hamburg mitnahm, ist auch Bestandteil einer Schicht, die sich erst durch Lesen erschließt. Eine Aussage wie: Hubert Fichte hat sich zu Auschwitz, zur Polizei, zur Atomfrage geäußert, er hat dies dann und dann in diesem und jenem Artikel getan, ist eine Schicht, zu der der Autor in den Romanen noch nicht vorgedrungen ist. Man wird auf die neunzehn Bände von *Die Geschichte der Empfindlichkeit* warten müssen, um die Verarbeitung dieser Schicht feststellen zu können.
Damit soll aber auch gesagt sein: Das Politische im Werk Hubert Fichtes ist das Werk selbst.
Es geht hier nicht, wie im Werk Ngugi wa Thiong'os etwa, um Propaganda, Agitation, sozialistischen Realismus, sondern um die Beschreibung der unausweichlichen Bedeutung des Politischen für den Menschen. Für den Menschen Hubert Fichte zunächst. Für den Leser danach. Oder noch komplizierter:

> »Ich erzähle Irma davon.
> Um es loszuwerden, wie man sich angewöhnt hat zu sagen. Ich okuliere durch meine Erzählung Realität; durch Mitteilung entsteht keine Verminderung der Bilder, sondern eine Verdoppelung. Was geschieht mit ihr, der ich erzähle?... Welche Entsetzen hat Irma zur Verfügung, die sie in die unbesetzten Felder zwischen meinen Begriffen einschaltet? (Der Leser kann sich nicht mit ihr, der ich erzähle, gleichsetzen; Irmas Reaktion kann meine Erlebnisse in der ›Nina‹ noch beeinflussen).« (*Versuch über die Pubertät*, S. 17)

Nicht nur Irma, auch Axel, Detlev und Jäcki, »meine Frau und ich«, Pozzi sind beim Lesen zu berücksichtigen. Der Zeitpunkt und der Ort des Schreibens. Das Vorher und Nachher. Die Veränderungen durch das Schreiben. Das Material und seine unterschiedliche Plazierung.

Beispiel 1:
Ich lese *Mit Verlaub, Auschwitz*, einen Artikel für *Die Zeit*

vom 24.5.1964. Marcel Reich-Ranicki hat die deutschen Schriftsteller zu einer Stellungnahme zum Auschwitz-Prozeß aufgerufen. Hubert Fichte schreibt:

»Politik ist heute ein Spezialgebiet, das spezielle Kenntnisse verlangt ... Wie sollte da ein Schriftsteller an politischer Initiative anderes zuwege bringen als wohlmeinenden Dilettantismus?«

Die späteren politischen Interviews, die Interviews mit Politikern stehen zu dieser Aussage nicht in Widerspruch, liest man das Zitat genau: eine politische Initiative Fichtes findet sich auch in diesen Interviews nicht. Oder nur da, wo der Gegenstand nach allen Seiten eindeutig abgeklärt ist. Deshalb die *Wichtig*keit der Kontonummer im Joseph-Interview. Der Aufenthalt auf Haiti, die Verarbeitung des Aufenthalts in *Xango,* der Aufsatz *Totengott und Godmiché,* und das Interview mit Léopold Joseph vom Oktober 1979 müssen zusammen gelesen werden. Das Joseph-Interview erscheint erneut in *Petersilie* (S. 395–401) als *Appendix.* Haiti erscheint abgeschlossen, die Beschäftigung hat zu gesicherten Ergebnissen geführt (als Beleg kann hier auch die Aufnahme der Kurznotiz *Ein Kräutermittel gegen Sinusitis aus Haiti,* geschrieben 1975, im Appendix zu *Petersilie,* dienen). Auch der Schriftsteller kann die Übernahme einer direkten Aussage seines Gesprächspartners über die Kapitaltransaktionen der haitianischen Regierung in diesem Interview verantworten.

Ich kann als Leser also aktiv werden. Der Schriftsteller hat es als politisches Faktum aufgeschrieben, es ist der Leser als politischer Mensch herausgefordert und gefragt. Moralisch ist dieser Leser auch schon durch die Veröffentlichung der Adresse der Baptistenmission in Haiti herausgefordert worden:

»F: Ihre Adresse: Mission Baptiste, Kenskoff, Haiti, West Indies.« (*Xango,* S. 212)

(Und dennoch:

»Ich gehe aus Haiti nicht als Sieger hervor.«
(ebd., S. 119))

Kehren wir zurück zum Auschwitz-Artikel. Es ging Reich-Ranicki, so Hubert Fichte, um die Kompetenz des Schriftstellers:

»Menschlichkeit und Zivilcourage bedürfen keiner wissenschaftlichen Vorbildung, keiner diplomatischen Routine. Ich selber bin auf nicht viel mehr gestützt als persönliche Empfindlichkeit und eine mittlere Beobachtungsgabe: Als Zehnjähriger sah ich in den ersten Zeitungen nach Kriegsende Haufen von zermarterten Körpern. Diese Bilder sind heute ebenso deutlich wie damals. Seither versuche ich herauszufinden, was ein Auschwitz ermöglichte, und die einzelnen Komponenten miteinander in Beziehung zu bringen...«

»Mittlere« Beobachtungsgabe kann mehreres bedeuten: eine (noch) eingeschränkte Fähigkeit oder: eine noch nicht abgesicherte, noch nicht schlüssige. Die »einzelnen Komponenten«, was sind sie anderes als jene »Schichten«, in die es zurückzufinden gilt. Und die »Haufen von zermarterten Körpern« werden auch, wie in der bereits zitierten Passage aus *Versuch über die Pubertät* beschrieben, notwendigerweise verdoppelt, vervielfacht werden müssen.

»Erziehung. Identifikation. Mitleid mit der Leiche – dem Gleichnam. Erziehung zu einem bestimmten Mitleid.«
(*Versuch über die Pubertät,* S. 20)

Das bedeutet zuallererst:

»Selbsterkenntnis verhindern.
Das heißt Versklavung.« (ebd., S. 21)

Komponenten:

– die zugängliche Schicht:
»Machtgier, krankhafte Hybris einer Ideologie. Die bürokratische Maschinerie eines modernen Staates. Phantasielosigkeit und Trägheit der Mitbürger. Brutalität. Gewöhnung.« (*Die Zeit,* 24.5.1964)

– weitere Schichten:

Nürnberger Prozesse, Grundgesetz, Re-Militarisierung, Nazis im Dienste des neuen, demokratischen Staates, die Gewalt der Polizei, die Rassentrennung in den USA, die Kidnappung Eichmanns, die Diskriminierung homosexueller KZ-Häftlinge bei der ›Wiedergutmachung‹, die Folterungen während des Algerienkrieges, der Todesstreifen und die Mauer...

Konsequenz: Nein-Sagen (wie Borchert), Beobachten (nicht nur die Polizei, aber auch sie), Selbsterkenntnis.

Auch die Konsequenz hat, wie die Komponenten, mehrere

Schichten. Hubert Fichte entscheidet sich nach diesem ersten Artikel für das unausgesprochene, aber dem Leser offenliegende Nein. Wichtiger, nachhaltiger sind ihm Beobachtung und Selbsterkenntnis. Beobachtung ist eine Voraussetzung für Selbsterkenntnis, zunehmende Selbsterkenntnis bestimmt die Genauigkeit der Beobachtung, genauere Beobachtung kann wieder eingehen in gefestigte Selbsterkenntnis.

Die am Romanwerk Hubert Fichtes ablesbare zunehmende Sicherheit im Umgang mit dem Gegenstand, dem eigenen Ich, eingebettet in Geschichte und Gegenwart, hat ihre Entsprechung in der Gestaltung der politischen Essays und Interviews.

Der Aufsatz *Gewitztheit oder moralischer Mut?* (1965) über Carl Friedrich von Weizsäcker ist ein Interview mit stummem Partner. Thesen und Widersprüche werden gegeneinander gehalten, der Titel des Aufsatzes ist doppeldeutig. Gewitztheit, moralischer Mut: das bezieht sich in einer ersten Schicht auf den Vorgestellten, in einer zweiten auf den Autor selbst: so eindeutig ist der Vorgeschlagene in seiner politischen und wissenschaftlichen Verläßlichkeit nicht, daß man ihn uneingeschränkt vorschlagen könnte. Denn schließlich wird hier zum ersten Mal nachgewiesen, daß Weizsäcker an der Atombombe mitgewirkt hat.

> »Der Zweck, einen geeigneten Atomminister zu finden, möge entschuldigen, daß ein junger Schriftsteller die kritische Vorstellung eines Gelehrten wie Weizsäcker übernimmt, daß er sich in dem Bild, das er entwirft, auf einige Striche beschränkt.« (S. 120)

Bei späteren Analysen und Interviews verläßt sich Fichte nicht mehr auf Striche. Auch nicht mehr auf die Aufzählung von Fakten, auf Fragestellungen im Resümee, wie in der Dokumentation *Polizei – Dein Freund und Helfer* (1966). Das Faktensammeln, das Faktendarstellen wird verfeinert werden, es wird eingebettet in die Darstellung der Selbsterkenntnis über das eigene Ich als Teil der Geschichte und Gegenwart, als politische Identität. Die am Ende dieses Aufsatzes von Fichte formulierten Fragen tauchen nicht mehr auf, sie sind unausgesprochen in den Romanen, den ethnopoetischen Studien, den Interviews enthalten, stellen sich dem Leser selbst. Er kann dabei auf die rücksichtslose Kontinuität der Thematik beim Autor bauen.

Beispiel 2:
Auschwitz, Weizsäcker, die Polizei. Vorstudien, Übungen, die nur indirekt formal später wiederaufgenommen werden. Die Thematik bleibt: die Stellung des Individuums als Schriftsteller zu Fragen der Politik. Daß es sich um eine schreibende, schriftstellerische Aneignung der Geschichte und der politischen Gegenwart handelt, ist nicht nur mir wichtig.
Am Schluß des Interviews mit Mexicos damaligem Staatspräsidenten Echeverria (1975) heißt es:

»F: Herr Präsident, ich gehe lange Stunden durch die Straßen der Stadt Mexico. Ich beobachte hier, auch in Gesprächen mit Politikern, eine Integrität, die uns vielleicht mehr und mehr verlorengeht.
P: Sie sind ein Humanist, der sich dem Journalismus verschrieben hat.
F: Ich bin Schriftsteller.« (S. 12 des Manuskripts)

Menschlichkeit. Zivilcourage. Empfindlichkeit. Beobachtung. Empfindsamkeit. Genauigkeit. Schichten.
(A) *Chile und Allende.* Ein Interview mit Allende. 1971. Nüchtern. Bis auf eine Stelle im Interview. Hubert Fichte stellt eine

»Frage: Das Problem der landwirtschaftlichen Entwicklung...
Allende: Ich will Ihnen ein Foto zeigen.«
(*Frankfurter Rundschau*, 10.8.1971)

Das Foto hat mit der Frage nichts zu tun. Aber Allende wird nicht unterbrochen, die Frage später noch einmal wiederholt. Allendes Ausführungen sagen nichts über Landwirtschaft aus, sondern sind emotional, bezogen auf seine Person, auf seine Absichten, auf die Verkennung seiner Absichten. Der Befragte wird selbst aktiv, bricht aus.
Wie reagiert der Schriftsteller? Er fährt mit dem Interview fort. Am 22.1.1972 schreibt er an Bundespräsident Heinemann, der Hubert Fichte mit über dreißig anderen Schriftstellern zu einem Essen eingeladen hat:

»... darf ich Ihnen für Ihre freundliche Einladung am 8. Februar danken.

Ich komme von einem einjährigen Studienaufenthalt in Südamerika zurück und hatte in Chile Gelegenheit, zweimal mit Staatspräsident Allende zusammenzutreffen. Die prekäre, vielleicht vom Ausland nicht unverschuldete Situation der fortschrittlichen Regierung Allendes bewegt mich, Ihnen das Manuskript einer Radiosendung über Chile, ein Interview mit Salvador Allende und den Text einer ›Spiegel‹-Serie über brasilianische Zustände, deren Abdruck diesen Montag beginnt, zu übermitteln.«

Die Reaktion ist mir unbekannt. Ich habe mein eigenes Bild von Heinemann, ich versuche seit Tagen, mir Hubert Fichte und Heinemann vorzustellen, dazu Genscher und Dorn, Joachim Kaiser, Simmel und Lenz, Wohmann und Hüsch. Das Essen auch. Es wirkt surreal, barock: der Bürgerpräsident und die »Narren«.

Allende ist Hubert Fichte wichtig. So wichtig, daß er hier, wie im Auschwitz-Artikel angedeutet, politische Initiative ergreift.

»Ich konnte nur dort arbeiten, wo man meinem Interesse ein freundliches Interesse entgegenbrachte...«

(*Xango*, S. 328)

Das gilt für *Abó. Anmerkungen zu den rituellen Pflanzen der afrobrasilianischen Religionsgruppe,* aus dem dieses Zitat stammt, gilt für die Eingeweihten, die dem Schriftsteller halfen. Es gilt auch für die in den Interviews Befragten. Es scheint auch für Heinemann zu gelten. Er wird einbezogen in das Schichtensystem Hubert Fichtes, wird an einer Konfrontation beteiligt wie der Leser. Er bekommt »das Manuskript einer Radiosendung, ein Interview ... und den Text einer ›Spiegel‹-Serie über brasilianische Zustände«. Drei Textformen zunächst, drei unterschiedliche Annäherungen. Zwei zum Thema Chile. Eine zu Brasilien. Warum? Brasilien wird hinzugefügt als Kontrast. Die *Spiegel*-Serie arbeitet mit ausgefeilten Impressionen, gibt Fakten wieder, bezieht die Fakten auf die Person des Schriftstellers, läßt ausgewählte Personen zu Worte kommen. Lese ich das mit dem Interview Allendes zusammen, ergibt sich ein Kontrast, eine Konfrontation, die die moralische Position, die Ernsthaftigkeit, die Integrität Allendes unterstreicht.

Zwei Schichtensysteme entwickeln sich daraus:
– ein abgeschlossenes: Allende. Das Interview wird ergänzt durch einen empfindlichen, empfindsamen Text nach der Ermordung Allendes, nach dem Putsch: *Zu spät?* (12. September 1973, Manuskript). Der Text wird deutlich: Angriffe auf die Linken, Angriffe auf Nixon, Angriffe auf die Bundesregierung. Positive Werte werden benannt: Marxismus und Demokratie als eins. Eine Welt ohne »Folter, Diktatur und Meinungsterror« (Manuskript, S. 5). Und:

»In Wahrheit kann nur eine Politik wie diejenige Allendes in Südamerika die Explosion des Elends, die ökologische Katastrophe vermeiden.« (Manuskript, S. 3)

Fichte formuliert, was Heinemann selbst hat (hätte?) herausfinden können. Und um jeden Zweifel zu nehmen, folgt 1977 das Interview mit Allendes Pressesprecher, Carlos Jorquera:

»Welche Hilfen erhielt die Regierung Allende von den sozialistischen Staaten, von der Sowjetunion, von der Deutschen Demokratischen Republik, von Rumänien, Bulgarien etc.?
Ich möchte mich nicht auf ein nichtkapitalistisches – offiziell nichtkapitalistisches – Land im Besonderen beziehen. Sie haben uns geholfen und wir danken ihnen. Sicher, einige halfen uns eher auf Grund unseres geographischen Standortes denn auf Grund unseres politischen Standpunktes, denn einige helfen auch Pinochet weiter, so als würden sie sich keine Rechenschaft darüber ablegen, daß die Regierung Allende zu Ende ist. Aber das ist ihr Problem.«

Aber auch persönliche Betroffenheit.

»Warst Du dabei, als Allende starb?
Ich war einige Meter entfernt auf der Treppe. Es kostet mich viel, darüber zu sprechen.«

– ein noch nicht abgeschlossenes:
In Band VII von *Die Geschichte der Empfindlichkeit* wird Allende wieder auftauchen.
(B) *Senegal.* Zwei Gespräche mit dem »Dichter-Präsidenten« des Senegal, Léopold Sédar Senghor. So drückt sich *Die Zeit* vom 8. Oktober 1976 aus und verpaßt dem Text dann noch den Titel *Politik aus der Seele.* Bei Hubert Fichte

im Manuskript heißt es: »Gespräch mit dem senegalesischen Lyriker und Staatspräsidenten...« Beide Gespräche, aus den Jahren 1974 und 1976, sind hier in einem Text zusammengefaßt.
Ich habe diese Interviews schon früher gelesen. Mein Unbehagen ist nach wie vor groß. Zu glatt kommen die Antworten, zu seicht die politischen Aussagen, zu sprachgewaltig.
Meine erste Reaktion: liegt es am Französischen, daß diese Interviews in meinen Augen mißlingen? Aber: das Genet-Interview ist ein Meisterstück. Und Léopold Joseph, der haitianische Oppositionelle, sprach sicher auch Französisch.
Ich lese noch einmal. Da ist es: ganz am Ende des zweiten Interviews.

> »Ich möchte mit einer schwierigen Frage schließen: Das Engagement eines Poeten ist anders als das Engagement eines Politikers. Ein Staatschef muß einschneidende Entscheidungen fällen, wo für den Dichter die Sprache der Verzweiflung beginnt. Es gibt im Poetischen eine Ethik, die sich bis auf den Satz, bis auf jedes Wort erstreckt. Ich weiß, wie tolerant, wie human die senegalesische Zivilisation ist. Aber in Dakar finden regelmäßige Razzien statt, um den Touristen und hohen Besuchern den Anblick von Bettlern und Leprakranken zu ersparen. Glauben Sie, der Dichter eines afrikanischen Humanismus, nicht, daß der Anblick des Elends für Touristen und Politiker etwas sehr Nützliches sein könnte?
> Senghor: ... Ich fühle mich als Negro-Afrikaner erniedrigt.... Ich habe verbindliche Anweisungen erteilt, daß in der Psychiatrischen Klinik von Fann ein Kulturzentrum errichtet wird. Dort werden die Geisteskranken nicht durch Einkerkerung und Prügel behandelt, sondern durch die Künste, durch die Musik, durch den Tanz...
> Wir sind gezwungen, Repression auszuüben...
> Es besteht kein Widerspruch zwischen den Ansichten des Dichters und den Ansichten des Staatsmanns. Wir müssen unsere afrikanische Würde wiederfinden.«

Verbindliche Anweisungen. Repression. Künste. Musik. Tanz.

Die nächste Schicht.

»Ein Dorf entsteht auf Grund der Bedürfnisse einer Bevölkerung. Häuser irgendwo hinzusetzen, ist nichts anderes als Umweltverschmutzung. Man macht auf Afrikanisch. Es ist nicht die Aufgabe von Ausländern, ein afrikanisches Milieu einzurichten...

Die Psychiatrie ist ein unvermeidliches Übel in Afrika, man muß nur versuchen, keine üble Psychiatrie einzuschleppen.« (Interview mit Maurice Dorès, in: *Frankfurter Rundschau*, 29. Januar 1977)

Das beeindruckendste Interview, das ich für diesen Aufsatz gelesen habe. Humanismus Senghors. Neuroleptica. Elektroschocks.

Die nächste Schicht.

Das Dorès-Interview erscheint als Teil II in Hubert Fichtes *Psyche* (1980). Teil I ist die Beschreibung eines psychiatrischen Dorfes.

»Der Text wurde von Hubert Fichte für diese Ausgabe neu überarbeitet.«

Heißt es hinten. Er stammt von 1976. Distanzierungen. Neue Schichten.

Auch 1980:

»Da faselt man von Todestrieb und Oedipe Africain – den Seelenbildern des Pap Samb, der die Innerlichkeit und das bourgeoise Kunstverständnis wieder der Umwelt aussetzt, Sonne, Wind, Regen, Müll, Gras und Salz, entzieht man den Boden.

Wann wird der Sozialismus Senegals für seinen wichtigsten Maler und seine Beschwörungen ein paar Mauern übrig haben?« (*Ich bitte dringend um Häusermauern, daß Pap Samb sie bemalen kann*, Beilage zu: *Die Mauerbilder des Papisto Boy in Dakar*, 1980)

Und schließlich: *Die Geschichte der Empfindlichkeit*, Band XVIII: *Die Schwarze Stadt*.

(C) *Chile und Senegal.* Zwei in Nuancen unterschiedliche Versuche, Politik in das eigene Schreiben einzubetten, mit zeitlich verschobenem Schreiben zu früheren Schichten vorzudringen.

Empfindlichkeit und Empfindsamkeit werden schärfer und klarer, bis zur letzten abgesicherten Version in den

Romanen, vielleicht auch dort noch einmal der Aufspaltung des Ich unterzogen.

Wir wollen ehrlich sein: Es gibt eine andere Seite der Schichten, die notwendige materielle:

»Nun hat ein bundesdeutscher Schriftsteller zum Zweck des Studiums der Schwarzen Amerika Feature auf Feature gelegt, Romane, Essais und Nachworte verfaßt, Eingänge und Vorschüsse addiert...«

(*Petersilie,* S. 9),

was zu jenen herrlichen, selbstbespiegelnden Vorspannsprüchen der Zeitungsredaktionen führt:

»Hubert Fichte ... ist der einzige deutsche Schriftsteller, der sich kontinuierlich mit den Problemen der Dritten Welt beschäftigt. Seit Jahren auf ausführlichen Studienreisen in Afrika und Lateinamerika, hat er sich stets jede Form von Literatur-Tourismus untersagt ... Seine politischen Beobachtungen und Analysen sind als Bestandteil seiner literarischen Arbeit anzusehen – ebenso wie die Interviews, ...: eine Kunstform der moralischen Detektei.« (*Die Zeit,* 9. November 1979)

Ein Schild an der Haustür. Hubert Fichte – Moralische Detektei – Hamburg-Othmarschen – Diskret und vertraulich – Sprechstunden nach Vereinbarung. Oder besser als Visitenkarte, denn er ist ja seit Jahren auf Reisen, der arme Mann.

Die *Frankfurter Rundschau* (13. Juni 1973) kann es genauso gut:

»Ein Schriftsteller interviewt einen Politiker – ... Das führt zwangsläufig auch zu einem ungewöhnlichen Ergebnis. Der Informationsstrom entwickelt sich breiter und präziser zugleich.«

Zurück zur Sache: Was ich an Hubert Fichtes Verarbeitung der Erfahrungen in Chile und im Senegal gezeigt habe, ließe sich an anderen Beispielen aus der Dritten Welt auch zeigen, wobei andere Formen der Verarbeitung, neue und andere Schichten zutage träten.

Brasilien etwa: Heinemann erhält das Manuskript der *Spiegel*-Serie über Brasilien, die *Spiegel*-Serie selbst ist bereits eine Überarbeitung des Manuskripts. Das Material für die *Spiegel*-Serie wird in *Xango* eingesetzt, zerschnitten und wieder zusammengefügt, und findet auch

seinen Platz in *Versuch über die Pubertät.* man kann die Art und Weise dieser Schichtenverarbeitung an einem kleinen Ausschnitt studieren: Fußball und Politik in Brasilien. Material: Manuskript, Abschnitt 6, S. 10–12, *Spiegel,* Nr. 6, 1972, S. 76–77, *Xango,* Frankfurt 1976, 16–19, *Versuch über die Pubertät* (1974), Frankfurt 1982, S. 34–35. Und: »Jäcki kennt sich im Fußball nicht aus.« (Hubert Fichte, *Detlevs Imitationen »Grünspan«,* 1971, Frankfurt/M. 1982, S. 28) Oder Venezuela: Interview mit Heinz Rudolf Sonntag. Manuskript. Überarbeitetes Manuskript. Auszug des Interviews in der *Frankfurter Rundschau* vom 5. Oktober 1977. Andere Version in *Petersilie,* Frankfurt 1980, S. 137–149.
Andere Version?
(D) *Minderheiten.* Die Interviews verwandeln sich. Der Autor geht mehr aus sich heraus, bezieht sich mit ein. Bei Allende keine Fragen nach Minderheiten, bei Burnham in Guyana auch nicht. Bei Echeverria nicht. Bei Senghor ja, wie beschrieben. Bei Sonntag ja: Indianer, Homosexualität. In der *Frankfurter Rundschau* nicht, aber in *Petersilie.* Wegen der Einsichten in Neurosen, Psychiatrie, Homo- und Bisexualität, Gewalt, Unterdrückung, Rebellion. Die Verwandtschaft zu Fichte, die Bedeutung, die der Gesprächspartner hat, als Person, als Wissenschaftler, als politischer Denker.
Sonntag sagt:

> »Den Vorgang, daß Unterdrückte sich nicht mehr als Unterdrückte empfinden, kann man mit politökonomischen und soziologischen Argumentationen allein nicht erklären. Ich untersuche Legitimationsmechanismen nicht nur auf seiten der Unterdrücker, sondern auch auf seiten der Unterdrückten.« (*Petersilie,* S. 149)

Bei Nyerere auch. 1973. In der *Frankfurter Rundschau* vom 10. Juni 1974 findet sich dies nicht.
Zwischenüberschrift:
»Bürokratie – ein großes Problem«. Nyerere:

> »Eine junge Gesellschaft ist oft sehr puritanisch. Wir sind sehr puritanisch. Wenn sich ein Künstler entscheidet, daß nackte Körper sein Ding sind, um das Gefühl zu haben, sich frei ausdrücken zu können, würden wir möglicherweise sagen: Bitte, versuchen Sie es nicht. –

Es gibt also gewisse Grenzen. In jeder anderen Hinsicht würde er natürlich ganz frei sein.

Frage: Braucht Tansania ausländische Investitionen?«
Dazwischen liegt eine Unterhaltung (im englischen Originalmanuskript, das offensichtlich von Nyerere abschließend zensiert wurde), eine dramenreife Unterhaltung über Homosexualität. Sie fordert Nyerere heraus, Hubert Fichte fühlt sich von Nyereres Zorn bedroht, das Interview droht aus den Fugen zu geraten.

»Ist es eine Schande, einzugestehen, daß man über die Woloff forscht, weil man schwul ist?

Doch wohl nicht mehr!

Auch das bedeutet ein ethnologisches Faktum, und es wäre Irreführung, es zu verschweigen.«

(*Ketzerische Bemerkungen für eine neue Wissenschaft vom Menschen,* 1976, in: *Petersilie,* S. 362)

Beim Interview mit Maurice Bishop wieder. Im Manuskript des Interviews eine kombinierte Frage nach der Behandlung der Minderheiten durch die Revolutionsregierung. Eine einfache Antwort Bishops, die Hubert Fichte nicht zufriedenstellt. Keine Nachfrage während des Interviews. Aber die Gedanken werden geäußert: in *Petersilie,* S. 346–47. Gedanken während des Interviews, im nachhinein aufgeschrieben, Fichte interviewt Fichte. Bei Bishop, dem die Sympathien Fichtes gelten, weil er wie er »die Schönheit der afro-amerikanischen Riten« auch als »Wall ... gegen den Persönlichkeitsverfall« (ebd., S. 347) sieht, scheint die Nyerere-Unterhaltung sich nicht wiederholen zu sollen.

Nebeneinandergelegt: auch ein politischer Kommentar über die Unterschiede afrikanischer und karibischer Gesellschaften. Das Grenada-Kapitel von *Petersilie,* in der gewohnten Mischung von Fakten, persönlichen Bemerkungen, Kurzgesprächen, Ausführungen über die Rastafaris, über die afro-amerikanischen Religionen, mit dem ausführlichen Bishop-Interview, ist bislang die umfassendste positive Beschreibung, die Hubert Fichte über seine politischen Gedanken, Ideen, Vorstellungen gegeben hat. In den kurzen Bemerkungen über die Revolution im Alltag Grenadas, über die Vorstellungen der anderen Mit-Revo-

lutionäre deutet Fichte die Gefahren für die Revolution bereits an.
Was Wunder, daß die Haltung gegenüber Nicaragua wieder vorsichtig, mißtrauisch, ablehnend ist. Zwischen Fernando Cardenal und Hubert Fichte gibt es keine Berührungspunkte. Fichte macht die Widersprüche in der Argumentation Cardenals über die Alphabetisierungskampagne schonungslos in penetranten zweiten und dritten Fragen offensichtlich. Und das Manuskript endet:

> »... war in Managua das trotzkistische Blatt ›El Pueblo‹, weil es zur Sabotage der Agrarreform und der Alphabetisierungskampagne aufgerufen hatte, geschlossen worden – mit Waffengewalt.«
> (*Die Buchstaben der Revolution – Gespräch mit Pater Fernando Cardenal SJ, dem Leiter der Alphabetisierungskampagne in Nicaragua,* Manuskript, Januar 1980, S. 1)

Und:

> »Nicht nur mit Nietzsche und Hölderlin im Tornister wurden Polen, Juden, Homosexuelle – um nur diese zu nennen – verschleppt und vergast, sondern auch im Angesicht und mit der Billigung bibelfester Gläubiger und Priester.
> Die Bibel wird von ihren Vertretern, von Padre Arrupe, dem General der Jesuiten, ebenso wie von Kultusminister Ernesto Cardenal, als ein Buch der Liebe analysiert.« (*Ist die Luther-Bibel jugendgefährdend? Eine Predigt,* Manuskript, Fassung 2, S. 20)

(E) *Deutsche Zustände.* Kindheit und Jugend. Faschismus und Nachkriegsdeutschland. Mischling, Halbjude, Bisexueller. Soziogramme von Waisenhäusern, Lokstedt, Palette, St. Pauli. Auch hier die Schichten. Darüber haben andere geschrieben. An den Romanen nachvollziehbar: daß sich Sichtweisen ändern, verfeinern, korrigiert werden müssen, um Ich, um politisches Ich zu werden. Ein – wie gezeigt – nicht abgeschlossener Vorgang. Für den Leser: Betroffenheit, Erkenntnis der Zusammenhänge.
Ich habe alles wieder und im Zusammenhang des Aufsatzes neu gelesen. Dazu, der Zufall wollte es, Eberhard Fechners *Der Prozeß,* Gordian Troellers erste Folge von

Kinder dieser Welt gesehen. Ergänzungen, andere Sichtweisen, verschiedene Betonungen. Haß, Wut und Dankbarkeit.
Deutsche Zustände. Nicht nur in den Romanen. Auch in den Interviews, in *Xango* und *Petersilie.* Die meisten Interviews enden mit direkten Verweisen auf die Politik der Bundesregierung: die Nichtbeachtung Allendes, die Rolle Brandts, die Nichtbeachtung Grenadas.
Spätestens hier: kein Exotismus, keine Flucht vor den Realitäten, kein Ausweichen, und natürlich: keine Reaktion. Und auch:

»Dienstag, den 7. Mai:
New York Times:
Willy Brandt zurückgetreten.« (*Petersilie,* S. 53)

Nach Uwe Johnson-Manie(r) in das Santo-Domingo-Kapitel eingefügt. Auch diese Schicht wird in *Die Geschichte der Empfindlichkeit* angegangen werden.

Beispiel 3:
Die neu hinzutretenden Schichten des Politischen. Nicht mehr Afrika-Karibik allein, sondern die Auseinandersetzung mit älteren Schichten der Beschäftigung: Interviews mit nicht mehr Lebenden, mit Büchern. Geübt ganz früh im Weizsäcker-Artikel. Verfeinert in der Beschäftigung mit Alex Haleys *Roots* (in *Petersilie*). Die Geschichte der Befassung mit Geschichte in die Gegenwart hineinholen: Rimbaud, Sandoval, Spieth, Pedro Claver. Und schließlich *Mein Freund Herodot.*
Identifizieren, Abklopfen, Konfrontieren mit der gesellschaftlichen Realität, das Einbeziehen der Lektüre in den Lebenslauf.

»Forschung.
Aufdecken.
Es ist ein zerstörerischer Reflex.
Ohne ihn höre ich auf zu existieren.«
(*Mein Freund Herodot,* Manuskript 1980, S. 3)

Und dazu bitte den Ausschnitt aus dem bislang unveröffentlichten Roman *Forschungsbericht* lesen (*text + kritik,* H. 72, 1981).
Fichte, nein Jäcki, Irma, Menge-Gütling, Kaegi, Herodot in Nicaragua.

Beispiel 4:
Die wissenschaftliche Absicherung des Schreibens als politisches Ich.
Empfehlung für den interessierten Leser als Mittel zur Überprüfung für meine Ausführungen:
Detlevs Imitationen »Grünspan«, 1982, 81 ff., 228 ff. (!)
Versuch über die Pubertät, 1982, Vorspann, S. 49–50.
Mein Lesebuch, 1976: *Elf Übertreibungen,* S. 11–22.
Xango, 1976, S. 119.
Petersilie, 1980: *Ketzerische Bemerkungen für eine neue Wissenschaft vom Menschen,* S. 359–365.
Mein Freund Herodot (Manuskript 1980)

Beispiel 5:
Der Titel meines Aufsatzes. 7.12.1979. Erstes Seminar von Hubert Fichte für Studenten der Universität Bremen.

»In einer Welt, die so unerbittlich zugestampft ist, gibt es aber nur noch die eine absurde Haltung für den Schriftsteller und Forscher:
Mit Empfindsamkeit und Menschlichkeit – auch in den Wissenschaften – gegen die Alibis anzurennen.«
(Handschriftliche Eröffnungsansprache Hubert Fichtes, im Besitz des Verfassers, S. 2)

Bremen, 24. Juni 1980. Eröffnung der Ausstellung von Leonore Maus Fotos im Rahmen der Karibik-Woche am Überseemuseum Bremen durch Hubert Fichte.

»Kultur ist ein imperialistischer Begriff.
Kultur haben immer die Sieger.«
(*Eröffnungsansprache,* Manuskript, S. 2)

Und:

»Die ethnologische Schärfe, die sich mit einem ganz besonderen ästhetischen Takt verbindet, läßt hier zum ersten Mal alle Dimensionen einer Kultur erkennen, die drei Kontinente umfaßt.« (ebd., S. 1)

Die letzte Schicht. Die Fotos. Der Paß.

»Harold Hoyte sieht sich Leonores Buch an.
Auch hier zur Revolution der Paß.« (*Petersilie,* S. 276)

Fotos. Paß.
Paßfotos.
Politische Identität.
Und Jäcki und Bremen?

»Er verweigerte sich strikt jeder bürokratischen Verpflichtung, sogar seine Unterschrift setzte er nur selten und verzichtete auf das Beamtengeld, als man ihn von Seiten des als links verschrieenen Lehrkörpers zum Vertrauensarzt pressen wollte.«

(*Forschungsbericht,* S. 17–18)

Der Lehrkörper war es nicht, lieber Jäcki, es war die Bürokratie.

Und setze meine Unterschrift. Jürgen Martini

IV

Anhang

HUBERT FICHTE

Biographische Skizze

1935 Hubert Fichte wird am 21. März 1935 im Krankenhaus Perleberg, Westprignitz, geboren.
Wenige Wochen nach der Geburt Übersiedlung nach Lokstedt in das Mietshaus der Großeltern, Beethovenallee.
Die Mutter arbeitet als Stenotypistin. Die Großmutter übernimmt einen großen Teil der Erziehung des Jungen. Der Vater, sogenannter Jude, versucht nach Schweden zu emigrieren. Fichte hat ihn nie gesehen. Er gilt als verschollen.
Der Großvater hat eine Kuhkoppel erworben und Fichte wächst im Haus Karlstraße 30 in Hamburg-Lokstedt auf.

1941 Mit der Kinderlandverschickung nach Steingriff, Oberbayern.

1942 bis 1943 verbringt Fichte ein Jahr im Waisenhaus der Stadt Schrobenhausen.

1943 Kurz vor den Terrorangriffen auf Hamburg im Juli kehrt er nach Lokstedt zurück. Evakuierung nach Liegnitz, Schlesien.

1944 Schillerlektüre. Romanentwürfe, Ritterdramen, Gedichte.

1945 Die Mutter arbeitet als Darstellerin und Souffleuse an den Theatern in Hamburg und am Harburger Stadttheater.

1946 Kinderdarsteller am Deutschen Schauspielhaus, am Thalia-Theater und an den Hamburger Kammerspielen. Fichte spielt unter Otto Kurth, Helmut Käutner etc. Besuche von Gottfried Sellos »Galerie der Jugend« im HHA-Verwaltungsgebäude.

1948 filmt Fichte mit Lil Dagover in *Die Söhne des Herrn Gaspari.*

1949 Bekanntschaft mit Hans Henny Jahnn, Blankenese, und Freundschaft zu dem Leiter des Worpsweder Archivs Hans Herman Rief.

1950 Er spielt den François in der Uraufführung von *Tote ohne Begräbnis* von Sartre in der Hamburger Studiobühne. Funktätigkeit mit Piscator. Freundschaft mit dem Schauspieler und Regisseur Alexander Hunzinger. Schauspielstudium bei Helmut Gmelin. Fichte spielt im »Theater im Zimmer«. Er lernt Leonore Mau kennen.

1951 »Mein Freund der Trinker«, in: *Versuch über die Pubertät*, Seite 231. »Die Frösche«, ebenda Seite 239.

1952 Französisch bei Pierre Letellier im Institut Français von Hamburg und an der Universität von Poitiers in Tours aufgrund eines Reisestipendiums der Französischen Regierung.
Vagabundieren in Frankreich. Studium der Romanischen Baukunst.
Literaturkritik und Prosaveröffentlichungen in »Antares«, herausgegeben von den Affaires Culturelles in Mainz.

1953 Reisestipendium vom französischen Botschafter André François-Poncet. Freundschaft mit Jean Cayrol, Emmanuel Roblès. Korrespondenz mit Albert Camus.
Arbeit an einem Roman.
Landwirtschaft in der Provence.
Besuch bei Picasso und Chagall.
Fichte übersetzt mit Jean Giono zusammen den *Simplizius Simplizissimus* ins Französische.

1954 Reise nach Assisi.
Lagerleiter im Camp de la Pomponnette bei dem Arbeiterpriester Abbé Pierre-Grouès.
Schwere Erkrankung und Rückkehr nach Hamburg.

1955 Landwirtschaftslehre und Studium in Holstein.
Ein Bericht für den Bremer Rundfunk über den Abbé Pierre.

1957 Gehilfenprüfung und Abschluß der landwirtschaftlichen Universitätsausbildung.
Reise nach Brüssel.
Landwirtschaftspraktikum in Langenhagen.

1958 Järna, Schweden. Fichte leitet die Landwirtschaft in einem Heim für schwererziehbare Kinder.

Studium der anthroposophischen Landwirtschaft, der Psychoanalyse und des Schwedischen.
Erstes Theaterstück *Masken und Tote.*

1959 Reise mit dem Freund Rüdiger Neuschütz nach Finnland.
Deutschland, Frankreich. Landwirtschaftspraktikum bei Aimé Testanière.
Freundschaft mit dem Maler Serge Fiorio.
Mehrere dramatische Versuche. Kurzgeschichten. Hans Bender publiziert die erste Kurzgeschichte in »Die Deutsche Zeitung«.

1961 Reisen mit Leonore Mau. Hans Dieter Sander publiziert *Inselbegräbnis* in der »Welt«. Otto F. Regner *Der Aufbruch nach Turku* in der »Frankfurter Allgemeinen Zeitung«.

1962 Freier Schriftsteller in Hamburg.
Freundschaft mit F. J. Raddatz.

1963 Fichte zieht mit Leonore Mau zusammen in eine Wohngemeinschaft in Othmarschen.
Der Aufbruch nach Turku.
Julius-Campe-Stipendium. Reise nach Finnland. Tagung der Gruppe 47 in Saulgau.
Das Literarische Colloquium in Berlin beginnt. »Im Tiefstall«.

1964 Lokstedt-Gedichte einzeln veröffentlicht.
Tagung der Gruppe 47 in Schweden. Reisen nach Finnland und Portugal.
Studium des Portugiesischen.

1965 Reise mit Örjan Rashö durch das Tal der Dordogne.
Das Waisenhaus. Internationaler Hermann-Hesse-Preis.
Lesungen an den Universitäten Lissabon, Porto, Coimbra.
Tagung der Gruppe 47 in Berlin.

1966 Reise nach Griechenland und Kreta.
Einladung zur Tagung der Gruppe 47 nach Princeton, der Fichte aufgrund einer Erkrankung nicht Folge leistet.
Lesung aus dem Manuskript der *Palette* im Hamburger Starclub auf St. Pauli.

1968 *Die Palette* erscheint.
Reisen nach Marokko, Brasilien, Ägypten.
Freundschaft mit Peter Michel Ladiges und mit Wolfgang Köhler.
Erste St.-Pauli-Interviews.

1971 Studium der Afrobrasilianischen Religionen in Bahia de Todos os Santos.
Reise nach Argentinien zu Jorge Luis Borges. Spanisch-Studium.
In Chile interviewt Fichte Salvador Allende für die »Frankfurter Rundschau« und alle Mitglieder seines Kabinetts.
Reise bis auf die Osterinsel und zurück nach Bahia.
Detlevs Imitationen »Grünspan«.

1972 Reise nach Haiti, um den Vaudou zu studieren.
Fichte lernt das haitianische Kreolisch.
Interviews aus dem Palais d'Amour etc.
Interview mit Forbes Burnham von Guyana.

1973 Reisen nach Tanzania und Äthiopien.
Interview mit Julius K. Nyerere.
Lesungen an den Universitäten Yale und Columbia.

1974 Dominikanische Republik, Trinidad.
Interview mit Juan Bosch.
Galapagos. Mexiko.
Interview mit Luis Echeverria.
Mit Leonore Mau gemeinsam Arbeit an einer psychiatrischen Klinik in Dakar, Senegal.
Erstes Gespräch mit Leopold Sedar Senghor.
Fichte beginnt mit der Arbeit an *Die Geschichte der Empfindlichkeit.*

1975 Fontane-Preis der Berliner Akademie.
Sieben Interviews mit Jean Genet.

1976 Zusammen mit Leonore Mau: *Xango. Die Afroamerikanischen Religionen I, II.*
Interview mit der Malerin Lil Picard in New York.
Arbeit in einem psychiatrischen Dorf im Süden Senegals. Zweites Gespräch mit Präsident Senghor.
Reise nach Bahrain, Dubai.

Hans Eppendorfer. Der Ledermann spricht mit Hubert Fichte.
Mein Lesebuch (Hg.).
Arbeiten über sadistische Verhaltensweisen.
»San Pedro Claver«, Hörspiel für den Süddeutschen Rundfunk.
Ausstellung »Xango« im IFAN, Dakar.

1977 Venezuela, Miami, Haiti.
Vortrag über Afroamerikanische Kultur vor den haitianischen Studenten an der Universität Port-au-Prince.
Fichte bearbeitet *Agrippina* von Daniel Casper von Lohenstein und inszeniert es für den Norddeutschen Rundfunk mit Lola Müthel.
Reinschrift des ersten Bandes von *Die Geschichte der Empfindlichkeit: Hotel Garni.*

1978 Erster Aufenthalt auf Grenada.
Reise zu psychiatrischen Dörfern in Togo.
Wolli Indienfahrer.
Interview mit dem Fotografen Richard Avedon in New York.
Zweites Interview mit Lil Picard.
Freundschaft mit Michael Chisholm.

1979 Grenada. Interview mit Maurice Bishop.
Princeton-Vorlesung über Daniel Casper von Lohenstein.
Mehrjähriger Lehrauftrag der Universität Bremen über Afroamerikanische Kultur und poetische Anthropologie.
Lehrauftrag der Universität Klagenfurt über Daniel Casper von Lohenstein.
Bearbeitung des *Ibrahim Bassa* und Inszenierung für den Süddeutschen Rundfunk mit Schulkindern.
Interview mit Elfriede Gerstl.

1980 *Die Geschichte der Empfindlichkeit* Band XV: *Forschungsbericht* in Reinschrift.
Zusammen mit Leonore Mau *Petersilie. Die Afroamerikanischen Religionen III, IV.*
Bermudas, Panama, Nicaragua, Kolumbien.
2. Fassung des *Pedro Claver.*

Psyche erscheint bei Hans-Jürgen Heinrichs im Qumran Verlag, Frankfurt/Paris.
Studium des Altgriechischen.

1981 Rio de Janeiro, São Luis de Maranhão, abschließendes Studium der afrobrasilianischen Religionen.
Zusammen mit Leonore Mau und Sergio Ferretti eine Monographie über die Casa das Minas.
Die Geschichte der Empfindlichkeit Band XVII: *Die Geschichte der Nãnã.*
Portugal, Frankreich, Marokko.

1982 Fichte befaßt sich ausführlich mit August Graf von Platen.

1983 *Die Geschichte der Empfindlichkeit* Band II: *Lob des Strichs.*
Marokko. Portugal.

1984 Grenada. Inverview mit der Mutter des ermordeten Maurice Bishop.
Die Geschichte der Empfindlichkeit Band IV: *Eine glückliche Liebe.*
Fichte inszeniert für den Sender Freies Berlin und den Bayerischen Rundfunk *Die Geschichte der Empfindungen Augusts von Platen* und spricht selbst den Grafen Platen.

ARBEITSPLAN VON
»DIE GESCHICHTE DER EMPFINDLICHKEIT«
SEIT 1974

I.	Hotel Garni. Roman
II.	Der Kleine Hauptbahnhof oder Lob des Strichs. Roman
III.	Die Zweite Schuld. Roman
IV.	Eine Glückliche Liebe. Roman
V.	Alte Welt. Glossen
VI.	Der Platz der Gehenkten. Roman
VII.	Explosion. Roman der Ethnologie
VIII.	Rückkehren. Glossen
IX.	Poetik des Kleinen Romans. Roman
X.	Glossen
XI.	Victoria Sqare. Essai über Sade
XII.	Glossen
XIII.	Die vierte Große Reise. Roman
XIV.	Glossen
XV.	Forschungsbericht. Roman
XVI.	Glossen
XVII.	Die Geschichte der Nânâ. Roman
XVIII.	Die Schwarze Stadt. Roman
XIX.	Hamburg Hauptbahnhof. Roman

I. Primärbibliographie

1.1. Buchveröffentlichungen

Der Aufbruch nach Turku, Erzählungen, Hamburg 1963. Neuausgabe: Reinbek 1965; erweiterte Neuausgabe: *Der Aufbruch nach Turku und andere Erzählungen,* Frankfurt am Main 1985.

Im Tiefstall, Erzählung, mit Grafiken von Gralf-Edzard Habben, Göttingen 1965.

Das Waisenhaus, Roman, Reinbek 1965, Taschenbuchausgabe: Reinbek 1970. Neuausgabe: Frankfurt am Main 1978, Taschenbuchausgabe: Frankfurt am Main 1984.

Die Palette, Roman, Reinbek 1968, Taschenbuchausgabe: Reinbek 1970. Neuausgabe: Frankfurt am Main 1978, Taschenbuchausgabe: Frankfurt am Main 1981.

Detlevs Imitationen »Grünspan«, Roman, Reinbek 1971. Neuausgabe: Frankfurt am Main 1979, Taschenbuchausgabe: Frankfurt am Main 1982.

Interviews aus dem Palais d'Amour, Reinbek 1972. Neuausgabe: *Wolli Indienfahrer,* Frankfurt am Main 1978, Taschenbuchausgabe: Frankfurt am Main 1983.

Versuch über die Pubertät, Roman, Hamburg 1974, Taschenbuchausgabe: Frankfurt am Main 1976. Neuausgabe: Frankfurt am Main 1979, Taschenbuchausgabe: Frankfurt am Main 1982.

Xango. Die afroamerikanischen Religionen. Bahia, Haiti, Trinidad, I: Texte und Fotografien, zusammen mit Leonore Mau (Bildband), II: Textband, beide: Frankfurt am Main 1976, Taschenbuchausgabe Textband: Frankfurt am Main 1984.

Hans Eppendorfer: Der Ledermann spricht mit Hubert Fichte, Frankfurt am Main 1977.

Petersilie. Die afroamerikanischen Religionen. Santo Domingo, Venezuela, Miami, Grenada, III: Texte und Fotografien, zusammen mit Leonore Mau (Bildband), IV: Textband, beide: Frankfurt am Main 1980, Taschenbuchausgabe Textband: Frankfurt am Main 1984.

Psyche. Anmerkungen zur Psychiatrie im Senegal, Frankfurt am Main und Paris 1980.

Die Mauerbilder des Papisto Boy in Dakar, 13 Fotos in Kassette, Frankfurt am Main und Paris 1980.

Jean Genet, Frankfurt am Main und Paris 1981.

Dichter mit Umgebung, 51 Fotos in Kassette, Frankfurt am Main und Paris 1981.

Zwei Autos für den Heiligen Pedro Claver, Frankfurt am Main und Paris 1982.
Lazarus und die Waschmaschine. Kleine Einführung in die Afroamerikanische Kultur, Frankfurt am Main 1985.

1.2. Prosa und Gedichte

Aufzeichnungen aus dem Hirtenleben in der Provence, in: *Antares 2,* 1954, Nr. 8, S. 95–105.
Lucien Jacques, in: *Antares 2,* 1954, Nr. 8, S. 35–36.
Emmanuel Roblès, in: *Antares 2,* 1954, H. 3, S. 45–46.
Ein Maler aus Südfrankreich. Monjustin und Serge Kiorio, in: *Der Monat,* 1961/62, H. 165, S. 64–66.
Die Uppsalafahrt, in: *Akzente 10,* 1963, S. 390–399.
Frohe Festtage, Gedicht, in: *Die Meisengeige,* hg. von Günter Bruno Fuchs, München 1964.
Doppelanektdote, in: *Prosaschreiben.* Eine Dokumentation des literarischen Colloquiums, Berlin 1964, S. 249.
Sterben und Telefonseelsorge, in: *Prosaschreiben,* Berlin 1964, S. 70 u. S. 99–100.
Der Rockkönig, Erzählung, in: *Jahresring* 1964/65, S. 212–219.
Die Geschichte eines Traums im Gästehaus, in: *Das Gästehaus,* Roman, Literarisches Colloquium, Berlin 1965.
Nach der Wiedereinnahme von Festung Ilseburg, in: *Tuchfühlung,* Hg. von P. Jokostra, Hamburg 1965, S. 321–334.
Sieben Gedichte, in: *Atlas,* Berlin 1965, S. 151–159.
Lokstedt XXI, Prosa, in: *Alle diese Straßen,* Hg. von W. Weyrauch, München 1965, S. 61–62.
Gedichte, in: *Aussichten,* Junge Lyriker des deutschen Sprachraums, vorgestellt von Peter Hamm, München 1966.
Gesprochene Architektur der Angst, in: *Literaturmagazin 1,* 1973, S. 183–198.
Innere Güte. Eine Parabel, in: *prosa heute,* Pfullingen 1975, S. 206 bis 208.
Forschungsbericht. Anfang des zweiten Kapitels. Auszug aus dem Band XV von *Die Geschichte der Empfindlichkeit,* in: Arnold, Heinz Ludwig (Hrsg.): *Hubert Fichte,* in: *Text und Kritik,* H. 72, 1981, S. 10–22.
Forschungsbericht. s. o., in: *Manuskripte,* 21. Jg., Heft 74, 1981.
Eine Glückliche Liebe. Auszug aus dem Band IV von *Die Geschichte der Empfindlichkeit,* in: *Neue Rundschau,* Heft 1, 1985, S. 5–51.

1.3. Theaterstücke

Hans Eppendorfer. Der Ledermann spricht mit Hubert Fichte, Frankfurt am Main 1977, in: *Spectaculum 25,* II, Frankfurt am Main 1976 (Stück aus drei authentischen Interviews).

Lohensteins Agrippina, bearbeitet von Hubert Fichte, Köln 1978.

1.4. Essays

Mit Verlaub, Auschwitz, in: *Die Zeit,* 24.5.1964.

Die Wiener Schule. Malerei des phantastischen Realismus, in: *Der Monat 17,* 1965, H. 205, S. 67–70.

Gewitztheit oder moralischer Mut?, in: *Plädoyer für eine neue Regierung oder Keine Alternative,* hg. von Hans Werner Richter, Reinbek bei Hamburg 1965, S. 112–120.

Polizei – Dein Freund und Helfer. Dokumentation, in: *Konkret,* August 1966, S. 12–14.

Anmerkungen zu einer Lorchelvergiftung und zu »Ein Männlein steht im Walde«, in: *Ethnomedizin,* Bd. II, Heft 2, 1972.

»Ein Geschwür bedeckt das Land.« Furcht und Elend der brasilianischen Republik, in: *Der Spiegel,* Nr. 5, 1972, S. 72 ff.

Candomblé (Bericht über afroamerikanische Kulte in Brasilien), in: *Merian 28,* 1975, H. 11, S. 40–45.

Elf Übertreibungen, in: *Mein Lesebuch,* hg. von Hubert Fichte, Frankfurt am Main 1976, S. 11–22.

Jeder kann der nächste sein (Über Pasolini), in: *Der Spiegel,* 7/1976, S. 105 ff.

Kulturen haben immer nur die Sieger. Ketzerische Bemerkungen für eine neue Wissenschaft vom Menschen, in: *Ethnomedizin,* Band IV, Heft 1/2 und in: *Die Zeit,* 21. 1. 1977.

Gesten und Beeinflussungen. Aufzeichnungen aus einem psychiatrischen Dorf in der Casamance, Senegal, in: *text + kritik,* Jahrbuch ’77, S. 33–63.

Zur Gewalt, in: *Tintenfisch* 11, 1977, S. 78–86.

Totengott und Godmiché. Eine Ausstellung Haitianischer Kunst im Brooklyn Museum, in: *Die Zeit,* 6. 10. 1978 und in: *Kunst aus Haiti,* Berlin 1979, S. 18–21.

Zauber, um zu leben (H. F. und Leonore Mau über die Magie und Kunst auf Haiti), in: *Zeitmagazin,* 6. 10. 1978.

Auch ich bin ein Besucher von einem anderen Stern. Die kulturelle Lektion der Afroamerikaner – Entdeckungsreisen im winterlichen New York, in: *Deutsche Zeitung,* 22. 12. 1978.

Die afrokubanischen Religionen in Miami, in: *Die Zeit,* 9. 3. 1979.

Der Zauberberg ist leer. Überlegungen zur Maria-Lionza-Religion in Venezuela, in: *Neue Rundschau,* H. 1/2, 1980, S. 28–53.

Schwarz/Weiß – doppelbelichtet. Kleine Chronologie zum Werk des afroamerikanischen Fotografen James van der Zee, in: *Frankfurter Rundschau*, 12. 1. 1980.
»*... acht Haie quer zur Strömung.*« *Miami – oder Karibische Litaneien*, in: *Frankfurter Rundschau*, 16. 8. 1980.
Revolution als Restauration. Jean-Nicolas-Arthur Rimbaud in Afrika, in: *Die Zeit*, 7. 11. 1980.
Eine versteinerte Zauberstadt. Jens Christian Jensens Monographie des Werkes von Paul Wunderlich, in: *Frankfurter Rundschau*, 17. 1. 1981.
Die Götter der Sklaven (zusammen mit Leonore Mau), in: *stern*, 19. 2. 1981, S. 37 ff.
Mittelmeer und Golf von Benin. Die Beschreibung afrikanischer und afroamerikanischer Riten bei Herodot, in: *Aus Wörtern eine Welt. Zu Helmut Heissenbüttel*, Frankfurt am Main und Paris 1981, S. 84–97.
Gott ist ein Mathematiker. Zur traditionellen Psychiatrie in Togo, in: *Freibeuter*, Heft 13, 1982.
Die Sprache der Liebe. Polemische Anmerkungen zu Querelle de Brest von Jean Genet, in: *Freibeuter*, Heft 14, 1982.
Wortwurst und Strichmännchen. Polemik zu Sartres Essay über Genet, in: *Der Spiegel*, 1982 (unter anderem Titel).
Wie gefährlich ist Luther? Eine Predigt, in: *Konkret*, 7, 1983.
I can't get no satisfaction. Zur Geschichte der Empfindungen des Grafen August von Platen-Hallermünde, in: *Die Zeit*, 23. November 1984.

1.5. Interviews

Ungerechtigkeiten in jedem Entwicklungsprozeß (Salvador Allende), in: *Frankfurter Rundschau*, 10. 8. 1971.
Guayana und der dritte Entwicklungsweg (Forbes Burnham), in: *Frankfurter Rundschau*, 13. 6. 1973.
Ujama heißt Leben in der Gemeinschaft (Julius Nyerere), in: *Frankfurter Rundschau*, 10. 6. 1974.
Ich erlaube mir die Revolution (Jean Genet), in: *Die Zeit*, 13. 2. 1976.
So frei wie hier kann man nirgendwo untergehen (Lil Picard – Pop-Künstlerin in New York), in: *konkret*, 25. 3. 1976. *Tod in New York*, in: *konkret*, 29. 11. 1979.
Politik aus der Seele (Léopold Sédar Senghor), in: *Die Zeit*, 8. 10. 1976.
Die Geisteskrankheiten in Afrika (Maurice Dorès – Psychiater in Dakar, Senegal), in: *Frankfurter Rundschau*, 29. 1. 1977.
Die Gefängnisse in Chile leeren sich nicht (Carlos Jorquera – Pres-

sesprecher der Regierung Allende), in: *Frankfurter Rundschau*, 10. 9. 1977.

Nichts ist wirklich in meinen Fotos (Richard Avedon), in: *Frankfurter Rundschau*, 14. 11. 1978.

Mein Land verfault (Léopold Joseph – Herausgeber der in New York erscheinenden haitianischen Exilzeitung *Haiti Observateur*), in: *Die Zeit*, 9. 11. 1979.

Je höher das Gebäude, desto niedriger die Kultur (Nunes Pereira), in: *Frankfurter Rundschau*, 27. 8. 1983.

1.6. Herausgeber

Stockholmer Katalog zur Tagung der Gruppe 47 im Herbst 1964, zusammengestellt und gestaltet von Hubert Fichte in Zusammenarbeit mit Fritz J. Raddatz, Stockholm 1964.

Mein Lesebuch (Anthologie von Texten deutschsprachiger Autoren), Frankfurt am Main 1976.

1.7. Radiosendungen

Radiosendungen (soweit nicht gedruckt veröffentlicht) Auswahl

Weltatlas Griechenland, WDR, Herbst 1966.

Mehrsprachiger Prospekt über Salazar, Hessischer Rundfunk, 1967.

Cartacalo/la und seine Zeit, WDR, 1967.

Bidonvilles. Versuch, eine Landkarte Frankreichs zu ergänzen, Südwestfunk, 27. 7. 1967.

Caparica. Besuch in einem portugiesischen Fischerdorf, Südwestfunk, 2. 11. 1967.

Geschnetzeltes auf Westerland. Erfahrungen auf Sylt während der Besetzung der Tschechoslowakei, Südwestfunk, 21. 11. 1968.

Favelas in Rio, NDR, 11. 11. 1969.

Karneval in Rio, NDR, 10. 2. 1970.

Organisierte Ägyptenrundreise 1969, NDR, 26. 4. 1970.

Djemma el Fna – Platz der Gehenkten, NDR, 23. und 25. 5. 1971.

Santiago/Chile Juni und Juli 1971, Südwestfunk, 18. 3. 1972.

Ich würde ein … Hörspiel, Südwestfunk, 6. 1. 1972.

Bahianisches Tagebuch, Aufzeichnungen aus Brasilien, NDR, 22. und 29. 4., 4. 11. und 9. 11. 1972.

Also … Monolog eines sechzigjährigen Angestellten, WDR, 27. 11. 1972.

Guyana und sein Premierminister Burnham, SFB, 12. 5. 1973.

Haitianisches Tagebuch, 2. und 4. 10. 1973.

»Überhaupt«, Hörspiel, Saarländischer Rundfunk, 19. 7. 1973.
Gesprochene Architektur der Angst, WDR, 6. 12. 1973.
Ujama, SFB, 3. 1. 1974.
Senghor, Senegals Präsident, SFB, 30. 4. 1974.
Pferde der Götter. Die Trance in den afroamerikanischen Mischreligionen, Südwestfunk, 11. 5. 1974.
Juan Bosch – Dominikanischer Politiker, SFB, 18. 6. 1974.
Fann, Dakar, Senegal. Analyse einer Psychiatrie, Südwestfunk, 23. 11. 1974.
»Kommen Sie doch in meinen Garten zum Hammelbraten«, Hörspiel, Süddeutscher Rundfunk–Saar–Südwestfunk, 19. 9. 1974.
Mexicos Präsident Echeverria, SFB, 23. 9. 1975.
Dominikanisches Tagebuch, NDR, 29. 10. 1975.
Common Sense und Ritual. Ein Tagebuch aus Trinidad, NDR, 23. 2. 1976.
San Pedro Claver, Hörspiel, 8. 4. 1976.
Die große Pop-Mutter. Gespräch mit Lil Picard, NDR, 17. 5. 1976.
Der blutige Mann, Hörspiel-Collage, WDR, 5. 6. 1976.
Agrippina, von Daniel Casper von Lohenstein. Funkbearbeitung und Inszenierung von H. F. (mit Lola Müthel), NDR, 13. 3. 1977.
Gesten und Gespräche. Irresein und Psychiatrie im Senegal, Südwestfunk, 23. 4. 1977.
Ein völliger Blödsinn. Szenen vom Persischen Golf, NDR, 26. 11. 1977.
Der Zauberberg. Zur Entstehung einer neuen Religion in Venezuela, Südwestfunk, 16. 9. 1978.
Miami – Hauptstadt des Exils, NDR, 28. 1. 1979.
Ibrahim Bassa, von Daniel Casper von Lohenstein, Bearbeitung und Inszenierung von H. F., mit Schulkindern, Südwestfunk, 15. 4. 1979.
Warm und hell dämmert in Rom die Winternacht. H. F. liest und kommentiert Gedichte von August von Platen, Sender Freies Berlin, 18. Oktober 1984.
Die Geschichte der Empfindungen Augusts von Platen I. Feen, Hexen, Nixen und Zauberer, Sender Freies Berlin, 20. Oktober 1984.
Die Geschichte der Empfindungen Augusts von Platen II. Das Übergangsjahr in Würzburg, Sender Freies Berlin, 23. Oktober 1984.
Die Geschichte der Empfindungen Augusts von Platen III. Tod in Syrakus, Sender Freies Berlin, 27. Oktober 1984.
Männerlust – Frauenlob. Anmerkungen zur Sapphorezeption und zum Orgasmusproblem, Sender Freies Berlin, 30. Oktober 1984.

1.8. Foto-Fernsehfilme (aus Fotos von Leonore Mau)

Tageslauf eines unanständigen Hafenarbeiters, WDR, 1966.
Der Fischmarkt und die Fische, NDR, 1968.
Die spanische Treppe, WDR, 1970.

II. Ausgewählte Sekundärbibliographie

Die mit einem * gekennzeichneten Beiträge sind in dem vorliegenden Band abgedruckt.

2.1. Allgemeine Arbeiten

Arnold, Heinz Ludwig: *Absinkendes Memorieren,* in: ders.: *Brauchen wir noch eine deutsche Literatur?* Düsseldorf 1972, S. 192 ff.

Arnold, Heinz Ludwig (Hrsg.): *Hubert Fichte,* in: *text + kritik,* H. 72, 1981.

Bekes, Peter: *Hubert Fichte,* in: *Kritisches Lexikon zur deutschsprachigen Gegenwartsliteratur,* hg. von Heinz Ludwig Arnold, München 1978.

Bettinger, Sven-Claude: *Inhaltliche und formale Darstellung der Sexualität im Werk Hubert Fichtes,* Magisterarbeit, Universität Brüssel 1983 (Manuskript).

Dannecker, Martin: *Engel des Begehrens. Die Sexualität der Figuren in Hubert Fichtes Werk,* in: *Der Körper und seine Sprache,* hrsg. von Hans-Jürgen Heinrichs, Frankfurt am Main und Paris 1985, S. 15–35.

*Distl, Dieter: *»So magisch wie Schrobenhausen.« Orte der Region im Werk des Hamburger Schriftstellers Hubert Fichte,* in: *Donau-Kurier* (Ingolstadt), 2. 1. 1982; zitiert nach Bickel, Benno/Distl, Dieter (Hrsg.): *Schrobenhausener Lese- und Bilderbuch,* Schrobenhausen 1982.

Fuchs, Peter: *Hubert Fichtes Darstellung der eigenen Ich-Entwicklung, aufgezeigt anhand seiner Romane,* Effretikon 1977 (Manuskript).

Giesler, Ottmar: *Zusehen und zuhören. Versuch eines Porträts,* in: *Frankfurter Rundschau,* 15. 3. 1980.

Gnüg, Hiltrud: *Hubert Fichte,* in: *Deutsche Literatur der Gegenwart in Einzeldarstellungen,* Bd. 2, Stuttgart 1977, S. 98 ff.

Guldin, Rainer, *Riten der Randzonen. Hubert Fichtes Untersuchungen zur Tradition des Abartigen,* Doktorarbeit der Universität Zürich 1984 (Manuskript).

Heimann, Bodo: *Experimentelle Prosa,* in: *Die deutsche Literatur der Gegenwart,* Stuttgart 1971, S. 242 ff.

Heinrichs, Hans-Jürgen: *Hubert Fichte,* in: *Lesezeichen,* Frankfurt am Main, Herbst 1980, S. 12 f.

Herr, Andrea: *Zwischen Ich-Sucht und Engagement,* Magisterarbeit, Freie Universität Berlin 1983 (Manuskript).
*Kronauer, Brigitte: *Die diffizilere Lektion,* in: *Analle,* Nr. 6, 1979, S. 42–48.
*Laemmle, Peter: *Das Auge des Entdeckers,* in: *Die Weltwoche,* 12. 9. 1979.
Madsen, Sven-Bertil: *Hubert Fichte – En spektakulär Sökare,* in: *Svenska Dagbladet,* 1. 11. 1982.
Raddatz, Fritz J.: *Aufklärer, nicht Seher,* in: *Eros und Tod,* Literarische Portrait-Essays, Hamburg 1980. – In: ders.: *Die Nachgeborenen,* Frankfurt am Main 1983, S. 331–353.
Rosenthal, E. T.: *Erzählhaltung und Perspektiven* (Zum erzählerischen Werk von Fichte, Beckett und Grass), in: ders.: *Das fragmentarische Universum,* München 1970, S. 139–152, und *Themengestaltung und Themenspaltung* (Zu Johnson, A. V. Thelen und Fichte), S. 153–164.
Sattler-Dzierza, Gisela: *Zerrüttete Persönlichkeiten laborieren in einer kaputten Welt,* Universität Hannover 1983/84 (Manuskript).
*Schirnding, A. v.: *Der Autor als Stellvertreter,* in: *Merkur,* November 1979, S. 1126–1130.
Teichert, Torsten: *Das Eigene und das Fremde,* Magisterarbeit, Universität Hamburg 1982 (Manuskript).
Wafer, James: *Phases of Symbolism in the Novels of Hubert Fichte,* University of Newcastle, New South Wales, Australien, 1975 (Manuskript).
Wangenheim, Wolfgang von: *Hubert Fichte,* München 1980 (Autorenbücher).

2.2. Interviews mit Hubert Fichte

*Zimmer, Dieter E.: *Genauigkeit, ein Versteck,* in: *Die Zeit,* 9. 4. 1971.
*Zimmer, Dieter E.: *Leben, um einen Stil zu finden – schreiben, um sich einzuholen,* in: *Die Zeit,* 11. 10. 1974

2.3. Über »Der Aufbruch nach Turku« (1963)

Batt, Kurt: *Ungewisser Tatbestand. Neue westdeutsche und Schweizer Prosa 1964,* in: *Neue Deutsche Literatur,* 14, 1966, H. 1, S. 91 bis 117. – In: ders.: *Revolte intern,* München 1975, S. 51 ff.
*Bienek, Horst: *Vor dem Haus der Kindheit,* in: *Frankfurter Allgemeine Zeitung,* 4. 12. 1963.
*Krolow, Karl: *Bruchstücke einer zeitgenössischen Autobiographie,* in: *Süddeutsche Zeitung,* 4. 12. 1963.

2.4. Über »Doppelanekdote«

Binder, Alwin: *Ehebruch als gesellschaftskritisches Demonstrationsobjekt in H. Fichtes »Doppelanekdote«,* in: *Der Deutschunterricht,* 25, 1973, H. 2, S. 63–67.

2.5. Über »Das Waisenhaus« (1965)

Batt, Kurt: *Die Lücke und der Rahmen,* in: ders.: *Revolte intern,* München 1975, S. 86 ff.

Bien, Guenther: *Der Fremdling,* in: *Westermanns Monatshefte,* 107, 1966, H. 2, S. 86–88.

*Blöcker, Günter: *Stil der Entfremdung,* in: *Frankfurter Allgemeine Zeitung,* 9. 11. 1965; auch in: Blöcker, Günter: *Literatur als Teilhabe, Berlin 1966.*

Bohrer, Karl-Heinz: Halluzination einer tödlichen Epoche, in: *Die Welt,* 2. 9. 1965.

Fabian, Rainer: *Warum Waisenhaus mit ›ai‹?,* in: *Rheinischer Merkur,* 10. 12. 1965.

Heimann, Bodo: *Experimentelle Prosa,* in: *Die deutsche Literatur der Gegenwart,* hg. v. Manfred Durzak, Stuttgart 1971, S. 241 ff.

*Heissenbüttel, Helmut: *Strategie der Erzählkunst,* in: *Süddeutsche Zeitung,* 11. 9. 1965.

Ignée, Wolfgang: *Unter Waisen,* in: *Christ und Welt,* 15. 10. 1965.

*Krolow, Karl: *Erinnerungs-Puzzle,* in: *Darmstädter Echo,* 5. 11. 1965.

Rainer, Wolfgang: *Die Angst der Kinder,* in: *Stuttgarter Zeitung,* 24. 11. 1965.

*Weber, Werner: *Deutsche Erzähler, Hubert Fichte: »Das Waisenhaus«,* in: *Neue Zürcher Zeitung,* 20. 11. 1965.

2.6. Über »Die Palette« (1968)

Batt, Kurt: *Die Exekution des Erzählers,* Frankfurt am Main 1974, S. 19 ff.

*Baumgart, Reinhard: *Eine wüste Idylle,* in: *Der Spiegel,* Nr. 9, 1968.

Blöcker, Günter: *Ein deutscher Beat-Roman,* in: *Merkur 22,* 1968, S. 374–376.

Bosse, Heinrich: *Hubert Fichte, Die Palette,* in: *Neue Rundschau,* 79, 1968, S. 327 ff.

Hagen, Rainer: *Ein Roman ohne Helden,* in: *Deutsches Allgemeines Sonntagsblatt,* 17. 3. 1968.

*Heissenbüttel, Helmut: *Deutschland in den sechziger Jahren. Hubert Fichtes »Palette« wiederlesend,* in: *Die Zeit,* 26. 5. 1978.
Ignée, Wolfgang: *Schwäne vergiften am Dammtor,* in: *Christ und Welt,* 5. 4. 1968.
Jenny, Urs: *Wörter aus St. Pauli,* in: *Die Weltwoche,* 12. 7. 1968.
*Jens, Walter: *Das ist nicht nur ein Roman,* in: *Die Zeit,* 5. 4. 1968.
Kane, B.: *A note on Hubert Fichte's new novel,* in: *20th Century Studies,* 1969, Nr. 2, S. 106–108.
*Karasek, Hellmuth: *Gammler – zu Prosa kleingehackt,* in: *Stuttgarter Zeitung,* 9. 3. 1968
Kleinhans, Ingeborg: *Die Sprache in Hubert Fichtes »Palette«,* Universität Stockholm 1968 (Manuskript).
Kramberg, H. K.: *Wörter aus St. Pauli,* in: *Süddeutsche Zeitung,* 23./24. 3. 1968.
Lehmann, Wolfgang: *Die Palette,* in: *Romanführer A–Z,* Berlin (Ost) 1978, Bd. III.
Lotz, Erich: *Hubert Fichte. Die Palette,* in: *Universitas,* 23, 1968, S. 873–874.
Meidinger-Geise, Inge: *Wort Perspektiven,* in: *Zeitwende,* 40, 1969, S. 280.
*Nagel, Wolfgang: *Stoff aus Wörtern,* in: *Frankfurter Hefte,* März 1969.
Neumann, Michael: *Hanseatischer Underground,* in: *Westermanns Monatshefte,* 109, 1968, H. 6, S. 84–86.
Nolte, Jost: *Zu Protokoll: die Gammler. Milieustudien eines Literaten,* in: *Die Welt,* 29. 2. 1968.
*Reich-Ranicki, Marcel: *Gammler, Gauner, Ganoven,* in: *Die Zeit,* 29. 3. 1968; zitiert nach: *Literatur der kleinen Schritte. Deutsche Schriftsteller heute,* Ullstein Verlag, Berlin 1971, Taschenbuch Nr. 2867.
Scharang, Michael: *Fichtes »Palette« – Modell literarischer Anpassung,* in: *Literatur und Kritik,* 1969, S. 506–508.
Segebrecht, Dietrich: *Wörter aus St. Pauli,* in: *Frankfurter Allgemeine Zeitung,* 19. 3. 1968.
Seybold, Eberhard: *Hubert Fichte, Die Palette,* in: *Tribüne* 8, 1969, S. 3194–95.
Vetter, Werner: *Schnee aus Wörtern – Wörter aus St. Pauli,* in: *Badische Zeitung,* 24. 8. 1968.
*Weber, Werner: *Hubert Fichte,* in: *Neue Zürcher Zeitung,* 21. 4. 1968.
Weyr, Thomas: *An editor's sampler,* in: *American German Review* 35, 1969, Nr. 4, S. 31–33.
Wolken, Karl Alfred: *Abwärts in die Halbwelt,* in: *Rheinischer Merkur,* 5. 4. 1968.
*Zimmer, Dieter E.: *Fichte und Beat* (zur Lesung im Star-Club), in: *Die Zeit,* 7. 10. 1968.

2.7. Über »Detlevs Imitationen ›Grünspan‹« (1971)

*Baier, Lothar: *Die eigenen Anfänge imitiert*, in: *Frankfurter Allgemeine Zeitung*, 30. 3. 1971.

*Blöcker, Günter: *Detlev und Jäcki, übereinander kopiert*, in: *Süddeutsche Zeitung*, 25. 3. 1971.

Dohse, Helga E.: *Hubert Fichte, Detlevs Imitationen »Grünspan«*, in: *Books abroad* 46, 1972, S. 294.

Hartlaub, Geno: *Sprache aus dem Untergrund*, in: *Deutsches Allgemeines Sonntagsblatt*, 25. 8. 1974.

Helwig, Werner: *Grünspan im Haar*, in: *Rheinischer Merkur*, 26. 3. 1971.

*Klausenitzer, Hans-Peter: *Nur das Lokal gewechselt*, in: *Publik* (Frankfurt am Main), 6. 4. 1971.

*Krättli, Anton: *Detlevs Imitationen »Grünspan«*, in: *Neue Zürcher Zeitung*, 7. 12. 1971.

*Lahann, Birgit: *Verworrene Entwicklungsjahre*, in: *Frankfurter Rundschau*, 15. 5. 1971.

*v. Matt, Beatrice: *Sprachgebrauch als Ritual der Wiedererwekkung*, in: *Neue Zürcher Zeitung*, 17. 8. 1979.

Nolte, Jost: *Signale eines sensiblen Gemüts*, in: *Die Welt*, 1. 4. 1971.

Reich-Ranicki, Marcel: *Rückzug in die Kindheit*, in: *Die Zeit*, 9. 4. 1971.

Richter, Bernt: *Detlevs und Jäckis Wiederkehr*, in: *Deutsches Allgemeines Sonntagsblatt*, 18. 4. 1971.

Sager, Peter: *Wörter mit Echo*, in: *Deutsche Zeitung*, 2. 4. 1971.

*Sager, Peter: *Hubert Fichte, Detlevs Imitationen »Grünspan«*, in: *Neue Deutsche Hefte*, 18, 1971, H. 2, S. 147–150.

Ullrich, Gisela: *H. Fichte, Detlevs Imitationen »Grünspan«*, in: *Identität und Rolle. Probleme des Erzählens bei Johnson, Walser, Frisch und Fichte*, Stuttgart 1977, S. 64–78.

Wallmann, Jürgen P.: *Doppelbildnis der jungen Generation*, in: *Der Tagesspiegel*, 25. 7. 1971.

2.8. Über »Versuch über die Pubertät« (1974)

Abutille, Mario C.: *Magische Einbettung*, in: *Basler National-Zeitung*, 8. 3. 1975.

Bachmann, Jürg: *Vergiftung durch Wörter*, in: *Basler Nachrichten*, 17. 2. 1975.

Barz, Paul: *Zweimal Pubertät*, in: *Westermanns Monatshefte*, 1975, H. 4, S. 84–87.

Blöcker, Günter: *Ein Autor experimentiert mit sich selbst*, in: *Frankfurter Allgemeine Zeitung*, 7. 9. 1974.

Casanova, Nicole: *Le contre-monde de Hubert Fichte,* in: *Le Monde,* 8. 7. 1977.
Casanova, Nicole: *Puberté,* in: *La Nouvelle Revue Française,* September 1977, S. 139–145.
*Engelhardt, Hartmut: *Was will Fichte?,* in: *Frankfurter Hefte,* Juni 1975, S. 63–66.
Hartung, Harald: *Verstellung und Brillanz,* in: *Neue Rundschau,* 85, 1974, S. 689–692.
Helwig, Werner: *Der zerlegte Elefant oder Ein Anti-Jahnn,* in: *Der Tagesspiegel,* 20. 4. 1975.
Hillrichs, Hans Helmut: *Azaleen vom Krämer,* in: *Hannoversche Allgemeine Zeitung,* 5./6. 10. 1974.
Jansen, Hans: *Wie das Schminken von Novizen,* in: *Westdeutsche Allgemeine Zeitung,* 16. 11. 1974.
Jost, Dominik: *Literarischer Pop,* in: *Neue Zürcher Zeitung,* 9./10. 11. 1974.
Krämer-Badoni, Rudolf: *Wo Männerfreunde noch Exoten sind,* in: *Deutsche Zeitung,* 11. 10. 1974.
Krättli, Anton: *Hubert Fichtes literarische Vivisektion,* in: *Aargauer Tagblatt,* 30. 11. 1974.
*Kramberg, K. H.: *Die zerstückelte Mutter,* in: *Süddeutsche Zeitung,* 7./8. 9. 1974.
Kruft, Will G.: *Das Ich und die Welt,* in: *Badische Zeitung,* 30. 6. 1975.
*Ladiges, Peter Michel: *Zerstückelung und Wiedergeburt,* in: *Frankfurter Rundschau,* 24. 8. 1974.
Laemmle, Peter: *Die Erkenntnis des Schmerzes,* in: *Merkur,* 320, 1975, S. 77–79.
Magris, Claudio: *Il sesso indefinito,* in: *Corriere della Sera,* 12. 6. 1977.
Meier, Peter: *Litaneien… Schichten statt Geschichten,* in: *Tages-Anzeiger* (Zürich), 12. 10. 1974.
Menzel, Moritz: *Wie ein Orgon,* in: *Der Spiegel,* 21. 10. 1974.
Nagel, Wolfgang: *Autopsie eines Autors,* in: *Die Welt,* 31. 10. 1974.
Poerksen, Uwe: *H. Fichte, Versuch über die Pubertät,* in: *Neue Deutsche Hefte,* 22, 1975, H. 2, S. 382–385.
Popp, Wolfgang: *Hubert Fichtes Roman »Versuch über die Pubertät«,* in: *Zeitgenössische Literatur im Deutschunterricht,* hg. von Juliane Eckhardt, Braunschweig 1981.
*Raddatz, Fritz J. *Ein Haarsieb aus Neugier und Entsetzen,* in: *Die Zeit,* 11. 10. 1974.
*Rühmkorf, Peter: *Leichenschauhaus und Pubertät,* in: *das da,* Oktober 1974, S. 16 f.
Schachtsiek-Freitag, Norbert: *Pubertät, homosexuell,* in: *Zeitwende,* 46, 1975, S. 316–317.

2.9. Über »Mein Lesebuch« (1976)

Leppmann, Wolfg.: *H. F.s deutsche Literatur*, in: *Frankfurter Allgemeine Zeitung*, 30. 12. 1976.

Michaelis, Rolf: *Mein Lesebuch – mein Paß*, in: *Die Zeit*, 10. 12. 1976.

2.10. Über »Xango« (1976)

Ayren, Armin: *Ein weiter Umweg zu sich selbst*, in: *Stuttgarter Zeitung*, 19. 2. 1977.

Bachmann, Jürg: *Schwarze Götter tanzen*, in: *Basler Nachrichten*, 24. 11. 1976.

*Berger, Renato: *Xango – Gott der armen Leute?*, in: *Neue Zürcher Zeitung*, 27./28. 3. 1977.

Blöcker, Günter: *Hubert Fichtes unaufhörliche Rückkehr*, in: *Frankfurter Allgemeine Zeitung*, 30. 10. 1976.

Dimter, Walter: *H. Fichte, Xango*, in: *Aurora*, 37, 1977, S. 215 bis 217.

Gnüg, Hiltrud: *Der neue Exotismus: Regression oder Kritik?*, in: *Merkur*, 1977, H. 346, S. 290–294.

Hartlaub, Geno: *Poesie und Phantasie aus kühler Distanz*, in: *Deutsches Allgemeines Sonntagsblatt*, 5. 12. 1976.

*Heinrichs, Hans-Jürgen: *Die authentische Beschreibung der fremden Kultur*, in: *Frankfurter Rundschau*, 4. 12. 1976.

*Heissenbüttel, Helmut: *Vaudou als Reise nach innen*, in: *Die Zeit*, 8. 10. 1976.

Kamphausen, Erhard: *Hubert Fichte – Leonore Mau, Xango*, in: *Afrika Spectrum*, 2/1976.

*Mayer, Hans: *Die Grenzen der Aufklärung*, in: *Die Weltwoche*, 24. 11. 1976.

v. Schirnding, Albert: *Auf der Expedition nach innen*, in: *Süddeutsche Zeitung*, 19./20. 3. 1977.

Trummer, Hans: *»... wo man die Leiden leichter erträgt«*, in: *Die Volksstimme* (Wien), 1. 7. 1977.

Weigand, Friedrich: *Religiöses Rauschgift für Millionen*, in: *Hannoversche Allgemeine Zeitung*, 18./19. 9. 1976.

Winter, Rosemarie: *Xango. Die afro-amerikanischen Religionen*, in: *Die Tat*, 26. 11. 1976.

*Wöhlcke, Manfred: *»Hier hilft keiner dem anderen«*, in: *Der Spiegel*, H. 41, 1976.

2.11. Über »Hans Eppendorfer. Der Ledermann spricht mit Hubert Fichte« (1976)

Allemann, Urs: *Vom Opfer zum Mörder zum Chefredakteur,* in: *Theater heute,* 18, 1977, H. 2, S. 23–24.
Anonym: *Kuscheln am Stiefel,* in: *Der Spiegel,* 6. 6. 1977.
*Blöcker, Günter: *Nicht Ausdrucksnot, sondern Wortüberflutung,* in: *Frankfurter Allgemeine Zeitung,* 25. 6. 1977.
Eppendorfer, Hans: *Kritiken über einen Text,* in: *himapplaus,* 1977, Nr. 7.
Godard, Colette: *L'Homme de cuir – de Hans Eppendorfer,* in: *Le Monde,* 17. 3. 1979.
Hopp, Michael: *Faustdick im Sadokeller, Karriere eines Ledermannes,* in: *Neues Forum,* 24, 1977, H. 286, S. 68–71.
Jauch, Eric Oluf: *Der Ledermann als Therapeut,* in: *himapplaus,* Februar 1977, Nr. 2.
Kreuzer, Arthur: *Notiert in der Zelle,* in: *Die Zeit,* 16. 2. 1979.
Lantz, Christa: *Der »Ledermann« will nicht mehr töten* (Zur Premiere im Werkhaus des Mannheimer Nationaltheaters), in: *Rhein-Neckar-Zeitung,* 23. 7. 1979.
Mills, Richard: *The Leather Man Talks with Hubert Fichte,* in: *Gay Sunshine,* San Francisco, 1977, Nr. 33/34.
Le Rider, Jacques: *La terreur et la pitié,* in: *Le Monde,* 12. 9. 1980.
W. S.: *Wo Würde nichts einbringt,* in: *Vorwärts,* 15. 9. 1977.
Skasa, Michael: *Expeditionen zu den Ledermännern,* in: *Die Zeit,* 24. 12. 1976.
Stumm, Reinhardt: *Burkhard Driest spricht mit H. Eppendorfer.* Über die szenische Lesung des »L.« in Zürich, in: *Theater heute,* 18, 1977, H. 2, S. 24.
Ullrich, Gisela: *Freiheit als fremd gewordene Außenwelt,* in: *Stuttgarter Nachrichten,* 17. 8. 1977.

2.12. Über »Wolli Indienfahrer« (1978)

Adrian, Sylvia: *Interviews in St. Pauli,* in: *Neue Rundschau,* 90, 1979, S. 137–140.
*Engelhardt, Hartmut: *Das Leben als Entwicklungsroman?,* in: *Frankfurter Hefte,* 1980, H. 2, S. 72–74.
*Kolbe, Jürgen: *Die schicke Gleichung von Puff und Proust,* in: *Frankfurter Allgemeine Zeitung,* 2. 6. 1979.
Laemmle, Peter: *Auf dem fremden Kontinent St. Pauli,* in: *Deutsche Zeitung,* 27. 4. 1979.
Raus, Michel: *Das traurigste Buch des Jahres,* in: *d'Letzteburger Land,* Luxemburg, 29. 12. 1972.

*Raddatz, Fritz J.: *Ich leide mich aus,* in: *Die Zeit,* 22.9.1978.
Schachtsiek-Freitag, Norbert: *Lebensansichten in St. Pauli,* in: *Frankfurter Rundschau,* 10.2.1979.
Wilke, Christian Hartwig: *Forschungen in St. Pauli,* in: *Nürnberger Nachrichten,* 6.12.1978.
Wondratschek, Wolf: *Von St. Pauli nach Nirwana?,* in: *Der Spiegel,* 8, 1979.

2.13. Über »Lohensteins Agrippina« (1978)

Asmuth, Bernhard: *Vorwort,* in: *Lohensteins Agrippina, bearbeitet von Hubert Fichte,* Köln 1978, S. 9 ff.
*Wagner, Klaus: *Macht, Sexus oder Lohensteins Wiederkehr,* in: *Frankfurter Allgemeine Zeitung,* 14.3.1977.

2.14. Über »Petersilie« (1980)

*Heinrichs, Hans-Jürgen, *Aufbruch in eine neue Welt,* in: *Die Zeit,* 10.10.1980.
*Klöckner, Beate: *Zivilisation & Wildnis. Methode und Werk Hubert Fichtes,* in: *Strandgut,* März 1981, S. 6 f.
Krall, Günter: *Auf Reisen nach innen,* in: *Die Rheinpfalz,* 6.1.1981.
Laemmle, Peter: *Nils Holgersson ist erwachsen geworden,* in: *Weltwoche,* 12.8.1981.
Lommel, Andreas: *Die afroamerikanischen Religionen,* in: *Frankfurter Allgemeine Zeitung,* 16.1.1981.
Röhr, Sabine: *Autobiografie, Montage und Synkretismus in Hubert Fichtes »Petersilie«,* Universität Hannover 1982 (Manuskript).
*Schmidt, Aurel: *»Petersilie«. Hubert Fichtes poetische Anthropologie,* in: *Basler Zeitung,* 27.12.1980.
Stamer, Uwe: *Bei Eis und Limonade,* in: *Stuttgarter Zeitung,* 14.12.1981.
*v. Wangenheim, Wolfgang: *Milchbad, Blutbad,* in: *Frankfurter Rundschau,* 15.11.1980.

Literaturwissenschaft

Althochdeutsche Literatur
Mit Proben aus dem Altniederdeutschen. Ausgewählte Texte mit Übertragungen und Anmerkungen. Band 6455

Antonin Artaud
Das Theater und sein Double
Band 6451

Thomas Beckermann (Hg.)
Hubert Fichte
Materialien zu Leben und Werk. Band 6497

Jan Berg u.a.
Sozialgeschichte der deutschen Literatur von 1918 bis zur Gegenwart. Band 6475

Otto F. Best
Handbuch literarischer Fachbegriffe
Definitionen und Beispiele
Überarbeitete und stark erweiterte Ausgabe. Bd. 6478

Der weinende Leser
Kitsch als Tröstung, Droge und teuflische Verführung. Band 6496

Minnesang
Herausgegeben und übersetzt von Helmut Brackert. Bd. 6485

Helmut Braun (Hg.)
Rose Ausländer
Materialien zu Leben und Werk. Band 6498

Karl Corino (Hrsg.)
Autoren im Exil. Band 6458

Johannes Erben
Deutsche Grammatik
Ein Leitfaden. Band 6051

Hartmann von Aue
Erec
Mittelhochdeutscher Text und Übertragung. Band 6017

Der arme Heinrich
Mittelhochdeutscher Text und Übertragung. Band 6138

Frederik Hetmann
Traumgesicht und Zauberspur
Märchen-Wissen. Band 2850

Klassiker heute
Zwischen Klassik und Romantik
Herausgegeben von Hans-Christian Kirsch
Band 3024

Klassiker heute
Die Zeit des Expressionismus
Herausgegeben von Brigitte Dörlamm und Hans-Christian Kirsch
Band 3026

Klassiker heute
Realismus und Naturalismus
(Hrsg.) Brigitte Dörlamm/ Hans-Chr. Kirsch und Ulrich Konitzer. Band 3027

Dieter Kühn
Luftkrieg als Abenteuer
Kampfschrift. Band 1998

Literaturwissenschaft

Edgar Lohner
Passion und Intellekt
Die Lyrik Gottfried Benns
Mit einem Anhang:
Briefe von F. W. Oelze an
Edgar Lohner. Band 6495

Ernst Loewy (Hrsg.)
Exil
Literarische und politische
Texte aus dem deutschen Exil
1933–1945
Band 1
Mit dem Gesicht nach
Deutschland. Bd. 6481
Band 2
Erbärmlichkeit und Größe
des Exils. Bd. 6482
Band 3
Perspektiven. Bd. 6483

Hans Mayer (Hrsg.)
Deutsche Literaturkritik
Band 1
Von Lessing bis Hegel. Bd. 2008
Band 2
Von Heine bis Mehring. Bd. 2009
Band 3
Vom Kaiserreich bis zum Ende
der Weimarer Republik. Bd. 2010
Band 4
Vom Dritten Reich
bis zur Gegenwart. Bd. 2011

Ludwig Marcuse
Die Welt der Tragödie
Band 6499

Das Nibelungenlied 1 und 2
Mittelhochdeutscher Text
und Übertragung
2 Bände: Bd. 6038/6039

Fritz J. Raddatz
Revolte und Melancholie
Essays zur Literaturtheorie
Band 6480

Fritz J. Raddatz
Eros und Tod
Literarische Portraits. Band 6487

Walter H. Sokel
Franz Kafka
Tragik und Ironie. Bd. 1790

Susan Sontag
Kunst und Antikunst
24 literarische Analysen
Band 6484

Bernhard Sowinski
Deutsche Stilistik. Band 6147

Joachim Unseld
Franz Kafka. Band 6493

Walther von der Vogelweide
Gedichte
Mittelhochdeutscher Text
und Übertragung. Bd. 6052

Dieter Wellershoff
Von der Moral erwischt
Band 6489

Wernher der Gartenaere
Helmbrecht
Mittelhochdeutscher Text
mit Übertragung. Bd. 6024

Fischer Taschenbuch Verlag

fi 264/3b

Neuere Literatur

Harald Kaas
Uhren und Meere
Erzählungen. Band 5060

Ursula Krechel
Zweite Natur
Szenen eines Romans
Band 5415

Günter Kunert
Camera obscura
Prosa. Band 2108
Im Namen der Hüte
Roman. Band 2085

Reinhard Lettau
Frühstücksgespräche in Miami. Band 2095

Erich Loest
Pistole mit sechzehn
Erzählungen. Band 5061

Christoph Meckel
Ein roter Faden
Gesammelte Erzählungen
Band 5447
Licht
Erzählung. Band 2100
Suchbild
Über meinen Vater
Band 5412
Tunifers Erinnerungen
und andere Erzählungen
Band 2090

Christoph Meckel
Nachricht für Baratynski
Band 5424
Der wahre Muftoni
Erzählung. Bd. 5433

Inge Merkel
Das andere Gesicht
Roman. Band 5448

Helga M. Novak
Die Eisheiligen
Band 5068

Kenzaburo Oe
Die Brüder Nedokoro
Roman. Band 5418

Edwin Ortmann
Phönix. Erzählungen
Band 5422

Hermann Peter Piwitt
Deutschland
Versuch einer Heimkehr
Band 5421

Gerhard Roth
die autobiographie des albert einstein
Kurzromane. Band 5070
Der große Horizont
Roman. Band 2082
Ein neuer Morgen
Roman. Band 2107
Winterreise
Roman. Band 2094

Fischer Taschenbuch Verlag

fi 139/4c

fi 131/3

Hubert Fichte

Der Aufbruch nach Turku
ca. 432 Seiten. Brosch.

Lazarus und die Waschmaschine
Kleine Einführung in die Afroamerikanische Kultur
440 Seiten. Engl. Brosch.

Das Waisenhaus
Roman. 172 Seiten, Brosch.
(auch als Fischer Taschenbuch Band 5434 lieferbar)

Detlevs Imitationen »Grünspan«
Roman. 242 Seiten, Brosch.
(auch als Fischer Taschenbuch Band 5074 lieferbar)

Die Palette
Roman. 347 Seiten, Brosch.
(auch als Fischer Taschenbuch Band 5057 lieferbar)

Wolli Indienfahrer
499 Seiten, Brosch.
(auch als Fischer Taschenbuch Band 5425 lieferbar)

Versuch über die Pubertät
Roman. 298 Seiten, Brosch.
(auch als Fischer Taschenbuch Band 5402 lieferbar)

Petersilie
Die afroamerikanischen Religionen
Santo Domingo, Venezuela, Miami, Grenada
Fischer Taschenbuch Band 5437

Xango
Die afroamerikanischen Religionen
Bahia, Haiti, Trinidad
Fischer Taschenbuch Band 5436

Mein Lesebuch
Herausgegeben von Hubert Fichte
Fischer Taschenbuch Band 1769

S. Fischer / Fischer Taschenbuch Verlag

fi 170/5